Dieses Buch widme ich Gregor.
Für unheimliche Nächte im Shining-Hotel,
lange nächtliche Spaziergänge durch den Finsterwald
und dafür, dass er mit mir auf den Berg gestiegen ist.

ANDREAS
WINKELMANN

DEATH BOOK

THRILLER

WUNDERLICH

Redaktion Katharina Naumann

1. Auflage Dezember 2013

Alle Fotos im Innenteil stammen von Gregor Middendorf,
mit Ausnahme der folgenden: S. 157 Picturguy/Shutterstock.com,
S. 296 rsooll/Shutterstock.com, S. 324 Kondor 83/Shutterstock.com,
S. 438 Nadezda Verbenko/Shutterstock.com
Satz Minion PostScript, InDesign,
bei Dörlemann Satz, Lemförde
Druck und Bindung CPI books GmbH, Leck
Printed in Germany
ISBN 978 3 8052 5064 1

MIX
Papier aus verantwortungsvollen Quellen
FSC® C083411
FSC www.fsc.org

Das für dieses Buch verwendete FSC®-zertifizierte Papier
Lux Cream liefert Stora Enso, Finnland.

PROLOG

Im Netz bin ich überall und jederzeit, bin Bedrohung und Erfüllung zugleich. Ich bin in den Leitungen, Verbindungen und Schaltkreisen aus Kunststoff, Silizium und Kupfer, schwinge als millionenfaches Raunen und Wispern ungebunden durch kabellose Sphären, finde meinen Weg und mein Ziel in einer Dimension, die der Mensch nicht versteht. Unwissentlich hat er mir einen virtuellen Raum und eine endlose Zeit geschaffen, in der ich allgegenwärtig sein kann.

Technik hat mich nicht domestiziert, sondern befreit.

Eingesperrt ist nur der Mensch, in dem von ihm selbst geschaffenen Raum. Und darin ist Sterben so einfach wie ein Mausklick. Jemanden zu finden, der stirbt, so einfach wie ein Download. Wenn nichts mehr geheim ist, wenn die digitale Welt der realen ihre Verstecke und Rückzugsräume raubt, dann liegt das Leben der Menschen offen wie Eingeweide in einem aufgeschlitzten Bauch.

Wo bist du heute um acht? Ich weiß es, bevor du selbst dort bist. Wo wirst du in einer Woche sein, wer ist bei dir, zu welcher Minute bist du an welchem Ort allein, schutzlos, ausgeliefert? Ich weiß es, bevor du die Gefahr auch nur ahnst. Welche Wünsche und Sehnsüchte treiben dich? Du vertraust sie mir an, bevor sie dir selbst bewusst sind. Datenschutz. Privatsphäre. Vergiss es! Du bist längst durchschaut, ich habe alles, was ich brauche. Ich bin schon lange nicht mehr nur auf den Friedhöfen und in den Mausoleen, nicht in den Sterbestationen und Altenheimen. Ich habe die Pest- und Choleraenklaven hinter mir gelassen und den alten Schlachtfeldern den Rücken gekehrt.

Ich bin das Raunen und Rauschen im Netz. Ich bin die Eins zwischen den Nullen, der Anhang, der Download, die Datei.

Ich bin der Tod 3.0.

EPISODE 1

Zwei stählerne Adern zerteilten die Schwärze. Ihre Oberflächen, blank poliert von Tausenden Tonnen rasender Last, glänzten matt im schwachen Licht des halben Mondes, so als flösse silbernes Blut hindurch. Sie zogen sich endlos dahin, eingebettet in eine zehn Meter breite grauschwarze Schneise. Wie scharfgeschnittene Klüfte ragte der Wald an ihren Rändern auf und schirmte den leblosen Todesstreifen ab. Keine Geräusche, keine Blicke drangen hinein. Stille.

Aber nur scheinbar.

Ein feines Vibrieren strömte bereits durch die glänzenden metallenen Adern, genau wie Blut durch menschliche Venen. Es sickerte in den Boden, in die kapillarfeinen Wurzeln der nahestehenden Bäume, drang durch das Holz in die Kronen empor und ließ Blätter und Nadeln schwingen. Kaum wahrnehmbar.

Aber das Mädchen spürte es.

Ihr Blick zuckte von rechts nach links, immer wieder und immer schneller. Die großen, von langen Wimpern eingefassten Augen suchten etwas, fanden es aber nicht. Tränen tropften aus den Augenwinkeln die Wangen hinab. Sie ließen die Wimperntusche zerfließen, und es sah aus, als verließe dunkles, zähes Blut den Kopf des Mädchens durch die Augenhöhlen.

Mit dem Nacken lag sie auf dem einen Schienenstrang, mit den Oberschenkeln auf dem anderen, dazwischen ihr schmaler Körper auf dem Schotterbett, die Arme locker an den Seiten, die Finger auf den schmutzigen Steinen. Sie war gekleidet in eng anliegende Jeans, wadenhohe braune Stiefel und eine kurze schwarze Jacke. Ihr Brustkorb hob und senkte sich unter kurzen, raschen Atemzügen.

Aus Westen näherten sich drei Augen. Kreisrunde, glimmende Kugeln, die in der Nacht schwebten. Diese Augen und das feine Vibrieren in den Stahlsträngen gehörten untrennbar zusammen. Das

Mädchen wusste das, und ihre Atmung wurde schneller und schneller. Sie hechelte jetzt wie ein Hund.

Die Atmosphäre im Todesstreifen lud sich mit der Energie des herannahenden Kolosses auf. Vielleicht verlieh diese Energie dem Mädchen zusätzliche Kraft, vielleicht wurde ihre Angst übermächtig, denn sie wandte unter äußerster Anstrengung den Kopf nach rechts, den drei Augen entgegen. Sie waren größer geworden in den vergangenen Sekunden und wuchsen weiter heran. Aus dem Glimmen wurde kräftiges gelbes Licht, das auf die Stahlstränge fiel und dem Koloss vorauseilte. Die Erde begann zu beben.

Das Mädchen schwitzte stark. Keuchend kämpfte sie gegen den Fluchtreflex an. Doch sie blieb liegen und ließ das metallene Ungeheuer kommen. Blickte ihm in die Augen, die größer und heller wurden und den Todesstreifen mit Licht fluteten. Licht, das den jugendlichen Körper des Mädchens aus der Dunkelheit riss.

Ohrenbetäubender Lärm erfüllte die Luft, die Schienenstränge schüttelten den Körper durch. Ganz sacht bewegten sich die Finger des Mädchens, ertasteten den scharfkantigen Schotter, schienen sich daran festhalten zu wollen. Ihr Gesicht verzerrte sich zu einer grauenvollen Maske. In ihren letzten Sekunden ertrug sie den Anblick nicht mehr und kniff die Augen zusammen. Den Mund aber riss sie weit auf, und vielleicht verließ jetzt doch ein Schrei ihre Lippen. Hören konnte ihn niemand.

Als der Lokführer das Hindernis auf den Schienen entdeckte, leitete er sofort die Bremsung ein, doch es war zu spät. Der Körper verschwand unter seiner Lok, als wäre er gar nicht da gewesen. Kein Rumpeln oder Zittern, nur das jämmerliche Quietschen von Metall auf Metall wie das Geschrei einer zänkischen alten Hexe. Ein wenig Blut spritzte auf die ohnehin schon schmutzige Frontscheibe. Der Lokführer klammerte sich mit beiden Händen an die Haltegriffe, um nicht nach vorn gegen die Instrumententafel zu kippen, und starrte auf die rotbraunen Flecken. Dann wandte er das Gesicht ab und kämpfte gegen den Würgereflex an.

Durch die Seitenscheibe meinte er, im dunklen Unterholz des nahen Waldes schwarze Schatten umherhuschen zu sehen. Wild vielleicht, das vor dem Lärm flüchtete.

Aber er sah auch ein bläuliches Licht, wie von Glühwürmchen. In anderthalb Meter Höhe zuckte es unruhig umher.

Als der lange Güterzug endlich stand, hatte er das Gesehene bereits wieder vergessen.

TAG 4

Dieses Bild von Kathi mochte ich besonders. Darauf sitzt sie in ihrem Zimmer vor der vertäfelten Wand und hält ihre schwarzweiße Katze «Lady». Dem Betrachter dieses Fotos drängt sich unweigerlich der Eindruck auf, von zwei Katzen angeschaut zu werden. Die Aufnahme wird von den Augen der beiden beherrscht. Ladys sind weit geöffnet und von intensiver grüner Färbung, mit den katzentypischen, aufrecht stehenden Pupillen.

Kathis Augen sind ebenfalls grün. Es gab nicht viele Teenager mit solchen Augen, voller Neugierde und dem unbändigen Drang, alles zu erfahren, und ich stellte mir nicht zum ersten Mal die Frage, ob an der hinduistischen These der Wiedergeburt etwas dran sein könnte – so viel Weisheit lag darin.

In diesem Moment wollte ich daran glauben.

Denn Kathi war tot.

Ich ließ das vor Lebendigkeit vibrierende Bild auf mich wirken und spürte, wie mir der Hals eng wurde. In meiner Familie haben die Männer nie viel geweint, und ich war da keine Ausnahme. Kathi war vor gerade mal drei Tagen gestorben, und noch hielten der Schock und die bohrenden Fragen nach dem Wie und Warum die Tränen zurück. Ich konnte vor lauter Grübelei nicht mehr schlafen – schon gar nicht schreiben. Warum, warum, warum? Keine Erklärung, von niemandem. Und was die Polizei zu berichten hatte, war absolut unglaubwürdig. Ich war zwar nur Kathis Onkel, aber ich wusste es besser. Nie und nimmer hatte es sich so zugetragen.

Sie war häufig bei mir gewesen, hatte sich mir anvertraut, wenn es in der Schule oder zu Hause mal wieder Ärger gegeben hatte. Zu behaupten, ich hätte sie besser gekannt als mein Bruder und seine Frau, wäre vermessen, aber ich konnte in vielen Dingen lockerer sein als Kathis Eltern, und Kathi vertraute mir. Ach, verdammt … die Enge im Hals verstärkte sich, und ich spürte, wie meine Mundwinkel zu zittern begannen. Vielleicht hätte ich heute nicht herkommen sollen. Vielleicht hätte ich das Foto nicht ausdrucken und in den schlichten Holzrahmen stecken sollen. Kathi hatte es mir erst vor ein paar Wochen per Dateianhang zugeschickt. Das war kurz nach ihrem Praktikum bei mir gewesen. Sie hatte mich angefleht, den Zukunftstag der Schule bei mir verbringen zu dürfen. Ihre Lehrerin hatte nichts dagegen gehabt, auch wenn es ein wenig ungewöhnlich war. Und ich gebe zu, ich fühlte mich geschmeichelt. Sie hatte gesagt, sie würde in der Schule mit mir angeben, und ich bezichtige jeden der Lüge, der behauptet, so etwas würde nicht der Eitelkeit schmeicheln.

Kathi war es nicht darum gegangen, diesen Praktikumstag möglichst bequem irgendwie herumzukriegen. Ich wusste ja schon länger von ihrer Leidenschaft für Bücher und ihrem Wunsch, selbst etwas zu schreiben. Vielleicht rührte auch daher unsere enge Verbundenheit.

Jetzt kamen die Tränen. Sie taten weh, und ich schämte mich ihrer nicht. Die ersten tropften auf Kathis Bild. Ich wischte sie mit dem Ärmel meines Pullovers fort und sah genauer hin. Kathi strahlte nicht nur mit ihren Augen, sondern mit dem ganzen Gesicht. Sie hatte einen breiten Mund, fast wie Julia Roberts, mit zwei Reihen weißer, gerader Zähne. Einzig die beiden oberen Schneidezähne waren ein wenig länger, aber nicht viel, und diese kleine Unregelmäßigkeit machte sie nur noch hübscher. Aus diesem Mädchen wäre eine Schönheit geworden, die viele Jungs um den Verstand gebracht hätte.

Davon war nichts mehr übrig.

Ich sah zum Sarg hinüber. Er stand auf zwei Holzböcken im halbrunden Anbau der Kapelle zwischen den beiden bodentiefen Buntglasfenstern. Es fiel kaum Licht herein, die Dämmerung hatte bereits eingesetzt. Ich war absichtlich so spät gekommen. Morgen würde Kathi beerdigt werden. Viele Menschen würden ihr letztes

Geleit gewähren, und das war kein Rahmen, in dem ich Abschied nehmen konnte. Dafür musste ich heute hier mit ihr allein sein.

Dort lag sie also, in dieser aufwendig gearbeiteten Holzkiste. Trotz all der schmückenden Messingbeschläge und Schnitzereien war es doch nichts weiter als eine Holzkiste, die irgendwann im Erdboden verrotten würde. Genau wie Kathis Körper.

Der lange schwere Güterzug hatte nicht viel von ihm übrig gelassen.

Einige Teile waren gar nicht gefunden worden. Tiere hatten sie wohl in den Wald getragen und gefressen. Manches war einfach zermalmt und vom Regen in den Boden gewaschen worden. Deshalb hatte ich das Foto mitgebracht. Ich kannte meine Phantasie, mir war klar gewesen, wenn ich den Sarg betrachtete, würde ich mir automatisch diesen zerstörten Körper vorstellen. Ich konnte das nicht abstellen, nicht einmal bei Kathi. Es war Teil meines Ichs. Fluch und Segen zugleich. Ich lebte gut davon. Und jetzt fragte ich mich zum ersten Mal, ob das nicht schäbig war.

Kathi hatte bei mir stets elterliche Gefühle ausgelöst, und es hatte mir gutgetan, dass sie mich ab und an gebraucht hatte.

Aber war ich wirklich für sie da gewesen?

Ich erinnerte mich an ihren letzten Anruf, drei Tage vor dem Unglück. Wenn ich schrieb, befand ich mich oft «im Tunnel». Ich nannte diesen Zustand so, weil ich mich dann abkapselte und nichts von der Außenwelt mitbekam. Ich ging dann nicht einmal ans Telefon. Nur bei meinem Agenten, zwei guten Freunden und eben Kathi machte ich eine Ausnahme. Aber wenn ich im Tunnel war, war ich kein guter Zuhörer.

Bei ihrem letzten Anruf hatte mich Kathi gefragt, ob ich noch Kontakt zu diesem Hacker hätte. Wahrscheinlich hatte sie mal wieder Probleme mit ihrem Computer. Ich hatte ihr versprochen, mich darum zu kümmern. Diesem Versprechen war ich bis heute nicht nachgekommen.

Ich stand von dem harten Besucherstuhl auf, trat vor den Sarg hin und stellte das Bild vorn auf den Deckel des Sarges. Von dort aus würde Kathi morgen während der Beerdigung die Trauergäste anlächeln. Genau so sollten alle sie in Erinnerung behalten. Keinen Moment sollten sie daran denken, was der Güterzug aus ihr gemacht hatte. Es reichte, wenn die Bilder meinen Kopf füllten.

«Das kann nicht die Wahrheit sein», sagte ich leise. In der stillen engen Kapelle klangen meine Worte trotzdem laut.

«Niemals hättest du so etwas getan.»

Ich strich mit dem Daumen über das Foto, über ihr Gesicht.

«Wenn es etwas herauszufinden gibt, ich schwöre dir, ich finde es heraus. Und wenn es das Letzte ist, was ich tue.»

Die basslastige Musik klang über die neuen interaktiven Lautsprecher und den übergroßen Subwoofer besonders intensiv. Er hörte die Musik nicht nur, er spürte sie. In seinen Knochen, seinen Muskeln, seinem Kopf. Sie füllte ihn aus und ließ ihn sich lebendig fühlen. Alles in ihm vibrierte. Und genau das brauchte er jetzt.

Vor ihm auf dem Bildschirm befand sich das Video-Rohmaterial. Es war eine äußerst filigrane und langwierige Arbeit, jeden einzelnen Frame zu bearbeiten, aber er würde sich niemals mit einem Ergebnis zufriedengeben, bei dem nicht jede Kleinigkeit seinen Vorstellungen entsprach.

Sobald er dieses Video öffentlich machte, würde alle Welt daran herummäkeln und im Nachhinein seinen Stolz und seine Freude zerstören. So war das eben heutzutage. Das Web war zu einer Müllhalde verkommen, in der schmierige Subjekte ohne eigenen Anspruch und ohne Kreativität es sich zur Lebensaufgabe gemacht hatten, alles zu kritisieren, was andere erschufen. Beurteile, rezensiere, kritisiere, darauf reduzierte sich alles. Die in der

Schule verhasste Allmacht der Lehrerschaft mit ihrem staatlich organisierten System von Unterdrückung und Herabsetzung war ins Netz gesickert und hatte es verpestet. Spießigkeit und Intoleranz waren eingezogen, jeder war nur noch daran interessiert, sich über den anderen zu stellen. Freiheit gab es schon lange nicht mehr. Zumindest nicht für die breite Masse.

Er öffnete den nächsten Frame.

Er zeigte ihr Gesicht kurz vor dem Aufprall.

Wegen der schlechten Lichtverhältnisse war die Aufnahme nicht besonders gut, und er war auch nicht wirklich nah dran gewesen. Schon fragte er sich, ob es überhaupt eine gute Idee gewesen war, es auf diese Art zu tun. Da war zu viel Schnelligkeit, zu viel Energie im Spiel gewesen. Er hatte nicht die volle Kontrolle gehabt, war nicht Herr der Situation gewesen. Aber wahrscheinlich spielte es für den Erfolg des Videos keine große Rolle. Die User würden sich darauf stürzen wie die Maden auf rohes Fleisch, das wusste er. Allein schon wegen des vielen Blutes und der abgetrennten Körperteile.

Doch er selbst hatte etwas anderes erhofft. Je länger er durch die Frames zappte, desto größer wurde seine Enttäuschung. Er fand Angst und Panik in ihrem Gesicht, sah Zerstörung und Tod – aber nicht das, wonach er suchte.

Bevor aus Enttäuschung Ärger werden konnte, öffnete sich auf dem zweiten Bildschirm ein Chat-Fenster, und eine Nachricht erschien.

Absender war ein gewisser TommyX5.

TAG 5

Wir hatten seit einigen Tagen gutes Wetter, und es hielt auch am Tag der Beerdigung an. Nur ein paar wenige weiße Wolken standen am freundlichen blauen Himmel. Ich fand das unpassend, denn in mir sah es so düster aus wie selten. Ich wünschte mir Hagel, Blitz und Donner – und einen pechschwarzen Himmel.

«Wie schön», sagte die alte Dame neben mir, als wir die Kapelle betraten.

Ich antwortete nicht und sah sie nur fragend an.

«Na, das Wetter», klärte sie mich auf und wies mit dem Finger nach oben. «Es ist so, wie Kathi war. Sonnig und verspielt. Das ist doch schön … nicht wahr.»

Das letzte Wort klang zittrig. Die alte Dame wandte ihr Gesicht ab, zog ein Taschentuch hervor, eines dieser unmöglichen Dinger aus Baumwolle, schnäuzte sich lautstark hinein und schluchzte auf.

Ich blieb im Eingang zur Kapelle stehen und sah ihr nach. Ich kannte die Frau nicht, hatte sie nie zuvor gesehen, und doch würde sie mir ewig in Erinnerung bleiben. Denn sie hatte recht mit dem Wetter. Es passte zu Kathi. Anders durfte es gar nicht sein.

Jemand stupste mich zaghaft von hinten an.

«Nur Mut, auch das geht vorbei», sagte eine warme weibliche Stimme. «Sie sind der Schriftsteller, oder?»

Ich nickte. Sie zog mich mit sich, und wir suchten uns zwei Plätze in der vierten Reihe. «Und wer sind Sie?», fragte ich.

«Astrid Pfeifenberger, Kathis Klassenlehrerin», erwiderte sie.

Sie war sicher nicht älter als vierzig, hatte schulterlanges braunes Haar und braune Augen. Wie ich – bis auf die Haarlänge natürlich.

Wir ließen uns nebeneinander auf der kalten Holzbank nieder. Ihre Schulter berührte meine. Normalerweise meide ich eine so große Nähe zu fremden Personen, aber heute war sie mir nur recht. Außerdem war mir Frau Pfeifenberger sofort sympathisch.

Nur das Rascheln von Kleidung und das Schaben von Sohlen auf dem Betonboden war zu hören, hie und da murmelte jemand etwas. Die Kapelle füllte sich, die Trauergäste suchten sich still ihre Plätze. Die Stimmung war bedrückend, einengend, sie nahm mir den Atem.

«Kannten Sie Kathi gut?», fragte ich die Lehrerin.

Sie sah mich von der Seite an und zuckte mit den Schultern.

«Ich dachte schon, ja, aber … na ja, vielleicht war das auch ein Trugschluss. Mädchen in dem Alter können sehr verschlossen sein.»

«Kathi war aber kein verschlossenes Mädchen», entgegnete ich etwas zu laut und zog damit Blicke auf mich. Ich beugte mich zu Frau Pfeifenberger hinüber. Sie roch dezent nach einem teuren Parfum. «Eher im Gegenteil, aber das müssten Sie als ihre Klassenlehrerin doch wissen.»

Sie presste die Lippen zu einem schmalen Strich zusammen und nickte. War ich ihr zu nahe getreten, hatte sie vielleicht sogar verletzt? Es tat mir auf der Stelle leid. Diese verdammte Wut. Sie machte mich ungenießbar.

«Glauben Sie denn, dass Kathi Selbstmord begangen hat?», raunte ich der Lehrerin zu. Etwas Besseres fiel mir nicht ein. Mein ganzes Denken drehte sich seit Tagen nur um diese eine Frage.

Frau Pfeifenberger musterte mich. Es war ein wenig unangenehm, so direkt angesehen zu werden, aber ich hielt ihrem Blick stand. Schließlich schüttelte sie mit einer kaum wahrnehmbaren Bewegung den Kopf.

«Nein», sagte sie leise. Ihre Stimme klang jetzt tränenerstickt. «Ich bilde mir ein, über eine gute Menschenkenntnis zu verfügen, und ich kann das einfach nicht glauben.»

Zwei weitere Personen schoben sich in unsere Bankreihe, wir

mussten aufrücken. Die Lehrerin kam mir noch näher, unsere Oberschenkel lagen nun aneinander. Ich konnte ihre Körperwärme spüren. Ein offenerer Mensch als ich hätte ihr in diesem Moment vielleicht einen Arm um die Schultern gelegt, um sie zu trösten. Ich tat es nicht. Wie immer in solchen Situationen zog ich mich zurück in meinen Schildkrötenpanzer.

«Sie … Ihnen stand Kathi doch nahe», sagte Frau Pfeifenberger und wischte sich eine Träne aus dem Augenwinkel. «Das habe ich gespürt, als Kathi wegen des Zukunftstages gefragt hat.»

Sie sprach es nicht aus, aber es war auch so klar, was sie wissen wollte: Haben Sie nichts bemerkt?

Ich schüttelte den Kopf. «Schon … ja … aber da war nichts … ich habe keine Veränderung bemerkt. Zwar hatte ich sie zwei oder drei Wochen nicht gesehen, aber so etwas kommt ja nicht über Nacht, nicht einmal bei Teenagern, oder?»

Die Lehrerin schüttelte den Kopf.

«Nein, nicht einmal bei Teenagern. Ich … wir sind alle fassungslos … das ist so … so unbegreiflich.»

«Und Kathis Freundinnen? Was sagen die dazu?», wollte ich wissen.

«Nichts bisher. Ich habe in der Klasse versucht, ein Gespräch darüber zu führen, aber der Schock ist einfach zu groß. Nur Theresa, Kathis beste Freundin, hat da so eine Bemerkung fallenlassen.»

«Was für eine Bemerkung?», fragte ich viel zu laut und fing mir den bösen Blick eines Mannes in der Bankreihe vor mir ein. Viel fehlte nicht, und ich hätte ihm den Stinkefinger gezeigt.

Astrid Pfeifenberger wollte antworten, doch in diesem Moment begannen die Glocken zu läuten, und der Pastor betrat die Kapelle. Ihm folgten Iris und Heiko, Kathis Eltern. Sie stützten sich gegenseitig, fanden aber beide nicht die Kraft aufzusehen. Zusammen mit Kathis Großeltern nahmen sie in der ersten Bankreihe Platz. Auch für mich war dort ein Platz reserviert, doch hier hinten fühlte ich mich wohler. Ich glaubte, Iris aufschluchzen zu hören. Sofort zog sich mein Magen zusammen, und der Hals wurde mir eng.

Die Trauerandacht begann.

Angeblich hat Kathi sich in ihren letzten Monaten für den Tod interessiert.»

Astrid Pfeifenberger stand mit mir auf der anderen Seite der Friedhofsmauer im Schatten einer großen Rotbuche. Der Strom der Trauergäste zog in mehr als zwanzig Meter Entfernung in Richtung Parkplatz. Ein Wagen nach dem anderen fädelte sich auf die Bundesstraße ein und verschwand. Die meisten würden sich im Gasthaus wiedertreffen, zum Leichenschmaus. Ich fand die Tradition, nach einer Beerdigung Kaffee und Butterkuchen zu sich zu nehmen, einfach geschmacklos und würde mich dort nicht blicken lassen.

«Für den Tod», wiederholte ich. «Wer sagt das?»

«Ihre beste Freundin, Theresa.»

«Und wie soll ich mir das vorstellen?»

Astrid Pfeifenberger schüttelte den Kopf. «Ich weiß es nicht. Theresa wollte sich nicht weiter dazu äußern. Sie war vollkommen aufgelöst. Ich hatte den Eindruck, sie fürchte sich vor etwas. Aber ich kann mich auch getäuscht haben. Mir ging es ja selbst nicht besonders gut.»

Ich nickte. Ja, das konnte ich gut verstehen. Seit ich von Kathis Tod erfahren hatte, lebte ich in einem Kokon, der die beschissen banalen Dinge des Alltags von mir fernhielt und mein Denken beträchtlich einschränkte. Es war fast so, als wäre eine Hälfte meines Ichs abgeschaltet worden. Ich lief sozusagen im Notfallmodus. Und wenn es Frau Pfeifenberger ähnlich ging, konnte sie sich sehr wohl getäuscht haben.

Aber ich war jetzt neugierig geworden. Ich beobachtete die abfahrenden Autos und überlegte mir die nächste Frage.

«Hätten Sie etwas dagegen, wenn ich in die Schule käme und mit ein paar von Kathis Klassenkameradinnen spräche?»

Die Lehrerin zog die Augenbrauen zusammen. Mir fiel auf, dass ihre Wimperntusche verlaufen war. Sie musste während der Zeremonie am Grab geweint haben.

«Wozu?»

«Weil ich wissen will, was passiert ist. Kein Mensch kann mir erzählen, dass Kathi den Freitod gewählt hat. Das stimmt einfach nicht.»

Da lag schon wieder Wut in meiner Stimme, und ich befürchtete, die Lehrerin damit zu verschrecken. Aber sie schaute mich intensiv an und nickte dann.

«Okay. Aber nur wenn die Mädchen freiwillig mit Ihnen reden. Außerdem gibt es in der Schule etwas, das Sie sehen sollten.»

Anima Moribunda
Was suchst du, TommyX5?

TommyX5
Wer bist du denn?

Anima Moribunda
Jemand, der dir helfen kann.

TommyX5
Was ist das für ein bescheuerter Nickname?
Anima … was?

Anima Moribunda
Das kannst du später herausfinden. Das Internet hat auf alles eine Antwort. Ich hätte auch eine für dich.

TommyX5
Wüsste nicht, dass ich dich etwas gefragt hätte. Wie kommst du überhaupt in diesen Chat?

Anima Moribunda
Bin Member, und deine Posts sind öffentlich.

TommyX5
Echt! Scheiße, Mann, das wusste ich nicht.

Anima Moribunda
Du langweilst mich, TommyX5. Sag mir, was du suchst, oder ich bin weg.

TommyX5
Was ich suche ... ich hab von diesem Video gehört.

Anima Moribunda
Aha.

TommyX5
Da soll man alles sehen können, ich meine, wirklich alles, ohne Schnitt oder Verpixelung oder so 'n Scheiß, ich find's nur nicht.

Anima Moribunda
Ich weiß, ich habe es gesehen. Ich kann dir versprechen, es ist echt krass. Mehr geht nicht.

TommyX5
Verdammt, Alter, wo finde ich das Teil?

Anima Moribunda
Ist nicht für jeden gedacht.

TommyX5
Was willst du dafür?

Anima Moribunda
Was ich will? Das verrate ich dir vielleicht später.
Aber willst du das wirklich sehen?

TommyX5
Klar, Alter, zeig her das Gemetzel, ich will jemanden krepieren sehen.

Anima Moribunda
Dann sieh mal hier nach. Aber beeil dich.
Ist nicht lange online.

TAG 7

Ich wartete in der Aula des Gymnasiums am Goetheplatz auf Kathis Klassenlehrerin Astrid Pfeifenberger. In fünf Minuten würde ihre Unterrichtsstunde zu Ende sein, sie hatte versprochen, mich danach vor der Vitrine mit den ausgestopften Ratten zu treffen. Sie waren das Ergebnis einer Kunstprojektgruppe, die sich mit dem Tod befasst hatte – mit den Mythen, die sich um ihn rankten, seinen Erscheinungsformen und seinem Einfluss auf die Menschen. Es verlangte keine große Kombinationsgabe, um zu erahnen, warum Frau Pfeifenberger mich ausgerechnet an dieser Vitrine treffen wollte.

Ich trank von dem Kaffee, den ich mir aus einem der drei Automaten im Treppenhaus gezogen hatte. Er war nicht schlecht, und ich brauchte das Koffein. Ich schlief nicht mehr. Mir wollte einfach keine brauchbare Idee für ein neues Buch einfallen. Es war zum Verzweifeln.

Denn immer wieder driftete ich in Gedanken zu Kathi ab.

Zwei Tage waren seit ihrer Beerdigung vergangen. Natürlich war ich immer noch tieftraurig, aber der Schock war mittlerweile einer unbändigen Wut gewichen. Ich brannte darauf herauszufinden, was meiner einzigen Nichte Kathi widerfahren war. Und sollte sie etwa jemand in den Tod gemobbt haben, würde ich ihn finden, und nicht einmal Gottes Gnade könnte diese Person dann noch retten. Ja, meine Wut loderte, und ich würde Mühe haben, sie vor Astrid Pfeifenberger zu verbergen.

Einen derart zornigen Autor abgründiger Psychothriller würde sie sicher nicht mit ihren Schützlingen sprechen lassen. Ich wunderte mich ohnehin über ihre Bereitschaft, mich zu unterstützen. Sie musste Kathi sehr gemocht haben.

Die Schulglocke läutete. Es war ein angenehmer, tragender Ton, fast wie der einer Domglocke. Nur Sekunden darauf sprangen überall Türen auf, und Schüler und Schülerinnen quollen in die weitläufige Aula. Ich blieb einfach sitzen und beobachtete. Niemand schien von mir besondere Notiz zu nehmen, nur vereinzelt streiften mich Blicke. Die Geräuschkulisse war erstaunlich. Eben noch war es still gewesen, jetzt vernetzten sich Hunderte Stimmen zu einer Flut von Geräuschen und undeutlichen Worten. Lebendigkeit umhüllte mich und schien die Mauern dieses altehrwürdigen Gebäudes von innen heraus sprengen zu wollen. Kathis Tod hatte hier kaum etwas hinterlassen.

Astrid Pfeifenberger kam auf mich zu. Ich war überrascht, dass sie immer noch Schwarz trug. Ich stand auf und schüttelte ihr die Hand.

«Wie geht's Ihnen?», fragte sie und sah mich wieder mit diesem direkten, intensiven Blick an. Ich schätzte, dass ihre Schüler mit Lügen bei ihr nicht durchkamen.

Ich rang mir ein Lächeln ab und deutete mit dem Daumen auf die Ratten in der Vitrine.

«Die beobachten mich schon die ganze Zeit.»

«Man meint, sie würden noch leben, oder?»

«Ist es das, was Sie mir unbedingt zeigen wollten?»

Frau Pfeifenberger nickte. «Kathi hat in dieser Projektgruppe mitgearbeitet.»

«Haben Sie sie geleitet?»

«Nein, ein Kollege. Franz Altmaier. Ich weiß noch, wie begeistert er von Kathis Engagement war. Sie hat sich von allen Teilnehmern am stärksten engagiert. Die Idee mit den Ratten stammt zum Beispiel von Kathi. Franz meinte, Kathi sei von der Idee fasziniert gewesen, dass der Tod eine ansteckende Krankheit ist. Allerdings war die Arbeit der Projektgruppe schon vor drei Monaten abgeschlossen.»

Für den Tod keine lange Zeit, schoss es mir durch den Kopf, doch ich behielt es für mich.

«Vielleicht hat die Arbeit bei Kathi Spuren hinterlassen», sagte ich stattdessen und betrachtete die Ratten nachdenklich. «Aber ich kann es mir kaum vorstellen. Nicht bei einem so starken, lebendigem Mädchen wie Kathi.»

Astrid Pfeifenberger sah mich direkt an. «Ich verstehe es auch nicht. Vor einer Woche saß sie mir noch gegenüber, in der ersten Reihe, wie immer. Lehrer zu sein ist kein einfacher Job, aber in jedem Jahrgang gibt es einen Schüler oder eine Schülerin, aus der ich meine Motivation, meine Kraft beziehe. In diesem Jahrgang war das Kathi. Jeden Tag. Wenn ich sie angesehen habe, wusste ich sofort, warum ich tue, was ich tue. Und dass es nie vergebens ist.»

Ihre Augen wurden wieder feucht, und in dieser Sekunde nahm ich alle negativen Bemerkungen zurück, die ich je über Lehrer gemacht hatte. Und das waren viele.

Ich räusperte mich.

«Ihr Kollege, der die Projektgruppe geleitet hat …»

«Franz Altmaier.»

«Ja, ob ich mit dem wohl auch sprechen könnte?»

Die Lehrerin zuckte mit den Schultern. «Ich denke schon, aber er ist heute auf einer Fortbildung. Ich frage ihn, wenn er wieder hier ist.»

«Gut, danke. Und die Mädchen. Wollen die mit mir sprechen?»

«Zwei haben sich bereit erklärt. Viola und Theresa. Aber gehen Sie behutsam vor, vor allem Theresa ist noch immer sehr verschlossen, wenn es um Kathi geht. Ich habe mich gewundert, dass sie überhaupt mit Ihnen sprechen will. Sie haben eine Viertelstunde, bevor die beiden zum Sportunterricht müssen.»

Astrid Pfeifenberger hatte recht. Theresa war verschlossen. Außer einem Hallo sagte sie in den ersten fünf Minuten des Kennenlernens gar nichts. War sie vielleicht nur im Klassenzimmer geblieben, um auf ihre deutlich gesprächigere Freundin Viola aufzupassen? Ihre missbilligenden Blicke ließen diese Vermutung jedenfalls zu.

«Ich zeig Ihnen mal was», sagte Viola und tippte flink mit ihren blau lackierten Fingernägeln auf dem Display ihres Smartphones herum. Seit ich hier bei ihnen saß, hatte keines der Mädchen sein Handy auch nur eine Sekunde aus der Hand gelegt. Theresa, nach Astrid Pfeifenbergers Auskunft Kathis beste Freundin, hatte sogar ständig den Blick darauf geheftet. Sie hatte nicht einmal bei der Begrüßung aufgeschaut.

«Hier.»

Viola hielt das Handy so, dass ich den großen Bildschirm sehen konnte. Dort startete gerade ein Video.

«Aber nicht erschrecken», sagte das Mädchen noch. Da war es schon zu spät.

Auf dem Bildschirm erschien Kathi. Erst nur ihr fröhliches, offenes Gesicht, wie immer mit einem verschmitzten Lächeln.

«Hi», sagte sie. Die Tonqualität war erstaunlich gut. «Darf ich euch meine neuen Freunde vorstellen.»

Die Kamera zoomte aus ihrem Gesicht und offenbarte, wen sie mit «neue Freunde» meinte. Rechts und links auf ihren Schultern saßen zwei der ausgestopften Ratten, die ich draußen in der Aula in der Vitrine gesehen hatte.

«Das sind Frank und Dean», sagte Kathi und nickte einmal nach rechts und links. «Mein Ratpack.»

Die Kamera zoomte jetzt auf Frank, der auf ihrer rechten Schulter saß. Ganz nah heran an die schwarzen Augen und die scharfen Schneidezähne.

Aus dem Off sprach Kathi weiter.

«Im Mittelalter galten Ratten als Todesboten, weil sie die Pest übertrugen. Dabei waren sie gar nicht Schuld. Es waren ihre Flöhe, die die Bakterien von der Ratte auf den Menschen übertrugen. Winzig kleine Tiere übertragen noch winzigere Lebewesen auf einen Menschen, und der stirbt daran. Ist es nicht krass, wie wenig es braucht, einen Menschen zu töten? Und

ist es nicht faszinierend, welche Möglichkeiten dem Tod zur Verfügung stehen? Ein Bakterium, ein Virus – und schnipp: Weg bist du.»

An dieser Stelle hörte man Kathi mit den Fingern schnippen, und dann war das Video zu Ende.

Viola nahm ihr Handy herunter. «So was hat sie damals, als wir die Projektgruppe hatten, dauernd gemacht. Hat immerzu vom Tod gequatscht und wie faszinierend das alles sei. Kathi ist richtig aufgegangen in dem Projekt und hat sogar die beste Note bekommen.»

«Das war doch nur Spaß», unterbrach Theresa sie plötzlich ungehalten.

«Dachte ich ja auch, und weil ich es witzig fand, habe ich das Video behalten, aber jetzt … nach dieser Sache … vielleicht … ach, ich weiß auch nicht», versuchte Viola sich gegen ihre Freundin zu verteidigen.

«Hattet ihr beiden den Eindruck, dass Kathi niedergeschlagen war in der letzten Zeit?»

«Vielleicht», sagte Viola und zuckte mit den Schultern. «Ich meine, na ja, sie war auch nicht immer nur gut drauf. Schlimme Sachen konnten sie echt fertigmachen.»

Ich wusste genau, was das Mädchen meinte. Ich konnte mich noch gut erinnern, wie herzzerreißend Kathi nach dem Sandy-Hook-Massaker geweint hatte. Aber das war es nicht, worauf ich hinauswollte.

«Aber hat sie nicht vielleicht davon gesprochen, dass sie … na ja, ihr wisst schon, auf all das keine Lust mehr hat.» Ich hob die Hände, deutete auf den Klassenraum und ließ sie wieder sinken. Das war mehr als ungeschickt ausgedrückt für jemanden, der seine Brötchen mit Schreiben verdiente, aber ich brachte die richtigen Worte einfach nicht heraus. Worte wie Selbstmord hatten nichts zu suchen in einem Satz mit Kathis Namen darin.

Viola zuckte mit den Schultern. «Keine Ahnung, aber sie hat mal gesagt …»

«Willst du jetzt alles wiederholen, was Kathi jemals gesagt hat?», unterbrach Theresa sie rüde.

Die beiden wechselten einen vielsagenden Blick. Ich kam mir wie ein Eindringling vor, der in dieser Schulwelt nichts zu suchen hatte.

«Hört zu», begann ich, «ihr müsst nicht mit mir reden, ich verstehe das, kein Problem. Was ich aber nicht verstehe, ist Kathis Tod. Ich kann einfach nicht glauben, dass sie sterben wollte. Also, wenn ihr irgendwas wisst, bitte … es wäre eine große Hilfe. Auch für Kathis Eltern. Die sind total verzweifelt.»

Beide Mädchen senkten den Blick. Viola starrte auf ihr Handy, Theresa zu Boden. In der Stille hörte ich auf dem Gang einige Schüler vorbeilaufen. Plastiksohlen quietschten auf Linoleumboden.

«Sie hatte Angst», sagte Theresa unvermittelt. Sie starrte noch immer zu Boden. Ihre Augenlider zuckten nervös.

«Was sagst du da? Vor wem hatte sie Angst?»

«Weiß ich nicht.»

«Aber sie muss doch etwas gesagt haben.» Ich stand auf, vielleicht etwas zu ruckartig, jedenfalls erschraken beide Mädchen, und Theresa sah mich endlich an.

«Sie fühlte sich verfolgt», stieß sie aus.

«So ein Quatsch», fuhr Viola dazwischen. «Damit wollte sie sich doch nur wichtig machen. Für Marco.»

«Wer ist Marco?»

«So ein Typ hier auf der Schule.»

«Ihr Freund?»

«Nee, nicht wirklich, aber Kathi fand ihn schon süß.»

«Das hatte absolut nichts mit Marco zu tun», beharrte Theresa. «Sie hat mir gesagt, dass ihr ein paarmal ein Wagen gefolgt ist. Auf dem Weg nach Hause.»

«Was?», platzte ich heraus. «Was für ein Wagen?»

«Ich weiß nicht, hat sie nicht genau gesagt, ein großer schwarzer, glaube ich.»

«Wann war das?» Ich hätte das Mädchen am liebsten geschüttelt, weil ich ihr alles so mühsam aus der Nase ziehen musste.

«Vor zwei Wochen oder so. Keine Ahnung. Aber dann hat sie es nicht mehr erwähnt, und ich hab's vergessen. Bis … na ja, bis …»

Sie sprach nicht zu Ende, sah mich an, und eine Träne kullerte ihre Wange hinab. «Meinen Sie, das hat etwas mit ihrem Tod zu tun?»

«Würdest du das der Polizei gegenüber wiederholen?», fragte ich.

«Ich weiß nicht … warum?»

«Hat Kathi vielleicht ein Foto von dem Wagen gemacht?»

Beide zuckten mit den Schultern.

«Schauen Sie doch auf ihrem Handy nach», sagte Viola. «Kathi hat immer wie eine Verrückte fotografiert. Wenn sie den Wagen fotografiert hat, dann finden Sie das Bild dort. Aber wie gesagt, ich glaub die Geschichte nicht so ganz.»

«In den letzten Tagen …», begann Theresa und sah wieder zu Boden. «Kathi … sie hat ständig diese kleinen schwarzen Kästchen fotografiert und gescannt. Sie meinte, die wären irgendwie unheimlich, weil man nicht wissen kann, was sich dahinter verbirgt.»

«Was für kleine schwarze Kästchen?»

«Diese QR-Codes.»

Was sind QR-Codes?», fragte mein Bruder Heiko. Seine Hand zitterte, während er an der Zigarette zog, und für einen Moment verschwanden seine Augen hinter dem hastig ausgepafften blauen Qualm. Es waren nicht mehr die gleichen wie früher. Der grenzenlose Optimismus darin war verschwunden. Heiko war ein grundehrlicher, herzensguter Typ, der in allen Menschen immer nur das Beste sah, aber diese beneidenswerte Eigenschaft hatte durch Kathis Tod Schaden genommen.

«Diese kleinen schwarz-weißen Rechtecke, die man heute auf fast allen Produkten findet. So ähnlich wie Barcodes, nur eckig. Man scannt sie mit dem Handy ein, bekommt darüber weitere Informationen und kann an einem Gewinnspiel teilnehmen oder so was.»

«Ach so … Nein», sagte Heiko und schüttelte den Kopf. «Ich hab nicht bemerkt, dass Kathi sich dafür interessiert hat.»

Sein Blick weitete sich und ging ins Leere.

«Sie war wie immer … meine Kathi war doch wie immer, oder?»

Diese Frage war nicht an mich gerichtet, das wusste ich. Heiko hatte einen regulären Job in einer Papierfabrik und fuhr an den Wochenenden und Feiertagen Taxi, um seine Familie und das Haus durchzubringen. Iris arbeitete in Teilzeit als Krankenschwester. Die beiden hatten nicht viel Zeit für ihr einziges Kind, vor allem Heiko nicht. Jetzt fragte er sich, ob er eine Veränderung an seiner Tochter überhaupt bemerkt hätte.

Ich legte ihm die Hand auf die Schulter. Wir standen draußen auf seiner Terrasse, drinnen rauchte er nicht. Es war längst dunkel geworden, und in der Nachbarschaft war es sehr still. Fast schien es, als würde Kathis Tod auf der ganzen Wohnstraße lasten.

«War sie, und ich glaube auch nicht, dass es Selbstmord war.»

Heiko schüttelte den Kopf, zog abermals an der Zigarette und sah mich dann an. «Aber niemand würde doch meiner Kathi etwas antun. Warum denn auch? Das verstehe ich genauso wenig. Weißt du irgendwas, was ich nicht weiß?»

Die Trauer und Verzweiflung in seinem Blick hatte mich in den letzten Tagen schon bedrückt, dass er mich jetzt aber so ansah, als misstraue er mir, setzte mir noch mehr zu. Übel nahm ich es ihm nicht, er war traumatisiert. In diesen Tagen hätte er mich schlagen und beleidigen können, es hätte unserer Beziehung keinen Abbruch getan.

«Nein», sagte ich und sah ihm fest in die Augen. «Ich weiß nicht mehr als du. Aber ich weiß, dass Kathi sich niemals umgebracht hätte. Und das kann mir auch niemand weismachen.»

«Aber die Polizei sagt …»

«Ach», unterbrach ich ihn scharf, «was wissen die denn schon. Die kannten deine Tochter doch gar nicht. Es ist die einfachste Erklärung, deshalb wird sie leichtfertig akzeptiert.»

«Aber … aber was soll ich tun? Ich meine … ich weiß nicht, was ich tun soll.»

«Lass dir von mir helfen», sagte ich. «Wenn du wissen willst, was wirklich passiert ist, dann lass dir von mir helfen.»

Sein Blick wurde jetzt eindringlich, fast schon flehend. «Okay … okay, ja, ich will es wissen, egal, was es ist.»

«Und Iris?» Ich wusste natürlich, wie schlecht es ihr ging. Iris wollte nur um ihr Kind trauern und sich nicht mit irgendwelchen Theorien beschäftigen, die womöglich alles nur noch schlimmer machten. Seit der Beerdigung schlief sie die meiste Zeit, blätterte in Fotoalben oder stierte stumpf vor sich hin. Das verstand ich. Ich musste, was Iris betraf, ohnehin vorsichtig sein. Unser Verhältnis war nicht das beste. Ich konnte nicht einmal sagen, woran das lag. Als Heiko und Iris sich kennengelernt hatten, hatte ich meinen Bruder bereits das eine oder andere Mal mit auf Bergtouren genommen. Wir hatten dabei immer viel Spaß, aber Iris gefiel nicht, was wir taten. Sie hielt es für zu gefährlich. Es war nie etwas passiert, trotzdem redete sie, als sie mit Kathi schwanger wurde, meinem Bruder so lange ins Gewissen, bis er mir verkündete, er könne jetzt nicht mehr mit mir in die Berge gehen. Seine Verantwortung für die Familie ließe das nicht weiter zu. Auch das konnte ich verstehen, die Begründung war ja vernünftig. Ich hatte es Iris nicht übelgenommen – oder vielleicht doch ein bisschen –, aber ich hatte nie wieder versucht, meinen Bruder zu einer Tour zu überreden. Trotzdem behandelte sie mich seitdem, als würde ich ihr den Mann wegnehmen.

Heiko hielt den Blick auf den Boden gerichtet.

«Iris auch, nur im Moment noch nicht. Das ist zu viel für sie», sagte er. Dann sah er mich an. «Aber was hast du vor?»

«Ich würde gern hinauf in Kathis Zimmer.»

«Iris schläft nebenan», wandte Heiko ein.

«Ich werde sie nicht wecken.»

«Und was erwartest du dort zu finden?»

«Das weiß ich nicht, vielleicht finde ich auch gar nichts. Aber ich muss schließlich irgendwo anfangen.»

Heiko zog ein letztes Mal an der Zigarette, warf sie zu Boden und trat mit dem Fuß auf die Kippe. «Gut, geh nur rauf. Du brauchst mich doch nicht dabei, oder?»

Ich schüttelte den Kopf. Ich wusste, dass er es nicht fertigbringen würde, Kathis Zimmer zu betreten.

«Gut, es ist nicht wegen … ich muss aber hier unten noch aufräumen, du weißt schon.»

«Kein Problem. Ich schaff das allein.»

Ann-Christin verharrte, die Hand auf die Gartenpforte gelegt. Sie drehte sich langsam um und starrte in die Dunkelheit hinter sich. Zwischen den kleinen Lichtinseln der Straßenlaternen schienen Schatten zu huschen.

Hatte sie gerade Schritte gehört?

Sie sah eine Weile hin, konnte aber niemanden entdecken. Sie hasste es, im Dunkeln nach Hause zu kommen, aber heute hatte sie der Filialleiter des Supermarktes, in dem sie ihre Ausbildung machte, gebeten, länger zu bleiben. Das hatte sie nicht ablehnen können.

Diese verfluchte Angst. Kein Tag verging, an dem sie nicht das Gefühl hatte, verfolgt zu werden.

Sie zitterte, drückte die Gartenpforte auf und lief über die Waschbetonplatten auf die Haustür zu. Dort bemerkte sie, dass drinnen kein Licht brannte. Nirgends. Nicht einmal die Funzel neben der Tür.

Merkwürdig, dachte Ann-Christin. Ihre Mutter war kein Mensch, der seine Gewohnheiten änderte. Es war zwanzig Uhr durch, um diese Zeit war sie immer daheim. Sie ging nach Einbruch der Dunkelheit nicht mehr hinaus. Eigentlich ging sie sowieso kaum noch hinaus, nur noch zum Einkaufen und für die regelmäßigen Arztbesuche. Sie lebten hier zusammen wie auf einer einsamen Insel.

Ein rascher Blick auf ihr Smartphone: kein Anruf und keine SMS von ihrer Mutter.

Ann-Christin drückte den Klingelknopf, steckte gleichzeitig den Schlüssel ins Schloss und schob die Tür auf. Das machte sie immer so.

«Ich bin da», rief sie in den dunklen Hausflur.

Es roch schwach nach gebratenen Frikadellen. Mama hatte angekündigt, sie mittags zubereiten zu wollen. Ann-Christins Magen zog sich schmerzhaft zusammen, und ihr wurde bewusst, wie wenig sie heute gegessen hatte.

«Mama?»

Keine Antwort.

Ann-Christin drückte die Haustür zu und hängte ihr mit Nippes überladenes Schlüsselbund an den Haken. Dann ließ sie ihre schwere Tasche zu Boden fallen und machte Licht.

Sofort sah sie den Hausschuh auf der Treppe in den Keller. Ein einzelner blauer Filzpantoffel auf der vierten Stufe von oben. Ann-Christin hatte Mama diese Hausschuhe vor vielleicht sechs oder sieben Jahren zu Weihnachten geschenkt. Damals hatte Papa noch bei ihnen gewohnt. Und auch wenn es schon schlimm gewesen war, hatte es zwischendurch immer Normalität gegeben, Phasen, in denen sie eine glückliche Familie waren. Alle hatten das mit gelbem Garn gestickte Smiley-Gesicht vorn auf den Schuhen witzig gefunden. Mama hatte seitdem nie andere Schuhe im Haus getragen, entsprechend abgewetzt und speckig waren sie heute. Und dieser eine Pantoffel auf der Treppe schien Ann-Christin hämisch anzustarren. Was früher lustig gewesen war, machte ihr jetzt Angst. An keinem Tag in ihrem Leben hatte je ein einzelner Hausschuh auf der Treppe gestanden. Nie!

«Mama, wo bist du?», rief sie.

Keine Antwort.

Sie schaltete das Licht ein. Es beleuchtete nur den geraden Teil der mit braunen Kacheln gefliesten Kellertreppe. Die Treppe beschrieb im unteren Drittel eine Kurve, und alles, was sich dahinter befand, lag im Dunkeln.

Ann-Christin setzte einen Fuß auf die erste Stufe. Gleichzeitig schrie in ihrem Inneren eine Stimme: «Hau ab, bring dich in Sicherheit!» Sie zögerte einen Moment und dachte daran, zu den Böses hinüberzulaufen, ihren Nachbarn. Aber wie peinlich wäre es, wenn Mama nur früh zu Bett gegangen oder auf der Couch eingeschlafen wäre! Für den verfluchten Hausschuh gab es sicher eine ganz einfache Erklärung.

Also nahm sie all ihren Mut zusammen und stieg über den einzelnen Hausschuh in den Keller hinab. Für einen kurzen Moment glaubte sie, die aufgestickten Augen würden ihr folgen, aber das lag sicher nur an ihren überreizten Nerven.

Auf der sechsten Stufe erstarrte Ann-Christin.

Von unten herauf starrte sie das Smiley-Gesicht des zweiten Hausschuhs an. Er steckte noch auf dem Fuß ihrer Mutter.

Sie lag verdreht und leblos am Ende der Treppe.

Ich ließ mich auf den Drehstuhl nieder, der vor dem kleinen Schreibtisch aus Kiefernholz in Kathis Zimmer stand. Ich hatte bewusst die Deckenlampe nicht eingeschaltet, beugte mich nun vor und betätigte den Schalter der schwenkbaren Arbeitsleuchte. Kaltes blaues LED-Licht flutete über den unaufgeräumten Schreibtisch.

Am Schirm der Lampe klebte ein Post-it mit einem einzigen Satz darauf. Als ich ihn las, lief mir ein kalter Schauer den Rücken hinab.

Das digitale Virus ist die Pest der Neuzeit.

Ich nahm den Zettel ab. Das war eindeutig Kathis Handschrift. Virus, Pest, Ratten, Tod … was war nur in ihrem Kopf vorgegangen? Ich wurde einfach nicht schlau daraus.

Ich betrachtete den Schreibtisch. An den Rändern stapelte sich ein Wust aus Kleinkram. Schmuck, Schminkutensilien, gerahmte Fotografien, Figuren aus Überraschungseiern. Dazwischen eines meiner älteren Bücher: «Blinder Instinkt». Es sah aus, wie ein Taschenbuch aussehen sollte: abgegriffen und schmuddelig. Sie hatte mir gesagt, dass sie die Geschichte um das blinde Mädchen besonders mochte. Ich nahm es in die Hand, blätterte durch die Seiten und legte es wieder weg. Keine Zeit für Sentimentalitäten jetzt. Ich war hier, um zu recherchieren.

Der Laptop stand vor mir. Ich hatte ihn ihr zur Konfirmation geschenkt. Ich hatte in meinen Büchern oft genug beschrieben, wie sich Ermittler, auch Privatdetektive, notwendige Informationen beschafften. So gut wie jeder Polizist wusste ich, dass ein Computer eine Fundgrube sein konnte, wenn die Person eher sorglos damit umgegangen war. Und ich war in Computerdingen fit genug, um einiges herauszufinden. Für alles andere hatte ich Jan Krutisch, einen Programmierer, auf den ich bereits bei einigen Recherchen zurückgegriffen hatte.

Für das Zugangspasswort brauchte ich ihn aber nicht. Ich kannte es.

Kathi hatte es mir nicht selbst verraten, aber sie hatte diesen Laptop an ihrem Praktikumstag bei mir dabeigehabt. Als sie ihn gestartet hatte, hatte ich beim Eingeben des Passwortes zugesehen. Ich erinnerte mich so genau daran, weil ich ihr danach einen Vortrag darüber gehalten hatte, dass es viel zu simpel war. Vier Buchstaben. Ein Name aus ihrem Leben.

Lady.

Kathis Facebook-Account war noch geöffnet.

Das tat weh. Ihre Timeline war voller Fotos. Kathi allein oder mit einer ihrer Freundinnen in witzigen oder provokanten Posen. Kathi auf einer Feier, im Bus, das Bild mit ihrer Katze im Arm, das ich schon kannte. Kurz nach ihrem Tod hatten einige ihrer Freunde etwas gepostet, nicht wissend, dass sie nicht mehr lebte. Es waren makabre Einladungen. Was machst du heute Abend? Hey, meld dich mal, kann dich nicht erreichen. So still bei dir, hast du einen neuen Freund?

Dann änderte sich der Ton. Posts erschienen, hinter denen man den Schock und die Trauer erahnen konnte. Ich wollte sie nicht lesen, das ging mir viel zu nahe.

Kathi hatte 533 Freunde. Einige davon waren auf der rechten Seite abgebildet. Mir fiel auf, dass ich ein paar der Gesichter kannte.

Ich loggte mich in meinen Facebook-Account ein.

Einige meiner Freunde waren auch ihre. Viele, die auf meiner Fanpage «Gefällt mir» geklickt hatten, fand ich auch unter Kathis Freunden. Ich hatte sie gebeten, bei den sozialen Netzwerken keinen sichtbaren Kontakt zwischen uns herzustellen. Ich schrieb Thriller und wollte nicht, dass irgendein realer Psychopath da draußen an meinen Familien- oder Freundeskreis herantrat. Kathi hatte sich daran gehalten. Da wir den gleichen Nachnamen trugen, hatte sie sich Kathi Weepunkt genannt. Aber vernetzt waren wir trotzdem. Die ganze Welt war vernetzt.

Ich scrollte durch ältere Posts auf ihrer Seite, fand aber nichts, was mich aufmerksam werden ließ. Daraufhin sah ich mir an, wo sie auf «Gefällt mir» geklickt hatte. Das war eine Menge. Zu viel, um es auf die Schnelle durchzuschauen. Es waren einige Posts darunter, die mit dem Tod zu tun hatten.

Meine Finger schwebten für einen Moment über der Tastatur. Mir war plötzlich danach, etwas auf Kathis Seite zu hinterlassen. Ein paar Worte für sie, die meine Trauer ausdrückten. Ich fand keine, weil es keine Worte dafür gab.

Also schrieb ich schlicht *Ruhe in Frieden* und fragte mich, was wohl mit all den Accounts der Toten dieser Welt geschah. Ich nahm mir vor, diese Frage zu recherchieren.

Dann wandte ich mich ihrem E-Mail-Konto zu.

Es war nicht passwortgeschützt. Sie hatte ihrem simplen Zugangspasswort voll und ganz vertraut. Die verschiedenen Ordner waren prall gefüllt. Allein im Ordner für gesendete Nachrichten lagerten 142 Mails. Der Papierkorb war lange nicht geleert worden. Im Eingangsordner warteten siebzehn Mails darauf, gelesen zu werden. Der Datumsangabe zufolge waren sie alle nach ihrem Tod eingegangen. Die nahm ich mir zuerst vor.

Unglaublich! Es waren drei Mails dabei, die ganz bewusst und als Abschied an eine Tote gerichtet waren. Ich las sie, dabei liefen mir die Tränen nur so herunter. Die anderen vierzehn Mails waren belanglos. Das war ein wenig enttäuschend. Es war spät, und wenn ich mich wirklich durch den Papierkorb wühlen musste, wäre es wohl besser, Kathis Rechner mit zu mir nach Haus zu nehmen. Heiko würde sicher nichts dagegen haben, bei Iris war ich mir nicht sicher. Aber die schlief ja.

Ich entdeckte einen Ordner mit dem Titel «wichtige Post». Er enthielt lediglich drei Mails. Ich klickte ihn an und öffnete die erste Mail. Sie enthielt keinerlei Text, aber einen sehr großen Anhang, eine Videodatei, wie ich an dem Format erkennen konnte. Das war zunächst einmal nichts Ungewöhnliches, schließlich versendeten gerade Jugendliche heutzutage haufenweise Videos. Wahrscheinlich war es Musik. Was mich aufmerksam werden ließ, war der Absender. Anima Moribunda.

Was frei übersetzt so viel hieß wie «todgeweihte Seele».

Ich klickte auf den Videolink.

Kathi ging eine Straße hinunter. Sie trug knöchelhohe schwarze Schuhe mit Absätzen, eine schwarze Strumpfhose und eine kurze graue Hose. Dazu eine engtaillierte Jacke. Über ihrer Schulter baumelte eine graue Ledertasche. Ihr langes braunes Haar trug sie offen. Plötzlich blieb Kathi stehen, drückte auf den Taster einer Fußgängerampel, und noch bevor sie sich zur Kamera umdrehen konnte, brach das Video ab.

Merkwürdig. Sie ging einfach nur die Straße hinunter, sah sich weder um noch nach rechts oder links. Sie schien ein Ziel zu haben. Aber warum hatte sie sich dabei filmen lassen? Die Aufnahme war mit einem Handy gemacht worden. Die Qualität war nicht besonders gut, zudem war sie durch Schritte und Bewegungen verwackelt. Die Person, die gefilmt hatte, war gleichbleibend zehn Meter hinter Kathi gegangen. Am rechten Bildschirmrand konnte ich hin und wieder ein Auto vorbeifahren sehen. Es musste abends gewesen sein. Gelbes Licht von hohen Peitschenlampen schimmerte auf feuchtem Straßenbelag. Die Straße kam mir bekannt vor, doch ich kam nicht drauf, welche es war.

Der Film endete mit dem Standbild meiner Kathi, die im Begriff war, sich mir zuzuwenden. Oder der Person, die gefilmt hatte.

Plötzlich war ich wie elektrisiert. Kathi hatte sich nicht freiwillig filmen lassen, sie war heimlich gefilmt worden! Jemand war hinter ihr her gewesen. Was hatte Theresa in der Schule gesagt? Kathie hatte sich von einem schwarzen Wagen verfolgt gefühlt.

Ich startete das zweite Video und beugte mich gespannt über

den Bildschirm. Es dauerte einen Moment, ehe ich begriff, was ich da sah. Und dann raubte es mir den Atem.

Mein Kopf ruckte hoch, und ich blickte über den Rand des Bildschirms zum Fenster. Draußen war es dunkel. Im Glas spiegelte sich mein Gesicht, angestrahlt von der kalten blauen LED-Lampe. Es wirkte, als starre mich von draußen ein geisterhaftes Wesen an, das ein paar Meter über dem Boden schwebte. Ich warf einen schnellen Blick auf das Video, schaute dann nach rechts und links und suchte die Vergleichspunkte im Raum. Das Regal, die Yucca-Palme, der kitschige Kristalllüster aus Plastik unter der Decke.

Verdammte Scheiße! Das durfte doch nicht wahr sein.

In einer hastigen Bewegung stieß ich mich vom Schreibtisch fort und stand gleichzeitig auf. Der Stuhl rollte noch ein Stück weiter und krachte gegen das Regal. Wenn Iris nicht sehr fest schlief, musste der Lärm sie wecken, aber das war mir gerade egal.

Ich verließ Kathis Zimmer, polterte die Treppe hinunter und traf unten auf dem Flur auf Heiko.

«Was ist … was war das für ein Poltern?», fragte er.

«Heiko?», kam eine dünne Stimme von oben. Iris war wach.

«In den Garten, los, komm mit.»

Ohne eine weitere Erklärung lief ich voraus. Öffnete die Terrassentür, trat auf die Terrasse, auf der Heiko und ich vor einer halben Stunde noch gestanden hatten, und sah zum Giebel des Hauses hoch. Das Fenster zu Kathis Zimmer war blau erleuchtet. Ich orientierte mich kurz, lief dann über den Rasen bis fast an die Grundstücksgrenze und sah wieder hinauf.

Ja, die Perspektive stimmte.

Aber wo? Wo war sie versteckt?

«Andreas, was soll das?» Heiko hatte mich eingeholt und sah mich an, als hätte ich den Verstand verloren.

Ich drehte mich im Kreis und suchte nach einer Möglichkeit. Es gab nur eine: das Vogelhaus. Heiko hatte es aus Birkenholz selbst gebaut. Es stand auf anderthalb Meter hohen Stelzen und war durch einen umlaufenden breiten Teller aus Holz katzensicher. Darauf thronte ein viel zu großes Häuschen mit Satteldach und vorgezogenen Landeplätzen für die Vögel.

«Ich brauche eine Taschenlampe», blaffte ich Heiko an.

«Wieso eine Taschenlampe, was soll …»

«Bitte! Eine Taschenlampe», unterbrach ich ihn. Er starrte mich an, dann drehte er sich um und lief zurück ins Haus.

Während ich wartete, brachte ich mich hinter dem Vogelhäuschen in Position, ging ein wenig in die Hocke und visierte über die Kante des Häuschendaches Kathis Zimmerfenster an.

Ja, das passte. Ich sah sowohl das Regal als auch den Lüster und die Palme. Und ich sah – Kathi, die vor ihrem Schreibtisch stand!

Ich taumelte erschrocken einen Schritt zurück. Erst als das Vogelhaus aus meinem Blickfeld verschwand, erkannte ich, dass nicht Kathi dort am Fenster stand, sondern Iris. Die beiden sahen sich sehr ähnlich, und aus der Entfernung hatte es wirklich so ausgesehen, als schaue Kathi aus einer anderen Sphäre auf mich hinab.

Mein Herz wummerte wie verrückt.

Über den Rasen kam Heiko mit einer Taschenlampe angelaufen.

Gleichzeitig öffnete Iris oben das Fenster.

«Hier», sagte Heiko.

«Heiko, was soll das, wer war in Kathis Zimmer?», rief Iris.

Ich nahm die Taschenlampe und suchte das Vogelhäuschen ab.

Leider fand ich nicht, wonach ich suchte.

«Was tust du da?», fragte Heiko.

«Da», sagte ich und deutete zu dem Fenster hinauf. «Der Winkel stimmt ganz genau. Eine Kamera … hier war entweder eine Kamera installiert, oder jemand hat von hier aus Kathi in ihrem Zimmer gefilmt.»

Tommy, was ist das?!«

Als Thomas Resing ihre Stimme hörte, wusste er, dass er etwas vergessen hatte. Er hatte den Verlauf seiner letzten Online-Sitzung nicht gelöscht, und nun hatte er dummerweise seiner aktuellen Freundin Tatjana erlaubt, an seinem Laptop zu surfen.

«Scheiße», flüsterte Tommy, der gerade auf der Toilette saß. Er hatte oben im Haus sein eigenes Bad mit einer Verbindungstür zu seinem Zimmer.

Was hatte Tatjana entdeckt? Alles? Hoffentlich nicht. Tommy wusste ja, wie empfindlich sie auf solche Sachen reagierte. Mit ihr zusammen konnte man sich nicht einmal einen für Jugendliche freigegebenen Horrorfilm anschauen. Schon bevor der Film losging, verkrampfte sie die Hände in der Decke und zog später bei jeder guten Slasherszene die Decke vors Gesicht. Anfangs hatte Tommy sich darüber amüsiert, nach dem dritten Film fand er es nur noch ärgerlich. Dieses Verhalten verdarb ihm selbst den Spaß an diesen Filmen. Jetzt sah er sie sich nur noch allein an. Und dann war wiederum Tatjana sauer, weil er keine Zeit für sie hatte.

Weiber.

«Tommy!», kam es nachdrücklich aus seinem Zimmer.

Tommy seufzte, spülte, zog die Shorts hoch, wusch sich die Hände, überprüfte sein Aussehen im Spiegel über dem Waschbecken und öffnete dann die Tür.

Tatjana lag bäuchlings auf dem breiten Bett. Sie trug nur ihre Unterwäsche, es war ziemlich warm hier oben unter dem Dach. Als er sie so aufreizend daliegen sah, vergaß Tommy all die Nachteile, die es mit sich brachte, eine empfindliche Freundin zu haben. Tatjana hatte einen echt tollen Körper, ohne ein Gramm Fett zu viel, außerdem einen dunklen Teint und lange dunkle Haare. Man konnte sie ohne weiteres für eine Latina halten. An der Schule war sie eine große Nummer und hätte jeden Typen haben können. Tommy hatte lange baggern müssen, bevor sie sich für ihn interessiert hatte. Aber er war auch nicht der Typ, der schnell aufgab, wenn er einmal einen Korb bekam. Ganz im Gegenteil, eine Abfuhr motivierte ihn nur noch mehr. Immerhin war er Thomas Resing, einziger Sohn einer reichen Familie und gut aussehend noch dazu.

«Was ist denn, Süße?», fragte er.

«Was ist das für ein Mist hier auf deinem Rechner?»

Tatjana sah ihn aus ihren mandelförmigen braunen Augen an. Heute trug sie mal wieder ihre extralangen Wimpern. Ihr Augenaufschlag löste ein Kribbeln in seinem Bauch aus. Die Mimik jedoch machte es sofort wieder zunichte.

Sie war angewidert.

Tommy ließ sich neben sie aufs Bett sinken und warf einen Blick auf den Laptop. Bis zuletzt hatte er gehofft, dass sie nicht alles entdeckt hatte, was dieser Anima Moribunda ihm zugespielt hatte. Diese Hoffnung wurde jetzt zerstört. Auf dem Bildschirm war das Gesicht einer toten Frau zu sehen. In der linken Wange klaffte eine eklige Wunde, durch die der Kieferknochen weiß hervorstach. Die Augen waren noch oben verdreht, die Zunge hing aus dem Mund.

«Ach, das ...», Tommy versuchte sich in Gleichgültigkeit. Er legte Tatjana eine Hand auf den unteren Rücken und fuhr mit den Fingern an den Muskeln rechts und links der Wirbelsäule entlang. Er wusste ja, wie sehr sie das mochte. Normalerweise schnurrte sie dabei immer wie ein Kätzchen.

Jetzt aber nicht.

«Da sind noch mehr von diesen Bildern. So etwas schaust du dir also an, wenn du allein bist?»

«Nein, das war Zufall, dass ich darauf gestoßen bin. Ich war auf der Suche nach einem alten Film und hab diese Fotos gefunden. Ich hab sie aber nur ganz kurz angeschaut. Ehrlich.»

«Und was für einen Film hast du gesucht?» Es klang nicht so, als glaubte sie ihm. Sie waren seit einem halben Jahr zusammen, und Tatjana kannte ihn mittlerweile ziemlich genau. Sie wusste von seiner Leidenschaft für Horror. Was sie nicht wusste, war, wie sehr er sich wünschte, mal jemanden real sterben zu sehen. Nicht immer nur nachgestellt wie in diesen amerikanischen Filmen.

«Gesichter des Todes», sagte Tommy, weil ihm dieser Film spontan einfiel. Den alten Schinken von 1978 kannte er in- und auswendig, nichts davon konnte ihn noch wirklich flashen.

«Der ist doch verboten», empörte sich Tatjana.

Tommy ließ seine Hand an der Seite ihres Brustkorbs entlang- und einen Finger unter den Träger ihres BH gleiten.

«Da irrst du dich, der war in Deutschland nie verboten. Komm, mach das Bild doch weg, ich kann mir gerade was Besseres vorstellen.»

Schwungvoll schlug Tatjana den Deckel des Laptops zu und drehte sich auf den Rücken.

«Ich werde nie verstehen, warum du dir so einen Dreck anschaust.»

Sie klang traurig.

«Ich weiß auch nicht, einfach so aus Spaß.»

Tommy legte einen Hand auf ihren Bauch. Er war warm und die Muskulatur unter der Haut hart vom Schwimmtraining.

«Es ist doch kein Spaß, wenn Menschen sterben. Stell dir vor, du stirbst und jemand filmt dich dabei. Würdest du das lustig finden?»

Tommy schüttelte Kopf. «Das ist doch alles nur Fiktion, nicht real.»

Dies war sein letztes, ultimatives Argument, gegen das Tatjana kaum etwas sagen konnte. Und es war gelogen. Er war ja auf der Suche nach realistischem Material. Nach so genannten Snuff-Videos, von denen es hieß, sie seien bloß eine Legende. Aber im Netz kursierten immer wieder die wildesten Gerüchte in einschlägigen Foren. Irgendjemand hatte immer irgendetwas gesehen, aber niemand konnte oder wollte eine genaue Adresse nennen.

Vielleicht war Tommy bei diesem Anima Moribunda jetzt aber

an der richtigen Adresse. Es schien so. Zwar hatte er Tommy bisher nicht dieses Video zugespielt, von dem es hieß, es würde einem schlecht werden, aber der Typ behauptete, er hätte es. Und die Fotos, die er Tommy geschickt hatte, waren schon echt krass. Sie waren ein Lockmittel, das war Tommy klar. Irgendwas würde Anima Moribunda haben wollen für das Video. Mehr als das Übliche wahrscheinlich. Egal. Geld spielte in Tommys Leben keine große Rolle. Es war immer welches da.

Tatjana ließ es zu, dass er ihren BH noch oben schob und ihre Brust streichelte. Ihr Gesicht wurde weicher, doch in ihren hübschen Augen lag immer noch Traurigkeit.

Sie legte ihm ihre flache Hand an die Wange.

«Du bist so ein liebevoller, süßer Mensch … ich verstehe diese andere Seite an dir nicht. Sie passt so gar nicht zu dem Tommy, der mich jetzt gerade anschaut.»

«Süße», sagte Tommy und schmiegte sich an ihre Hand. «Das liegt an meinem Vater, der hat sich immer solche Filme angeschaut. Außerdem glaube ich, das machen alle Jungs in meinem Alter.»

«Aber du bist doch anders als die anderen.»

«Bin ich das?»

«Sonst läge ich jetzt nicht in deinem Bett.»

Sie winkelte ihr Knie an und streifte die Innenseite seiner Oberschenkel. Ihre Hand streichelte seinen Rücken. Tommy bekam eine Gänsehaut.

«Versprich mir, dass du es seinlässt», flüsterte sie und sah ihn wieder mit diesem unglaublichen Augenaufschlag an.

«Für dich tue ich alles», sagte Tommy und wollte sie küssen.

Tatjana schüttelte den Kopf.

«Versprich es.»

«Ich verspreche, ich bessere mich.»

Nun ließ sie es zu. Als er ihre warmen weichen Lippen spürte, war Tommy tatsächlich entschlossen, sein Versprechen zu halten. Aber nicht sofort. Das ging nicht. Er hatte bei diesem Anima Moribunda quasi eine Bestellung aufgegeben, hatte dafür seine Postadresse angeben müssen, und er freute sich wie ein kleines Kind auf das versprochene Video.

EPISODE 2

TAG 9

Das grobe Profil seiner Arbeitsstiefel hinterließ tiefe Abdrücke im vom Regen aufgeweichten Boden. Sobald die Wolken aufrissen, verwandelten sich die Pfützen in silberne Spiegel. Von den Blättern der Büsche und Bäume tropfte unaufhörlich Wasser auf ihn nieder. Das Haar klebte nass an seinem breiten Schädel, aber er bemerkte es kaum. Er trug schwer an den vier Holzpfosten und dem Rucksack mit dem schweren Feuerlöscher darin. Der Weg war weit, seine Arme schmerzten, immer wieder musste er die Holzpfosten absetzen.

Er näherte sich der ehemaligen Kiesgrube vom Wald her. An einigen Stellen standen noch Reste eines Maschendrahtzauns, dessen Drahtlappen schlaff herunterhingen. Ein mit Grünspan überzogenes Schild warnte vor dem Betreten des Geländes. Seit sieben Jahren wurde hier kein Kies mehr abgebaut, nach und nach hatte die Natur sich das weitläufige Areal zurückerobert. Die Wege waren zugewuchert, lange Ranken der wilden Brombeere versperrten den Durchgang. Das Gelände lag weit abseits, niemand verirrte sich hierher.

Für seine Zwecke war das ideal. Und falls er wider Erwarten doch entdeckt werden sollte, gab es unzählige Fluchtmöglichkeiten. Er kannte jede einzelne, Vorbereitung und Perfektion waren wichtig für sein Projekt. Ob hier oder im Netz, spielte keine Rolle. Alles musste perfekt sein.

Über eine ehemalige Rampe stieg er in die fünfzehn Meter tiefe Grube hinab. Sein Ziel war die tiefste Stelle. Der geschotterte Weg führte steil hinab in den Krater. An den Hängen wuchsen hoch aufgeschossene Birken, dazwischen wucherte hartes Binsengras. Viel mehr gedieh nicht in dem steinigen Boden. Er war bereits zweimal hier gewesen, um Material herzuschaffen. Davor hatte er das Gelände ein paar Tage beobachtet. Nie war ihm jemand begegnet. Und da der Krater tief in die Erde reichte und von einem Saum junger Birken umgeben war, würde niemand sehen, was er hier tat. Er war sehr zufrieden mit seiner Auswahl des Ortes. Die Abgeschiedenheit und Ruhe dieses Platzes gefielen ihm.

Er erreichte den ebenen Grund des Kraters, umrundete eine Gruppe von Birken und lief weiter vor bis an den westlichen Hang. Dort angekommen, ließ er die schweren Holzbalken fallen und schüttelte seine schmerzenden Arme aus. Dann setzte er auch den Rucksack ab, wandte sich nach rechts und stieg den steinigen Hang ein Stück weit hinauf, bis er ein Plateau erreichte, auf dem dichtes Gras kniehoch wuchs.

Die Bretter waren noch da. Wie die Pfosten gehörten sie zu seinem alten Jugendhochbett aus billigem Kiefernholz. Er hatte es im Schuppen hinterm Haus gefunden. Er trug die Bretter hinunter und legte sie zu den Pfosten. Im Licht seiner Stirnlampe betrachtete er das Material eine Weile und überlegte, wie es zusammenpasste. Dann holte er das Werkzeug aus dem Rucksack und begann mit der Arbeit.

Nach einer Stunde war er verschwitzt, aber das Bett stand. Die Liegefläche befand sich in anderthalb Meter Höhe. Das erschien ihm zu niedrig. Er durchsuchte die Kiesgrube nach größeren Steinen, von denen er so viele unter die Beine stapelte, bis das Bett ungefähr zwei Meter hoch war.

Schon besser.

So würden die Flammen länger brauchen, bis sie die Liegefläche erreichten.

Er ruhte sich einen Moment aus, trank von dem mitgebrachten Wasser, betrachtete sein Werk und war sehr zufrieden. Schließlich stand er auf und sammelte alles trockene Holz, das er in der Grube und im umliegenden Wald finden konnte.

Im Internet hatte er sich Informationen besorgt, er wusste, wie er vorzugehen hatte. Nur trockenes Holz kam in Frage. Nasses Holz qualmte zu stark, die Person auf dem Bett würde das Bewusstsein verlieren. Das war nicht in seinem Sinne, es würde ein schlechtes Video ergeben.

Es dauerte zwei weitere Stunden, bis er genug Holz unter dem Hochbett aufgeschichtet hatte. Einiges davon legte er als Matratzenersatz auf den einfachen Rolllattenrost der Liegefläche. Danach nahm er eine kleine Kamera und ein Stativ aus dem Rucksack und kletterte den Hang hinauf. Die losen Steine rutschten unter seinen Füßen weg, und es dauerte eine Weile, bis er den oberen Rand erreichte. Er schwitzte stark und war erschöpft, aber diese Probe musste sein.

Er suchte sich ein geeignetes Gebüsch direkt am Steilhang. Dort hinein postierte er das Stativ und montierte die Kamera obenauf. Das rechte Auge auf den Sucher gepresst, justierte er die Kamera, so gut es eben ging. Dann stieg er den Hang wieder hinab. Er wusste, dass er diese Prozedur eventuell wiederholen müsste, aber das war es ihm wert. Er freute sich auf das Video, das die Kamera aufnehmen würde.

Die Kamera mit der Infrarotfunktion war auf das Hochbett mit dem Scheiterhaufen gerichtet. Alles war in milchig grünes Licht getaucht, man konnte die Szenerie gerade noch erkennen. Von rechts trat eine große Gestalt in schwarzem Kapuzenpullover ins Bild, kletterte auf das Bett und legte sich auf die Reisigmatratze. Die Kamera zeigte nur ihre Beine und den Oberkörper. Für einen Moment lag die Gestalt still.

Dann fing sie plötzlich schrill an zu schreien und mit Armen und Beinen um sich zu schlagen, ganz so, als würde sie verbrennen.

Am übernächsten Morgen um elf Uhr war ich wieder an Kathis Schule. Ich war unausgeschlafen und nicht besonders gut drauf. Immer noch lag mir der Abend bei Heiko und Iris auf der Seele. Er hatte in einem Fiasko geendet. Iris hatte in Kathis Zimmer einen Zusammenbruch erlitten. Mein Bruder hatte den Notarzt gerufen, der ihr ein Beruhigungsmittel spritzte. Heiko hatte mir Vorwürfe gemacht, ich würde alles nur noch schlimmer machen, und mir nicht erlaubt, noch einmal in Kathis Zimmer zu gehen. Dabei musste ich so dringend an ihren Laptop.

Für mich waren die merkwürdigen Videos ein eindeutiges Indiz: Jemand hatte Kathi beobachtet, und vielleicht war diese Person auch für ihren Tod verantwortlich. Womöglich gab es auf dem Computer noch mehr Videos oder weitere Informationen, aber ich kam nicht mehr an ihn heran. Vielleicht in einer Woche, wenn sich die Wogen geglättet hatten, aber nicht jetzt. Gestern hatte ich deswegen Jan Krutisch angerufen, meinen Computerspezi. Ich hatte ihn gefragt, ob er von außen auf Kathis Computer zugreifen könne, aber da ich keine IP-Adresse hatte, ging das nicht. Jan hatte angeboten, mir ein Programm zu schicken, das ich auf Kathis Computer starten sollte. Damit könnte er die Festplatte aus der Ferne auslesen. Aber ich kam ja nicht heran!

Auch deshalb kam der Anruf der Lehrerin genau zum rechten Zeitpunkt. Vielleicht brachte mich das ja weiter.

Um zehn vor acht, noch vor Unterrichtsbeginn, hatte Astrid Pfeifenberger mich angerufen und gebeten, vorbeizukommen. Ihr Kollege Franz Altmaier war gerade von der Fortbildung zurück. Er wollte mit mir sprechen und mir etwas zeigen. Also betrat ich innerhalb weniger Tage zum zweiten Mal das Schulgebäude.

Ich war gespannt. Der Name Altmaier war mir nicht unbekannt. Als Astrid Pfeifenberger ihn vorgestern erwähnt hatte, war der Groschen noch nicht gleich gefallen, erst später, als ich über das merkwürdige Schulprojekt nachgedacht hatte. Kathi hatte sowohl ihre Klassenlehrerin als auch Franz Altmaier mir gegenüber mal erwähnt. Ich glaubte mich erinnern zu können, dass es während einer Kanutour gewesen war, die wir zusammen unternommen hatten. Während sie ihre Klassenlehrerin Frau Pfeifenberger sehr gemocht hatte, war ihr Verhältnis zu Altmaier eher zwiespältig gewesen. Er war gut darin, seine Schüler zu motivieren, und brachte den Unterrichtsstoff lebendig rüber. Aber Kathi hatte gesagt, seine Jovialität ginge ihr auf die Nerven. Er hätte dafür nicht genügend Taktgefühl und seine wahre Absicht, sich bei den besonders hübschen Schülerinnen beliebt zu machen, sei mehr als deutlich zu erkennen gewesen.

In der Eingangshalle der Schule roch es nach Essigreiniger. Der Hausmeister war an den Getränkeautomaten beschäftigt und warf mir einen misstrauischen Blick zu.

«Kann ich Ihnen helfen?», fragte er.

«Ich bin mit Herrn Altmaier verabredet», antwortete ich.

«Und wo?»

«Na hier.»

«Im Lehrerzimmer, in einem der Besprechungsräume oder vielleicht in der Mensa?»

Bevor ich etwas erwidern konnte, kam ein Mann die Treppe herunter. Kathi hatte sein Äußeres nie beschrieben, und unter dem Namen Franz Altmaier hatte ich mir einen kahlköpfigen Mann kurz vor der Pensionierung vorgestellt, vor dem die Schüler strammstanden. Aber jetzt trat mir ein Mittdreißiger mit blonder Wuschelmähne, ein wenig zu viel Gewicht und offenem Lächeln entgegen und hielt mir die Hand hin.

«Herr Winkelmann, nehme ich an», sagte er.

Wir schüttelten uns die Hände. Seine war unangenehm feucht.

«Vielen Dank, dass Sie mit mir sprechen wollen», sagte ich. «Sie haben Kathi unterrichtet?»

«Sie war nicht in meiner Klasse – also nicht in den Hauptfächern, aber in meiner Arbeitsgruppe für Gestaltung und digitale

Medien. Kommen Sie, gehen wir nach oben, meine Klasse ist gerade beim Sport.»

Er ging die Treppe hinauf voran.

«Ich kann Ihnen gar nicht sagen, wie leid es mir tut», sagte er. «Kathi war wirklich eine ganz außergewöhnliche Schülerin. Sehr engagiert. In welcher Beziehung standen Sie zu ihr?»

«Ich bin ihr Onkel väterlicherseits. Kathi träumte davon, Bücher zu schreiben, und darüber haben wir uns oft unterhalten. Ich mochte sie sehr.»

Selbst in meinen Ohren klang das mechanisch, emotionslos, irgendwie aufgesagt. Aber was sollte ich dem Mann auch sagen? Er war ein Außenstehender und würde die besondere Beziehung zwischen Kathi und mir nicht verstehen.

«Ach so», sagte Herr Altmaier. Wir erreichten die erste Etage, und er dirigierte mich rechts den Gang hinunter. «Ich muss leider gestehen, ich kenne keines Ihrer Bücher. Ist nicht ganz mein Genre.» Sein entschuldigendes Lächeln hatte etwas Herablassendes. Spätestens jetzt verstand ich Kathis Abneigung und war beeindruckt von der Menschenkenntnis, die sie mit knapp sechzehn schon gehabt hatte. Ich hatte Mühe, meine Emotionen zu verheimlichen.

«Kein Problem, damit sind Sie nicht allein. Kathi hat sie aber gelesen und gemocht.»

«Wie schön … so, hier herein bitte.»

Wir betraten einen Klassenraum, der aussah wie fast alle Klassenräume in Deutschland: nüchtern, einfach, unbehaglich.

«Ich hab es vorn auf dem Lehrerpult», sagte Franz Altmaier und ging voran. «Sagen Sie, ist die Polizei mit den Ermittlungen schon weiter?»

«Die Polizei ermittelt nicht mehr. Man geht dort von einem Suizid aus. Allenfalls noch von einem Unfall. Sogar der Ausdruck ‹jugendlicher Leichtsinn› ist gefallen.»

«Aber Sie glauben nicht daran?»

Am Lehrerpult angekommen, wandte Franz Altmaier sich zu mir um und sah mich direkt an. In diesem tristen Klassenraum verloren seine blauen Augen etwas von ihrer Strahlkraft.

«Ich will Klarheit», entgegnete ich.

«Nun, das kann ich verstehen. Astrid … also Frau Pfeifenberger, sagte, dass Sie einen Selbstmord für ausgeschlossen hielten.»

«Richtig.»

Der Lehrer presste seine Lippen zu einem dünnen Strich zusammen und schüttelte den Kopf.

«Wenn mich vor drei Monaten jemand gefragt hätte, ob bei Kathi die Gefahr eines Suizids besteht, hätte ich das auch weit von mir gewiesen. Aber heute … ich weiß nicht. Ich habe ihr Verhalten während unseres Projektes ‹Der Tod und der Mensch› noch einmal Revue passieren lassen. Damals war es mir nicht bewusst, aber heute kann ich sagen, sie hat das Thema doch sehr nah an sich herangelassen. Vielleicht zu nahe … ich mache mir schon Vorwürfe deswegen. Ich hätte vielleicht etwas bemerken müssen.»

Ich suchte den Blick des Lehrers, doch der sah auf den Aktenordner hinab, der auf dem Pult lag. Machte der Mann sich wirklich Vorwürfe? Oder versuchte er nur, mich zu beeindrucken?

«Was wollten Sie mir eigentlich zeigen?», fragte ich.

«Ja, richtig. Moment.»

Er schlug den Aktenordner auf, hebelte die metallenen Bügel auseinander und entnahm ihm ein Blatt Papier.

«Dieser Text stammt von Kathi. Nehme ich zumindest an, denn sie hat keine Quelle genannt. Ich fand ihn damals sehr gut und habe ihn in die Sammlung für die Projektausstellung aufgenommen.»

Ich nahm das Blatt. Es war ein Computerausdruck, kein handschriftlicher Text.

Im Netz bin ich überall und jederzeit, bin Bedrohung und Erfüllung zugleich. Ich bin in den Leitungen, Verbindungen und Schaltkreisen aus Kunststoff, Silizium und Kupfer, schwinge als millionenfaches Raunen und Wispern ungebunden durch kabellose Sphären, finde meinen Weg und mein Ziel in einer Dimension, die der Mensch nicht versteht. Unwissentlich hat er mir einen virtuellen Raum und eine endlose Zeit geschaffen, in der ich allgegenwärtig sein kann.

Technik hat mich nicht domestiziert, sondern befreit.

Eingesperrt ist nur der Mensch, in dem von ihm selbst geschaffenen Raum. Und darin ist Sterben so einfach wie ein Mausklick. Jemanden zu finden, der stirbt, ist so einfach wie ein Download. Wenn nichts mehr geheim ist, wenn die digitale Welt der realen ihre Verstecke und Rückzugsräume raubt, dann liegt das Leben der Menschen offen wie Eingeweide in einem aufgeschlitzten Bauch.

Wo bist du heute um acht? Ich weiß es, bevor du selbst dort bist. Wo wirst du in einer Woche sein, wer ist bei dir, zu welcher Minute bist du an welchem Ort allein, schutzlos, ausgeliefert? Ich weiß es, bevor du die Gefahr auch nur ahnst. Welche Wünsche und Sehnsüchte treiben dich? Du vertraust sie mir an, bevor sie dir selbst bewusst sind. Datenschutz. Privatsphäre. Vergiss es! Du bist längst durchschaut, ich habe alles, was ich brauche. Ich bin schon lange nicht mehr nur auf den Friedhöfen und in den Mausoleen, nicht in den Sterbestationen und Altenheimen. Ich habe die Pest- und Choleraenklaven hinter mir gelassen und den alten Schlachtfeldern den Rücken gekehrt.

Ich bin das Raunen und Rauschen im Netz. Ich bin die Eins zwischen den Nullen, der Anhang, der Download, die Datei.

Ich bin der Tod 3.0.

Thomas Resing kam ganz verschwitzt zu Hause an. Er hatte gehofft, dass der Brief heute eingehen würde, und hatte die fünf Minuten Fußweg vom Bus hierher im Laufschritt zurückgelegt. Er sah das Postauto vor dem Haus halten, rief der Briefträgerin ein Hallo zu und nahm ihr die Post noch am Wagen ab. Er wollte vermeiden, dass der Brief seinen Eltern in die Hände fiel. Wie schnell war im Eifer des Gefechts ein Umschlag aufgerissen, selbst wenn sein Name darauf stand! Er wusste nicht, was der Brief enthielt. Möglicherweise würde es seine Eltern erschrecken.

Thomas steckte sich die Werbeflyer verschiedener Kaufhäuser und den Umschlag für seinen Vater unter die Achsel. Er atmete schwer. Tatsächlich, da war sein Brief. Er betrachtete ihn und ging damit zur Haustür.

Der Umschlag war schwarz und aus festem, strukturiertem Papier, das edel wirkte. Er befühlte den Inhalt mit den Daumen und runzelte die Stirn. Den Abmessungen nach befand sich in dem Umschlag nur eine kleine Karte.

Na, er würde ja gleich erfahren, was es damit auf sich hatte.

Vor dem Haus oder im Flur wollte er den Brief aber keinesfalls öffnen. Erst brachte er die restliche Post in die Küche. Seine Mutter räumte gerade die Spülmaschine aus. Schnell ließ er seinen Brief im Hosenbund unter seinem T-Shirt verschwinden.

«Was Interessantes dabei?», fragte seine Mutter. Sie war schon für ihr Tennistraining gekleidet. Thomas mochte es nicht, wenn sie diesen kurzen weißen Rock trug. Okay, ihre Beine waren für ihr Alter in Ordnung, aber so kurz musste der Rock trotzdem nicht sein.

«Nee, nur Werbung und ein Brief für Dad.»

«Er kann es nicht leiden, wenn du ihn so nennst, das weißt du doch.»

«Solange er mich TommyX5 nennt, nenne ich ihn eben Dad.»

Seine Mutter stellte die Teller weg.

«Bist doch selbst schuld. Den Namen hast du dir ausgesucht.»

«Ja, aber fürs Internet, und was ich da mache, geht Papa gar nichts an.»

«Ihr beide seit euch so ähnlich, richtige Dickköpfe.» Sie lächelte und wuschelte ihm durchs Haar.

«Mama, bitte ...» Tommy flüchtete aus der Küche und brachte auf dem Weg ins Obergeschoss seine Frisur in Ordnung. Dass sie diese alte Gewohnheit aber auch nicht lassen konnte. Dabei ging es ihm gar nicht um sein zerstörtes Styling, sondern darum, dass er sich wie ein kleines Kind behandelt fühlte, wenn sie das tat.

Er warf die Zimmertür hinter sich zu, stellte die Musik an, ließ sich aufs Bett fallen und zog den Umschlag hervor.

«Hoffentlich war es das wert», murmelte er und befühlte ihn noch einmal.

Schließlich hielt er die Spannung nicht länger aus und riss ihn auf. Bis auf eine Art Visitenkärtchen lag nichts darin. Kein Begleitschreiben, kein Keycode, nicht einmal eine einfache Notiz. Er betrachtete das Kärtchen. Es war genau so schwarz und von teurer Qualität wie der Umschlag.

Die Einladung auf der Rückseite war eindeutig. Mit so etwas hatte er zwar nicht gerechnet, aber es war natürlich geschickt.

«Okay», sagte er, griff in die Gesäßtasche seiner Jeans und zog sein Handy hervor. «Kann losgehen. Ich bin zu allem bereit.»

Im Aufbahrungsraum herrschte eine meditative Ruhe, die langsam auf Ann-Christin überging. An den Wänden floss indirektes gelbes Licht herab, das aus der vertäfelten Decke hervorquoll. Nur ein einziger Sarg stand mitten an der Stirnseite des Raumes vor der Wand, flankiert von zwei großen Blumenbuketts und hohen dreiarmigen Kerzenständern. Weiße Kerzen brannten darin. Der Deckel des Sarges war geschlossen.

Ann-Christin trat mit vor dem Bauch gefalteten Händen vor

den Sarg. Dort standen zwei Stühle mit bequemer Polsterung. Sie wollte sich eigentlich nicht setzen, doch plötzlich begannen ihre Knie so sehr zu zittern, dass ihr gar nichts anderes übrigblieb.

Sie sackte auf dem Stuhl in sich zusammen und starrte den Sarg an. Ihr Kopf war leer, ihre Augen waren leer, keine Tränen mehr, gar nichts. Sie fühlte sich tot. Wie sollte sie ohne ihre Mutter weiterleben?

«Wie, sag es mir!» Die Worte verließen ihre Lippen, als hätten sie nur auf diesen Moment gewartet. «Bitte, Mama, du kannst mich doch nicht einfach so verlassen ...»

In diesem Augenblick erschien es ihr wie das Normalste der Welt, mit ihrer toten Mutter zu sprechen. Vielleicht war Mama ja auch gar nicht tot. Woher sollte sie das wissen, wenn sie nicht in den Sarg geschaut hatte? Sie konnte sich Mama einfach nicht tot vorstellen, es ging nicht. Immer sah sie ihr lebendiges Gesicht vor sich, von dem sie sich morgens an der Haustür verabschiedet hatte. Die Polizeipsychologin hatte gemeint, das sei gut und sie solle daran festhalten, aber das war Quatsch. Wie sollte sie so Mamas Tod akzeptieren? Sie hatte sie nicht sterben sehen, und alles, was am Fuß der Kellertreppe geschehen war, hatte Ann-Christin vergessen. Ihre letzte Erinnerung war das Smiley-Gesicht auf dem Hausschuh.

Man hatte ihr gesagt, sie habe die Polizei gerufen und bis dahin neben ihrer toten Mutter ausgeharrt. Später sei sie zusammengebrochen und zur Beobachtung ins Krankenhaus gekommen. Von alldem wusste sie nichts mehr. Laut Polizei und Amtsarzt war ihre Mutter die Treppe hinuntergestürzt und hatte sich das Genick gebrochen. Angeblich war sie sofort tot gewesen und hatte nicht gelitten.

Ein Unfall. Für die Polizei war es ein Unfall.

Und ihr Kopf war so taub, ihre Gedanken so träge, dass sie kaum in der Lage war, etwas anderes zu denken. Aber sie erinnerte sich an die Gewalt und den Hass, an die vielen Drohungen, die ihr Vater damals ausgestoßen hatte, bevor er das Haus verlassen musste. Das alles verdunkelte ihren Horizont wie eine schwarze Gewitterwolke, eine diffuse Angst lähmte sie. Sie erinnerte sich nicht an das tote Gesicht ihrer Mutter, aber sie wusste noch, dass sie sich an dem Abend verfolgt gefühlt hatte.

Ann-Christin spürte, wie ihr Körper schwächer wurde. Die Muskulatur versagte. Sie konnte nichts dagegen tun, sie rutschte einfach vom Stuhl und blieb vor dem Sarg auf dem Fußboden liegen. Der Stuhl fiel polternd nach hinten um.

Der goldene Saum des blauen Tuches, das den Tisch unter dem Sarg verbarg, schwang vor ihren Augen hin und her. Gelbe, gestickte Smileys erschienen wie Sterne auf dem Tuch, lachten ihr hämisch zu und verschwanden wieder.

«Kommen Sie. Ich helfen Ihnen.»

Sie spürte Hände unter ihren Achseln, die sie aufrichteten.

Die Stimme ihres Vaters. Wieso war er hier?

«Sie … sie kann nicht tot sein», stammelte Ann-Christin. «Ich … ich hab … sie nicht sterben sehen …»

«Brauchen Sie einen Arzt?»

Das klang jetzt nicht mehr wie ihr Vater. Sie kannte die Stimme nicht, aber sie klang weich und freundlich.

«Nein … ich …»

«Kommen Sie, ich helfe Ihnen auf den Stuhl. Sie können doch nicht auf dem kalten Boden bleiben.»

Sie spürte die helfenden Hände, sah die Person dazu aber nicht. Ein paar Minuten saß sie teilnahmslos auf dem Stuhl, dann stürzten plötzlich die Tränen aus ihr hervor, als wären die Mauern eines Staudamms gebrochen. Sie schlug die Hände vors Gesicht, Schluchzen schüttelte ihren Körper.

«Hier, nehmen Sie das bitte», sagte der Beerdigungsunternehmer und reichte ihr ein neues Taschentuch.

Ann-Christin nahm es, ohne ihn anzusehen. Nach und nach versiegten die Tränen, ihr Blick und ihre Gedanken wurden klarer.

«Ich kann sie mir einfach nicht tot vorstellen», sagte sie.

«Das können die wenigsten», antwortete die warme Stimme neben ihr. «Das wird schon. Es braucht Zeit.»

«Aber … aber ich habe sie zuletzt lebendig gesehen, und dann … dann … ich weiß es nicht mehr, es ist alles weg. Ich kann das nicht verstehen …»

Der Mann neben ihr schwieg.

«Ich muss sie sehen», sagte Ann-Christin.

Sie hob den Kopf, sah den Mann an und legte so viel Kraft in ihren Blick, wie sie aufbringen konnte.

«Ich muss sie sehen.»

Die gewaltige Lok war jetzt fast da, die drei Scheinwerfer warfen ihr Licht auf die Schienen und beleuchteten den Körper darauf. Die Kamera zoomte ein letztes Mal ganz nah an das Gesicht des total verängstigten Mädchens heran. Diese weit aufgerissenen Augen, diese Todesangst darin …

Dann verschwand der Körper unter dem Zug. Bremsen quietschten unerträglich laut, und dennoch kam die lange Reihe Güterwaggons nur langsam zum Stehen. Und die ganze Zeit hielt die Kamera auf die gewaltigen, mahlenden, zerstörerischen Radreifen.

Für einen Moment meinte Tommy, ein abgetrenntes Körperteil dazwischen auszumachen. Er kniff die Augen zusammen, er wollte das nicht sehen. Er hatte gedacht, er wolle es, aber das hier war zu viel. Warum war die Kamera so nah herangegangen an das Gesicht des Mädchens? Das war doch viel zu intensiv. Großer Gott, was für ein perverses Arschloch hatte nur diese Aufnahme gemacht?

Sein Magen zog sich abrupt zusammen. Tommy presste sich die Hände auf den Bauch und beugte sich vor. Er hatte Angst, sich übergeben zu müssen. Ein Zittern durchlief seinen Körper. Worauf hatte er sich da nur eingelassen? Das war doch einfach nur … krank.

Das Quietschen der Bremsen brach abrupt ab. Tommy riss die Augen auf und sah auf den Bildschirm.

Das Video war zu Ende, zumindest die Aufnahme des Zuges. Jetzt flimmerte so etwas wie ein Störbild über das Display. Nein, kein Störbild, eine sehr grobe schwarz-weiße Verpixelung, die zunächst den ganzen Bildschirm ausfüllte. Sie wurde immer feiner, die Kästchen immer kleiner, und langsam zog sich zur Mitte hin ein Quadrat zusammen.

Ein QR-Code.

Dann drehte sich aus dem QR-Code eine Maske hervor, füllte den Bildschirm aus und sprach mit grauenerregender Stimme zu Tommy.

Ich saß in meinem dunklen Wohnzimmer und starrte auf den Bildschirm des Computers. Das Fotoprogramm war geöffnet. Durch den Besuch an Kathis Schule am Vormittag und dem Gespräch mit Franz Altmaier war die Erinnerung an ein Erlebnis an die Oberfläche gespült worden, das ich beinahe schon vergessen hatte, dabei lag es noch gar nicht lange zurück, vielleicht ein Jahr. Ich hatte mit Kathi eine Kanutour auf der Aller unternommen. Von Celle bis nach Verden waren wir zwei Tage unterwegs gewesen und hatten die Nacht in einem Zelt am Ufer verbracht. Die Fotos schaute ich mir gerade an, und jedes einzelne löste erneut Schmerz und Trauer aus. Obwohl sie manchmal ein sehr nachdenkliches, in sich gekehrtes Mädchen gewesen war, war kein einziges Foto dabei, auf dem sie nicht lächelte. Ihr typisch herzliches, ansteckendes Lächeln festigte einmal mehr meine Überzeugung: Ein Mensch mit einem solchen Lächeln nahm sich nicht das Leben.

Die Fotos verschwammen vor meinen Augen, und ich sah die Erinnerung an die Kanutour wie einen Film vor meinem inneren Auge ablaufen.

Kathi saß in dem seetüchtigen Zweierkajak in der vorderen Luke. Wir brauchten die Spritzschutzdecken nicht, denn das Wetter war gut, die Sonne schien schon den ganzen Vormittag. Kathi trug aber ihre Schwimmweste, darauf hatte ich bestanden. Oder besser ihre Mutter. Ich hatte Iris versprechen müssen, dass Kathi die Weste in jeder Sekunde trug, die wir auf dem Wasser verbrachten, sonst hätte sie die Tour nicht mitmachen dürfen.

Die Tour war ihr großer Wunsch gewesen. Ich war die Strecke schon einmal gefahren und hatte begeistert davon berichtet. Ich fand es ganz großartig, wie Kathi sich für die Natur begeisterte. Diese Leidenschaft teilte sie mit ihrem Vater und mir, leider nicht mit ihrer Mutter.

Der Fairness halber trug auch ich meine Schwimmweste, obwohl ich sonst gern darauf verzichtete. Sie engte mich ein, ich konnte mich nicht frei bewegen, außerdem schwitzte ich darunter. Tja, das war der Preis, den ich bezahlen musste, um mit meiner einzigen Nichte unterwegs sein zu können. Ich fand, das war es wert.

Die Sonnenstrahlen brachen sich in dem vom Paddeln aufgewühlten Wasser, tausende Lichtreflexe verwirrten den Blick. Das Wasser roch mineralisch und frisch, immer wieder tauchte Kathi eine Hand hinein und kühlte ihr Gesicht. Noch waren so gut wie keine Mücken und Bremsen unterwegs, das würde sich am Nachmittag ändern, wenn die Hitze über dem Wasser lag. Wir hatten ein Schutzmittel zum Einsprühen dabei, aber meine Erfahrung sagte mir, dass sich bestenfalls die Hälfte aller Insekten davon beeindrucken ließ. Wenn der Kampf gegen die andere Hälfte erst begann, ließ der Spaß ein wenig nach, aber jetzt war alles in bester Ordnung, und ich genoss die Stille und Abgeschiedenheit. Genoss es, wie unsere Paddel in gleichmäßigem Rhythmus auf und ab schwangen und wie das schlanke Kajak durch das Wasser glitt.

In diesem Moment war die Welt perfekt.

Ich hoffte, dass Kathi genauso fühlte. Sie hatte seit einer Weile nichts mehr gesagt. Genau wie ich war sie ins Paddeln und Beobachten vertieft.

Kathis schmale Silhouette verwehrte mir den Blick nach vorn, deshalb hatte ich hauptsächlich die Uferböschung im Auge. Dort sah ich die Bewegung zuerst, stellte sofort das Paddeln ein und hatte nun doch einen Grund zu sprechen.

«Schau mal, da links», sagte ich leise.

Kathi legte ihr Paddel auf dem Boot ab. Sie sah sofort, was ich meinte. Ein Reh stand dort am Ufer. Ein paar Sekunden blickte es sich suchend um, dann sprang es ins Wasser. Vielleicht hundert Meter von uns entfernt durchquerte es schwimmend den Fluss. Nur der grazile Kopf mit den hoch aufgestellten Ohren ragte aus dem Wasser.

«Wahnsinn!», stieß Kathi leise aus. «Ich wusste nicht, dass sie schwimmen.»

Das Schauspiel dauerte nur eine halbe Minute. Dann erreichte das Reh eine flache Sandbank am anderen Ufer, stieg aus dem Wasser und sprintete davon.

Einen Moment lang sahen wir dem Tier schweigend nach.

«Können wir dort eine Pause machen?», fragte Kathi und zeigte auf die Sandbank.

«Klar.»

Wir ruderten hinüber, legten an, sprangen mit nackten Füssen ins warme Wasser und zogen das Kajak auf den trockenen Sand. Kathi kletterte die Uferböschung hinauf und sah sich nach dem Reh um. Das war aber längst in einem der Maisfelder verschwunden.

Ich nahm den wasserdichten Packsack mit dem Proviant aus dem Boot und folgte ihr. Da die Uferböschung durchgehend zwei

Meter hoch war, konnten wir bei dem niedrigen Wasserstand vom Boot aus kaum sehen, wo wir uns befanden. Vor uns erstreckte sich ein Maisfeld bis gegen einen Waldrand, der vielleicht zweihundert Meter entfernt war. Häuser oder Straßen gab es keine, geschweige denn Menschen. Erstaunlich, wie einsam man sich auch heutzutage noch im dicht besiedelten Norddeutschland fühlen konnte.

«Wie ruhig es hier ist», sagte Kathi.

Ich sah sie an und bemerkte, dass ihr Gesicht gerötet war. Sie trug zwar eine Schirmmütze gegen die Sonne, aber da das Wasser die Strahlen von unten zurückwarf, half das nicht wirklich.

«Alles klar bei dir?», fragte ich.

Sie nickte, knöpfte die Schwimmweste auf und ließ sie in den Sand fallen.

«Am liebsten würden ich schwimmen gehen», sagte sie und sah mich fragend an. Ihr Blick war voll kindlicher Freude.

«Dann mach das doch, ich bereite schon mal das Picknick vor.»

«Super, danke!»

Sie lief zum Fluss hinunter. Dort zog sie das Shirt aus, das sie über dem schwarzen Badeanzug trug, betupfte ihre Arme und Stirn und glitt schließlich ins Wasser.

Ich sah ihr einen Moment zu. Das Wasser war durch die mitgeführten Sedimente undurchsichtig, man konnte nicht sehen, was darin herumschwamm, aber das war Kathi egal. Ich hoffte, dass die Ängste, die ihre Mutter mit sich herumschleppte, nicht irgendwann auf sie übergehen würden. Was ich dafür tun konnte, waren solche kleinen Abenteuer. Während ich die Decke ausbreitete und den mitgebrachten Proviant darauf ablegte, nahm ich mir vor, mehr Zeit mit Kathi zu verbringen. Vielleicht könnte ich sie ein wenig im kreativen Schreiben unterrichten. Ich wusste ja, dass sie Interesse daran zeigte.

Sie hielt es ein paar Minuten im Wasser aus, kam dann raus, schlang sich ein großes Badehandtuch um den Körper und setzte sich zu mir auf die Decke in die Sonne. Jetzt roch sie nach Fluss.

«Danke, dass du mich mitnimmst», sagte sie. «Es ist wirklich schön hier.»

«Freut mich, dass es dir gefällt. Hast du schon Blasen an den Händen?»

«Ja, eine», sagte sie, hielt mir ihre Handflächen hin und strahlte mich an. «Macht aber nichts.»

«Wenn die Hand trocken ist, kleben wir ein Pflaster drauf, damit es nicht schlimmer wird.»

Wir aßen, tranken und beobachteten die wie erstarrt wirkende Landschaft. Die Ruhe ging auf uns über, füllte uns aus, und für ein paar Minuten verfielen wir in Schweigen.

Es war Kathi, die es schließlich brach.

«Papa hat erzählt, du warst früher mit ihm bergsteigen.»

«Ja, aber das war vor deiner Geburt.»

«Du machst das doch jetzt auch noch. Warum geht Papa nicht mehr mit?»

Sie sah mich an bei dieser Frage, und ich erkannte in ihren Augen, dass sie die Antwort mindestens ahnte, wenn nicht sogar kannte. Lügen war zwecklos, aber warum sollte ich das auch tun. Ich wusste ja, welchen Kampf Kathi hinter sich gebracht hatte, um allein diese Kanutour mitmachen zu dürfen.

«Deine Mama war damals dagegen», sagte ich. «Sie fand es zu gefährlich.»

«Mama findet alles gefährlich.»

«So sind Mütter eben.»

Kathi schüttelte den Kopf. «Aber nicht alle, glaub mir. Mama erlaubt ja nicht einmal, dass ich nach Einbruch der Dunkelheit noch bei meiner Freundin Theresa bin. Ich bin doch kein kleines Baby mehr. Ich bin vierzehn.»

So, wie sie das sagte, klang es, als sei sie mindestens vierzig. Ich spürte den angestauten Frust in ihr. Sie war mitten in der Pubertät, kein Mädchen in dem Alter ließ sich gern einsperren. Erschwerend kam hinzu, dass Kathi ein Freigeist war, viel mehr, als ihr Vater früher einer gewesen war. Ich bildete mir gern ein, dass sie das von mir hatte.

«So schlimm ist es doch nicht, oder? Immerhin durftest du mit», sagte ich.

«Ja, aber nur, weil Papa laut geworden ist.»

«Deine Eltern haben sich deswegen gestritten?» Ich wusste davon nichts. Heiko hatte nichts gesagt.

Kathi nickte. «Mama wollte es nicht. Sie meinte, du könntest gar nicht auf Kinder aufpassen. Du wärst viel zu egoistisch.»

Mir blieb ein Bissen Brot im Hals stecken. Ich trank aus meiner Wasserflasche. Den Brocken musste ich erst einmal schlucken, ehe ich antwortete.

Kathi kam mir zuvor.

«Papa ist echt laut geworden, so kenne ich ihn gar nicht. Er hat Mama vorgeworfen, sie würde mich in einen Käfig sperren und das würde er nicht länger zulassen.»

Meine Nichte sah mich direkt an. In diesem Moment hatte ihr Blick etwas Unnachgiebiges, Hartes.

«Papa hat recht, weißt du. Und ich glaube, er würde auch heute noch gern mit dir in die Berge gehen. Aber irgendwie … ich weiß nicht, er kann nicht für sich eintreten, nicht gegen Mama.»

Was ich in den letzten Jahren immer nur gedacht, aber nie auszusprechen gewagt hatte, sprach nun meine fünfzehnjährige Nichte aus. Mit ihrer großen Empathie hatte sie genau verstanden, was zwischen ihren Eltern lief, und sie scheute sich nicht davor, es in Worte zu fassen. Ich kannte viele Erwachsene, die dazu nicht in der Lage waren und mit denen ich nicht solche Gespräche führen konnte. Mir war sofort klar, dass ich das Thema nicht abwiegeln oder aufweichen durfte. Kathi erwartete von mir eine eindeutige Stellungnahme.

«Du hast recht», sagte ich. «Ich denke auch, dass er das gern würde, aber er tut es aus Liebe zu dir und zu deiner Mutter nicht. Du solltest es ihm nicht übelnehmen.»

Kathi schüttelte den Kopf. «Tu ich auch nicht. Mich nervt es aber, dass Mama ständig versucht, mein Leben zu kontrollieren. Ich bin doch nicht ihre Leibeigene.»

«Hast du mal versucht, mit ihr darüber zu sprechen?»

«Ja, als wir über die Kanutour gestritten haben. Sie hat mir aber nicht zugehört.»

«Lass ihr einfach ein bisschen Zeit. Sie wird schon noch begreifen, dass ihr kleines Mädchen langsam erwachsen wird.»

Kathi sah mich an und lächelte verschmitzt. «Siehst du, du merkst so etwas. Für Mama bin ich immer noch ein Baby.»

«Du wirst immer ihr kleines Mädchen bleiben, das ist völlig normal.»

Ich machte ein verschwörerisches Gesicht und zwinkerte ihr zu. «Bring doch mal einen Freund mit nach Hause, das kann Wunder wirken.»

Obwohl ihr Gesicht bereits von der Sonne gerötet war, bemerkte ich dennoch, wie Kathi rot anlief. Schnell senkte sie den Blick.

«Oh, Volltreffer», sagte ich.

Sie schüttelte den Kopf. «Nicht was du denkst.»

«Ach, du weißt, was ich denke?»

«Wir verstehen uns nur gut … sehr gut.»

«Das freut mich für dich. Wirklich. Wenn du mir irgendwann mehr erzählen willst, weißt du ja, wo du mich findest. Und sollte er gemein zu dir sein, sag ihm, du hättest einen verrückten Onkel, der sich mit Psychopathen auskennt und wie sie denkt, und der würde ihm dann mal einen Besuch abstatten.»

«Hör bloß auf! Die glauben sowieso schon alle, dass du nicht normal bist.»

«Und glaubst du das auch?»

Kathi nickte. «Auf jeden Fall. Aber ich bin ja genauso. Ich lese schließlich deine Geschichten und finde sie auch noch gut. In deinen letzten Psychopathen konnte ich mich richtig hineinversetzen.»

«Erzähl das bloß nicht deiner Mama», warnte ich scherzhaft.

«Auf keinen Fall. Ich verstecke auch die Sachen, die ich selbst schreibe. Ich glaube, Mama würde einen Anfall kriegen, wenn sie das liest.»

«Aber mir zeigst du es irgendwann, oder?»

Sie nickte und wurde wieder rot. «Wenn es perfekt ist.»

«Ich kann warten … aber nicht ewig. Wenn du es übertreibst, breche ich irgendwann bei dir ein und stehle deine Geschichten. Vielleicht kann ich die eine oder andere ja selbst verwenden, falls mir mal die Ideen ausgehen.»

Kathi warf das zusammengeknüllte Papier nach mir, in dem ihr Brot eingewickelt gewesen war. «Wehe!»

Wir aßen zu Ende, packten dann unsere Sachen zusammen und brachen auf. Bevor Kathi ins Boot stieg, hob sie ihre Schwimmweste vom Strand auf und sah mich fragend an.

«Was sie nicht weiß, macht sie nicht heiß», sagte ich.

Kathi grinste übers ganze Gesicht und stopfte die Weste zu dem Rucksack ins Boot.

«Was soll auch schon passieren», sagte sie.

Mir liefen schon wieder die Tränen herunter. Ich wischte sie mit dem Handrücken weg und schaltete den Computer aus.

Irgendwann auf der Tour, ich wusste nicht mehr, wann genau, hatten wir über die Schule gesprochen, und in dem Zusammenhang hatte Kathi mir von Astrid Pfeifenberger und Franz Altmaier erzählt. Jeder Heranwachsende hatte Probleme mit den Eltern und Lehrern, das hielt ich damals für völlig normal und tue es auch heute noch. Nachdem ich Altmaier jetzt aber kennengelernt hatte, fragte ich mich, ob er Kathi gegenüber eventuell zu weit gegangen war.

Nein, das hätte sie mir bestimmt erzählt.

Außerdem: Ich mochte Altmaier zwar nicht, aber so etwas traute ich ihm dann doch nicht zu.

TAG 10

Ich steuerte meinen Wagen auf den kleinen Waldparkplatz, fuhr bis an die Baumgrenze, stellte den Motor ab und stieg aus.

Stille umgab mich wie zuvor die schützende Hülle des Wagens. Nach und nach kristallisierte sich Vogelgesang daraus hervor, und der Wind rauschte in den Baumwipfeln. Ich schloss die Augen, atmete tief ein und aus und genoss den Moment. Das tat gut. Ich war viel zu aufgedreht. Seit Tagen schlief ich zu wenig und trank Unmengen schwarzen Kaffee, um mich wach zu halten.

Ich drehte mich im Kreis und suchte den Weg, von dem Heiko gesprochen hatte. Vom Parkplatz aus fünfhundert Meter gerade durch den Wald, an einer Kreuzung links, dann noch mal ein-, zweihundert Meter bis an die Bahnstrecke.

Ich trat an den Kofferraum, öffnete ihn, setzte mich auf die Ladekante und zog die schweren Wanderstiefel an, die ich mitgebracht hatte. Gestern hatte es stark geregnet, die Waldwege würden sicher aufgeweicht sein. Als ich die Stiefel zuschnürte, fuhr auf der nahen Landstraße ein Wagen vorbei. Auf Höhe des Parkplatzes wurde er langsamer, und es klang, als würde er halten. Ich drehte mich um und sah durch die Windschutzscheibe einen weißen Wagen. Als ich hinter meinem Wagen hervortrat, gab der Fahrer Gas und verschwand.

Merkwürdig. Aber wahrscheinlich parkte hier nur selten jemand, und ein Einheimischer hatte sich für mein Kennzeichen interessiert.

Ich schlug den Kofferraum zu, verriegelte den Wagen und machte mich auf den Weg.

Der Text fiel mir wieder ein, den dieser Altmaier mir gestern gezeigt hatte. Er war gut, ich mochte ihn, aber ich hatte nicht verstanden, warum der Lehrer ihn mir gezeigt hatte. Wie sollte er mir weiterhelfen? Er hatte mit den Schultern gezuckt und gemeint, um einen solchen Text zu schreiben, müsste man schon sehr tief in die Materie abtauchen. Vielleicht war Kathi zu tief eingetaucht. Hatte sich zu sehr auf den Tod eingelassen. Es hatte ganz danach geklungen.

Franz Altmaier hatte versucht, mir seine Gedanken zu erklären, aber das war nur Gefasel gewesen, und ich hatte den Eindruck gewonnen, er wolle an mir nur sein Gewissen erleichtern. Wir alle hätten etwas bemerken müssen und so weiter … bla bla bla. Ich hatte das als Unfug abgetan.

Schließlich hatte ich mich verabschiedet und war mit einer Kopie des Textes und dem Gefühl, viel Zeit verschwendet zu haben, gegangen. Später war mit die Notiz an Kathis Schreibtischlampe wieder eingefallen.

Das digitale Virus ist die Pest der Neuzeit.

Woher stammte das? Waren das ihre Worte? Und der lange Text, hatte sie den auch selbst geschrieben? Waren das Indizien für einen Selbstmord, oder war ich etwas völlig anderem auf der Spur? Ich musste zugeben, ich war verwirrt und längst nicht mehr so sicher, wie ich es nach außen hin vorgab zu sein.

Kathis Handy wäre eine große Hilfe gewesen. Ich erhoffte mir Fotos von dem schwarzen Wagen, der sie angeblich verfolgt hatte. Aber das Handy war verschwunden, die Polizei ging davon aus, dass es bei dem Unfall zerstört worden war. Auch deshalb war ich hier draußen. Möglicherweise war es wirklich in seine Einzelteile zerlegt worden, aber es konnte doch auch sein, dass die Speicherkarte noch irgendwo herumlag, diese kleinen Dinger waren schwer zu finden. Die Polizei hatte sicher alles doppelt und dreifach abgesucht, ich wollte es dennoch auf einen Versuch ankommen lassen.

Außerdem wollte ich mir den Ort anschauen, an dem Kathi gestorben war, und mir ein Bild davon machen, ob die Unfalltheorie eventuell in Frage kam. Einen Unfall könnte ich akzeptieren, auch wenn ich nicht daran glaubte, dass Kathi so leichtsinnig gewesen war.

Bald erreichte ich die Kreuzung, bog links ab und näherte mich den Gleisen.

Ein Zug fuhr vorbei. Ich konnte ihn nicht sehen, aber hören. Das Geräusch schwoll langsam an, durchdrang dann machtvoll den Wald und zog sich schließlich so langsam zurück wie Nebelschwaden an einem kühlen Herbstmorgen.

Kurz bevor ich die Bahnstrecke erreichte, fiel mir wieder ein, dass ich noch unbedingt mit diesem Marco sprechen musste, von dem Kathis Freundin erzählt hatte. Wenn Kathi wirklich für den Jungen geschwärmt hatte, war sie vielleicht nicht allein hier draußen gewesen. Ein Freund, eine Mutprobe – das würde einiges erklären.

Das Gleisbett lag verlassen vor mir. Ein kalter, schmutziger Schienenstrang in einer grauen Schneise im Wald – ein furchtbarer Ort zum Sterben. Allein der Gedanke, dass Kathi ihre letzten Sekunden hier allein verbracht hatte, schnürte mir die Kehle zu. Vielleicht hatte sie um Hilfe geschrien, ganz sicher aber hatte sie entsetzliche Angst gehabt.

Ich schaute mich um. An dieser Stelle führte das Gleis mehrere Kilometer schnurgerade durch den Wald, mindestens drei bis vier Kilometer in jede Richtung. Ich wusste nicht, wo genau der Zug Kathi erfasst hatte. Mir blieb nichts anderes übrig, als wahllos am Fuße des einen Meter höher liegenden Schotterbetts entlangzugehen.

Dass hier etwas geschehen war, war deutlich zu erkennen. Reifenspuren, Trittspuren, abgebrochene Zweige, abgesägte kleinere Bäume und Büsche. Ich fand sogar ein paar gebrauchte, achtlos fortgeworfene Latexhandschuhe, wie sie Tatortermittler benutzten. Ich hätte vorbeigehen können, aber hier kam wieder mein schriftstellerisches Interesse durch, und ich hob sie auf. Blut klebte an den Fingerspitzen.

Ich warf sie weg, richtete mich auf und atmete tief ein.

Das Blut musste nicht von Kathi stammen. Einer der Beamten konnte sich verletzt haben. Trotzdem machte der Anblick mich fertig. Mich, der ich in meinen Büchern nicht davor zurückschreckte, die schlimmsten Morde zu beschreiben.

Scheiße, was tat ich überhaupt hier? Wie überheblich war ich eigentlich? Glaubte ich wirklich, etwas zu finden, was die Polizei übersehen hatte?

Aber was ich tat, war ich Kathi schuldig, also musste ich weitermachen.

Ich visierte einen hohen grauen Signalmast an und ging darauf zu. Dort angelangt, würde ich auf die andere Seite der Gleise wechseln und mich dort umschauen. Es dauerte fünf Minuten, dann hatte ich den Mast erreicht. In dieser Zeit fuhr kein Zug vorbei. Diese Strecke schien nicht sehr stark befahren zu sein. Ich kletterte die Schotterböschung empor. Die grauen Steine rutschten unter meinen Füßen weg. Oben angekommen, richtete ich mich auf.

Und wurde sofort zurückgeworfen.

Ein immenser Luftdruck stieß mich zurück. Lärm erfüllte die Luft, eine weiße Wand schoss keine zwei Meter entfernt an mir vorbei. Auf Bahnsteigen hatte ich schon erlebt, wie es sich anfühlte, wenn ein ICE mit noch gedrosselter Geschwindigkeit vorbeifuhr. Dieser jedoch brauste mit Höchstgeschwindigkeit vorbei. Erst stieß er mich weg, dann sog er mich wieder an, und wenn ich mich nicht an dem Metallgestell des Signalmastes festgeklammert hätte, wäre ich vielleicht unter die Räder gekommen.

Nach wenigen Sekunden war der Spuk wieder vorbei. Erschrocken und völlig verdattert sah ich dem Zug hinterher. Dabei fiel mir ein Schaltkasten aus grauem Metall auf, der an dem Mast befestigt war. Er befand sich vierzig Zentimeter über mir. Das Gehäuse und der Deckel waren mit einem Vorhängeschloss gesichert. Auf dem Deckel des Kastens klebte etwas, das meine Aufmerksamkeit auf sich zog.

Es war der Rest eines weißen Blatts Papier. Von einigen Regenschauern durchweicht und danach wieder getrocknet, wirkte es wie ein altes Stück Haut. Darauf sah man ein schwarzes, im Regen verlaufenes Muster, in der Mitte durchgerissen. Am Rand des Risses standen feine Zellulosefäden ab wie Härchen. Der Riss war demzufolge frisch.

Bevor ich darüber nachdenken konnte, bemerkte ich aus den Augenwinkeln eine Bewegung im Wald, auf der anderen Seite der Gleise.

Da war jemand zwischen den Bäumen, eine große Gestalt in dunkler Kleidung. Sie lief von mir weg und nutzte dabei die Deckung.

Ich vergewisserte mich, dass kein Zug kam, und kletterte auf den Gleiskörper. Es war ein beängstigendes Gefühl, zwischen den Metallsträngen zu stehen. Hastig sprang ich in großen Sätzen auf der anderen Seite die Böschung hinunter. Unten blieb ich stehen und sah in die Richtung, in der ich die dunkle Gestalt zuletzt gesehen hatte. Zwischen den Bäumen bewegte sich nichts. Wahrscheinlich hatte der Typ bemerkt, dass er entdeckt worden war, und versteckte sich.

Was hatte er hier zu suchen? Hatte er mich beobachtet? Mir fiel der weiße Wagen ein, der am Parkplatz für einen Moment langsamer geworden war.

Da – ein Schatten zwischen den Bäumen. Er war schon verdammt weit entfernt und verschmolz fast mit dem Zwielicht im Unterholz.

«Hey!», schrie ich und lief los. Ich war gut in Form, joggte dreimal die Woche eine Stunde durch ähnliches Gelände und baute meist auch kurze Spurts in mein Training ein. Wenn der Typ da vorn kein wirklich guter Athlet war, würde ich ihn einholen.

Ich setzte über umgestürzte Baumstämme, Büsche und Fuchslöcher hinweg. Mein Herz raste. Wie oft hatte ich in meinen Geschichten die These verwendet, dass Täter gern an den Ort ihrer Taten zurückkehrten? Hatte ich einfach ein Mordsglück und war heute zur richtigen Zeit hierhergekommen? Oder war der Typ mir gefolgt? Aber warum sollte er? Niemand brachte mich mit Kathi in Verbindung – oder?

Unter mir brach laut krachend ein morscher Zweig. Während ich weiterlief, sah ich, wie sich der Typ zu mir umdrehte. Er trug eine dunkle Kapuze auf dem Kopf. Das war kein Jäger oder Förster, auf gar keinen Fall.

Ich legte noch zu, holte alles heraus, was in mir steckte. Der Typ in der dunklen Kleidung verlor schnell an Boden. Uns trennten vielleicht noch fünfzig Meter.

«Hey», rief ich abermals, «bleib stehen!»

Natürlich lief er weiter. Vielleicht strengte er sich noch einmal an, mir zu entkommen. Ich hörte ihn laut keuchen, er war am Ende. Für einen Moment musste ich mich auf den Untergrund konzentrieren, vor mir lag ein Gewirr umgestürzter dünner Fichtenstämme. Ich überwand es, und als ich wieder aufsah, war der Typ verschwunden.

Ich lief bis zu der Stelle weiter, an der ich ihn zuletzt gesehen hatte. Weit konnte er ja nicht gekommen sein, wahrscheinlich war er nur irgendwo abgebogen und versteckte sich.

Der Schlag kam aus heiterem Himmel. Schmerz explodierte in meinem Kopf, ich ging zu Boden, mir wurde schwarz vor Augen, und ich hatte das Gefühl, in einen tiefen Abgrund zu stürzen. Ich sah nichts mehr, spürte ein scharfes Brennen an Lippen und Nase, presste meine Hände dagegen, glaubte, warmes Blut zu spüren, und schmeckte es einen Moment später schon im Mund.

Du bist schutzlos, schoss es mir durch den Kopf.

Ich hatte Kathis Mörder durch den Wald gehetzt und lag jetzt hilflos vor ihm. Ich rechnete mit einem weiteren Schlag, gegen den ich nichts hätte tun können, aber er kam nicht. Die Dunkelheit verschwand, und ich konnte wieder sehen, wenn zunächst auch nur verschwommen. Ich blieb noch einen Moment sitzen, bis ich das Gefühl hatte, aufstehen zu können, ohne gleich wieder umzukippen. Dann zog ich mich am nächsten Baumstamm hoch und sah mich um.

Ich war allein.

Aus meiner Nase und einer Wunde an der Oberlippe tropfte Blut zu Boden. Zwei Schritte vor mir lag der Ast, den der Typ mir ins Gesicht gedroschen hatte. Ich war ihm wie der letzte Depp in die Falle gegangen.

Ein Motor brummte.

Er wollte abhauen.

Unmittelbar hinter der Stelle, an der ich niedergeschlagen worden war, begann ein geschotterter Waldweg. Der Schmerz in meinem Gesicht und das leichte Taubheitsgefühl in meinem Kopf hinderten mich nicht daran, die Verfolgung wiederaufzunehmen. Dieser Mistkerl durfte auf keinen Fall entkommen.

Durch die Baumstämme hindurch sah ich den weißen Wagen. Er wendete umständlich und gab immer wieder Vollgas, so als hätte er sich festgefahren. Der Motor röhrte laut.

Ich folgte dem Schotterweg, schnitt eine Kurve ab, indem ich durchs Unterholz sprang, und erreichte die Stelle, an der der Typ geparkt hatte. Vor meiner Nase preschte er davon. Meine Sicht war noch immer nicht ganz wiederhergestellt, aber ich glaubte, das Kennzeichen entziffern zu können, und merkte es mir.

Dann ging ich auf die Knie und spuckte Blut.

Herrgottnochmal, sie ist zwanzig Jahre alt. Sie muss lernen, allein klarzukommen.»

«Sie hat gerade ihre Mutter verloren.»

«Andere müssen auch damit klarkommen. Deine Schwester ist doch schuld daran, dass Ann-Christin so geworden ist. Die beiden haben sich in den letzten Jahren nur noch in diesem Haus versteckt aus Angst vor Lutz. Das ist doch nicht normal.»

«Nicht so laut, sonst hört sie dich noch.»

Die Warnung kam zu spät, Ann-Christin hatte die Unterhaltung zwischen ihrer Tante Verena, der jüngeren Schwester ihrer Mutter, und deren drittem Mann Gustav längst gehört. Sie saß im Nebenraum, und die Wände in diesem Haus waren dünn. Zudem war Gustav kein Freund leiser Worte.

Ann-Christin lag mit offenen Augen auf dem Bett und starrte an die Zimmerdecke. Eine kleine Lampe auf dem Nachtschrank spendete Licht. Doch deren Schein drang nicht in ihre Seele. Darin lag eine undurchdringliche Dunkelheit, die sämtliche Körperfunktionen und Empfindungen außer Kraft setzte. Das war nicht mehr ihr Körper, sondern nur irgendein Klotz, den sie mühsam mit sich herumschleppte.

Tante Verena kümmerte sich um die Beerdigung ihrer Schwester. Sie waren hier, um Mamas Unterlagen zu sichten. Gustav war auf der Suche nach einer Sterbegeld- oder Unfallversicherung, aber gefunden hatte er noch nichts, und er wurde immer wütender. Ann-Christin mochte ihn nicht, deshalb hatte sie den Mann noch nie mit Onkel angesprochen. Seinetwegen hatte Mama in den letzten Jahren kaum noch Kontakt zu ihrer einzigen Schwester gehabt. Auch heute regte er sich die ganze Zeit nur auf. Leider hatte er in manchen Dingen sogar recht.

Ja, sie und Mama lebten seit fünf Jahren in einem Gefängnis der Angst, das sie selbst erbaut hatten. Es gab sie beide, und es gab die Welt da draußen. Eine Welt, in der ihr Papa lebte und aus der heraus er sie seit der Scheidung immer wieder bedrohte. Und ja, Ann-Christin war unselbständig und verschlossen, hatte keine Freunde, außer neuerdings ein paar wenigen in den sozialen Netzwerken, aber die zählten nicht. All das hatte Gustav in den letzten Minuten seiner Frau vorgehalten, weil er glaubte, Ann-Christin schlafe. Und natürlich hatte er über Papa hergezogen. «Brutales Arschloch» und «Frauenhasser» waren noch die harmloseren Bezeichnungen gewesen. Leider hatte Gustav auch damit recht.

Ann-Christins Erinnerung war voller schöner Momente mit ihrem Vater, aber die hatte es nur gegeben, wenn sie beide allein gewesen waren. Dazwischen tauchten Erinnerungen an ihre schreiende Mutter auf, an blutende Lippen, blau geschlagene Augen und Nächte in der Notaufnahme des Krankenhauses. Und das alles überlagert von der Angst, er könnte zurückkehren und seine Drohungen wahr machen. Würde er zur Beerdigung kommen? Würde er versuchen, Kontakt zu ihr aufzunehmen?

Ann-Christin wollte sich diesen Fragen nicht stellen. Sie hatte dafür keine Kraft. Das letzte bisschen Energie hatte sie im Beerdigungsinstitut Quindt aufgebraucht. Sie hatte den fürsorglichen Inhaber dazu gezwungen, den Sargdeckel zu öffnen. Ohne einen letzten Blick auf Mama wäre sie nicht gegangen, also war dem Mann gar nichts anderes übriggeblieben.

Leider hatte dieser letzte Blick nichts verändert. Mama hatte ausgesehen, als schlafe sie. Ann-Christin hatte sie unzählige Male so gesehen, wenn Mama abends auf der Couch vor dem Fernseher eingeschlafen war. Das war nicht der Tod, das war doch Schlaf!

Der Beerdigungsunternehmer hatte ihr zu erklären versucht, dass der Tod nichts anderes sei als ein langer Schlaf, aber das nahm Ann-Christin ihm nicht ab. Er hatte ihr auch erzählt, dass er selbst seine Eltern früh verloren hatte und deshalb wusste, wie sie jetzt litt, aber auch das glaubte sie nicht. Niemand wusste das. Dieser Mann nicht, Tante Verena nicht, der bescheuerte Gustav nicht, niemand.

Es pochte leise an der Tür.

«Ann-Christin, Schatz, bist du wach?»

«Ja, komm rein.»

Tante Verena betrat das Zimmer. Sie roch intensiv nach Kölnischwasser, wie immer. Mama hatte immer gesagt, sie wolle damit ihre Alkoholfahne übertünchen. Sie und Gustav tranken zu viel.

«Wir müssen jetzt leider aufbrechen», sagte Tante Verena.

«Ist gut.»

«Bist du sicher? Du kannst auch gern mit zu uns kommen, wir haben ja das Gästezimmer, und ein paar Nächte …»

«Da stapeln sich die Kartons mit den Weihnachtssachen drin», rief Gustav von nebenan. «Da kann niemand drin schlafen.»

«Schon gut», sagte Ann-Christin und versuchte ein Lächeln.

Tante Verena setzte sich auf die Bettkante.

«Du musst etwas trinken und essen», sagte sie. «Ich hab in der Küche ein Sandwich für dich vorbereitet.»

Für einen Moment schwiegen sie, und Ann-Christin hörte Gustav ungeduldig mit seinem Schlüsselbund klimpern.

«Es tut mir so leid», sagte Tante Verena schließlich. «Wenn du Hilfe brauchst, ruf mich an, ja?»

«Okay.»

Sie streckte die Hand aus und wollte Ann-Christin berühren, doch in diesem Moment rief Gustav: «Kommst du endlich?», und sie zog sie schnell wieder zurück. Dann stand sie vom Bett auf und ging. An der Tür drehte sie sich noch einmal um.

«Deine Mutter», begann sie zögerlich, «sie war doch allein zu Hause, oder?»

Ann-Christin bewegte den Kopf und sah ihre Tante an.

«Was meinst du?»

«Na ja, ich dachte nur … du weißt schon, wegen deines Vaters, diese ganze Geschichte halt.»

«Sie war allein. Ich habe niemanden gesehen.»

«Gut», seufzte Tante Verena erleichtert. «War ja auch eine blöde Frage. Ruf mich an, ja?»

Damit verschwand sie. Ann-Christin hörte die Haustür zuschlagen, den Wagen wegfahren und fragte sich dabei, ob die Frage wirklich so blöd gewesen war. An jenem Abend, vor dem Haus, hatte sie da nicht Schritte gehört? Hatte sie nicht geglaubt, jemand folge ihr?

War Mamas Tod wirklich ein Unfall gewesen?

Zu Hause ging ich schnurstracks ins Bad und wusch mir das Gesicht. Selbst unter dem warmen Wasserstrahl dauerte es eine Weile, bis die braune Soße im Abfluss verschwand.

Vor dem Spiegel tupfte ich mein sauberes und gerötetes Gesicht trocken, besonders vorsichtig um den Mund herum. Die Oberlippe war stark angeschwollen, auf der linken Seite hatte ich eine Platzwunde davongetragen. Sie war nicht sehr groß und würde, so hoffte ich, ohne Naht verheilen. Ich nahm Flüssigpflaster aus der Schublade und deckte die Wunde damit ab.

Dann ging ich in die Küche, nahm eine Dose eiskalte Cola aus dem Kühlschrank, riss sie auf und trank vorsichtig daraus. Immerhin vertrieb sie den Blutgeschmack aus meinem Mund. Mit der Dose in der Hand setzte ich mich an meinen Schreibtisch und presste das kühle Metall an die Oberlippe.

Für einen Moment schloss ich die Augen und dachte nach.

Hatte ich Kathis Mörder verfolgt?

Die Vermutung lag nahe. Warum sonst war die Person geflüchtet? Und dieser Schlag mit dem Ast wäre völlig unnötig gewesen, wenn die Person nichts zu verbergen hatte. Das Glück war auf meiner Seite, ich war zum richtigen Zeitpunkt dort gewesen. Und ich hatte jetzt eine Spur.

Ich griff in die hintere Tasche der Jeans und zog den Notizzettel hervor. Darauf hatte ich das Kennzeichen des weißen Wagens notiert. Es wurde Zeit, meine Freundin bei der Polizei zu kontaktieren.

Ich suchte die Nummer aus dem Speicher meines Telefons und ließ es klingeln. Dabei spürte ich ein unangenehmes Pochen in der Lippe.

«Manuela Sperling», meldete sie sich. Ich war überrascht, wie gut es tat, die fröhliche Stimme der jungen Kommissarsanwärterin zu hören.

«Hallo Manuela», begrüßte ich sie. «Andreas hier. Du weißt schon, der psychopathische Schreiberling.»

«Klar weiß ich. Schön, von dir zu hören. Wie geht's? Du klingst erkältet.»

«Erkältet bin ich nicht, aber meine Lippen sind geschwollen.»

«Aha», machte Manuela Sperling und klang amüsiert. «In der Kneipe eine große Klappe riskiert?»

«Würde wohl eher zu dir passen, oder?», gab ich zurück. Manuela sprach meistens aus, was sie dachte. Außerdem konnte sie kaum zwei Minuten still sein. Sie wusste das und nahm es mit Humor. «Wenn ich meinen Mund nicht benutze, habe ich doch gar nichts mehr», hatte sie mal gesagt und damit auf ihre geringe Körpergröße und ihre schmale Statur angespielt. Ich mochte sie. Manuela hatte Humor, ein großes Herz, und aufgeben kam für sie nicht in Frage.

«Jemand hat mir einen Ast ins Gesicht gedroschen», sagte ich. Dann erzählte ich ihr die ganze Geschichte, angefangen bei Kathis merkwürdigem Unfall. Oder bei ihrem Freitod, wie die Polizei ihn bezeichnete.

Manuela hörte geduldig zu und unterbrach mich nicht.

«Das tut mir wirklich leid», sagte sie, nachdem ich geendet hatte. «Ich erinnere mich, dass du mir mal von Kathi erzählt hattest. Wie alt ist sie geworden?»

«Sechzehn. Gerade so.»

«Scheiße, das ist echt scheiße.»

Wir schwiegen beide.

«Aber wie kann ich dir helfen?», fragte sie schließlich.

«Mit einer Halterabfrage zu dem Kennzeichen.»

«Du weißt, dass ich das nicht machen kann.»

«Bitte.»

«Andreas … nein, das geht nicht. Ich komme in Teufels Küche, wenn das herauskommt. Es gibt keine offizielle Ermittlung, und selbst wenn, ich habe gar nicht die Möglichkeit, einfach so eine Halterabfrage zu machen. Geh mit deiner Geschichte bei dir vor Ort zur Polizei und bitte die Kollegen um Hilfe.»

«Wenn du mir schon nicht hilfst, werden die es erst recht nicht tun.»

«Ja, vielleicht, aber aus gutem Grund. Ich will dir wirklich nicht zu nahe treten, aber kannst du wirklich ausschließen, dass Kathi Suizid begangen hat?»

Erst wollte ich sofort laut und deutlich ja sagen. Aber dann fielen mir die Facebook-Seiten ein, die sie geliked hatte. Seiten, die sich mit dem Tod beschäftigten. Und die Bemerkung ihrer Schulfreundin Viola, dass Kathi sich so sehr in das Thema der Projektgruppe hineingesteigert hätte. Der Text über den Tod 3.0, die Notiz an ihrer Lampe – all das ließ mich einen Moment innehalten.

«Siehst du», sagte Manuela am anderen Ende der Leitung. Natürlich hatte sie mein Zögern bemerkt. «Man kann sich nie sicher sein. Auch du schaust den Menschen nur vor die Stirn. Nicht in den Kopf hinein.»

«Ja, schon, aber ich schließe einen Freitod dennoch zu neunzig Prozent aus», versuchte ich es noch einmal.

«Vorgestern waren es sicher noch hundert Prozent, oder?»

Ach, verflucht, diese Frau konnte echt nerven. Sie hatte ja recht, aber musste sie immer den Finger in die Wunde legen?

«Also keine Halterabfrage», unternahm ich einen letzten schwachen Versuch, sie umzustimmen.

«Tut mir leid», sagte sie. «Kann ich dir sonst irgendwie helfen? Soll ich vielleicht am Wochenende vorbeikommen, und wir betrinken uns?»

Ich wusste, wie wenig die 54 Kilo leichte Manuela vertrug. Nach einem Glas Rotwein begann sie bereits zu schielen.

«Bei deinen japanischen Genen lohnt sich der Weg dafür nicht. Aber trotzdem, danke fürs Angebot.»

Die Wände vibrierten, der Boden bebte.

Bum, bum, bum – gewaltige Boxen feuerten Basssalven auf Menschen ab. Getroffene Körper wogten hin und her,

Hände flogen in die Luft, Köpfe zuckten im Rhythmus der ohrenbetäubenden House-Musik.

Schwitzende Körper, eng aneinandergeschmiegt, freie Schultern, muskulöse Oberarme. Mädchen, die vor Jungs in die Knie gingen. Jungs, die ihre Hände nicht von den Körpern der Mädchen lassen konnten. Glasige Augen, fahrige Gesten, der Gestank von Schweiß und hartem Alkohol lag in der Luft, dazwischen unbändige Energie.

Schnitt.

Ein schlanker, trainierter Junge bewegte sich in schwarzem T-Shirt und enger Jeans an der Tanzfläche entlang. Er wich den wild um sich schlagenden Leibern aus, manövrierte geschickt durch das Schlachtfeld, ohne mit jemandem zu kollidieren. Dabei visierte er die Theke an und gab dem Barkeeper ein Zeichen. Kurz darauf bekam er ein bernsteinfarbenes Getränk in einem kurzen, breiten Glas. Der Junge setzte es an die Lippen, trank einen kräftigen Schluck und verzog das Gesicht, als litte er Schmerzen. Dann ließ er seinen Blick durch die schier endlose dunkle Halle schweifen. Nebel stieg vom Boden auf und verwandelte die Menge in eine Horde tanzender Zombies.

Der Junge entdeckte darin jemanden. Er trank das Glas leer und machte sich auf den Weg, an der Theke vorbei in Richtung Toiletten. Jeder Schritt war Ausweichen und Lavieren. Überall standen Leute herum, manche hockten am Boden, meist einzelne Jungs, aber auch einige knutschende Pärchen. Der Junge folgte einem Typen in Blue Jeans und eng anliegendem weißem Muskelshirt in die Toilettenräume. Die Tür schlug hinter ihm zu.

Schnitt.

Der Junge warf sich zwei bunte Kapseln in den Mund, beugte sich über das Waschbecken, ließ Wasser in die hohle Hand laufen, trank es, legte den Kopf in den Nacken und schluckte die Kapseln hinunter. Dabei dehnte sein auf und ab hüpfender Kehlkopf die straffe Haut am Hals.

Der Junge stützte sich mit beiden Händen auf dem Waschbecken ab und ließ den Kopf tief zwischen die Schultern sinken. So verharrte er einen Moment und ignorierte die Menschen, die an ihm vorbei zu den Toilettenkabinen gingen. Schließlich sah er auf und betrachtete sich im fleckigen Spiegel.

Schnitt.

Der Junge stand am Rande der Tanzfläche, vor ihm die zuckende Menge. Ein schlankes Mädchen mit langen dunkelblonden Haaren schob sich von hinten an ihn heran, legte einen Arm um seine Taille und wollte ihn küssen. Er zog abweisend den Kopf zurück.

Die Lippen des Mädchens formten Worte, die in der lauten Musik untergingen. Ihre Hand strich über seinen Rücken nach oben, die Finger legten sich in seinen Nacken.

Er schüttelte den Kopf, und schließlich ließ sie von ihm ab.

Drehte sich herum und kam direkt auf die Kamera zu.

Sie wirkte besorgt.

Schnitt.

TommyX5 saß mit glasigem Blick und offenem Mund vor seinem Laptop. Zum zehnten Mal sah er sich das kurze Video bereits an. Am Ende schaltete er die Lautsprecher jedes Mal stumm, damit er die Aufforderung nicht hören musste. Ein wenig zu spät auch diesmal, drei Worte bohrten sich wie Dolche in seine Gehörgänge.

«Leiste deinen Beitrag …»

Tommy war fassungslos. Der Junge in dem Video war er selbst, das Mädchen seine Freundin Tatjana. Weder er noch sie hatte etwas davon bemerkt, dass er vor zwei Tagen im Danceclub Komahouse gefilmt worden war. Die Qualität der Aufnahme sprach gegen eine simple Handykamera, aber er erinnerte sich nicht, jemanden mit einer größeren Kamera dort gesehen zu haben.

Okay, er war beschissen drauf gewesen, hatte keine Lust auf Party gehabt, seiner Clique aber auch nicht absagen können und deshalb schon in der ersten halben Stunde viel zu viel getrunken. Tatjana war ziemlich nervig gewesen. Sie hatte ihm auf der Tanzfläche immer wieder die Zunge in den Hals stecken wollen. Er war das Gefühl nicht losgeworden, dass sie jemand anderen damit eifersüchtig machen wollte.

Irgendwann hatte Tommy einen Filmriss gehabt. Nach den beiden Kapseln auf den Whisky war es ihm wirklich nicht gutgegangen. Er hatte sich sogar übergeben müssen. Tatjana hatte ihn nach Hause gefahren, dass wusste er noch.

«Scheiße», flüsterte Tommy und fuhr sich mit beiden Händen durch die kurzen Haare. «Scheiße, scheiße, scheiße, worauf hab ich mich nur eingelassen. Ich bescheuerter Idiot.»

Als er den Brief bekommen hatte, hatte er gedacht, zu allem bereit zu sein.

War er aber nicht.

Für das hier nicht.

Das ging einfach zu weit.

Er war doch kein Mörder.

Abends hockte ich deprimiert in meinem Büro vor dem Computer. Meine Lippe schmerzte immer noch. Viel mehr zu schaffen machte mir aber, dass ich einfach nicht weiterkam. Weder in Kathis Sache noch mit einem neuen Roman. Aus alter Angewohnheit schrieb ich die erste Szene eines neuen Romans stets mit Bleistift von Hand. Aber auf dem Papier stand noch kein einziges Wort des neuen Textes. Schlimmer noch: In meinem Kopf fand sich nicht einmal der Hauch einer Idee. Ein solcher Hauch reichte mir sonst immer, mehr brauchte ich nicht, um zu starten. Der Rest entwickelte sich beim Schreiben.

Bisher hatte ich nur Kritzeleien zu Papier gebracht. Figuren, Striche, symmetrische Formen. Dazwischen immer wieder ein Name.

Kathi.

Sie war es, auf die sich meine Gedanken fokussierten.

Ihr Tod lastete wie ein Granitblock auf mir und presste meine ansonsten blühende Kreativität auf die Größe einer Erbse zusammen. Ich ließ es einfach zu nah an mich heran, wusste aber nicht, was ich dagegen tun sollte. Ich wollte leiden, ich wollte trauern, aber vor allem wollte ich wissen, was ihr zugestoßen war. Nach wie vor. Ein Schlag ins Gesicht setzte mich nicht außer Gefecht. Ich war hart im Nehmen. In meinem bisherigen Leben hatte ich vieles einstecken müssen, manches war härter gewesen.

Ich griff nach dem Schwenker und trank süßen Rotwein, auch wenn ich wusste, dass ich es am nächsten Morgen bereuen würde. Schon nach dem ersten Glas spürte ich die befreiende Wirkung. Und ich traf eine Entscheidung: Ein neues Buch und Kathi, beides gleichzeitig funktionierte nicht, das Buch musste warten. Aber vielleicht musste ich das Schreiben und meine Ermittlungen, wenn man diese stümperhaften Versuche denn so nennen wollte, miteinander verquicken.

Genau! Warum war ich nicht viel früher darauf gekommen?

Analyse der Protagonisten. Plausibilität der Handlungen und ihre Auswirkungen auf die Story überprüfen.

Ich zog ein weißes Blatt Papier heran und begann eine Liste.

Kathi kam ganz nach oben.

Darunter: Astrid Pfeifenberger, ihre Lehrerin.

Theresa und Viola, die Freundinnen. Marco, der Junge, für den Kathi angeblich geschwärmt hatte. Ein Unbekannter in einem schwarzen Wagen, der Kathi verfolgt hatte. Ein Unbekannter, der sie gefilmt hatte. Ein Unbekannter in einem weißen Wagen, der vor mir geflüchtet war und mich niedergeschlagen hatte.

Anima Moribunda, der Absender des Videos.

Hatte ich jemanden vergessen? Gab es noch einen Namen, von dem ich gehört, oder eine Person, die ich gesehen hatte? Heiko und Iris natürlich, aber die kamen nicht in Frage.

Ich ließ den Stift sinken und starrte meine Liste an. Sie war kurz. Und sie sagte mir nichts.

Ach ja: Franz Altmaier.

Das Todesprojekt in der Schule, schrieb ich unter seinen Namen und machte einen Kringel drum herum.

Der Text über den Tod 3.0.

Das digitale Virus ist die Pest der Neuzeit.

Beide Sätze kringelte ich mehrfach ein.

War die zeitliche Nähe des Schulprojektes zu Kathis Tod Zufall?

Zufälle, die die Geschichte entscheidend voranbrachten, waren unter Autoren verpönt. Und hier, im realen Leben? Nein, solche Zufälle gab es nicht.

Aber mir fiel etwas ein. Was, wenn der Unbekannte nicht zufällig zur gleichen Zeit mit mir an den Gleisen gewesen war? Was, wenn er mich verfolgt hatte? Wenn es so war, wo war er auf mich aufmerksam geworden? Bei der Beerdigung? In der Schule? Bei Heiko und Iris im Garten?

Bei Facebook?

Ich loggte mich ein. Meine letzte Statusmeldung stammte noch von Kathis Rechner. Ich hatte sie auf ihre Seite geschrieben.

Ruhe in Frieden.

143 «Gefällt mir»-Klicks.

98 Kommentare.

Da hatte ich ja was losgetreten!

Ich öffnete das Kommentarfeld und begann zu lesen.

Beileidsbekundungen, viele davon sehr ergreifend. Zu achtzig Prozent stammten sie von Mädchen, auf einigen Bildern erkannte ich Facebook-Freunde von Kathi und mir. Die Posts der Jungs waren kürzer, klarer, aber nicht weniger rührend. Ein Post stach aus allen anderen hervor. Er befand sich am Ende der langen Liste und war erst vor zwei Stunden generiert worden.

«Hat Kathi den Tod gesucht, oder hat ER sie gefunden?»

Ich klickte auf den dunkelblau hinterlegten Namen des Nutzers. Er hieß M. A. Thaunn, sein Profilbild war die unscharfe Aufnahme eines jungen Mannes, der mit nur halbem Gesicht in die Kamera blickte. Wahrscheinlich ein Selbstporträt mit dem Handy.

Die Seite schien ein Fake zu sein. Es gab weder Freunde noch irgendwelche anderen Informationen. Das Titelbild war einmal geändert worden. Von einem verschneiten Winterwald zu einer verschneiten Flusslandschaft. Völlig beliebig also.

Ich wechselte auf meinen Account und schrieb eine Nachricht an M. A. Thaunn.

«Was soll der Kommentar auf Kathis Profil?»

Wenn der Typ etwas zu sagen hatte, würde er sich schon melden, dachte ich. Und dann kam mir die Idee, mir von Kathis Facebook-Freunden helfen zu lassen. Wenn es jemanden gab, der mehr über Kathis letzte Wochen wusste als ich, würde ich die Person am ehesten über Facebook finden.

Ich gab eine neue Statusmeldung ein:

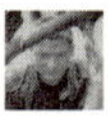

Hallo, Freunde von Kathi! Warum ist sie gestorben? Wer kann mir helfen? Schreibt mir!

Zehn. Sechs. Drei. Zwei.

Nach jedem zehnten Schritt einen Blick über seine Schulter zurück. In jedem sechsten Laden- oder Hauseingang warten.

An jeder dritten Ecke stehen bleiben und die anderen Menschen beobachten. Jede zweite Nebenstraße als Umweg in Kauf nehmen. Auf diese Weise näherte er sich in konzentrischen Kreisen seinem Ziel. Die einmal festgelegte Zahlenfolge behielt er dabei stets bei.

Zehn. Sechs. Drei. Zwei.

Zahlen waren wichtig. Sie gaben ihm Sicherheit. Sie sprachen eine andere Sprache, und er hörte gern darauf. Vielleicht waren sie sogar seine einzigen Verbündeten in einem schier aussichtslosen Kampf.

Niemand sonst konnte ihm helfen.

Andere Menschen schon gar nicht. Sie waren seine Feinde. Sie glaubten, sie lebten, dabei vegetierten sie nur vor sich hin, vermaßen mit der Länge eines jeden Tages einen Weg, der sie in SEINE Arme führte. Nicht immer direkt, mitunter waren Umwege vonnöten, so wie er sie notgedrungen einlegte, aber am Ende durchrissen sie alle dasselbe Zielband an derselben Ziellinie.

Und dahinter?

Licht oder Dunkelheit? Qual oder Seelenheil, Erkenntnis oder der vollkommene Verlust von Erinnerung und Wissen?

Offene Fragen. Keine empirisch gesicherten Daten.

Er aber hatte sich entschieden. Schon vor langer Zeit.

Dahinter war Feindesland. Vermint auf Schritt und Tritt. Unwirtlich und lebensfeindlich, denn dort fand kein Leben statt, sondern Kampf. Und darum unterschied sich das Dahinter nicht wesentlich von dem Davor. Diejenigen, die sich den Himmel erhofften, die glaubten, nach dem Leben auf Erden würde es besser werden, und die in diesem Glauben alle irdischen Qualen auf sich nahmen, die würden sich noch wundern.

Verzeih, Petrus, das habe ich mir anders vorgestellt. Auf Erden war ich dein Diener, und es war ein karges, hartes Leben. Ich habe es ertragen im Glauben an dich. Und nun? Warum nun dies?

Weil du ein Narr bist, Mensch. Weil du nicht geschaffen bist, zu verstehen.

Er selbst, das gestand er sich ein, verstand auch nicht alles. Aber dadurch, dass er sich so umfangreich und intensiv mit dem Tod auseinandergesetzt hatte, glaubte er doch, so etwas wie eine Ahnung zu haben. Diese Ahnung glich einer übers Internet, vielleicht über das Handy verschickten Fotografie. Solange diese Fotografie nicht komplett hochgeladen war, erkannte man nur Schemen, aus denen man sich, einiges Wissen über den Absender vorausgesetzt, ein Bild machen konnte.

Das war nicht viel, aber damit war er den anderen Menschen, den reinen Vermessern des Weges, weit voraus.

Und was brachte es ihm?

Dies hier. Das Ziel, vor dem er jetzt stand.

Eine versiffte Bude, die Miete so gering, dass sie ein Witz war, ohne Vertrag natürlich, am jeweils Ersten im Voraus bar auf die Hand. Auf die schwielige Hand mit schmutzigen Nägeln eines Mannes, der keine Gespräche mochte und keine Verhandlungen. Eines Mannes, dessen absoluter Verschwiegenheit man sich sicher sein konnte. Dem sein Geld mehr wert war als ein Menschenleben.

Die Treppe hinunter in das versiffte Loch war steil. Der Beton bröckelte, an der gegossenen Mauer kroch ein schmieriger Moosteppich empor, der bei kühlem, feuchtem Wetter zu stinken begann, weil von oben so viel Pisse heruntergelaufen war. Bis er hier eingezogen war, hatte er nicht gewusst, dass Moos Pisse liebte.

Unten die Tür. Immerhin aus festem Holz mit Beschlägen aus rostfreiem Stahl. Die Tür war das Beste, ihretwegen hatte er die Wohnung überhaupt genommen. Niemand konnte sie von außen aufbrechen. Und das Schloss war ein Sicherheitsschloss. Er hatte es beim Einzug selbst bezahlen müssen. Der Mann mit den schwieligen Barzahlerhänden fragte sich wahrscheinlich, was ein Typ wie er in dieser versifften Bude zu verstecken hatte, dass es eines solchen Schlosses bedurfte.

Die Antwort war einfach. Sich selbst.

Fiel die massive Tür ins Schloss, erlosch damit beinahe jegliches Licht. Es gab drei Fenster, pro Raum eines. Sie saßen hoch in der Wand, fast schon unter der Decke, und sie waren schmal und vergittert. Die Gitter waren nicht von außen vorgeschraubt, sondern in den Beton des Mauerwerks eingelassen. Wie es sich gehörte. Tageslicht gab es hier unten kaum, und nur in der Zeit zwischen dreizehn und vierzehn Uhr schien für eine bestimmte Zeit die Sonne herein. Er schätzte, dass es zum Winter hin weniger werden würde, er war aber noch nicht lange genug hier, um es zu wissen. Wahrscheinlich würde er nicht lange genug hierbleiben.

Die Bude war möbliert angeboten worden. Von den wenigen billigen Pressholzmöbeln ging ein klammer Geruch aus. Schon nach wenigen Tagen hatte sich dieser Geruch in seinen Haaren, seiner Haut und in seiner Kleidung festgesetzt.

Das alles ertrug er, weil er einen Auftrag hatte. Weil er dem Tod auf der Spur war. Weil es nur so ging. Hatte nicht auch Jesus ein solches Leben auf sich genommen, weil er einen Auftrag gehabt hatte? Anders, ja schon, aber irgendwie ging es damals doch auch um den Tod.

In seiner Wohnung angekommen, warf er die Aldi-Plastiktüte auf den billigen Tisch. Er setzte Kaffee auf, kehrte an den Tisch zurück und nahm die acht verschiedenen, überregionalen Tageszeitungen heraus. Jede hatte er an einem anderen Kiosk gekauft und natürlich erst gegen Abend, die letzten Exemplare. Es sollte ja nicht so aussehen, als hätte er ein übersteigertes Interesse an den neuesten Meldungen. Und für ihn waren sie auch am Abend noch interessant.

Er breitete die erste Zeitung auf dem Tisch aus und begann zu blättern. Das meiste interessierte ihn nicht. Er hatte sich angewöhnt, querzulesen, sodass jede Seite nicht mehr als zwanzig Sekunden in Anspruch nahm. Nachdem er die erste Zeitung durchhatte, holte er sich einen Kaffee. Im Stehen, immer wieder an der Tasse nippend, arbeitete er die anderen Zeitungen durch. Als er bei der fünften angelangt war, hielt er plötzlich inne und richtete sich auf.

Hatte er da nicht etwas gehört?

Ein Geräusch?

Eine Art Schaben an der Tür?

Er ging hinüber, legte sein Ohr an das massive Holz und lauschte. Manchmal kamen Katzen in den Kellerabgang hinunter und kackten ihm direkt vor die Tür.

Das Geräusch wiederholte sich nicht. Dafür sah er einen Schatten am Fenster vorbeihuschen. Hastig drückte er sich mit dem Rücken gegen die Tür, damit er vom Fenster aus nicht gesehen werden konnte. Dort wartete er ab. Er hatte über der Spüle an der gegenüberliegenden Wand einen Spiegel angebracht. In einem Winkel, der es ihm nun erlaubte, das Fenster im Auge zu behalten, ohne dass man ihn sehen konnte.

Ja. Da war jemand.

Jemand war vor dem Fenster stehen geblieben. Er sah ein paar Beine in Jeans und schwarze Lederschuhe. Warum verharrte die Person so lange dort? Sein Atem ging flach, Schweiß brach ihm aus. Er konnte nicht einfach abwarten. Er ging auf die Knie, legte sich bäuchlings auf den Boden und robbte durch den Wohn- und Schlafraum zum Bad hinüber. Der kleine Raum besaß eine feuerfeste Stahltür, weil es früher einmal ein Raum für Heizöltanks gewesen war. Dort war er in Sicherheit.

Bevor er das Bad erreichte, verschwanden die Beine vor dem Fenster. Er blieb noch einen Moment liegen und wartete ab. Schließlich stand er auf. Nach und nach beruhigte sich sein Herzschlag und er konnte sich wieder seinen Zeitungen widmen.

Leider fand er keine Meldung, die interessant klang.

Am Ende zog er die Zeitung von vor neun Tagen heran.

Las den Artikel, den er schon zigmal gelesen hatte, erneut.

Von dem Mädchen, das unter mysteriösen Umständen auf den Bahngleisen ums Leben gekommen war.

EPISODE 3
TAG 11

Thomas Resing war müde und fühlte sich, als würde er eine Grippe bekommen. Am liebsten wäre er im Bett geblieben und hätte die Schule geschwänzt, aber in diesen Dingen war seine Mutter unnachgiebig. Sie durchschaute es sofort, wenn er übertrieb und sich krank stellte.

Also verließ er um halb acht mit mieser Laune und ohne Frühstück das Haus. Vor der Tür stopfte er sich die Ohrhörer in die Gehörgänge und spielte auf seinem Smartphone das neue Album von Rihanna ab. So laut, dass er seine Umgebung nicht mehr hören konnte. Mit den Händen in den Taschen und gesenktem Kopf trottete er zur Bushaltestelle. Ein paar Schüler und eine Handvoll anderer Leute standen dort bereits und warteten. Er stellte sich etwas abseits hin.

Als der Bus in die Haltestelle einfuhr, überlegte er kurz, ob er einfach stehen bleiben sollte, stieg dann aber doch ein. Auf dem Weg zu einem freien Platz grüßte er zwei seiner Kumpels, war aber ganz froh, dass er sich nicht neben sie setzen konnte. Er hatte keine Lust auf ein Gespräch. Er ging bis ins hintere Drittel durch, ließ sich auf einen freien Platz am Fenster fallen und blockierte den anderen Sitz mit seiner Tasche. Mit etwas Glück und wenn er nur finster genug guckte, würde sich niemand neben ihn setzen.

Kaum saß er, kreisten seine Gedanken wieder um diese eine Sache. Sollte er vielleicht doch mit jemandem darüber sprechen? Seine Eltern schieden natürlich aus, seine Lehrer auch. Vielleicht sein Freund René, der hätte auch Verständnis dafür, wie er in diese Situation gekommen war. Aber die Gefahr, sich zu blamieren, war einfach zu groß. Immerhin bestand ja die Möglichkeit, dass irgendjemand aus der Schule dahintersteckte. Ein paar von den Jungs wussten von seiner Leidenschaft für Snuff-Videos. Führten die ihn etwa gerade vor? Etwas anderes konnte Tommy sich nicht vorstellen, wollte er sich auch nicht vorstellen. Was diese Maskenfratze in dem Video gefaselt hatte, war ja auch ziemlich diffus.

Nur: Wie hatte jemand aus der Schule dieses perfekte Video von dem jungen Mädchen auf den Gleisen hinbekommen? Klar, es gab sicher den einen oder anderen Computercrack, aber das hier hatte so überzeugend, so real gewirkt.

Der Bus fuhr gerade ein paar Sekunden, da brach die Musik ab, und das Handy meldete den Eingang einer Nachricht. Tommy wischte über den Bildschirm und rief sie auf. Der Absender war eine Mobilnummer, die er nicht kannte. Die Nachricht bestand nur aus einem Dateianhang. Tommy wollte die SMS schon löschen, hielt aber inne, überlegte kurz und öffnete den Anhang doch.

Die Kamera zeigte Tommy von hinten, wie er an der Straße entlang Richtung Bushaltestelle ging. Dabei hielt sie einen Abstand von circa dreißig Metern ein. Während er an der Bushaltestelle wartete, filmte die Kamera ihn aus größerer Entfernung aus Büschen heraus. Sie blieb so lange auf ihn gerichtet, bis er in den Bus einstieg.

Tommys Augen weiteten sich vor Entsetzen. Er warf das Handy auf den Sitz, sprang auf wie von der Tarantel gestochen, lief ans große Heckfenster und sah hinaus. Das Fenster war schmutzig, er konnte nur sehr verschwommen sehen.

Aber er war sich sicher, irgendwo dort hinten am Straßenrand stand jemand.

Wenn es morgens beim Erwachen im Schädel hämmerte, wenn die Nacht schlaflos und die Gedanken krude und angsteinflößend gewesen waren, dann gab es für mich nur eine Möglichkeit, den Tag noch zu retten.

Raus und laufen.

Ich lief nicht gern nach dem Aufstehen. Um ehrlich zu sein, hasste ich es. Aber die Aussicht auf einen Tag voller schlechter Laune ließ mich dennoch nach den Laufschuhen greifen, sobald ich die Augen weit genug geöffnet hatte.

Ich lebte in einem einsam gelegenen Haus am Waldesrand. Meine Laufstrecke begann unmittelbar hinter dem Grundstück. Die ersten Schritte waren steif und schwer und erschütterten den ganzen Körper, sodass meine verletzten Lippen wieder zu pochen begannen. Bislang hatte das Flüssigpflaster gehalten, und ich hoffte, dass das so blieb.

Die Luft war frisch und klar. Ein paar wenige Atemzüge reinigten die Lungen vom Mief der Nacht und den Kopf vom Ballast des Todes. Natürlich dachte ich fortwährend an Kathi und an alles, was ich bisher herausgefunden hatte, aber die Gedanken waren anders als noch gestern Nacht vor dem Computer. Sie waren zielgerichteter, weniger verworren.

Mir fiel mein hilfloser und vielleicht sogar naiver Hilfeaufruf ein, den ich gestern bei Facebook gepostet hatte. Bei Tageslicht betrachtet kam er mir albern vor. Hoffentlich hatte ich mich damit nicht zur Zielscheibe eines Shit-Storms gemacht. Nun, ich würde es herausfinden, sobald ich zurück war.

Du musst systematisch vorgehen, sagte mein Verstand.

Das kann ich nicht, sagte mein Bauch.

Selbst beim Schreiben meiner Bücher gehe ich nicht systematisch vor. Leser von Krimis oder Thrillern stellen sich gern vor, dass deren Autoren sich über die Figuren und den Plot einer Geschichte im Klaren sind, bevor sie den Stift zur Hand nehmen. Auf viele meiner Kolleginnen und Kollegen trifft das auch zu, wahrscheinlich sogar auf die meisten, aber nicht auf mich. Wenn ich ein neues Buch beginne, habe ich nicht mehr als eine Idee. Ein vages Bild. Einen Flash. Das reicht mir. Damit kann ich leben und arbeiten, und weil ich anfangs nicht weiß, wohin die Reise geht, bleibt der ganze Entstehungsprozess für mich spannend. Es gibt so gut wie keinen Tag, an dem ich mich ohne Lust an den Rechner setze. Ich kann mir nicht vorstellen, anders zu arbeiten.

Einen Nachteil hat das aber. Meine Fähigkeit, logisch zu denken und komplexe Abläufe im Voraus zu konstruieren, ist nicht sehr ausgeprägt. Dementsprechend erweise ich mich oft als Niete, wenn es darum geht, bei Filmen oder in Büchern den Täter schon ganz früh zu entdecken. Andererseits hält auch das die Spannung aufrecht.

Behalte den Tod im Auge.

Ich wäre beinahe gestolpert, als mir dieser Gedanke durch den Kopf schoss.

Der Tod spielte eine wesentliche Rolle. Nicht als Zustand, sondern als eine lauernde Gestalt im Hintergrund. Er war das verbindende Glied zwischen Kathi, dem Schulprojekt, dem merkwürdigen Text und Anima Moribunda, der «todgeweihten Seele», dem Absender der Videos.

Meine Intuition ließ mich nie im Stich. Ich vertraute ihr immer.

Behalte den Tod im Auge.

Der Tod war eingezogen und veränderte alles.

Der Rollladen vor dem Fenster war heruntergelassen, also war es morgens um acht noch dunkel in Ann-Christins Zimmer. Einzig der Monitor schimmerte bläulich. Seit drei Stunden war sie wach, und ebenso lange surfte sie schon im Internet. Weder hatte sie etwas gegessen noch getrunken. Das am Vortag von ihrer Tante zubereitete Sandwich lag noch unangetastet in der Küche. Ann-Christin hatte das Gefühl, ihr Körper würde nicht mehr zu ihr gehören. Es war ihr egal, wie sie aussah, wie sie nach drei Tagen ohne Dusche roch, es war ihr auch egal, dass sie langsam dehydrierte. Die Symptome waren eindeutig: Die Zunge klebte ihr am Gaumen, die Lippen waren trocken und rissig, sie war seit gestern nicht mehr auf der Toilette gewesen.

Das alles spielte keine Rolle. Denn der Tod war eingezogen und veränderte alles.

Heute Nachmittag würde die Beerdigung stattfinden. Ann-Christin verstand noch immer nicht, was da eigentlich passiert war. Sobald sie die Augen schloss und an ihre Mutter dachte, sah sie deren lebendiges, liebevolles Gesicht vor sich. Die Erinnerung an den Leichnam unten am Fuß der Treppe war noch immer verschollen, und jene an ihr totes Gesicht im Sarg verblasste bereits. Alles in ihr sträubte sich dagegen, den Tod ihrer Mama zu akzeptieren.

Im Internet, das hatte Ann-Christin mittlerweile herausgefunden, war der Tod allgegenwärtig. Er war dort präsenter als im wirklichen Leben. Sie hatte «Tod» in ihre Suchmaschine eingegeben und 32 000 000 Treffer erhalten. Sie hatte «Was ist der Tod» eingegeben und 307 000 000 Treffer erhalten. Es gab unzählige Foren, in denen sich User über Erfahrungen mit dem Tod austauschten. In einigen war Ann-Christin bereits gewesen. Manche waren albern, manche unanständig oder respektlos, in vielen waren Bilder, die sie nicht sehen wollte.

Ein immenses Interesse am Tod vibrierte durch das weltweite Netz. Fragen über Fragen, kaum Antworten, nur Mutmaßungen, und dort, wo die Angst zu groß wurde, entfalteten sich Häme und Spott. Überhaupt hatte Ann-Christin das Gefühl, die Angst vor dem Tod durchzöge alles. Sie schwang in jedem Satz, in jedem Scherz, in jedem grässlichen Video mit. Je mehr Mühe sich die Menschen gaben, den Tod ins Lächerliche zu ziehen, umso grauenhafter wurde er. Wuchs zu einem unfassbaren Monstrum heran, das jeden noch so zarten positiven Gedanken an ihn verunstaltete, ehe er überhaupt gedacht war.

Es gab aber auch ganz wundervolle Texte über den Tod. Einer davon stammte von Henry Scott Holland, einem englischen Geistlichen. Es handelte sich um das Zitat einer seiner Predigten aus dem Jahr 1910. Ann-Christin hatte ihn schon vor einer Stunde gefunden, ausgedruckt und war dabei, ihn auswendig zu lernen. Wortlos formten ihre Lippen immer wieder diese Worte, und mit jedem weiteren Mal glaubte sie zu spüren, wie sie wahrhaftiger wurden.

Der Tod ist nichts

Der Tod ist nichts,
ich bin nur in das Zimmer nebenan gegangen.
Ich bin ich, ihr seid ihr.
Das, was ich für euch war, bin ich immer noch.
Gebt mir den Namen, den ihr mir immer gegeben habt.
Sprecht mit mir, wie ihr es immer getan habt.
Gebraucht keine andere Redeweise,
seid nicht feierlich oder traurig.
Lacht weiterhin über das,
worüber wir gemeinsam gelacht haben.
Betet, lacht, denkt an mich,
betet für mich,
damit mein Name ausgesprochen wird,
so wie es immer war,
ohne irgendeine besondere Betonung,
ohne die Spur eines Schattens.
Das Leben bedeutet das, was es immer war.
Der Faden ist nicht durchschnitten.
Weshalb soll ich nicht mehr in euren Gedanken sein,
nur weil ich nicht mehr in eurem Blickfeld bin?
Ich bin nicht weit weg,
nur auf der anderen Seite des Weges.

Heute standen Sozialwissenschaften auf dem Lehrplan. Psychologie und Soziologie, jeweils zwei Doppelstunden. Diese Fächer mochte Manuela Sperling besonders gern, vor allem Soziologie, die Wissenschaft vom Zusammenleben der Menschen.

Manuela war als jüngstes Kind der Familie Sperling mit zwei größeren Brüdern aufgewachsen. Sie hatte von Kindesbeinen an mitbekommen, wie abwechslungsreich und aufregend, aber auch schwierig das Zusammenleben in dem Mikrokosmos Familie sein konnte. Viele der Verhaltensmuster einer Familie ließen sich eins zu eins auf größere Gesellschaftsformen übertragen, und es war spannend, die Hintergründe zu beleuchten, warum Menschen in bestimmten Situationen auf eine bestimmte Art und Weise handelten und nicht anders.

Sie freute sich auf den Tag.

Der Unterricht begann aber erst um neun Uhr. Vorher wollte sie noch etwas anderes erledigen. Sie hatte nach dem Telefongespräch mit Andreas Winkelmann gestern lange darüber nachgedacht, ob sie überhaupt die Initiative ergreifen sollte – und durfte. Wie sehr der Schriftsteller unter dem Verlust seiner Nichte litt, hatte Manuela selbst durchs Telefon gespürt. Sie hätte ihm nur zu gern mit der Halterabfrage geholfen, aber das überstieg ihre Kompetenzen und konnte sie Kopf und Kragen kosten.

Manuela befand sich im dritten und letzten Studienabschnitt des Bachelorstudienganges an der Polizeiakademie. Zwar waren neben dem rein theoretischen Studium auch begleitende Praktika in verschiedenen Dienststellen vorgesehen. Das berechtigte sie aber nicht zu eigenständigen Ermittlungen.

Aber die Trauer und Verzweiflung des Schriftstellers war auf Manuela übergegangen, sie konnte seinen Hilferuf nicht einfach so ignorieren. Das war sowieso eine ihrer Schwächen: ihr hohes Maß an Empathie und Hilfsbereitschaft. Was in ihr einerseits den Wunsch geweckt hatte, zur Polizei zu gehen, und sie auch dazu befähigte, konnte andererseits ein echter Hemmschuh sein. «Sie können es nicht jedem recht machen und nicht allen helfen», hatte einer ihrer Ausbilder sie schon im ersten Studienabschnitt gewarnt. Damals hatte Manuela das als das konservative Weltbild eines spießigen Beamten abgetan. Leider hatte der Mann aber wohl doch recht. Es hatte sich schon während des Studiums als äußerst anstrengend herausgestellt, ihre Ideale aufrechtzuerhalten. Ganz ablegen würde sie sie niemals, aber sie musste sich schon fragen, ob sie ihre Kraft und Zeit richtig einsetzte.

In diesem Fall erschien es ihr richtig.

Sie mochte Andreas Winkelmann. Vor einem Jahr hatte sie eines seiner ersten Bücher, «Tief im Wald und unter der Erde», gelesen. Manuela war von der Geschichte ebenso begeistert gewesen wie von den beiden weiblichen Ermittlerinnen. Sie hatte sich per Mail bei dem Schriftsteller für die spannende Unterhaltung bedankt und tatsächlich eine Antwort von ihm persönlich bekommen. Daraufhin war sie zu einer seiner Lesungen gegangen. Sie war vorher noch nie auf einer Autorenlesung gewesen, weil sie der Meinung war, solche Veranstaltungen seien langweilig. Mit Promikult hatte sie es nicht so, und den Text vorlesen lassen musste sie sich auch nicht. Sie konnte schließlich selbst lesen.

Andreas Winkelmann hatte aber viel mehr getan, als nur vorzulesen. Er hatte die Gäste wirklich gut unterhalten und den ja doch eher erschreckenden Hintergrund seines Buches mit viel Humor rübergebracht.

Am Ende der Lesung hatte sich Manuela ein Buch von ihm signieren lassen und sich vorgestellt. Er hatte sich sogar an ihre Mail erinnert. Nachdem die anderen Gäste gegangen waren, hatten sie sich bei einem Glas Rotwein noch eine Weile unterhalten. Als Manuela preisgegeben hatte, dass sie auf der Polizeiakademie studierte, hatte Andreas Winkelmann sie gefragt, ob sie sich vorstellen könnte, ihn hin und wieder bei Recherchen zu unterstützen.

Daraufhin hatten sie sich dreimal getroffen, jedes Mal in demselben Café in der Nähe der Akademie. Er wohnte nicht weit entfernt, kaum eine Autostunde. Von Anfang an hatten sie sich gut verstanden. Manuela mochte es, mit ihm zu plaudern. Er hatte ein in sich selbst ruhendes Wesen und war damit das genaue Gegenteil von ihr. Zudem war er schlagfertig und konnte wirklich gut Geschichten erzählen.

Wenn sie ihm auch nicht bei der Halterabfrage behilflich sein konnte, wollte sie jetzt aber dennoch wissen, ob an seiner Vermutung, seine Nichte habe sich nicht selbst das Leben genommen, etwas dran war.

Manuela kannte natürlich weder die Ermittlungsergebnisse noch den zuständigen Beamten in der Dienststelle, die sich mit der Sache befasst hatte. Aber sie kannte mittlerweile eine Menge Leute im Polizeiapparat. Einer von ihnen, Tim Lietzow, würde ihr sicher behilflich sein. Tim unterrichtete zeitweise Einsatzlehre an der Akademie, war aber hauptsächlich als Kommissar im Fachbereich Mord tätig. Wenn er nicht ihr Lehrer wäre, wäre Manuela eventuell mit ihm im Bett gelandet. Die Chemie stimmte jedenfalls.

Bevor sie ins Seminar ging, wollte sie bei ihm vorbeischauen. Sie wusste, dass er heute Vorträge vor den Neuen im ersten Studienjahr hielt. Um diese Zeit würde er in seinem Büro den Unterricht vorbereiten.

Die Tür zum Büro stand offen.

Manuela klopfte an den Rahmen und wünschte einen guten Morgen.

Tim erhob sich von seinem Platz.

«Meine Lieblingsstudentin, guten Morgen. Wie geht's?»

Sie schüttelten sich die Hände. Tim war circa zehn Zentimeter größer als sie. Neben ihm kam sich Manuela mit ihren eins dreiundsechzig nicht allzu winzig vor. Er hatte eine athletische Figur, dunkelbraunes Haar und braune Augen. In seinen Augenwinkeln blitzten bei der Begrüßung die Lachfalten auf.

«Danke, ganz gut. Wenn ich mich reinhänge, werde ich vielleicht Klassenbeste.»

«Nichts anderes erwarte ich. Was kann ich für Sie tun? Wir hatten keinen Termin für heute, oder?»

Manuela schüttelte den Kopf. «Nein. Ich möchte Sie um einen Gefallen bitten. Halb privat, halb dienstlich.»

«Setzen Sie sich», sagte er und zeigte auf den Stuhl vor dem Schreibtisch. Aktenordner stapelten sich darauf. Manuela legte sie kurzerhand auf den Boden. Sie setzte sich auf die vordere Kante des Stuhls, so wie sie es meistens tat – immer auf dem Sprung. Sie strich sich das Haar aus dem Gesicht und räusperte sich.

Tim Lietzow sah sie lächelnd an.

«Na los, raus damit. Solange ich nicht gegen das Gesetz verstoßen muss, bin ich zu fast allem bereit.»

Manuela erklärte ihm die Situation.

Am Ende nickte er. «Ich habe schon von dem Schriftsteller gehört. Er kommt ja aus der Region. Ziemlich tragische Sache. Wenn ich Sie richtig verstehe, soll ich bei der zuständigen Dienststelle ein paar Informationen einholen, richtig?»

«Würden Sie das tun? Das wäre wirklich toll!»

«Fragen kostet nichts, aber ich kann dort nicht die Ermittlungen beeinflussen. Das ist Ihnen hoffentlich klar.»

«Ja, natürlich, das ist mir klar.»

«Sie wissen, dass wahrscheinlich sowieso nichts dabei herauskommt. Es ist eine ganz normale Reaktion von Angehörigen, einen Suizid kategorisch auszuschließen. Viele versteigen sich eher in Mord- oder Verschwörungstheorien, ehe sie sich eingestehen, dass ein Mensch, den sie zu kennen glaubten, dazu in der Lage war, sich umzubringen.»

Manuela presste die Lippen zusammen und nickte.

«Ich weiß. Aber ich würde Andreas diesen Gefallen gern tun. Vielleicht macht es die Sache für ihn leichter, wenn ich ihm sage, dass es Selbstmord war. Ich glaube, er vertraut mir.»

«Gut, ich sehe, was ich tun kann. Sobald mein Unterricht für heute vorbei ist, werde ich ein bisschen telefonieren. Ist das in Ordnung?»

Manuela sprang vom Stuhl auf und strahlte.

«Absolut. Vielen Dank.»

Ich öffnete mein Facebook-Profil und scrollte zu meiner letzten Statusmeldung, meinem Aufruf zur Mithilfe. Ich erwartete nichts und wurde überrascht: Ein Rattenschwanz von 47 Kommentaren hing an dem Post.

Noch vor einem Jahr war ich kein Mitglied bei Facebook gewesen, und hätte mein Verlag mich nicht dazu genötigt, wäre ich es wohl heute noch nicht. Anfangs hatte ich es fast ausschließlich genutzt, um über meine Bücher, meine Lesungen und hin und wieder über meine Arbeit zu berichten. In den letzten Monaten war noch Twitter hinzugekommen, und der Kontakt zu meinen Leserinnen und Lesern übers Internet hatte sich verstärkt. Ich war immer wieder überrascht, wie lebendig und abwechslungsreich der Alltag eines Schriftstellers durch die sozialen Netzwerke wurde.

Aber 47 Kommentare auf einen Post hatte ich bisher noch nie gehabt.

Ich begann zu lesen.

Viele nutzten diesen Weg, um auszudrücken, dass sie ebenfalls nicht verstehen konnten, was mit Kathi geschehen war. Ein paar Leute stellten die Vermutung an, sie sei in der Schule gemobbt worden. Andere machten eine große Liebe Kathis für ihren Tod verantwortlich, allerdings ohne Namen zu nennen. Einer warf mir vor, ich wolle nur Gefällt-mir-Klicks für meine Fanpage sammeln. Jemand riet mir, Kathis Rechner zu checken. Ein Mädchen schrieb, das Beste, was einem in dieser Welt passieren könne, sei ein früher Tod, und wenn Kathi ihren Tod selbst herbeigeführt habe, hätten wir das alle doch gefälligst zu akzeptieren.

Ich hangelte mich von Kommentar zu Kommentar und war hin- und hergerissen zwischen Trauer, Wut und Verständnislosigkeit. Leider war kein einziger Beitrag dabei, der mich weiterbrachte. Kein konkreter Hinweis, kein expliziter Verdacht.

Erst als ich den letzten Kommentar gelesen hatte, bemerkte ich die rote Eins am oberen Rand meines eigenen Accounts. Ich hatte eine private Nachricht in der In-Box.

Sie stammte von M. A. Thaunn, dem User, der gestern den merkwürdigen Satz *Hat Kathi den TOD gesucht, oder hat ER sie gefunden?* gepostet hatte. Ich klickte erneut den Namen an und gelangte auf das Profil. Daran hatte sich nichts geändert. Das hier führte zu nichts.

Ich las seine Nachricht an mich.

M. A. Thaunn **8:04**

Sie versuchen, etwas über den Tod Ihrer Nichte herauszufinden? Dann stellen Sie den falschen Leuten die falschen Fragen. So wird das nichts.

Andreas Winkelmann **10:30**

M. A. Thaunn, wenn Sie etwas zu sagen haben, dann legen Sie los. Auf blöde Kommentare kann ich gut verzichten.

Kaum hatte ich die persönliche Nachricht wieder geschlossen, leuchtete wieder eine Eins am Bildschirmrand auf.

M. A. Thaunn **10:32**

Warum so unfreundlich, Herr Schriftsteller? Ich will nur helfen.

Er wollte also mit mir kommunizieren. Mein Herz begann schneller zu schlagen.

Andreas Winkelmann 10:32

Und wie wollen Sie helfen? Kannten Sie Kathi? Sind Sie die richtige Person, der ich die richtigen Fragen stellen muss?

M. A. Thaunn 10:32

Auf jeden Fall weiß ich mehr als Sie.

Andreas Winkelmann 10:33

Dann reden Sie.

M. A. Thaunn 10:33

Sie haben keine Ahnung von Facebook, oder? Ich könnte mich auch vor die Tür stellen und die Leute anschreien, dass wäre dann genauso privat wie hier.

Andreas Winkelmann 10:33

Das ist doch nur eine Ausrede. Nur ich kann meine persönlichen Nachrichten lesen.

M. A. Thaunn 10:33

LOL. Jeder Hacker oder Programmierer, der es wirklich will, kann hier mitlesen. Wenn Sie auch nur ein einziges Mal eine Grußkarte von hier verschickt haben, haben Sie sogar praktisch dazu eingeladen. Hören Sie, Herr Schriftsteller, ich will Ihnen keinen Nachhilfeunterricht in Datensicherheit erteilen. Es geht um etwas anderes. Etwas, das so groß ist, dass Sie es sich nicht vorstellen können. Aber über diese Plattform laufen keine Informationen. Auf keinen Fall.

Andreas Winkelmann 10:34

Dann schreiben Sie mir bitte eine Mail.

M. A. Thaunn 10:34
Sie machen sich lächerlich. Also, passen Sie auf. Wenn Sie wissen wollen, was hinter Kathis Tod steckt, dann müssen wir uns treffen. Zwei Leute, vier Ohren, vier Augen. Auf die altmodische Art. Kein Internet.

Andreas Winkelmann 10:34
Okay, wann und wo?

M. A. Thaunn 10:34
Morgen Abend.

Andreas Winkelmann 10:34
Warum nicht heute?

M. A. Thaunn 10:35
Nein, heute auf gar keinen Fall.

Andreas Winkelmann 10:35
Und wo?

M. A. Thaunn 10:35
Wenn Sie wirklich glauben, ich schreib das hier rein, dann haben Sie nichts verstanden. Und eines will ich Ihnen gleich sagen: Sie lassen sich auf etwas ein, das sehr gefährlich werden könnte für Sie.

Andreas Winkelmann 10:36
Wissen Sie was? Ich glaube, Sie wollen sich nur aufspielen. Stehlen Sie mir bitte nicht meine Zeit. Entweder wir treffen uns heute, oder Sie können mich mal.

M. A. Thaunn 10:36

Vertrauen Sie mir. Bitte. Ich treffe Sie morgen Abend, versprochen. Es muss unbedingt morgen sein. Ich lasse Ihnen morgen um diese Zeit eine sichere Handynummer zukommen. Sie rufen mich an, und wir verabreden einen Treffpunkt. Es geht nur so, alles andere ist viel zu gefährlich.

In seiner Hosentasche summte leise sein Handy und meldete den Eingang einer SMS. Tommy warf einen raschen Blick zum Lehrerpult. Dr. Hesse hatte nichts bemerkt.

Tommy zog das Handy unter dem Tisch hervor und checkte die SMS. Sie stammte wieder von der Mobilnummer, die er nicht kannte und unter der sich niemand meldete. Heute früh im Bus hatte er versucht zurückzurufen. Nach dem sechsten Läuten war die Verbindung einfach unterbrochen worden.

Tommy steckte das Handy weg und hob den Blick. Mit ihm saßen zwölf weitere Schüler im Klassenraum, acht Mädchen und vier Jungs. Sie alle befanden sich im freiwilligen Nachmittagskurs von

Dr. Hesse, «Vertiefende Mathematik für die Oberstufe». Nach einer Sechs in der letzten Klausur hatte sein Klassenlehrer ihm sehr dazu geraten, und seine Eltern hatten ihn dazu gezwungen. Leider ging es Dr. Hesse nicht darum, schwächeren Schülern weiterzuhelfen. Er wollte nur die Elite um sich versammeln und sich in ihrem Glanz sonnen.

Es war vierzehn Uhr. In fünfzehn Minuten würde die Doppelstunde beendet sein. Seit einer halben Stunde saßen alle Teilnehmer mit gesenkten Köpfen über einer Aufgabe, die Dr. Hesse ihnen an die Tafel geschrieben hatte. Tommy konnte niemanden ausmachen, der mit seinem Handy herumspielte oder ihn aus den Augenwinkeln beobachtete. Dabei war er sich sicher, dass das alles nur eine große Verarsche war. Sein konnte. Jemand aus der Schule musste dahinterstecken. Aber wahrscheinlich niemand aus diesem Kurs. Das waren alles Streber, die für so etwas keine Zeit hatten.

Er konnte sich weder konzentrieren noch länger stillsitzen. Zudem quälte ihn seit einer Weile seine Blase. Da der Kurs letztlich freiwillig war, entschied Tommy sich, früher zu gehen. Er stopfte seine Sachen in die Tasche, meldete sich und erklärte, ihm sei schlecht und er müsse dringend auf die Toilette. Mit einem gleichgültigen Kopfnicken bedeutete Dr. Hesse ihm, er solle verschwinden. Tommy verließ eilig den Klassenraum. Er war gespannt darauf, wem er in der Aula oder vor der Schule begegnen würde. Wer auch immer ihn seit Tagen verarschte, würde doch sicher sehen wollen, ob er Erfolg hatte mit seiner Masche.

Eine Weile hatte er geglaubt, dass da draußen jemand herumlief, der allen Ernstes so eine perverse Sache abzog. Aber seit dem Video von heute früh glaubte er das nicht mehr. Nein, dahinter steckte einer seiner Kumpels, und Tommy hatte nicht vor, ihm noch länger auf den Leim zu gehen.

Er lief die Treppe hinunter ins Erdgeschoss. In der weitläufigen Aula sah er sich um. Da die offizielle Pausenglocke erst in zehn Minuten läuten würde und um diese Zeit ohnehin nicht mehr viele Schüler da waren, war es leer und still. Niemand zu sehen. Tommy lief den Gang nach rechts hinunter und betrat die großen Toilettenräume für Jungs.

Darin roch es scharf nach Putzmittel. Die zwanzig in einer Reihe aufgehängten Becken glänzten blitzblank. Tommy ging an den zehn Türen der Kabinen vorbei bis zur letzten. Alle Türen waren angelehnt, keine Kabine war besetzt. Zum Glück! Er hasste es, wenn ihn jemand bei seinem Geschäft hören konnte.

Er schloss sich in die letzte Kabine ein, warf die Tasche zu Boden, zog die Hose runter, ließ sich auf die eiskalte Klobrille fallen und legte los. Großer Gott, er wäre beinahe geplatzt! Er holte sein Handy hervor und öffnete die letzte SMS noch einmal. Diese Zahlen, waren das etwa Koordinaten? Zusammen mit der Uhrzeit und der Aufforderung ergab das Sinn.

Er würde auf keinen Fall dorthin gehen.

Als er fertig war und gerade die Klospülung drücken wollte, hörte er, wie die Tür zu den Toilettenräumen auf und wieder zuging. Ganz leise, so als schliche sich jemand hinein. Tommys Hand verharrte über der Spültaste. Sein Herz begann zu rasen. Mucksmäuschenstill lauschte er.

Leise Schritte näherten sich. Gummisohlen auf Fliesen. Jetzt verstummten sie. Eine Kabinentür wurde geöffnet, aber nicht wieder geschlossen. Tommy hörte keine Verriegelung einrasten. Dann wurde die nächste Tür geöffnet und stieß gegen die Sperrholzwand. Gleich darauf die dritte.

Scheiße! Jemand überprüfte die Kabinen!

Tommy hing mit entblößtem Hinterteil über der Klobrille und wusste nicht, was er tun sollte. Er wagte kaum noch zu atmen. Wer war das? Die Putzfrau? Der Hausmeister? Oder doch jemand ganz anderes? Vor Tommys geistigem Auge erschien die grässliche Maske mit den Blutfäden vor den Augen. Dazu die verzerrte Stimme, die sich tief in seinen Kopf gebohrt hatte.

Leiste deinen Beitrag, sonst drehen wir ein Video davon, wie DU stirbst.

Die nächste Tür schlug gegen die Holzwand.

Dann die neben seiner Kabine.

Einen Lidschlag später schoben sich ein paar schwarze Schuhe vor die Tür, hinter der Tommy saß. Die Spitzen zeigten in seine Richtung. Jemand atmete schwer.

Leiste deinen Beitrag, TommyX5 …

Der Anruf kam zum denkbar ungünstigsten Zeitpunkt, und ich wünschte mir, ich hätte ihn nicht entgegengenommen. Ich konnte mich überhaupt nicht auf das Gespräch konzentrieren, denn in Gedanken war ich ganz woanders. Dabei hätte ich mich unbedingt konzentrieren müssen, es ging schließlich um meine Zukunft.

Es war meine Lektorin vom Verlag, Katharina Naumann. Unser letztes Telefonat lag vier Wochen zurück. Damals hatte ich ihr versprochen, dass ich in spätestens zwei Wochen ein Konzept für das neue Projekt fertig haben würde. Ich war also zwei Wochen überfällig. Katharina setzte mich noch nicht einmal unter Druck. Aber da ich mich nicht gemeldet hatte, blieb ihr nichts anderes übrig, als sich zu erkundigen.

«Wenn das mit Kathi nicht passiert wäre, wäre ich schon viel weiter», log ich, dass sich die Balken bogen. «Aber seit zwei Tagen sitze ich wieder daran. Und es wird gut, glaub mir, richtig gut.»

«Erzähl mir doch mal in Stichpunkten den Plot», bat Katharina.

«Ach, komm, du weißt doch, dass ich so nicht arbeite. Aber die Kernidee ist wirklich klasse. Ist ein ganz neues Konzept. Ich bin mir sicher, es wird dir gefallen.»

«Andreas …»

«Ja?»

«Du würdest es mir doch sagen, wenn du Probleme hast, nicht wahr?»

An dieser Stelle stockte ich kurz, und ich war mir sicher, Katharina registrierte das ganz genau. Wir beide kamen sehr gut miteinander aus, teilten einen ähnlichen Humor und hatten zu Beginn unserer Zusammenarbeit festgelegt, dass wir stets ehrlich miteinander umgehen wollten. Diesen Vorsatz brach ich jetzt.

«Klar würde ich das, aber es gibt keinen Grund zur Sorge. Pass auf, in zwei Tagen schicke ich dir den ersten Entwurf. Das ist dann zwar nicht in Stein gemeißelt, aber besser als gar nichts.»

«Tu das bitte. Du weißt, ich muss bei der Programmkonferenz nächste Woche etwas präsentieren. Lass mich bitte nicht hängen.»

Ich versprach es und verabschiedete mich.

Dann ließ ich das Handy in meinen Schoß sinken und starrte durch die Windschutzscheibe.

Verfluchter Mist! So langsam wurde es wirklich eng für mich. Ich hatte immer noch keine Idee, und statt an meinem Schreibtisch zu sitzen und mir den Kopf zu zermartern, war ich abermals auf dem Weg zu Kathis Schule. Katharinas Anruf hatte mich unterwegs erwischt.

Nach dem Facebook-Gespräch mit M.A.Thaunn hatte ich einfach nicht zu Hause am Schreibtisch sitzen bleiben können. Es nervte mich gewaltig, dass der Typ mich so hinhielt. Und weil ich nicht wusste, was ich sonst tun konnte, hatte ich Astrid Pfeifenberger angerufen. Der Einzige auf meiner Liste der Menschen aus Kathis Schule, mit dem ich noch nicht gesprochen hatte, war dieser Marco, der Junge, für den Kathi angeblich geschwärmt hatte. Das musste ich unbedingt nachholen. Wir waren in der Cafeteria der Schule verabredet, und Frau Pfeifenberger hatte versprochen, mich dem Jungen vorzustellen.

Ich parkte meinen Wagen auf dem Schulparkplatz, lief hinüber und suchte mir den Weg in die Cafeteria. Wegen des Anrufs war ich etwas zu spät. Die Lehrerin saß schon an einem der runden Tische. Sie sah mich sofort und winkte mich zu sich. Es war gerade Pause, die meisten Tische waren besetzt, und es herrschte ein hoher Lärmpegel.

Astrid Pfeifenberger stand auf und reichte mir die Hand. Sie trug ihr braunes Haar heute zu einem Zopf geflochten und sah dadurch viel jünger aus.

«Möchten Sie einen Kaffee?», fragte sie. Sie hatte einen bereits halb geleerten Becher vor sich stehen.

«Danke, sehr nett, aber ich hatte heute schon genug Koffein.» Ich ließ mich ihr gegenüber auf den Stuhl sinken.

«Was ist mit Ihrer Lippe passiert?»

Ich zuckte mit den Schultern. «Kleiner Unfall, nichts von Bedeutung.»

«Aha.» Ihr Blick ging abermals tiefer, als er sollte. Diese Frau hatte eine unheimliche Gabe, in die Menschen hineinzuschauen. «Und wie geht es Ihnen sonst? Von der Lippe mal abgesehen.»

«Es geht. Der Schock über Kathis Tod weicht langsam. Verstehen kann ich ihn trotzdem nicht.»

«Haben Sie denn nichts herausgefunden bis jetzt?»

Schon während der Fahrt hatte ich darüber nachgedacht, was ich der Lehrerin sagen sollte. Ich hielt sie für vertrauenswürdig, sie war mir sogar sympathisch. Aber bisher hatte ich nichts als Mutmaßungen, und ich wollte ihr Vertrauen nicht verspielen, in dem ich damit hausieren ging.

Ich schüttelte den Kopf. «Es gibt ein paar Ungereimtheiten. Kathi hatte wirklich starkes Interesse am Tod. Aber trotzdem … ich glaube das einfach nicht.»

Sie nickte, trank einen Schluck Kaffee und sah mich dann wieder an.

«Und was hoffen Sie von Marco zu erfahren?»

«Ich will eigentlich nur ausschließen, dass die beiden in der Nacht zusammen an der Gleisstrecke waren.»

«Okay, das ist verständlich. Wie war denn das Gespräch mit meinem Kollegen?»

«Mit Herrn Altmaier?»

Ich hatte den Namen noch nicht ganz ausgesprochen, da sah ich, wie er quer durch die Cafeteria lief und auf den Tresen zusteuerte. Wenn man vom Teufel spricht …

Altmaier sah flüchtig zu mir herüber, dann wieder nach vorn, stockte und schien erst jetzt zu registrieren, wen er da gesehen hatte. Sein nächster Blick war eine Überraschung: erschrocken, vielleicht sogar panisch, und mit einer deutlichen Abneigung darin, die ich durch nichts hervorgerufen haben konnte und die völlig unangebracht war.

«Ja», fuhr Astrid Pfeifenberger fort, «hat er Ihnen weiterhelfen können?»

Ich hatte ein wenig Mühe, mich auf sie zu konzentrieren.

«Nein, nicht wirklich. Dieser Text, den er mir gezeigt hat, der war wirklich interessant, aber sonst … ich weiß nicht … Ihr Kollege scheint sich mit der Suiziderklärung anfreunden zu können.»

«Den Eindruck habe ich auch», sagte die Lehrerin, «aber ich denke nach wie vor, er täuscht sich. Kathi war keine Kandidatin für einen Suizid. Sie war beliebt, und von Mobbing habe ich nie etwas mitbekommen. Ich weiß natürlich nicht, was online bei ihr lief, aber hier in der Schule war alles in Ordnung.»

Es war, als ob ihr letzter Satz einen Vorhang beiseiteriss. Das war es: Es ging um das, was online bei Kathi gelaufen war. Und nur darum. Dort würde ich eine Erklärung finden. Online. Im Netz. In der undurchschaubaren digitalen Welt, in der alles möglich schien.

«Da drüben, am Fenster, das ist übrigens Marco», sagte Astrid Pfeifenberger und riss mich aus meinen Gedanken.

Sie gab dem Jungen ein Zeichen, und er schlenderte mit deutlichem Widerwillen zu uns herüber.

Der Tod ist nichts

Der Tod ist nichts,
ich bin nur in das Zimmer nebenan gegangen.
Ich bin ich, ihr seid ihr.
Das, was ich für euch war, bin ich immer noch.
Gebt mir den Namen, den ihr mir immer gegeben habt.
Sprecht mit mir, wie ihr es immer getan habt.
Gebraucht keine andere Redeweise,
seid nicht feierlich oder traurig.
Lacht weiterhin über das,
worüber wir gemeinsam gelacht haben.
Betet, lacht, denkt an mich,
betet für mich,
damit mein Name ausgesprochen wird,
so wie es immer war,
ohne irgendeine besondere Betonung,
ohne die Spur eines Schattens.
Das Leben bedeutet das, was es immer war.
Der Faden ist nicht durchschnitten.
Weshalb soll ich nicht mehr in euren Gedanken sein,
nur weil ich nicht mehr in eurem Blickfeld bin?
Ich bin nicht weit weg,
nur auf der anderen Seite des Weges.

Mittlerweile kannte Ann-Christin jedes Wort des Textes auswendig. Die Worte hatten ihr während der Beerdigung ihrer Mutter Halt gegeben, daran hatte sie sich von Minute zu Minute weitergehangelt, um nicht wieder zusammenzubrechen wie im Beerdigungsinstitut. Der nette Inhaber, der sie dort getröstet hatte, war am Grab auf sie zugekommen und hatte ihr nochmals sein Beileid ausgedrückt. Er und einige andere, die wie Schemen an ihr vorbeigezogen waren, ohne dass Ann-Christin sie wirklich wahrgenommen hätte. Während der ganzen Zeremonie war sie wie in Trance gewesen und hatte in ihren Gedanken wieder und wieder ihren Text gesprochen.

Ihre Tante Verena hatte sie vom Friedhof aus nach Hause gefahren. Gustav war dort geblieben, um sich um die anderen Gäste zu kümmern und mit ihnen in ein Lokal zum Leichenschmaus zu gehen. Viele waren es nicht gewesen, vielleicht ein Dutzend. Ann-Christins Vater war nicht gekommen. Die Rückfahrt hatten sie schweigend verbracht. Erst als ihre Tante sie an der Haustür verabschiedet hatte, hatte sie wieder etwas gesagt. Aufmunternde Worte darüber, dass das Leben weitergehen musste. Und dass Ann-Christin jederzeit zu ihr kommen könne, wenn sie Hilfe benötigte.

Ann-Christin wusste schon jetzt, dass sie dieses Angebot nicht annehmen würde, allein schon wegen des ewig meckernden Gustav. Sie wusste auch gar nicht, wie man um Hilfe bat. Ihre Mutter und sie hatten sich so lange allein durchgeschlagen, dass es für Ann-Christin inzwischen selbstverständlich war, sich ihren Problemen allein zu stellen.

Nein, nicht ganz allein. Denn wie hieß es in dem Text von Scott Holland:

Sprecht mit mir, wie ihr es immer getan habt.

Wenn der Tod nichts war und sich nichts änderte, nur weil sie Mama nicht mehr sehen und anfassen konnte, dann war Ann-Christin nicht allein. Nicht im Geiste.

«Du bist bei mir, nicht wahr?», sagte sie leise in die Stille ihres Zimmers hinein.

Sie saß im Schneidersitz auf dem Bett, vor sich ihren Laptop. Den einzigen Trost seit Mamas Tod fand sie im Internet. Und Ann-Christin war sich sicher, dort noch viel mehr zu finden. Vielleicht würde sie über dieses Medium ja sogar mit Mama sprechen können? Warum denn nicht? Wenn die Lebenden im Internet waren, waren die Toten vielleicht auch dort.

Ihre Finger flogen über die Tastatur.

«Mit Toten sprechen» gab sie ein.

Und Google lieferte ihr zuverlässig fast fünf Millionen Möglichkeiten dazu.

Und vergiss nicht, die Lichter und den Fernseher auszuschalten, bevor du schlafen gehst.»

«Jaja, mach ich.»

«Vor ein Uhr sind wir sicher nicht zurück. Willst du nicht vielleicht doch lieber zu den Meiers rübergehen und …»

«Mama, bitte. Ich bin sechzehn. Ich brauche keinen Babysitter mehr.»

«Unser TommyX5 ist schon erwachsen, also nerv ihn nicht, Schatz», sagte Tommys Vater ironisch. Er trat mit seinem Mantel über dem Arm in den Flur und roch viel zu stark nach dem teuren Parfum, das Mama ihm jedes Jahr zu Weihnachten schenkte.

Er streckte seinen Zeigefinger aus und deutete auf Tommy.

«Eine Beschwerde wegen Ruhestörung aus der Nachbarschaft oder ein Fleck, gleich welcher Art, auf dem Teppich im Wohnzimmer, und du kannst dein Taschengeld vergessen.»

Damit wandte er sich ab, öffnete die Haustür, drehte sich aber noch einmal um. «Ach ja, und lass die Finger von meiner DVD-Sammlung. Du bist sechzehn, keine achtzehn.»

«Ach, Dad, bitte.»

«Wir sind hier nicht in Amerika. Also nenn mich nicht so. Tschüss.»

Tommys Vater verließ das Haus. Seine Mutter nahm ihre Handtasche von der Garderobe, überprüfte ein letztes Mal ihre Frisur im Spiegel und drückte ihm dann einen Kuss auf die Wange. Tommy spürte den Lippenstift auf seiner Haut kleben. Mama malte sich immer so schrecklich übertrieben an, wenn sie zu einer Party bei den Kirchbergers gingen, ihren reichen Tennispartnern.

«Ich will auch nicht, dass du dir diese Filme ansiehst. Sei brav, mein Schatz.»

«Ja, bis morgen.»

Tommy blieb in der geöffneten Tür stehen und sah dabei zu, wie Papa seinen Mercedes rückwärts aus der Einfahrt auf die Straße setzte. Er hob den Arm zu einem letzten lahmen Gruß, dann verschwand der Wagen hinter der Kurve. Tommy wollte sich abwenden, hielt aber noch einmal inne. Für einen Moment glaubte er, unter der Straßenlaterne auf der anderen Straßenseite jemanden stehen zu sehen. Er trat einen Schritt in den Vorgarten hinaus und sah genauer hin. Nein, da war niemand. Nur der Buchsbaum der Meiers. Der war wie ein Kegel zurechtgestutzt und sah von weitem aus wie ein Mensch.

Tommy schüttelte den Kopf, ging ins Haus und warf die Tür hinter sich zu. Er ärgerte sich über sich selbst. Obwohl er eigentlich wusste, dass alles nur ein blöder Scherz gewesen war, war die Angst immer noch nicht ganz verschwunden.

Noch eine halbe Stunde nach der Sache auf der Schultoilette hatten ihm die Knie gezittert. Jetzt konnte er darüber lachen, aber als die Füße vor der Tür aufgetaucht waren und er jemanden schwer atmen gehört hatte, hatte er geglaubt, sein Leben sei zu Ende. Dabei war es nur Dr. Hesse gewesen. Der hatte vermutet, dass Tommy Drogen konsumierte, und war ihm deshalb gefolgt. Verflucht, war das peinlich gewesen. Beinahe wäre er vor diesem spießigen alten Kerl mit nacktem Arsch auf die Kloschüssel gestiegen, damit man unter der Tür hindurch seine Füße nicht sehen konnte.

In der Toilette hatte er wirklich beschissene Angst gehabt, aber im Laufe des Tages war sie wieder von ihm abgefallen. Die Sache war vorbei. Morgen würde ihm einer seiner Buddys auf die Schulter klopfen und ihn fragen, warum er nicht dorthin gekommen war, wohin die Koordinaten ihn hatten locken sollen. Er war froh, diesen Idioten den Gefallen nicht getan zu haben.

Tommy ging vom Flur ins Wohnzimmer und blieb vor dem Regal stehen, in dem sein Vater seine DVD-Sammlung aufbewahrte. Auf der rechten Seite befanden sich die Romanzen und Komödien, die Dramen und Märchen. Filmstoff, auf den Tommy schon seit Jahren nicht mehr stand. Worauf er stand, befand sich auf der linken Seite des Regals. Horror- und Gruselschocker, Splatterfilme, einige frei ab sechzehn, andere erst ab achtzehn. Viele hatten gar keine Jugendfreigabe. Genau wie sein Vater hatte auch Tommy ein Faible dafür. Er spürte Angst, Ekel und Entsetzen, wenn er Filme wie «Saw», «Last House on The Left Side», «Freitag der 13.», «Hostel» oder «Wrong Turn» anschaute. Manchmal träumte er sogar davon, und oft genug hatte er am Tag darauf das Gefühl, verfolgt zu werden. Trotzdem konnte er nicht davon lassen. Der Rausch, den er fühlte, wenn er anderen beim Sterben zusah, war einfach zu mächtig. Dabei ging es ihm gar nicht um möglichst blutiges Gemetzel, sondern darum, in den Gesichtern der Schauspieler Angst, Panik und Schmerz zu erkennen.

Sein Lieblingsfilm war «Texas Chainsaw Massacre» von 2003 vom deutschen Regisseur Marcus Nispel, mit Jessica Biel in der Hauptrolle. Er liebte diese Schauspielerin, und ihre Angst wurde zu seiner, während er ihr dabei zusah, wie sie durch die eigentlich blöde Handlung stolperte. Und genau auf diesen Film hatte er sich heute Abend gefreut.

Der Film stand ganz oben rechts. Er wusste, dass er auch zu den Lieblingsfilmen seines Vaters gehörte. Vielleicht stand er ja selbst auf Jessica. Tommy nahm den Film trotz der Drohung seines Vaters heraus, ihm das Taschengeld zu streichen. Es war nicht das erste Mal, dass er gegen das Verbot verstieß.

Tja, der gute Dad unterschätzte Jessicas Anziehungskraft.

Mit dem Film in der Hand ging Tommy in die Küche hinüber. Dort nahm er eine Packung Nachos aus dem Schrank, riss sie auf und stellte sie in die Mikrowelle. Er nahm sich eine Dose Cola aus dem Kühlschrank, lehnte sich an die Arbeitsplatte und trank davon. Dabei betrachtete er das rückseitige Cover des Films. Himmel, Andrew Bryniarski als Leatherface sah wirklich furchterregend aus. Obwohl er den Film bereits viermal gesehen hatte, freute Tommy sich darauf wie ein kleines Kind auf Weihnachten.

Die Mikrowelle meldete sich mit einem leisen *Plink!*. Mit den warmen Nachos und der Cola ging Tommy in sein Zimmer hinauf. Er hatte dort oben einen eigenen Fernseher. Der war zwar nichts gegen das riesige Teil mit der Surroundanlage im Wohnzimmer seiner Eltern, aber in dem großen Raum fühlte er sich allein nicht wohl. Außerdem musste er dort bei jeder Bewegung aufpassen, nichts schmutzig zu machen.

In seinem Zimmer setzte er sich an den Schreibtisch und öffnete am Laptop seinen Facebook-Account.

Jessica Biel wartet auf mich, schrieb er als Statusmeldung. Die ersten Kommentare ließen nicht lange auf sich warten.

Hättest du wohl gern.

Träum weiter, Alter, die hockt gerade auf mir.

Und wie heißt deine linke Hand?

Er beantwortete ein paar der Kommentare, dann loggte er sich wieder aus.

Er schob den Film in den Player, warf sich aufs Bett, stellte die Nachos auf seinem Bauch ab und drückte «Play».

Er hatte jetzt Bock auf Gemetzel.

Das Gespräch mit Marco Meyer war fruchtlos verlaufen. Der eingeschüchterte Junge hatte mir glaubhaft versichert, dass er in der besagten Nacht nicht mit Kathi an der Bahnstrecke gewesen war. Er bestand auch darauf, überhaupt keine Beziehung zu Kathi gehabt zu haben. Zwar wusste er von ihrem Interesse an ihm, doch es sei «nichts gelaufen», wie er sich ausgedrückt hatte. Marco war sogar bereit gewesen, mir die Telefonnummer seiner

Eltern zu geben, um dort nachzufragen, doch ich hatte davon keinen Gebrauch gemacht. Möglicherweise täuschte ich mich, aber ich schätzte meine Menschenkenntnis für ausreichend ein, um bei einem 16-Jährigen zu erkennen, ob er log oder die Wahrheit sagte.

Trotzdem war der Besuch in Kathis Schule nicht umsonst gewesen.

Zum einen wegen des Blickes, den Franz Altmaier mir zugeworfen hatte. Ich wusste noch nicht, was ich damit anfangen sollte, aber mir war klar, dass dieser Mann etwas verbarg. Auf der Rückfahrt war mir das übliche Klischee durch den Kopf gegangen: eine unglückliche Lehrer-Schülerin-Beziehung; die Schülerin wird abgewiesen, nachdem ihr zunächst Hoffnung gemacht wurde, und sie nimmt sich aus Verzweiflung das Leben. Wenn es so gewesen war, würde Altmaier es mir gegenüber nie zugeben. So richtig daran glauben mochte ich aber nicht. Denn wie passte dann der Mann an der Bahnstrecke dazu, der mich niedergeschlagen hatte? Das war nicht Altmaier gewesen. Oder Anima Moribunda und seine Videos? Oder gar M. A. Thaunn, der von etwas Großem sprach und offenbar Angst hatte?

Seinetwegen saß ich abends wieder am Rechner. Ich hatte auf eine neue Nachricht gehofft, doch es gab keine. Eine Weile trieb ich mich bei Facebook herum, las sinnlose Statusmeldungen, sah mir langweilige Fotos an und dachte nach.

In Kathis Leben hatte sich sehr viel online abgespielt. Für die heute 16-Jährigen war es völlig normal, sich dort auszutauschen und zu präsentieren, ebenso wie in den anderen populären Netzwerken. Was sich für mich immer noch ein wenig fremd anfühlte, gehörte für diese Generation zum Alltag. Was ich nicht wirklich durchschaute, verstanden sie intuitiv. Aber verstanden sie diese Welt wirklich? Wussten sie auch, welche Gefahren darin lauerten? Begriffen sie, dass jeder alles in Erfahrung bringen und gegen jeden verwenden konnte?

Automatisch fiel mir Kathis Text ein. Ich zog den Ausdruck zu mir heran und las ihn noch einmal durch.

Wo bist du heute um acht? Ich weiß es, bevor du selbst dort bist. Wo wirst du in einer Woche sein, wer ist bei dir, zu welcher Minute bist du an welchem Ort allein, schutzlos, ausgeliefert? Ich weiß es, bevor du die Gefahr auch nur spürst.

Das war so wahr wie das Amen in der Kirche. Aber mir schien, dass es niemand wahrhaben wollte. Oder war es den Kids wirklich egal, was mit ihren Daten geschah? Wollten sie am Ende vielleicht sogar, dass jeder alles wusste?

Was geschah eigentlich mit den Daten derer, die nichts mehr wollen konnten? Was geschah mit den Accounts all der Toten dieser Welt?

Nach fünf Minuten war ich schlauer.

Facebook versetzt alle Konten von Verstorbenen in den Gedenkzustand. Nachgewiesene, unmittelbare Familienangehörige konnten aber die Löschung beantragen. Nur, wer dachte nach einem Todesfall daran?

Bei Yahoo wurden alle Daten mit dem Tod des Nutzers gelöscht. Aber wer informierte Yahoo darüber? Ähnlich LinkedIn. Dort wurden die Accounts Verstorbener nach einer Bestätigung getilgt. Aber eben nur nach einer Bestätigung. Bei Wer-Kennt-Wen mussten sich die Angehörigen schriftlich melden und einen Sterbenachweis erbringen. Das Profil konnte dann aber trotzdem zum Gedenken an den Verstorbenen aufrechterhalten bleiben. Youtube und Google Plus gewährten nach einer Prüfung sogar Zugriff auf die Accounts und Daten Verstorbener. Was war das für eine Prüfung?

Für mich klang das so, als blieben die allermeisten Daten Verstorbener für alle Zeiten im Web. Neben den vielen Netzwerken der Lebenden musste mittlerweile ein Netzwerk der Toten existieren.

Ich recherchierte mit diesen Schlagworten noch ein bisschen

weiter und stieß auf eine verblüffende Meldung: In Dänemark konnten die Angehörigen von Verstorbenen QR-Codes auf die Grabsteine ihrer Lieben kleben lassen. Mit dem Smartphone gescannt, erschienen dann Geschichten zur Person, Kinderbilder oder gar Videos. Sogar eine Weiterleitung zum Facebook-Profil war denkbar, allerdings war das datenschutzrechtlich noch nicht geklärt.

Die Meldung an sich war schon der Brüller.

Aber was mich viel mehr alarmierte, war der Hinweis auf QR-Codes.

Laut Theresa hatte Kathi viel von QR-Codes gesprochen. An der Bahnstrecke hatte ich einen merkwürdigen Papierfetzen entdeckt, der – ja, das musste es sein – wie ein QR-Code ausgesehen hatte, das fiel mir in diesem Moment wieder ein.

Das Kürzel QR steht für Quick Response, also schnelle Antwort.

Ich ahnte, dass ich die nicht bekommen würde.

Die vielen verschiedenen Informationen verwirrten mich immer mehr. Ich verstrickte mich im Thema «digitaler Tod» und fand es auch noch interessant. War es Kathi genauso ergangen? Hatte sie sich für dieses Thema zu intensiv begeistert?

In dieser Frage schwang der vage Verdacht mit, sie könne sich wirklich selbst getötet haben. Nach wie vor wollte ich davon aber nichts wissen. Wenn Kathi wirklich so tief in das Thema eingetaucht war, hielt ich es eher für plausibel, dass sie online auf jemanden gestoßen war, der ihr Interesse ausgenutzt hatte.

Mein Handy klingelte.

Manuela Sperlings Bild erschien auf dem Display.

Ich konnte das Gespräch gar nicht schnell genug entgegennehmen. Hatte sie doch eine Halterabfrage gestartet?

«Manuela! Schön, dass du anrufst.»

«Wie geht es dir?», fragte sie.

«Es geht so. Ist eine verdammt schwierige Zeit.»

«Das tut mir wirklich leid. Ich kannte deine Nichte zwar nicht, aber sie muss ein tolles Mädchen gewesen sein.»

«Das war sie zweifellos.»

«Nach deinem Anruf ist mir diese Sache nicht mehr aus dem Kopf gegangen …», sagte Manuela, und ich war mir sicher, sie würde mir gleich den Namen des Mannes nennen, der mir im Wald einen Ast ins Gesicht gedroschen hatte und dann mit einem weißen Wagen geflüchtet war.

«Deswegen habe ich einen befreundeten Kollegen um Hilfe gebeten», fuhr sie weiter fort. «Er hat für mich mit der Dienststelle telefoniert, die im Fall deiner Nichte ermittelt.»

«Und?», fragte ich und platzte beinahe vor Anspannung.

«Die Ermittlungen sind offiziell abgeschlossen. Es gibt keinerlei Hinweise auf eine Straftat. Alles deutet auf einen Suizid hin. Allenfalls war der ermittelnde Beamte noch bereit, an einen Unfall oder jugendlichen Leichtsinn zu glauben. Möglicherweise haben sich mehrere Personen dort an den Gleisen aufgehalten, das ließe auf eine Mutprobe schließen oder etwas Ähnliches. Die Spurenlage lässt aber keine genaue Schlussfolgerung zu.»

«So ein Quatsch!», polterte ich los und spürte, wie die Enttäuschung in mir aufwallte und die Wut erneut hochkochen ließ. «Da ist doch irgendjemand bloß zu faul, genauer hinzusehen.»

«Andreas, ich kann dich verstehen, aber du solltest nicht einfach solche Behauptungen in den Raum stellen. Die Beamten dort haben ihr Möglichstes getan.»

«Das reicht mir aber nicht als Antwort. Wenn du Kathi gekannt hättest, wüsstest du das. Außerdem …»

«Ja?»

Ich zögerte. Sollte ich ihr von Thaunn erzählen? Von dem Treffen morgen Abend? Eigentlich gab es nichts zu erzählen, noch nicht. Thaunn hatte via Facebook nur vage Andeutungen gemacht, und möglicherweise war er auch nur ein Spinner, der sich über mich lustig machte.

«Nichts», sagte ich.

«Du hast doch was?», hakte Manuela nach.

«Ich dachte gerade an das Kennzeichen», wich ich aus.

«Das geht wirklich nicht, tut mir leid.»

«Ist schon okay. Trotzdem, danke für deine Hilfe. Ich weiß das wirklich zu schätzen.»

«Soll ich nicht doch mal bei dir vorbeischauen? Wir quatschen einfach ein bisschen, das letzte Mal ist lange her.»

«Sonst jederzeit gern, Manuela, aber … lass mir ein paar Tage Zeit. Ich muss das alles erst mal verarbeiten.»

«Klar, verstehe ich. Aber du unternimmst doch nichts auf eigene Faust, oder?»

«Was sollte ich schon unternehmen?»

Sie zögerte einen Moment.

«Falls doch noch etwas sein sollte, kannst du mich jederzeit anrufen. Das weißt du.»

Ich bedankte mich noch einmal bei Manuela und legte dann auf. Prompt hatte ich ein schlechtes Gewissen. War ich zu abweisend gewesen? Immerhin hatte sie sich für mich umgehört.

Da ich noch bei Facebook war, öffnete ich Manuelas privates Profil. Sie lächelte mich von der Startseite an. Mit dem gleichen Lächeln war sie mir auf der Lesung begegnet, auf der wir uns kennengelernt hatten. Mich hatte von Anfang an die Energie begeistert, die diese kleine Frau ausstrahlte, ihre Willensstärke und Unbeugsamkeit. Zudem konnte sie, wie ich auch, herrlich ironisch sein. Schon allein deswegen verstanden wir uns sehr gut. Ich wollte die Freundschaft zu ihr auf keinen Fall aufs Spiel setzen. Aber wenn sie mir nicht weiterhelfen konnte, musste ich selbst das Zepter in die Hand nehmen. Dafür würde sie sicher Verständnis haben.

Das Gespräch mit Thaunn war erst einmal meine Sache.

Manuela konnte ich immer noch informieren, wenn es nötig werden sollte.

Tommy erwachte schlagartig und fuhr im Bett hoch. Die Schüssel mit den Nachos auf seinem Bauch kippte um, und die Soße ergoss sich über seinen schwarzen Pulli und bildete eine Pfütze.

«Scheiße, verdammt!»

Eine Kettensäge surrte, jemand schrie. Auf dem Bildschirm verlor ein junger blonder Typ gerade sein Bein. Tommy setzte sich auf die Bettkante und warf einen Blick auf die Uhr. Fast Mitternacht. Der Film musste seit mindestens zwei Stunden vorbei sein. Allerdings war sein Player so eingestellt, dass der Film immer wieder neu startete, solange man ihn nicht abschaltete. Das sollte ein Einbrennen des Bildes verhindern. Verdammt, er konnte sich nicht einmal erinnern, an welcher Stelle er eingeschlafen war.

Tommy wischte seine mit Soße bekleckerte Hand am Pulli ab und stand vom Bett auf. Er taumelte. So richtig wach war er noch nicht. Es war bereits zu spät, um den Film noch einmal von vorn zu schauen, also nahm er ihn aus dem Player und ging ins Erdgeschoss hinunter.

Aus irgendeinem Grund kam plötzlich die Angst zurück, die gleiche, die ihn auf der Schultoilette in Panik versetzt hatte. Am Fuß der Treppe blieb er stehen. Horchte. In der Küche summte der Kühlschrank. Irgendwo knackte es leise, wahrscheinlich die Heizung. Ansonsten war es still. Er fragte sich, was ihn geweckt haben konnte.

Sein Herz schlug viel zu schnell.

«Hör auf mit dem Quatsch», sagte er laut zu sich selbst und ging ins Wohnzimmer hinüber. Vor dem Regal stutzte er. Ein Film war nicht ordentlich in die lange Reihe einsortiert, sondern lag davor: «Der Feuerteufel» mit der kleinen Drew Barrymore auf dem Cover. Tommy konnte sich nicht erinnern, den Film vorhin aus der Reihe genommen zu haben, aber so musste es ja gewesen sein. Er steckte beide Filme zurück und wandte sich ab. Dabei fiel sein Blick auf die Terrassentür.

Tommy schrie auf und stolperte einen Schritt zurück.

Da stand jemand in der Dunkelheit direkt vor der Scheibe! Eine große schwarze, reglose Gestalt. Tommy taumelte rückwärts in Richtung Flur, ließ dabei die Gestalt nicht aus den Augen, und als er merkte, dass sie sich überhaupt nicht rührte, blieb er stehen. Nein, da stand keine Person. Jetzt fiel es ihm wieder ein. Es war einer der schwarzen Anzüge seines Vaters, der fein säuberlich auf einem Bügel zum Lüften draußen hing.

Tommy atmete stoßweise aus, presste die Hand auf den Brustkorb und musste kichern. So weit war es also schon gekommen: Er machte sich wegen eines Kleidungsstückes vor Angst in die Hose. Vielleicht sollte er doch auf seine Mutter hören und auf diese Splattervideos verzichten.

Er ging hinauf in sein Zimmer und setzte sich vor den Rechner. Jetzt war er hellwach und würde nicht wieder einschlafen können. Also checkte er seinen Facebook-Account: Keine Nachrichten. Tote Hose heute. Aber ein paar Mails waren eingegangen. Tommy öffnete den Eingangsordner, klickte auf die erste Mail und bekam abermals einen Schreck.

Es war ein Video.

Der Absender war wieder Anima Moribunda.

Wie ferngesteuert öffnete Tommy das Video. Was er sah, ließ das Blut in seinen Adern stocken und trieb ihm gleichzeitig den Schweiß auf die Stirn.

Die Kamera zeigte den Flur im Erdgeschoss. Die Garderobe mit dem Spiegel, an dem Tommys Mutter vorhin ihre Frisur überprüft hatte. Dann wechselte die Perspektive, und die Kamera bewegte sich in Richtung Küche. Von der Tür aus schwenkte sie einmal durch den Raum und zeigte den Deckel von der Nachoschüssel auf dem Tisch, den Tommy abgerissen und achtlos dort liegen gelassen hatte.

Die Kamera drehte sich und bewegte sich langsam durch

den Flur auf das Wohnzimmer zu. Dort zeigte sie kurz den bedrohlich aussehenden Anzug vor der Terrassentür, bevor sie an dem Video-Regal stoppte. Die DVD-Rücken kamen ins Bild. Eine Hand erschien, griff in die Reihe, zog eine DVD heraus und hielt das Cover ins Bild. Es handelte sich um «Der Feuerteufel», eine Stephen-King-Verfilmung. Dann legte die Hand die DVD ab. Die Kamera verließ das Wohnzimmer. Langsam, Schritt für Schritt, stieg sie die mit dickem Teppich belegte Treppe ins Obergeschoss hinauf. Dabei entstand nicht das kleinste Geräusch. Oben vollführte sie einen Schwenk durch den Flur, bevor sie sich Tommys Zimmer zuwandte. Sie zeigte Tommy mit den Nachos auf dem Bauch auf seinem Bett liegend. Sein Mund stand offen, die Augen waren geschlossen und zuckten wild hin und her. Er schien lebhaft zu träumen. Die Kamera schwenkte zum Fernseher. Ein riesiger Kerl mit einer Kettensäge verfolgte Jessica Biel durch den Wald. Das Kreischen der Kettensäge war infernalisch.

Die Kamera löste sich von dem Bild und fuhr auf den Wandschrank an der rechten Seite des Zimmers zu. Die beiden Flügeltüren wurden aufgezogen. Die Kamera zeigte Tommys Kleidung. Dann tauchte sie darin ein, wurde gedreht und zeigte die beiden Türhälften, wie sie sich langsam wieder schlossen.

Tommy starrte den Bildschirm an. Das Video war zu Ende. Jeder einzelne Muskel in seinem Körper hatte sich verkrampft, er konnte kaum atmen. In dem in schwarzem Klavierlack gehaltenen Rand des Bildschirms sah er den Ausschnitt einer Spiegelung seines Zimmers. Er sah die Türen des begehbaren Kleiderschranks. Sah, wie sie ganz langsam geöffnet wurden. Von irgendwoher nahm Tommy die Kraft, sich umzudrehen.

Aus dem Schrank stieg eine massige Gestalt in schwarzer Kleidung.

Anstelle eines Gesichts trug sie die Maske mit den Blutfäden vor den Augen.

Als sie zu sprechen begann, wurde es Tommy schwarz vor Augen.

«Leiste deinen Beitrag …»

TAG 12

Um Viertel vor neun am Abend traf ich an der Adresse ein, zu der M. A. Thaunn mich bestellt hatte. Lazarettstraße 11, Lechfelden.

Wie versprochen hatte er sich via Facebook gemeldet und eine Handynummer hinterlassen. Ich hatte sofort angerufen, zu einem Gespräch war es aber nicht gekommen. Thaunn hatte mir die Adresse und den Zeitpunkt genannt und aufgelegt. Bei einem zweiten Versuch kurz darauf hatte mir eine Bandstimme gesagt, dass der Teilnehmer nicht erreichbar sei.

Dieser Thaunn litt eindeutig an Verfolgungswahn.

Die Wartezeit bis zum Abend war mir zu lang erschienen, also war ich bereits am Nachmittag aufgebrochen. Lechfelden lag zwei Stunden Fahrtzeit von meinem Wohnort entfernt. Ich hatte mich dort umgesehen, später in einem Restaurant gegessen und die restliche Zeit irgendwie totgeschlagen.

Das weitläufige Gelände, vor dem ich jetzt hielt, war früher ein Militärlazarett für den schon vor Jahren geschlossenen Fliegerhorst gewesen. Es war von einer zwei Meter hohen weißen Mauer umgeben. Darin standen mehrere große dreistöckige Gebäude aus rotem Backstein, die über die Mauer hinausragten. Zwischen den Gebäuden wuchsen alte Kastanien und Eichen.

Ich ließ meinen Wagen in einer Parkbucht am Straßenrand stehen und machte mich zu Fuß auf den Weg. Da ich auf dem Areal keine Laternen gesehen hatte, steckte ich die Taschenlampe aus dem Handschuhfach ein. Darin lag auch mein Elektroschocker. Das Ding war zwar illegal, aber heutzutage wusste man nie. Nach dem Desaster an der Bahnstrecke hatte ich mich entschlossen, ihn ebenfalls einzustecken.

Derart gewappnet, machte ich mich auf den Weg.

Vor der breiten Mauerdurchfahrt blieb ich stehen. Dunkel und weitläufig lag das Areal vor mir. Das bleiche Licht einer Laterne vorn an der Straße fiel auf die Blätter einer Silbereiche. Unter der mächtigen Krone aber war es stockdunkel, so wie in dem gesamten Park zwischen den Gebäuden. Das Gelände machte einen verwunschenen Eindruck, so als sei es in der Zeit stehengeblieben. Ich erwartete beinahe, versehrte Soldaten auf Krücken im Park umherwandeln zu sehen.

Mir wurde ein wenig mulmig zumute. War es klug gewesen, allein hierherzukommen? Vielleicht hätte ich Manuela um Hilfe bitten sollen. Ich konnte sie immer noch anrufen. Mein Handy steckte in der Innentasche meiner Jacke. Aber Thaunn hatte ausdrücklich verlangt, dass ich allein kommen sollte. Vielleicht beobachtete er mich bereits. Ich an seiner Stelle würde es tun.

Trotz meiner Bedenken gab ich mir einen Ruck und betrat das unheimliche Lazarettgelände.

Der gepflasterte Weg führte auf das erste Gebäude zu. Es trug die Nummer 7. In den Fenstern brannte Licht. Im zweiten Stock flackerte ein Fernseher. Ich ging an dem Haus vorbei. Bis zum nächsten waren es vielleicht zwanzig Meter. Nummer 8. An zwei weiteren musste ich noch vorbei, bevor ich Haus Nummer 11 fand. Ich blieb in einiger Entfernung davor stehen, gut geschützt durch das Laub einer ausladenden Kastanie. Auch Nummer 11 besaß drei Stockwerke, aber zusätzlich noch einen saalartigen flachen Anbau. Und anders als die übrigen Gebäude schien dieses hier nicht renoviert zu sein. In der vierten Etage brannte Licht, ansonsten war das Haus dunkel.

Ich machte mich auf den Weg zur Eingangstür. Auf halber Strecke fiel mir der Parkplatz auf. Er lag vielleicht dreißig Meter entfernt direkt an der Mauer neben einer weiteren Zufahrt zum Gelände. Zwei Laternen beleuchteten die wenigen Fahrzeuge. Was mich aufmerken ließ, war der weiße Wagen.

Ein Kombi. Er kam mir bekannt vor.

Das konnte doch kein Zufall sein..

Den Zettel, auf dem ich mir an den Bahngleisen das Kennzeichen des Fluchtwagens notiert hatte, hatte ich nicht dabei, aber das war auch nicht nötig. Ich hatte die Nummer im Kopf. Im Schutz der Dunkelheit unter den Bäumen schlich ich über den Rasen auf den Parkplatz zu.

Das Kennzeichen stimmte.

Mit diesem Auto war der Mann geflüchtet, der mich im Wald an der Bahnstrecke niedergeschlagen hatte. Wie ferngesteuert hob sich meine Hand und betastete vorsichtig die Lippe. Die Berührung schmerzte noch.

Ich war alarmiert.

Bisher war ich davon ausgegangen, dass es sich bei dem Flüchtigen um den Mann gehandelt hatte, der Schuld war an Kathis Tod. Waren er und M. A. Thaunn etwa ein und dieselbe Person? Aber würde sich ein solcher Täter via Facebook mit mir in Verbindung setzen? Wofür? Ganz sicher würde er mich nicht zu seinem Wohnort locken und sich damit selbst in Gefahr bringen.

Nein, ich hatte mich getäuscht. Der Typ von den Gleisen war nicht vor mir geflüchtet, weil er der Täter war, sondern weil er Angst vor mir gehabt hatte. Dafür sprach auch, dass er mich nicht weiter geschlagen hatte, als ich am Boden lag.

Ich ging auf Haus Nummer 11 zu.

Jetzt brannte ich noch mehr darauf, mit Thaunn zu sprechen.

An der alten hölzernen Haustür gab es nur zwei Klingeln, eine für Hack, die andere für Thaumann. Aus diesem Namen setzte sich also das Kürzel M. A. Thaunn zusammen! Ich wollte schon klingeln, zog meine Hand aber wieder zurück. Die Haustür war nicht geschlossen, sondern nur angelehnt. Eine dicke Kordel führte vom äußeren Türknauf zum inneren und verhinderte, dass die Tür ins Schloss fiel. Ich schob eine Hand in den Spalt und drückte die überraschend schwere Tür auf. Sie knarrte in den Scharnieren.

Im Hausflur roch es muffig nach Abfällen. Die Ursache dafür

sah ich, als ich meine Taschenlampe einschaltete: Jemand hatte einen weißen Plastikbeutel mit Restmüll gleich neben der Haustür abgestellt. Die eine Seite des Beutels war aufgerissen, sicher von einer Katze. Feuchtes Kaffeepulver lag auf dem gefliesten Boden.

Ich machte einen Bogen darum und schlich auf die Wohnungstür an der linken Seite zu. Ein mit Paketband befestigtes Stück Pappe verriet, dass Thaumann in dieser Wohnung lebte. Alles wirkte sehr provisorisch, so als sei er entweder gerade erst eingezogen oder schon wieder auf dem Sprung hinaus.

Ich suchte nach einer Klingel, fand aber keine. Also klopfte ich.

Und zuckte zurück.

Die Tür bewegte sich. Ebenfalls nur angelehnt. In der Dunkelheit hatte ich den Spalt gar nicht bemerkt.

Der Zustand des Hauses und der Müll auf dem Flur ließen die Vermutung zu, dass hier niemand seine Tür abschließen musste, weil es nichts zu stehlen gab. Aber dieser Thaumann hatte sich gestern bei Facebook so versponnen, paranoid und verängstigt gegeben – der würde doch nicht einfach seine Tür offen stehen lassen.

Es sei denn, er beobachtete mich, seit ich aus dem Auto gestiegen war, und die geöffneten Türen sollten eine Einladung sein.

Ich griff in die Tasche meiner Jacke, holte den Elektroschocker heraus und schaltete ihn ein. Ein leises Fiepen und die kleine grüne Lampe meldeten seine Bereitschaft. Eine undefinierbare Angst kroch in mir empor, aber ich traute mir zu, die Situation zu meistern.

Also drückte ich die Tür auf und rief:

«Herr Thaumann? Ich bin es … Andreas Winkelmann. Wir sind verabredet.»

Keine Antwort.

Es war sehr still in der Wohnung. Niemand erlaubte mir einzutreten, trotzdem schob ich mich in den Flur. Ich hielt dabei den Atem an. Den Elektroschocker hatte ich in der Hand, um mich verteidigen zu können. Meine Taschenlampe malte einen Lichtkreis auf die gegenüberliegende Wand.

Plötzlich ein Schrei. Aus der Dunkelheit schoss etwas auf mich zu. Ich erschrak, taumelte zurück, stieß gegen das Türblatt und löste gleichzeitig den Elektroschocker aus. Zwischen den Elektroden zischte ein Blitz. Am Fußboden fauchte eine Katze an mir vorbei in den Hausflur.

Eine Katze ... nur eine Katze. Eine Szene, wie sie in beinahe jedem Gruselfilm vorkam. Und ich hatte mich erschrocken wie ein kleiner Junge! Mein Herz raste wild.

Ich war drauf und dran, mich ein wenig zu entspannen, da fiel mir ein, dass in jedem Gruselfilm auf die Erleichterung sofort der nächste, diesmal gefährlichere Angriff folgte. Sofort brachte ich den Elektroschocker wieder auf Brusthöhe und leuchtete mit der Taschenlampe voran. Hinter mir im Flur hörte ich, wie sich die Katze mit dem Müllsack beschäftigte.

«Herr Thaumann, ich bin es, Andreas Winkelmann», versuchte ich es noch einmal.

Eine Antwort bekam ich auch dieses Mal nicht. Warum brannte in dieser verdammten Wohnung kein Licht? Ich fand einen Schalter neben einem Türrahmen und drückte ihn. Man hörte ein leises Klicken, sonst geschah nichts. War der Strom abgestellt oder einfach nur die Glühlampe defekt?

Ich trat einen schnellen Schritt vor und leuchtete in ein Zimmer, die Küche. Auf der Spüle stand ein wenig Geschirr, auf dem kleinen rechteckigen Tisch eine benutzte Tasse, ansonsten war alles aufgeräumt. Aus dem Wasserhahn tropfte Wasser in stetigem Rhythmus in einen bereits gefüllten Teller. Ein leises, enervierendes Geräusch.

Ich spürte einen Atemhauch in meinem Nacken und fuhr herum.

Nein, da war niemand.

Ich hatte keine Lust mehr auf dieses Spielchen.

«Herr Thaumann, mir reicht es. Wenn Sie nicht mit mir sprechen wollen, gehe ich wieder», rief ich laut in die Wohnung.

Ich trat in den langen Flur zurück, sah mich um und entdeckte am anderen Ende den offenen Durchgang.

Das Licht meiner Taschenlampe verlor sich in der Dunkelheit dahinter. Er schien in den flachen saalartigen Anbau zu führen, der mir draußen aufgefallen war. Ich hielt die Lampe in Brusthöhe und ging darauf zu. Zweimal fuhr ich herum, weil ich immer noch das Gefühl hatte, verfolgt zu werden, aber meine Sinne waren sicher nur überempfindlich.

Ich stand tatsächlich in einem kleinen Saal. Überall standen Möbel, hauptsächlich Regale, vollgestopft mit Büchern und Krimskrams. Kartons auf dem Fußboden, Hunderte Kartons. Eine riesige Spanplatte auf zwei Böcken diente als Schreibtisch. Darauf standen der Monitor und der Rechner. An beiden Geräten glomm die gelbe Stand-by-Leuchte.

Rechts neben dem Durchgang gab es einen Schalter. Ich betätigte ihn, und unter der Decke wurde eine nackte Glühlampe langsam heller. Das schwache Licht der Energiesparbirne reichte nicht einmal annähernd, um die Dunkelheit aus dem großen Raum zu vertreiben. Zwischen den Möbeln und in den Ecken blieben die Schatten hocken wie gefallene Engel in den Winkeln der Hölle.

«Herr Thaumann», versuchte ich es ein letztes Mal. Meine Stimme klang dünn.

Beim nächsten Schritt trat ich in etwas Klebriges.

Ich leuchtete hinunter. Eine braune, zähe Flüssigkeit.

Nein, nicht braun.

Rot.

Blut … das war Blut!

EPISODE 4

tAG 12

Hinter einem mit Büchern vollgestopften Regal fand ich Thaumann. Er saß mit dem Rücken gegen einen Betonpfeiler gelehnt da, das Kinn war auf die Brust gesunken, seine Arme hingen schlaff herab, die Handflächen zeigten nach oben. Unter ihm hatte sich ein See aus Blut gebildet.

An beiden Armen sah ich tiefe und lange Schnitte, die von der Handwurzel bis hinauf zum Ellenbogen reichten. Es sah aus, als hätte Thaumann mehrere Male angesetzt. Zwischen seinen Beinen lag ein großes Küchenmesser. Der Holzgriff war blutverschmiert.

Lange stand ich einfach nur da und starrte die Leiche an. Ich schrieb Thriller, schreckte auch vor blutigen Szenen nicht zurück, aber eine Leiche hatte ich noch nie gesehen. Und noch nie so viel Blut! Ein Teil meines Verstandes sog jedes Detail auf und speicherte es ab, während der andere Teil angewidert und zutiefst schockiert war. Was mich schließlich aus meiner Trance riss, war die Katze. Geräuschlos kam sie in die kleine Halle, strich zwischen meinen Beinen hindurch, ging bis an den Rand des Blutsees vor, sah mich an und miaute.

Ich taumelte zurück.

Meine Gedanken rasten.

Das Blut war noch nicht geronnen, allzu lange konnte Thaumann noch nicht tot sein. Ich ließ den Lichtstrahl der Taschenlampe durch den unübersichtlichen Raum wandern, hierhin und dorthin, erschrak vor den vielen Schatten, konnte aber niemanden entdecken.

Hau ab!, schoss es mir durch den Kopf. Der Drang, all das hinter mir zu lassen, wurde übermächtig. Ich schob mich an der Blutlache vorbei in Richtung Flur. Die Katze beobachtete mich dabei und begann, ihre linke Pfote abzulecken. Wahrscheinlich klebte Blut daran.

Kathis Tod hatte wie ein Selbstmord ausgesehen. Jetzt stand ich in der Wohnung eines Mannes, der angeblich Informationen über Kathi hatte, und der Mann war tot. Augenscheinlich Selbstmord. Was, wenn es ganz anders war? Was, wenn der Täter, der das getan hatte, noch hier war? Vorhin im Flur – hatte mich da nicht ein Hauch im Nacken gestreift? War ich wirklich allein?

Die Polizei! Ich musste die Polizei rufen.

Ich steckte den Elektroschocker in die Hosentasche und zog das Handy hervor. Dabei fiel der Strahl meiner Taschenlampe auf einen Rechner. Das Gerät war noch immer auf Stand-by.

Ich zögerte. Mein Daumen schwebte über der Notrufnummer. Die Katze sah mich träge an. Ich musste an das Foto denken, auf dem Kathi ihre Katze Lady im Arm hielt. Mein Blick wanderte zwischen der Leiche, der Katze und dem Rechner hin und her. Obwohl ich am liebsten so schnell wie möglich abgehauen wäre, steckte ich das Handy wieder weg.

Ich würde die Polizei rufen, keine Frage. Aber auf ein paar Minuten mehr oder weniger kam es jetzt nicht mehr an. Wenn Thaumann die Informationen, die ich brauchte, auf seinem Computer hatte, wären sie für mich verloren, wenn die Polizei hier aufkreuzte. Ich hatte schon den Zugang zu Kathis Rechner eingebüßt, das durfte mir hier nicht noch einmal passieren.

Ich schlich auf den Schreibtisch zu. Wenn der Täter noch hier wäre, hätte er sich längst auf mich gestürzt, beruhigte ich mich selbst. Dennoch behielt ich die dunklen Ecken des Saals im Blick.

Meine Hand zitterte, als ich die Maus bediente. Ein Windows-System. Daran hatte ich lange nicht mehr gearbeitet, aber manche Dinge verlernt man nicht. Über die Suchmaschine loggte ich mich ins Internet ein und rief meinen Mail-Account bei Web.de auf. Dort klickte ich die Mail an, die mein Computerspezi Jan Krutisch mir an die Adresse **an-den-autor@email.de** geschickt hatte. Ich sollte die Mail öffnen, den Link anklicken, abwarten. Sobald der Ladebalken vollständig war, die Mail schließen und ausloggen. Der Link öffnete ein Spionageprogramm, das ein Abbild aller Dateien auf dem Rechner direkt an Jan schickte. So konnte ich die Daten später in Ruhe bei ihm oder bei mir anschauen.

Das war natürlich illegal. Aber Mord war auch illegal, und ich würde fast alles tun, um herauszufinden, was Kathi zugestoßen war.

Das Programm installierte sich. Der Ladebalken wuchs aber nur langsam. Immer wieder schaute ich nervös über die Schulter. Da war niemand. Ich erschrak heftig, als die Katze abermals an meinen Beinen entlangstrich.

Ich bückte mich und streichelte sie kurz, dann konzentrierte ich mich wieder auf den Bildschirm. Ich hoffte inständig, auf diesem Rechner endlich Antworten zu finden. Was, wenn meine Hoffnung vergebens war? Thaumann hatte dem Internet nicht vertraut. Würde er wichtige Informationen auf seinem Computer speichern?

Wie hatte er sich ausgedrückt? Vier Augen, vier Ohren, die altmodische Art. Kein Internet.

Mein Blick fiel auf die große Arbeitsplatte. Da lag allerlei herum, zu viel, um alles zu sichten. Ein roter Notizblock zog meine Aufmerksamkeit auf sich. Er sah aus, als würde er oft benutzt. Ich schlug ihn auf. In der Spirale hingen die Fetzen etlicher herausgerissener Blätter. Das erste Blatt war unbeschrieben, aber ich konnte die Abdrücke der Notiz sehen, die zuletzt auf dem Blatt darüber gemacht worden war.

Ich suchte einen Bleistift und begann, die Seite zu schraffieren. Die Rillen im Papier blieben weiß und ließen nach und nach eine Schrift erscheinen.

Es waren Koordinaten. Ich hatte solche Zahlenkolonnen oft genug selbst benutzt, wenn ich mit einem GPS-Gerät auf Trekkingtour gewesen war.

Ich riss das Blatt ab, faltete es und steckte es in meine Hosentasche.

Endlich war das Programm vollständig geladen. Ich schloss das Mail-Programm und loggte mich aus. Mehr musste ich nicht tun. Jan hatte versprochen, dass sämtliche Spuren verschwinden würden.

Spuren …

Mist! Ich hatte Fingerabdrücke hinterlassen!

Über der Lehne eines Stuhls hing ein brauner Pullover. Damit wischte ich sämtliche Oberflächen ab, die ich berührt hatte, und hängte ihn zurück.

Hatte ich an alles gedacht? Konnte ich jetzt die Polizei rufen? Und die wichtigste Frage: Sollte ich bleiben und auf die Beamten warten oder abhauen? Niemand hatte mich kommen sehen, und wenn ich genauso unerkannt zu meinem Wagen zurückkam, konnte ich mir lästige Fragen ersparen. Es würde ohnehin schwer genug werden zu erklären, was ich hier suchte. Gab es eine Verbindung zwischen mir und Thaumann? Würde die Polizei mir auf die Schliche kommen, wenn ich mich einfach davonmachte?

Mir fiel ein, dass ich Thaumanns Handy angerufen hatte. Das ließ sich nachverfolgen. Ich dachte einen Moment nach, zog mein eigenes Telefon hervor und rief Thaumanns Nummer abermals an.

Augenblicklich brummte es an der Leiche.

Die Katze sah ebenso interessiert hinüber wie ich.

Ich ging zu Thaumann hinüber. Inzwischen hatte ich mich an den starken metallischen Geruch des Blutes gewöhnt, aber direkt über dem Toten wurde er wieder intensiver. Mein Magen zog sich zusammen, ich musste heftig schlucken. Vom Rand des Blutsees aus reichte mein Arm gerade so an Thaumann heran. Ich musste mich vorbeugen und mit einer Hand auf seinem Bein abstützen. Noch nie war ich einer Leiche so nah gewesen oder hatte sie angefasst. Hastig fummelte ich das Handy aus seiner vorderen Hosentasche. Als ich es hatte, wollte ich mich abstoßen, rutschte aber von seinem Bein ab. Mit der Handkante landete ich im Blut.

Es war kalt. Klebrig. Ekelhaft. Ich zog mich von der Leiche zurück, hielt die Hand hoch, betrachtete sie und lief in die Küche hinüber. Dort spülte ich sie so lange unter heißem Wasser ab, bis ich die Schmerzen nicht länger ertragen konnte. Dann lehnte ich mich an die Spüle, atmete tief ein und aus und kämpfte gegen den Würgreiz an.

Ich nahm Thaumanns Handy und öffnete den Speicher für Nachrichten und Anrufe. Er war leer. Keine einzige Nummer, nichts. Der Speicher war vollständig gelöscht worden.

Die Katze war mir gefolgt und stupste mich an.

Ich ging in die Knie und hielt ihr meine abgespülte Hand hin. Erst roch sie daran, dann leckte sie an den Fingerkuppen.

«Wir sollten beide hier abhauen, was meinst du?», murmelte ich.

Sie ließ sich ohne Gegenwehr von mir aus der Wohnung tragen. Für Thaumann konnte ich ohnehin nichts mehr tun. Ich würde mich in Teufels Küche bringen, wenn ich hierblieb.

Im dunklen Hausflur blieb ich stehen und lauschte. Ich erinnerte mich, in einer der oberen Wohnungen Licht gesehen zu haben. Wer wohl dort lebte? Und hatte derjenige mich beim Hineingehen beobachtet? Ich konnte nur hoffen, dass dem nicht so war.

Ich trat aus dem Gebäude. Die Schatten unter den hohen Bäumen schienen dichter und kompakter geworden zu sein.

«Können wir?», fragte ich die Katze auf meinem Arm leise.

Sie schwieg. Also lief ich los.

Leatherface schwang die Kettensäge nah an seinem Gesicht vorbei. Die scharfe Kette kreischte infernalisch. Qualm erfüllte die Luft. Qualm und der Geruch nach …

… Was war das für ein Geruch?

War das Benzin?

Tommy riss die Augen auf, und Leatherface verschwand. Dunkelheit. Er sah absolut nichts.

Der Geruch von Benzin jedoch blieb, und es gesellte sich noch ein zweiter hinzu: Es roch nach nassem Beton. Wie daheim in der Garage. Aber was machte er in der Garage?

Komm, steh auf, der Film ist zu Ende. Du musst ihn zurückstellen, bevor Mam und Dad wiederkommen.

Tommy ahnte, dass er in einem verwirrenden Albtraum steckte. Er wollte unbedingt daraus erwachen, aber es ging nicht. Die Schwärze um ihn herum blieb. Der stechende Geruch nach Benzin auch. Er konnte sich nicht bewegen. Aber wieso? Er lag doch auf seinem Bett und …

Nein, das war kein Traum.

Er war längst erwacht.

Dies hier war die Realität.

Sofort spürte er den ekligen, feuchten Stofffetzen in seinem Mund. Seine Zunge stieß dagegen, als er zu sprechen versuchte. Panik loderte in ihm auf. Tommy drängte sie zurück. Er musste einen klaren Kopf bekommen.

Er lag auf dem Rücken, seine Arme waren weit über den Kopf gestreckt und irgendwo festgebunden, seine Beine ebenfalls. Sobald er sich bewegte, schnitt ihm an den Gelenken etwas in die Haut. Es fühlte sich an wie Draht.

Tommy warf den Kopf hin und her und zerrte an den Fesseln. Die Schmerzen an seinen Gelenken wurden schlimmer, und der Draht schnitt tiefer ins Fleisch. Tommy hielt inne, und plötzlich kehrte die Erinnerung zurück.

Das Video auf seinem Rechner. Jemand war mit einer Kamera durchs Haus geschlichen und hatte ihn dabei aufgenommen, wie er schlafend auf dem Bett lag. Dann war dieser Jemand im Schrank verschwunden und … und … die Spiegelung im Rand des Computerbildschirms … jemand war aus dem Schrank herausgekommen, und dann … dann …

Nichts mehr.

Tommy hatte keine Erinnerung daran, was passiert war, nachdem die Gestalt aus seinem Schrank getreten war. War das alles überhaupt wirklich passiert? Steckte er vielleicht doch noch in einem Traum?

Nein, die heftigen Schmerzen an seinen Gelenken bewiesen das Gegenteil. Und noch etwas: Er war nackt.

Tommy wollte schreien, doch der Knebel in seinem Mund hinderte ihn daran.

Leiste deinen Beitrag, Tommyx5 … leiste deinen Beitrag …

Er hatte sich geirrt. Dies war kein Spiel, kein blöder Scherz. Der Maskentyp hatte es von Anfang an ernst gemeint mit seiner Aufforderung. Tommy war ihr nicht nachgekommen, und jetzt tat der Maskenmann, was er angekündigt hatte.

Tommy wurde schlecht vor Angst. Alles in ihm verkrampfte sich, seine Blase entleerte sich unkontrolliert.

Und dann roch er noch etwas. Etwas Verbranntes.

Die erste Flamme war ein zartes orangefarbenes Blatt, mit dem der Wind zu spielen schien. Sie leckte an dem Häufchen aus weißem Sägemehl empor, unter dem die Zündvorrichtung verborgen war. Schnell wurde sie größer, verästelte sich und gebar neue Flammen. Rasend schnell vermehrten sie sich, tänzelten wie aufgeregte kleine Kinder umher auf der Suche nach weiterer Nahrung. Ihr Hunger war unstillbar.

Kokons aus orangegelbem Licht, Hitze und Energie hüllten die Äste ein und sogen unersättlich den Sauerstoff heraus. Wie auf einer Leiter stiegen die Flammen an den Ästen empor und erreichten schon bald die oberste Ebene des Scheiterhaufens. Nur wenige Zentimeter von der Liegefläche des Hochbetts entfernt.

Das hochauflösende Bild wurde per Funk auf seinen Rechner übertragen. Er war sehr zufrieden mit dem Standort der Kamera. Später, wenn alles vorbei war, würde er sie holen. Falls etwas schiefgehen sollte, würde sie dort oben wahrscheinlich niemand entdecken. Und wenn doch, so konnte er den Verlust verschmerzen. Diese Bilder waren es wert. Aus so großer Nähe hatte er noch nie ein Feuer gesehen.

Mit der Maus fuhr er das Bild aus der Totalen zurück. Das Feuer war wunderschön, aber was jetzt kam, war noch weit fesselnder. Seine Kunden wollten genau das sehen.

Troublemaker, KingofSpeed, Bitchhunter und Phantom. Das waren ihre Nicknames, dahinter versteckten sie sich. Glaubten an die totale Anonymität des Internets. Aber er wusste längst alles von ihnen, was er wissen musste. Erstmals war ihm eine Gruppe in die Fänge geraten, und er war ganz gespannt darauf, wie das funktionieren würde. In Gedanken hatte er schon einen Plan entworfen.

Vielleicht würde er ihnen sogar sein eigenes Video zur Verfügung stellen und nicht das seines heutigen Ehrengastes.

Dessen Bilder würde er später noch ein wenig bearbeiten und archivieren. Es waren schließlich Laienaufnahmen. Auf sie allein würde er sich bei einer so wichtigen Sache nie verlassen. Allerdings hatten auch Laienaufnahmen einen gewissen Reiz. Technische Perfektion konnte den Eindruck zerstören, man nehme an etwas Realem teil. Die Handyaufnahmen seines heutigen Gastes unterstrichen gerade diesen Effekt.

Das Hochbett war jetzt voll im Bild.

Oben auf der Liegefläche bewegte sich der Junge, soweit es die Drahtfesseln zuließen. Das empfindliche Mikrophon, das er oben am Bettgestell installiert hatte, übertrug seine durch den Knebel gedämpften Schreie. Das Knistern und Krachen des Feuers übertönte sie jedoch schnell.

Das Feuer wurde immer wilder. Mit langen heißen Armen

griff es nach den Pfosten des Bettgestells. Holz zerbarst. Funken stoben auf. Die Hitze ließ die Luft flirren. Das Bett wackelte unter den panischen Bewegungen des Jungen. Von der Spitze des Scheiterhaufens aus sprangen die Flammen auf die Liegefläche über, fraßen sich von unten hinein. Das Holz entzündete sich sofort, und die gierige Hitze hüllte den Körper ein.

tAG 13

Es klingelte an der Haustür.

Wie ein boshafter Eindringling fiel das Geräusch über das seit Tagen stille Haus her. Es schnellte durch das Treppenhaus in die erste Etage hinauf bis in das kleine Zimmer unterm Dach.

Ann-Christin erschrak.

Sie stand gerade vor dem Spiegel im Badezimmer und bürstete ihr langes dunkles Haar. Um ihren Körper hatte sie ein Handtuch geschlungen, sie hatte gerade geduscht. Zum ersten Mal seit der Beerdigung. Sie hatte sich selbst nicht mehr riechen, nicht mehr ertragen können, und es hatte so gutgetan, unter dem heißen Wasserstrahl zu stehen. Die vergangenen Tage hatten ein Spinnennetz um ihren Körper gewickelt, es war immer dichter und dichter geworden, sie hatte kaum noch atmen können. Doch jetzt, nach der Dusche, ging es ihr viel besser. Sie spürte sogar wieder Appetit und freute sich auf ein Frühstück.

Aber wer klingelte um halb zehn am Vormittag bei ihr?

Tante Verena vielleicht? Sie konnte sich niemand anderen vorstellen.

Ann-Christin legte die Bürste beiseite und trat zum Treppenabsatz. Durch das Milchglas der Haustür sah sie einen Umriss. Eigentlich war er zu groß für Tante Verena.

Ann-Christin schlich barfuß die Hälfte der Treppe hinunter. Es klingelte erneut.

«Wer ist da?», rief sie.

Es waren ihre ersten Worte seit Tagen, und sie erschrak vor ihrer eigenen Stimme. Sie klang heiser und rau.

«Tante Verena und Onkel Gustav», antwortete Onkel Gustav. «Komm, mach auf, Mädchen, wir haben nicht ewig Zeit.»

Automatisch folgte Ann-Christin dem Befehl und ging die Treppe ganz hinunter. Vor der Haustür blieb sie abermals stehen.

«Das geht nicht, ich habe gerade geduscht», rief sie.

«Großer Gott, stell dich nicht so an. Wir brauchen den Versicherungsordner. Mach schon auf.»

Gustav klang wie immer ungehalten. Ann-Christin traute sich nicht, ihn abzuweisen.

Also schlang sie das Handtuch enger um ihren Brustkorb und öffnete die Tür. Davor stand nur Gustav.

«Wo ist Tante Verena?», fragte Ann-Christin.

«Wartet im Auto, wir haben nicht den ganzen Tag Zeit», sagte Gustav barsch und drängte sich an ihr vorbei in den Hausflur. Ann-Christin warf einen Blick nach draußen. Gustavs Wagen stand am Straßenrand, aber ihre Tante saß nicht darin.

Ann-Christin ließ die Haustür geöffnet und folgte Gustav ins Wohnzimmer, blieb aber im Türrahmen stehen.

«Ich kann Tante Verena gar nicht im Wagen sehen.»

Gustav kniete vor der Anbauwand aus dunklem Mahagoniholz. Im unteren Fach befanden sich die Ordner. Er sah zu ihr auf.

«Spielt doch keine Rolle, Mädchen, wir brauchen dringend diese Versicherungsunterlagen, oder glaubst du, wir wollen die Beerdigung allein bezahlen. Dein feiner Herr Vater meldet sich ja nicht.»

Gustavs Blick war Ann-Christin unangenehm. Seine wässrigen Augen, die Art, wie seine Zunge einmal schnell über seine Oberlippe wischte. Sie trug nur das Badehandtuch, ihre Beine und Schultern waren nackt. Schnell verschränkte sie die Arme vor dem Oberkörper.

«Ich denke, ihr habt alles, was ihr braucht», sagte sie.

Gustav sah sie noch einen Moment nachdenklich an, dann schüttelte er den Kopf und wandte sich wieder dem Ordner zu, der vor ihm auf dem Fußboden lag. Er blätterte schnell durch die Seiten.

«Du hast doch von diesen Dingen keine Ahnung. Genau wie

deine Mutter. Ich verstehe nicht, wie man so unvorbereitet sein kann.»

«Sie war erst fünfzig», sagte Ann-Christin.

«Na und? Ich bin sechsundfünfzig und habe schon seit Jahren meine Angelegenheiten geregelt.»

Weil du zu viel trinkst und aussiehst, als würdest du jeden Moment einen Herzinfarkt bekommen, dachte Ann-Christin, sprach es aber nicht aus. Seine Hose war heruntergerutscht, sodass zwischen Hemd und Bund ein Stück seines blassen Hinterns hervorlugte.

Angewidert sah Ann-Christin weg und spürte plötzlich Ärger in sich aufflammen. Was bildete der Kerl sich eigentlich ein? Er gehörte nicht einmal zur Verwandtschaft.

«Gibt es eigentlich kein Bargeld im Haus?», fragte Gustav, ohne sie anzusehen.

«Wie bitte?» Ann-Christin hatte ihn verstanden, wollte es aber nicht glauben.

«Bargeld. Ihr müsst doch irgendwas im Haus haben. Das Beerdigungsinstitut will einen Abschlag. Die haben angerufen. Hier haben sie es auch versucht, aber du gehst ja nicht ans Telefon.»

Ann-Christin erinnerte sich, gestern den ganzen Tag über immer wieder das Telefon gehört zu haben. Sie hatte nicht einmal die Nummer auf dem Display kontrolliert.

«Hat Tante Verena keine Zeit?»

«Ich bin ja hier.»

«Ich möchte aber, dass Tante Verena sich darum kümmert», sagte Ann-Christin deutlich und mit einer Spur Schärfe in der Stimme.

Gustav wandte ihr erneut den Kopf zu. «Was sagt du da?»

«Du hast an diesem Ordner nichts zu suchen. Tante Verena soll das machen.»

«Ach, sieh mal einer an.» Gustav klappte den Ordner zu, nahm ihn, stand auf und kam auf sie zu. Seine Wangen und Ohren waren stark gerötet. Die Nase war von einem Netz geplatzter Äderchen überzogen. Eine Säufernase, hatte Mama mal gesagt.

«Jetzt bin ich nicht mehr gut genug, oder was? Jetzt, wo deine Mutter unter der Erde ist und du endlich aus deinem Selbstmitleid erwachst.» Er tat so, als schnüffele er. Seine Nasenflügel blähten sich auf. «Hast du endlich mal geduscht, ja? Dann würde ich dir raten, auch zu lüften. Hier stinkt es. Und zwar erbärmlich.»

Da war wieder dieser glasige Blick, als er auf ihre bloßen Schlüsselbeine starrte. Sein rechter Mundwinkel zuckte, er fuhr sich mit der Zunge über die Lippen.

«Verschwinde», zischte Ann-Christin. Sie wusste selbst nicht genau, wo das plötzlich herkam, aber ihr Ärger hatte sich in unbändige Wut verwandelt. Sie war so wütend auf diesen widerlichen Trinker.

«Wie bitte?»

«Leg den Ordner zurück und verschwinde!»

«Ach, und dann regelst du alles allein, oder was? Meine Verena ist nämlich nicht dein Babysitter, und wenn ich mich nicht um den finanziellen Kram deiner Mutter kümmere, tut sie es ganz gewiss nicht.»

«Ich tue es ab jetzt selbst. Vielen Dank für deine Hilfe, aber den Rest schaffe ich allein.»

Da lag keine Schwäche und kein Zittern in ihrer Stimme, sie schaffte es sogar, Gustav in die Augen zu sehen. In ihrem Inneren sah es ganz anders aus. Ann-Christin wäre am liebsten vor dem Mann geflüchtet, alles in ihr drängte sie dazu, doch sie wusste, wenn sie das jetzt nicht durchstand, würde sie ihn niemals loswerden.

«Meinst du, ja? Jetzt, wo du ganz allein bist, solltest du deine letzten Freunde nicht verprellen. Oder hast du so viele, dass du es dir leisten kannst?»

Er kam noch ein bisschen näher, streckte seine rechte Hand nach ihrem Kinn aus. Leckte sich abermals über die Oberlippe.

In Ann-Christin brannte eine Sicherung durch. Sie riss ihm den Ordner unter dem Arm weg, stieß ihn von sich und schrie:

«Du sollst verschwinden, habe ich gesagt! Na los, verschwinde, ich will dich hier nicht mehr sehen, du bist nicht mein Freund!»

Ann-Christin hob den schweren Ordner über ihren Kopf und schlug damit nach ihm. Einzelne Blätter flogen heraus und segelten zu Boden. Gustavs Augen weiteten sich vor Schreck. Er stolperte rückwärts in den Flur und schützte sich mit erhobenen Armen.

Ann-Christin spürte, wie sich der Knoten ihres Handtuchs löste.

Sie warf den Ordner nach Gustav und erwischte ihn am Kopf. Er jaulte auf.

Im letzten Augenblick bekam sie das Handtuch zu fassen, bevor es zu Boden glitt.

«Hau endlich ab aus meinem Leben!», schrie sie, und ihre Worte trieben Gustav aus der noch offenstehenden Haustür.

TAG 14

Bist du von allen guten Geistern verlassen?»

Ich kannte keinen anderen Menschen, der mir in diesem Ton eine solche Frage stellen und mich dabei ansehen konnte, als wäre ich geistesgestört, ohne dass ich es ihm übelnahm. So war Manuela Sperling: immer geradeheraus. Man sah ihr bestimmt auch sofort an, wenn sie log. Und weil sie das wusste, hatte sie sich auf gnadenlose Ehrlichkeit verlegt.

In meinem Fall hatte sie auch noch recht.

Ich war wirklich von allen guten Geistern verlassen.

«Ich hab nicht nachgedacht», versuchte ich zu erklären.

«Das kannst du laut sagen. Und jetzt kommst du zu mir, und ich soll für dich das Nachdenken übernehmen. So ungefähr hast du es dir doch vorgestellt, oder?»

Ich nickte. Ja, so ungefähr. Manuela sollte mir helfen. Vorgestern Abend hatte ich Thaumann in seiner Wohnung gefunden. Der Schock hatte länger gewirkt, als ich erwartet hatte. Einen ganzen Tag lang hatte ich mich in meinem Haus versteckt und war bei jedem Geräusch zusammengezuckt. Ich hatte von Thaumanns Handy aus den Notruf gewählt und anonym den Leichenfund gemeldet. Das Handy hatte ich später von einer Brücke in einen Fluss geworfen. Es waren ohnehin keine Informationen darauf gewesen. Dennoch war ich davon ausgegangen, dass die Polizei mir auf den Fersen war. Aber nicht nur deswegen hatte ich mich nicht aus dem Haus getraut: Jemand hatte mich auf dem Lazarettgelände beobachtet, da war ich ganz sicher. Die Katze hatte es auch bemerkt, einen Buckel gemacht und gefaucht, dann war sie getürmt. Ich hatte zwar niemanden gesehen, aber in der Dunkelheit zwischen den Häusern hatte sich irgendwer herumgetrieben. Die Angst vor diesem Unbekannten quälte mich mindestens genauso sehr wie die vor der Polizei. Was, wenn derjenige, der Thaumann das angetan hatte, noch am Tatort gewesen war? Immer vorausgesetzt, es war wirklich kein Suizid.

Ich hatte Manuela gestern Abend angerufen und um das Treffen gebeten. Sie hatte gerade Urlaub und hatte eingewilligt. Wir hatten uns in der Mitte getroffen: Jeder war fünfzig Kilometer gefahren. Jetzt saßen wir uns in einem ruhigen Café an einer Bundesstraße gegenüber.

Manuela sah mich an und wartete wohl auf eine Entschuldigung.

«Tut mir leid, ich wusste mir nicht anders zu helfen. Ich habe einfach den Kopf verloren.»

Ich hatte lange gezögert, Manuela anzurufen. Mir war bewusst, dass ich sie in eine dumme Situation brachte. Aber einfach in irgendeine Polizeiwache zu gehen und eine Verhaftung zu riskieren, das hatte ich mich nicht getraut.

Manuela senkte den Blick und schüttelte den Kopf. Ihr blondes Haar schwang hin und her und gewährte den Blick auf einen Ohrring aus Bernstein, der wunderbar zu ihren braunen Augen passte. Ich überlegte kurz, ob ich ihr das Kompliment machen sollte, tat es aber lieber nicht. Manuela war keine Frau, bei der man sich auf so billige Art und Weise einschmeicheln konnte. Sie war sauer auf mich, und das zu Recht.

«Trotzdem, ich verstehe dich nicht. Wenn Thaumann dich dorthin bestellt hat und du ihn so vorgefunden hast, dann hast du doch nichts zu befürchten. Euer Chatgespräch bei Facebook lässt sich doch sicher belegen. Für mich klingt es ganz plausibel, dass du ihn aufgesucht hast. Was hast du denn gedacht? Dass du sofort verhaftet und in ein dunkles Verlies gesperrt wirst?»

«So was in der Richtung, ja.»

Ich hatte Manuela noch nichts von dem Spionageprogramm erzählt. Bislang war ich nicht an die Daten von Thaumanns Rechner herangekommen, weil ich Jan Krutisch nicht erreichen konnte. Ich hatte es oft genug versucht, ihn aber weder über Handy noch über Festnetz erreichen können. Jan war der einzige Computerfreak, den ich kannte, der sich hin und wieder eine digitale Auszeit nahm. Für zwei oder drei Tage war er dann einfach wie vom Erdboden verschwunden. Kein Telefon, keine Mails, nichts. Er behauptete, das sei notwendig für seine geistige Gesundheit.

Bei aller Dankbarkeit, die ich gegenüber Manuela fühlte – den illegalen Datenklau behielt ich lieber für mich. Vielleicht würde ich später mit ihr darüber sprechen, wenn Thaumanns Rechner relevante Informationen enthielt. Wenn nicht, wäre es ohnehin überflüssig.

«Und was soll ich jetzt für dich tun?», fragte Manuela.

«Ich hatte gehofft, du könntest dich vielleicht erkundigen, in welche Richtungen die Ermittlungen gehen.»

Manuelas Augen blitzten auf. «Wir können aber auch gemeinsam zum zuständigen Kommissariat fahren. Denen erzählst du einfach noch einmal, was du mir eben erzählt hast.»

«Glaubst du mir denn?»

«Warum sollte ich dir nicht glauben? Deine Theorie von einem Täter, der sowohl deine Nichte als auch Thaumann umgebracht und beides als Selbstmord getarnt hat, halte ich allerdings für … na ja, sagen wir mal, überspannt.»

«Warum? Wenn Kathi ermordet wurde und Thaumann etwas darüber wusste, dann musste der Täter ihn doch beseitigen.»

«Ja, aber wir sind hier nicht in einem deiner Bücher. Thaumann kann ein Spinner gewesen sein, der seinen Suizid von langer Hand geplant hat und sich durch dich Aufmerksamkeit erhoffte. Menschen, die sich selbst töten, wollen damit oft auf sich aufmerksam machen.»

«Aber Kathi hat sich nicht selbst getötet.»

«Ich habe es dir doch schon am Telefon gesagt: Es gibt überhaupt kein Indiz, das einen anderen Schluss zulässt.»

«Und ich habe dir gesagt, dass mir das nicht reicht!»

«Du hast auch gesagt, du würdest allein nichts unternehmen.»

«Das ist nicht ganz richtig. Ich habe die Frage gestellt, was ich überhaupt unternehmen könnte. Thaumann war für mich eine Informationsquelle, ich konnte gar nicht anders, als mich mit ihm zu treffen. Ich denke, dass du das verstehst.»

«Klar verstehe ich das, aber bei unserem Telefonat wusstest du schon, dass du zu diesem Thaumann fahren würdest. Es wäre schön gewesen, wenn du mich eingeweiht hättest.».

«Stimmt, und ich entschuldige mich dafür, dass ich es nicht getan habe. Ich war einfach enttäuscht, weil sogar du an einen Selbstmord glaubst. Ich sage es noch einmal in aller Deutlichkeit: Kathi hat sich nicht selbst getötet. Und ich werde nicht lockerlassen, bis ich das bewiesen habe. Ich kann dir nicht sagen, was dahintersteckt, weil ich es noch nicht weiß, aber irgendetwas stimmt hier nicht. Ich könnte ein bisschen Hilfe von einem Profi gebrauchen.»

Manuela trommelte mit den Fingern auf der Tischplatte und sah mich dabei an.

«Pass auf», begann sie. «Wir gehen jetzt beide zusammen zu meinen Kollegen. Du erzählst deine Geschichte so, wie du sie mir erzählt hast. Wenn wir das hinter uns haben, helfe ich dir. Inoffiziell natürlich. Ich kann sowieso nicht eigenständig ermitteln. Schon gar nicht in einem Fall, den es offiziell nicht gibt.»

Ich zog einen Ausdruck von Kathis Foto aus meiner Jackentasche. Seit der Beerdigung trug ich es mit mir herum.

«Sieh sie dir an. Dieses Mädchen ist tot, und niemand interessiert sich für das Warum. Du meinst, es gibt keinen Fall? Für die Polizei vielleicht nicht, für mich aber schon.»

Manuela betrachtete das Bild und nickte nachdenklich.

«Ich verstehe, und ich verspreche, dir zu helfen. Aber ich muss mich an Recht und Gesetz halten, und das musst du respektieren. Okay?»

«Okay.»

Troublemaker:
Alter, ich hab das Video bestimmt schon sechsmal angeschaut, das is verdammt geil.

KingofSpeed:
Ich auch. Hast du gesehen, wie die Haut vom Gesicht wegschmilzt? Der Typ hat am Ende, als der Knebel abfiel, geschrien wie am Spieß.

Bitchhunter:
Das war doch nachgestellt, oder? Ich meine, das war doch bestimmt eine Maske oder Puppe, oder?

Phantom:
Nee, das ist kein Fake, das ist echt. Der Typ ist bei lebendigem Leib verbrannt. Die Kamera war ja nah genug dran.

Troublemaker:
Alter, man kann sogar sehen, wie die Haut so komisch aufplatzt. Echt krass. Hätte ich nicht gedacht.

KingofSpeed:
Endlich hält mal einer sein Versprechen und spuckt nicht nur große Töne. Ich bin richtig angefixt und würde gern mehr davon sehen.

Bitchhunter:
Aber was meint der mit dem Beitrag? Was für einen Beitrag sollen wir leisten?

Troublemaker:
Hat er doch ganz klar gesagt. Du hast den Code doch auch eingescannt, oder nicht?

Bitchhunter:
Ja, schon, aber das kann doch nicht ernst gemeint sein. Ich meine, das können wir doch nicht machen.

KingofSpeed:
Warum nicht? Wir müssen es ja nicht selbst tun, sondern nur einen Film drehen. Wo ist dein Problem?

Troublemaker:
Seh ich auch so. Wir liefern dem Maskenarsch, was er will, solange er für uns die Drecksarbeit macht. Und dann verticken wir die Videos selbst.

Phantom:
Gute Idee, Alter. Bin ich noch gar nicht draufgekommen.

KingofSpeed:
Yeah, lasst uns diesen Penner ausnehmen, ich meine, für wen hält der sich? Für den Tod?

Bitchhunter:
Jungs, wir sollten vorsichtig sein, mir ist nicht ganz wohl bei der Sache.

Troublemaker:
Stell dich nicht so an. Was soll schon passieren? Wir sind schließlich zu viert.

Phantom:
Treffen wir uns heute noch?

Troublemaker:
Kann nicht schaden. Wie gehabt auf dem Spielplatz.

Es war nach fünfzehn Uhr, als wir aus dem Polizeipräsidium auf die Straße traten.

Manuela hatte recht behalten, ich war nicht verhaftet worden. Ob das an ihr gelegen hatte oder an der Plausibilität meiner Aussage, konnte ich nicht sagen. Der zuständige Beamte, ein gutmütig wirkender Endfünfziger namens Kieling, hatte nicht den Eindruck gemacht, als misstraue er mir. Allerdings hatte er sehr gezielt nachgefragt, mehr als eine Stunde lang. Da sich aber ja alles wirklich so zugetragen hatte, wie ich es erzählte, hatte ich mich nicht in Widersprüche verstrickt. Ich war mit dem deutlichen Hinweis entlassen worden, mich zur Verfügung zu halten.

«Siehst du», sagte Manuela und lächelte. «Mit Ehrlichkeit fährt man am besten.»

Ich nickte und presste die Lippen zusammen. Was jetzt kam, hatte mir während der ganzen Vernehmung wie ein tonnenschwerer Block im Magen gelegen.

«Ich weiß, und deswegen will ich dir gegenüber auch ehrlich sein», sagte ich, griff in die Gesäßtasche meiner Hose, zog den Notizzettel hervor, faltete ihn auseinander und zeigte ihn Manuela.

«Was ist das?»

«Das sind Koordinaten. Ich hab bei Google Maps nachgesehen. Der Ort, auf den sie verweisen, liegt einhundertfünfzig Kilometer von Thaumanns Wohnung entfernt in einem Waldstück.»

«Und woher hast du sie?»

«Aus Thaumanns Wohnung. Jemand hat die Zahlen auf das oberste Blatt seines Notizblocks geschrieben, das Blatt dann aber abgerissen.»

Manuela sah mich wütend an.

«Das ist nicht dein Ernst. Du hattest den Zettel die ganze Zeit dabei und hast dadrinnen nichts gesagt?»

«Meine Flucht aus Thaumanns Wohnung habe ich mit meiner Panik begründet. Wie plausibel erscheint es da, wenn ich vorher noch den Notizblock überprüfe? Verstehst du? Ich konnte Kieling den Zettel nicht zeigen. Außerdem will ich erst herausfinden, was es damit auf sich hat.»

Manuela schüttelte den Kopf.

«Weißt du eigentlich, in was für eine Situation du mich bringst? Ich kann doch da jetzt nicht reingehen und diese Notiz nachreichen.»

«Sollst du ja auch gar nicht. Lass mich einfach die Koordinaten überprüfen. Wer weiß, vielleicht sind sie ja bedeutungslos.»

Manuela wandte sich ab und ging ein Stück den Bürgersteig hinunter. Sie legte den Kopf in den Nacken und fuhr sich durchs Haar. Sie war stinksauer, das war nicht zu übersehen. Ihre Augen blitzten, als sie mich wieder ansah.

«Ich sollte dich an den Ohren da reinschleifen und meinen Kollegen bitten, dich zu verhaften. Ja, genau das sollte ich tun. Wenn wir nicht befreundet wären und ich dich nicht mögen würde, würde ich es genau so machen. Okay, du bist dumm genug, dich und mich in eine so beschissene Situation zu bringen. Was sagt mir das? Ich kann dich nicht allein herumlaufen und Polizist spielen lassen. Du bist nämlich keiner. Ihr Autoren glaubt das zwar, aber von richtiger Polizeiarbeit habt ihr keine Ahnung.»

«Aber ich könnte …»

«Unterbrich mich nicht», fuhr Manuela mich an und zeigte mit dem Finger auf mich. «Von jetzt an tust du, was ich sage. Sonst helfe ich dir nicht. Hast du das verstanden?»

Ich nickte ergeben. Diese kleine Frau schüchterte mich wirklich ein.

«Wir fahren gemeinsam dorthin. Du gehst auf keinen Fall allein. Morgen um zehn bei dir. Und den Zettel behalte ich.»

Sie steckte ihn ein und stapfte zornig davon.

Feiner Nieselregen zog dichte Schleier durch die graue Betonwüste der Trabantensiedlung am Rande der Stadt. Troublemaker zog die Kapuze über den Kopf, steckte die Hände in die Taschen seiner Jeans und hielt den Blick zu Boden gerichtet. Egal wie das Wetter war, er hatte es sich zur Angewohnheit gemacht, nicht aufzublicken. Er hatte keine Probleme damit, anderen Menschen in die Augen zu sehen. Womit er ein Problem hatte, war die Hässlichkeit seiner Umgebung. Würde jemand ihm den Architekten zeigen, der dieses Ghetto in den siebziger Jahren entworfen hatte, Troublemaker würde ihn eigenhändig am nächsten Baum aufknüpfen. Selbst wenn die Sonne schien, wurde es zwischen den zum Teil zwanzig Stockwerken hohen Gebäuden nicht schöner, und kein noch so starker Gewitterschauer konnte den Dreck fortspülen, den hier schon lange niemand mehr wegräumte.

Und doch, hier spielte sich sein Leben ab. Hier war seine Familie, dies war seine Heimat.

Er musste sie nicht mögen, es war einfach so.

Bis zum Spielplatz waren es fünf Minuten. Es störte ihn nicht, dass er auf dem Weg dorthin nass wurde. Auf dem Spielplatz gab es einen Unterstand aus Holz. Zwei schräg gegeneinandergelehnte Holzplatten, die wohl ein Zelt nachbilden sollten. Eine der beiden offenen Seiten hatten sie selbst mit Brettern vernagelt, damit es nicht hindurch zog und sie besser vor Blicken geschützt waren. Tagsüber kam es vor, dass sich Kinder dort aufhielten, nach achtzehn Uhr aber nicht mehr. Dafür hatten sie gesorgt.

Sie hätten sich auch im Jugendcontainer treffen können, aber für das, was sie besprechen wollten, war der Container nicht der richtige Ort. Die anderen Wichser durften davon nichts erfahren. Außerdem hatte heute Friedhelm dort Aufsicht. Friedhelm war der Streetworker des Sozialamtes, der für ihren Stadtteil zuständig war. Friedhelm, «das Tier», so wurde er hier von den Kids genannt. Obwohl das nicht gerade nett klang, schwang doch so etwas wie Respekt darin mit. Mit «das Tier» war nämlich seine Körpergröße gemeint. Er war zwei Meter groß und sicher 120 Kilo schwer. Selbst die Jungs, die regelmäßig Kampfsport betrieben, wagten es nicht, sich mit Friedhelm anzulegen. Es hieß, er habe früher wegen Körperverletzung gesessen. Eigentlich war der Typ ganz in Ordnung. Troublemaker hatte auch keine Angst vor ihm. Aber als Angestellter der Stadt standen Recht und Ordnung ganz oben auf seiner Agenda, deshalb durfte Friedhelm nichts von diesen Videos erfahren.

Troublemaker war richtig nervös wegen der Sache. Er hatte sich das Video, in dem der Junge auf dem Hochbett verbrannte, ein dutzend Mal angesehen. Die Kamera hatte nichts ausgeblendet, alles war zu sehen, und genau für diese Art von Videos gab es im Netz einen großen Markt. Scheiße: Alle, die er kannte, würden dafür blechen, mindestens einen Fuffziger. Das war geiler als Sex, und selbst die fette Rumänin in der achten Etage von Nummer 13 nahm fürs Wegstecken einen Fuffziger.

Als Troublemaker die Hütte auf dem Spielplatz erreichte, war KingofSpeed schon da. Wie ein leb- und knochenloses Bündel hockte er zusammengesunken auf der rechten der beiden Holzbänke in der dunklen Hütte.

Sie begrüßten sich.

«Mann, ich hasse dieses Scheißwetter», sagte KingofSpeed. «Wir hätten doch auch mit meiner Karre rumfahren können.»

Er war der Einzige aus ihrer Clique, der ein Auto besaß, einen alten, aufgemotzten Golf GTI. Troublemaker fuhr aber nicht gern mit ihm mit. Auf dem Beifahrersitz verlor er irgendwie seinen Status als Anführer. Er fühlte sich dann wie ein kleiner Junge.

«Is mir lieber hier», sagte Troublemaker und ließ sich auf die andere Holzbank fallen. «Haste was dabei?»

«Nee, aber Phantom bringt was mit.»

KingofSpeed machte eine Ausbildung zum Kfz-Mechaniker im dritten Jahr, deshalb war er meistens flüssig. So wie es aussah, würde er den Abschluss sogar schaffen. Das hätte Troublemaker diesem lethargischen Kerl gar nicht zugetraut. Aber alles, was mit Motoren zu tun hatte, interessierte den King schon immer. Ein weiterer Grund war aber wohl, dass sein Vater ihn aus der Wohnung schmeißen würde, wenn er nicht zur Arbeit ging.

Phantom traf ein paar Minuten später mit Bitchhunter im Schlepptau ein. Die beiden versteckten sich unter einem großen blauen Regenschirm, ihr Gekicher konnte man schon von weitem hören. Das nervte Troublemaker. Seit die beiden zusammen waren, führten sie sich auf wie die letzten Deppen. Immer nur vögeln und knutschen und tatschen. Es gab Tage, da bereute Troublemaker es, dass ein Mädchen zu ihrer Clique gehörte. Obwohl Bitchhunter eigentlich ganz cool war und richtig scharf aussah.

Sie ging sogar aufs Gymnasium. Troublemaker hatte keine Ahnung, wie gut sie dort mithielt, aber er kannte sonst niemanden, der aufs Gymnasium ging, deshalb flößte es ihm Respekt ein. Er hatte sich oft gefragt, warum Bitch überhaupt mit ihnen rumhing. Er und Phantom würden wahrscheinlich nicht einmal den Hauptschulabschluss schaffen. Troublemaker wusste, dass Bitch einen gewalttätigen Vater hatte. Sie war oft mit blauen Flecken aufgetaucht. Ihre Mutter unternahm nichts dagegen. Bitch war, was das Thema anging, verschlossen. Familiensachen wurden in der Familie geklärt, das respektierten alle. Troublemaker vermutete, es war ihre Art von Rebellion, einen guten Schulabschluss hinzubekommen. Sein eigener Vater verlangte genau das von ihm, und seine Reaktion war, die Schule nicht ernst zu nehmen.

«Haste was mitgebracht?», fuhr Troublemaker seinen Kumpel an.

«Für jeden einen.»

Phantom kramte die Joints aus seiner Jackentasche und reichte sie rum. Heroin war bei ihnen tabu, und die wirklich gefährlichen synthetischen Drogen zogen sie sich auch nicht rein, aber Gras rauchten sie jeden Tag. Es gab nichts Besseres, um die Tristesse hier auszublenden und trotzdem einen halbwegs klaren Kopf zu behalten.

Sie hockten auf den Bänken, zündeten die Joints an und pafften. Der böige Wind trieb den feinen Regen ein Stück in die Hütte hinein, also zogen sie sich nach hinten in die Dunkelheit zurück. Dort roch es nach Hundepisse.

«Ich hab nachgedacht», sagte Troublemaker schließlich. «Wir zocken den Kerl ab.

«Aber so richtig», sagte KingofSpeed.

«Und wie?», wollte Phantom wissen.

«Ganz einfach. Wir tun zunächst, was er sagt, dann greifen wir uns den Wichser, zeigen ihm, wer das Sagen hat, und in Zukunft liefert er uns Videos, genau solche. Und die verticken wir dann im Netz.»

«Aha, und wer baut uns eine Website, und wie kommen wir an die Kohle?»

«Alles kein Thema. Alex, mein Cousin, der kennt sich mit dem Scheiß aus. Den holen wir mit ins Boot.»

«Was unseren Gewinn schmälert», gab Phantom zu bedenken.

«Alter, diese Videos bringen richtig Schotter, glaub mir. Ob vier oder fünf Teilhaber, spielt dann keine Rolle mehr.»

«Warum will dieser Anima Moribunda kein Geld dafür?», fragte Bitchhunter.

«Was weiß ich, der Typ hat's vielleicht einfach nicht drauf. Blickt nicht durch.»

«Ich finde, wir sollten vorsichtig sein», sagte Bitchhunter.

«Wenn das wirklich kein Fake war … ist euch eigentlich klar, was das bedeutet?»

«Was denn?», fragte Troublemaker herausfordernd. Die Nörgelei von Bitch ging ihm auf die Nerven. Er hatte hier schließlich eine astreine Geschäftsidee entdeckt, auf die die anderen nie gekommen wären.

«Na, er hat diesen Jungen einfach verbrennen lassen. Er muss ja danebengestanden und gefilmt haben.»

«Und? Was ist schon dabei. Er musste ja nur die Kamera draufhalten», wandte KingofSpeed ein.

«Irrtum», fuhr Bitchhunter ihn an. «Er hat das Bett aufgebaut, Holz gesammelt, Feuer gelegt und gefilmt. Und er muss den Jungen vorher irgendwie betäubt und gefesselt haben. Das ist ein eiskalter Irrer. Wenn ihr meine Meinung hören wollt: Wir sollten uns mit dem nicht einlassen.»

«Hier zählt jede Meinung», sagte Troublemaker. Aber er meinte es natürlich nicht so. Mädchen sollten sich aus dem Geschäftlichen raushalten. «Aber ich denke, wir haben das im Griff. Ich hab es schon einmal gesagt: Er ist einer, wir sind zu viert, wenn ich Alex einrechne, sogar zu fünft. Außerdem weiß der Typ nicht, mit wem er es zu tun bekommt. Wir sind schließlich keine verweichlichten Mädchen.»

Troublemaker zog an seinem Joint und sah Bitchhunter herablassend an.

Ihre Augen funkelten, das konnte er sogar in dem Dreckslicht hinten in der Hütte erkennen.

«Du bist also so knallhart, dass du es mit einem Mörder aufnimmst, oder was?», fuhr sie ihn an.

«Ich nehme es mit jedem gottverdammten Wichser auf. Und ich denke, meine Jungs hier auch. Oder? Was sagt ihr? Wollt ihr ein Geschäft machen und es zu etwas bringen oder lieber den Schwanz einziehen? Lasst uns abstimmen. Wer will bei meiner Idee mitmachen? Hände hoch!»

«Es wird aber gerecht geteilt», wandte Phantom zaghaft ein.

«Zehn Prozent mehr für mich, weil ich die Idee und die Kontakte habe», sagte Troublemaker.

«Also, damit kann ich leben.» KingofSpeed streckte seinen Arm aus.

Nach einem kurzen Zögern folgte Phantom ihm. Dafür fing er sich einen enttäuschten Blick seiner Freundin ein, den er aber ignorierte.

Bitchhunter schüttelte den Kopf.

«Ich mach da nicht mit.»

«Deine Entscheidung», sagte Troublemaker. «Aber komm später nicht an, du willst was von der Kohle sehen.»

«Das ist Blutgeld, darauf kann ich verzichten.»

«Ist mir scheißegal, was das für Geld ist. Und allen anderen in dieser beschissenen Welt auch.»

Um achtzehn Uhr stand mir an diesem Tag der zweite schwere Gang bevor: ein Besuch bei meinem Bruder Heiko und seiner Frau. Mein Gewissen quälte mich, weil ich seit jenem unglücklichen Abend nichts mehr von mir hatte hören lassen. Natürlich wollte ich nach wie vor an Kathis Laptop, aber ich würde es nicht erzwingen. Dafür war mir mein Bruder viel zu wichtig. Mehr Familie als ihn hatte ich nicht. Unsere Eltern lebten in Spanien, wir hatten kaum noch Kontakt.

Ich hatte zuvor angerufen, und als ich die Einfahrt des Einfamilienhauses hinauffuhr, empfing Heiko mich an der Haustür. Wir umarmten uns.

«Wie geht es euch?», fragte ich. Eine Floskel und angesichts seines Äußeren vielleicht überflüssig, aber ich wollte es wirklich wissen.

«Soll ich ehrlich sein?»

«Bitte.»

«Beschissen. Iris kommt einfach nicht wieder auf die Beine. Sie packt das nicht. Ich verstehe sie ja, aber ich mache hier alles, wirklich alles, und ich befürchte, ich klappe auch bald zusammen.»

Heiko hatte Tränen in den Augen. Sein Anblick schnürte mir Herz und Magen zusammen.

«Ist sie drin?»

Er nickte und schluckte mühsam.

«Hast du Lust auf einen Spaziergang?», fragte ich.

«Jetzt?»

«Na los, komm, lass uns ein bisschen gehen und reden.»

Heiko ging ins Haus zurück und kam mit einer leichten Jacke wieder heraus. Wir verließen das Grundstück, hielten uns links und steuerten auf einen Traktorenweg zwischen zwei Äckern zu. Bis wir dort angelangt waren, sagte keiner von uns ein Wort. Erst als uns die Stille umgab und wir sicher sein konnte, dass uns niemand hörte, fragte Heiko:

«Hast du etwas herausgefunden?» Es war eine zögerliche, fast ängstliche Frage.

«Und wenn, möchtest du es dann hören?»

Er nickte sofort. «Ja, unbedingt. Weißt du, neulich, als Iris zusammengebrochen ist, da dachte ich noch, wir müssten einfach nur zur Ruhe kommen. Aber jetzt glaube ich das nicht mehr. Wir müssen wissen, was passiert ist, sonst werden wir nie Ruhe finden.»

Ich war wirklich froh, das zu hören, und sagte es ihm auch. Dann berichtete ich ihm, was ich in den letzten Tagen erlebt hatte. Wir blieben unter einer mächtigen Eiche stehen, ich holte das Blatt Papier aus der Innentasche meiner Jacke, faltete es auseinander und gab es ihm.

Heiko las aufmerksam. Dann ließ er das Blatt sinken und sah mich an.

«Und das ist von Kathi?»

«Ich weiß nicht, ob sie es formuliert hat, aber sie hat es mit in die Schule gebracht.»

«Ich bin der Tod 3.0 … was soll das heißen? Ich verstehe das nicht», sagte Heiko.

«Ich habe leider keine handfeste Erklärung, nur Mutmaßungen. Ich befürchte, Kathi hat im Internet jemanden auf sich aufmerksam gemacht. Vielleicht hat sie sich in jener Nacht sogar mit der Person an der Bahnstrecke getroffen. Wie gesagt, ich kenne die Zusammenhänge nicht, aber vieles deutet darauf hin. Für Jugendliche findet fast das ganze Leben online statt. Das können wir uns gar nicht vorstellen.»

Ich wusste, dass Heiko nichts für Computer übrighatte. Hin und wieder schrieb er mal eine Mail von dem alten Rechner im Wohnzimmer aus. Aber weder er noch Iris besaß einen Facebook-Account oder war bei Twitter aktiv. Die digitale Welt war ihnen so gut wie unbekannt.

Er sah mich mit seinen großen traurigen Augen an.

«Online? Heißt das, wir erfahren nie, was passiert ist?»

«Oh doch, wir erfahren es, das verspreche ich dir. Aber ich brauche dafür ein wenig Hilfe von euch.»

«Was für Hilfe?»

«Ich muss unbedingt noch einmal an Kathis Rechner. Nur für ein paar Minuten. Ich bin mir sicher, ich finde darauf Hinweise. Meinst du, Iris hat noch immer etwas dagegen?»

Heiko zuckte mit den Schultern und ließ seinen Blick über den Horizont wandern. «Ich weiß nicht, ich denke nicht. Sie lässt dich bestimmt nicht wieder in Kathis Zimmer, aber ich kann ja den Computer holen.»

«Bitte …», ich legte ihm die Hand auf den Arm. «Tu es für deine Tochter. Es ist wirklich wichtig.»

Wir gingen zurück. Im Haus begrüßte ich Iris mit einer Umarmung. Es fühlte sich an, als hielte ich eine leere Hülle in den Armen. Ihr Zustand verstörte mich, aber sie hatte nichts dagegen, dass Heiko mir den Rechner überließ, ich durfte ihn sogar mitnehmen.

Ich blieb noch eine halbe Stunde bei den beiden. Es war die quälendste und längste halbe Stunde meines Lebens.

In der Plastiktüte befand sich nur das Nötigste. Brot, Aufstrich, Milch, Müsli und ein paar Süßigkeiten. Sie war trotzdem schwer, und die Tragegriffe schnitten Ann-Christin in die Handfläche. Erst als es draußen zu dämmern begonnen hatte, war sie aufgebrochen. Weil sie selbst in dem Supermarkt arbeitete, wusste sie, dass nach zwanzig Uhr bis Ladenschluss um zweiundzwanzig Uhr kaum noch Kunden dort waren. Sie hatte keine Lust auf ein Gespräch oder Beileidsbekundungen. Ihr Chef hatte ihr zwei Wochen Urlaub genehmigt, als er vom Tod ihrer Mutter erfahren hatte. Eine Woche regulär, die andere auf seine Kosten. Ann-Christin war überrascht gewesen von seiner Großzügigkeit.

Im Laden hatte sie nur an der Kasse mit Helga sprechen müssen. Die alte Frau übernahm wochentags die Spätschicht. Sie hatte Ann-Christin in den Arm genommen und sie kräftig gedrückt. Auch davon war sie überrascht gewesen. Im Alltag gingen die Menschen oft rücksichtslos miteinander um, aber der Tod veränderte vieles.

Der Abend war mild, und Ann-Christin genoss die frische Luft. Den Schock vom Vormittag hatte sie mittlerweile verdaut. Sie hatte ja immer gewusst, was für ein Arschloch Gustav war. Hoffentlich ließ er sich nie wieder blicken.

Als sie an der Ecke Rosenweg/Lärchenstraße abbog, hatte Ann-Christin plötzlich das Gefühl, nicht allein zu sein. Sie sah sich um. Die Pilzlampen warfen nur wenig Licht auf den Bürgersteig und die Straße. Dazwischen herrschte Dunkelheit.

Nein, da war niemand.

Sie wechselte die Tasche in die andere Hand und ging weiter. Wurde schneller. Schon nach ein paar Metern holte sie das Gefühl wieder ein. Diesmal blieb sie nicht stehen, sondern konzentrierte sich beim Gehen auf Geräusche. Schritte hörte sie nicht, aber das Gefühl, beobachtet zu werden, blieb.

Mit einem Ruck fuhr sie herum.

Vorn an der Kreuzung fuhr in diesem Moment ein Wagen vorbei. Ein Pärchen wechselte eng umschlungen die Straßenseite, nahm aber keine Notiz von ihr. Die Lärchenstraße war eine enge Wohnstraße, in der die Einfamilienhäuser dicht an dicht standen. Die Vorgärten waren nicht sehr groß, aber üppig bepflanzt. Hinter dichten Laubhecken oder Zypressenreihen gab es zahllose Verstecke.

Ann-Christin musste an den Abend denken, an dem sie Mama gefunden hatte. Da hatte sie auf den letzten Metern zum Haus auch das Gefühl gehabt, beobachtet zu werden. Aber nicht so stark wie heute. Ann-Christin konnte die Anwesenheit eines Fremden förmlich spüren.

Die Angst ließ sie erschauern. Sie ging ein paar Schritte rückwärts, stolperte über einen leicht erhöhten Pflasterstein, drehte sich herum und lief. Zum Glück hatte sie Schuhe mit flachen Absätzen angezogen. Die Tüte mit den Einkäufen schlug schmerzhaft gegen ihr Bein.

Wer verfolgte sie?

Gustav?

Oder vielleicht doch ihr Vater?

Von diesem Berufsbild hatte ich noch nie gehört, das gab es wohl nur in den USA: den digitalen Bestatter. Internetseiten wie «Deathswitch» oder «AssetLock» kümmerten sich dort um den digitalen Nachlass Verstorbener. Bei Deathswitch musste man als Lebender in bestimmten Abständen sein Passwort eingeben. Blieb es aus, kümmerten sich die Betreiber um den Nachlass. Löschten, was gelöscht werden, und bewahrten, was der Nachwelt erhalten bleiben sollte.

Ich hatte diese Information auf Kathis Laptop entdeckt. Kaum zu Hause, war ich geradezu darüber hergefallen. Zum Glück brauchte ich Jan Krutisch nicht dafür, denn der hatte sich immer noch nicht gemeldet.

Kathi war noch viel tiefer in die Materie des Todes eingedrungen, als ich befürchtet hatte. Der Verlauf ihres Browsers war voller Seiten mit diesem Thema. Es war die Rede von digitalen Zombies und davon, dass in ein paar Jahren das Netz vom Datenmüll Verstorbener überquellen würde. Jedes Jahr starben den Angaben zufolge 375 000 Facebook-User, und kaum jemand kümmerte sich um deren Profile.

Was würde die Konsequenz sein?, fragte ich mich. So etwas wie ein digitaler Friedhof, auf dem diese Daten vergraben wurden? Oder eine Form von Unsterblichkeit, die sich vor ein paar Jahren noch niemand hätte vorstellen können? Die Seele eines Menschen würde auch in der Maschine nicht weiterleben, von diesem Quatsch hielt ich nichts, aber wenn der digitale Mensch im Gegensatz zum realen nicht verschwand, war das dann nicht auch eine Form der Unsterblichkeit?

Solche und ähnliche Fragen geisterten durch meinen Kopf, als ich mich durch Kathis Rechner wühlte. Einige Stunden hatte ich bereits darauf verwandt. Mitternacht war längst vorbei. Nur Kaffee hielt mich wach. Mein Herz raste, ich hatte Kopfschmerzen, und mein Magen nahm mir das Gebräu übel.

Zuallererst hatte ich natürlich nach weiteren Videos gesucht, aber keine gefunden. Die beiden, die ich schon kannte, waren die einzigen – es sei denn, Kathi hätte Videos auf ihr Handy geschickt bekommen. Das konnte ich leider nicht überprüfen. Ebenso hatte ich die Augen aufgehalten nach weiteren Mails von diesem ominösen Anima Moribunda – erfolglos. Kathis Rechner war unorganisiert und zugemüllt. Fast wie der sprichwörtliche Heuhaufen, in dem man eine Nadel suchte.

Dann hatte ich das Office-Programm durchsucht und die Datei des Textes gefunden, den mir Franz Altmaier als Ausdruck überlassen hatte. Auch hier kein Hinweis darauf, ob Kathi ihn selbst geschrieben oder heruntergeladen hatte. Abgespeichert hatte Kathi den Text vor vier Monaten, also genau zu der Zeit, in der sie sich in der Schule mit dem Todesprojekt beschäftigt hatte. Kathi war zwar vom Thema fasziniert gewesen, aber sie war nicht allein, sondern durch das Schulprojekt darauf gekommen. Und während sie dafür recherchiert hatte, musste etwas passiert sein. Nur was? Hatte sie etwas entdeckt, was geheim bleiben sollte? Oder hatte sie einfach nur einen der unzähligen Psychopathen da draußen auf sich aufmerksam gemacht?

Nach einer Weile entdeckte ich in dem lange nicht mehr gelöschten Verlauf ein interessantes Kürzel und klickte es an.

Es führte mich auf einen Blog.

«Posten und Sterben» hieß er.

Nachdem ich mich dort ein wenig umgesehen hatte, kam ich zu dem Schluss, dass der Verfasser des Blogs nicht ganz dicht sein konnte. Das meiste, was er schrieb, war ausgemachter Unsinn. Allerdings wies er immer wieder auf die Gefahren des Internets hin, vielleicht hatte er doch noch einen Rest Verstand.

Es gab ein Kommentarfeld für Besucher. Plötzlich war mir danach, dort meine Meinung zu hinterlassen, also tippte ich sie ein.

Danach kopierte ich den Link zum Blog, loggte mich in meine Fanpage bei Facebook ein und kopierte den Link in eine Statusmeldung. Dazu schrieb ich einen kurzen Text und postete alles. Ich wollte wissen, was meine Facebook-Freunde darüber dachten.

Ich wollte mich schon wieder ausloggen, da fiel mir etwas ein. Bisher hatte ich mich noch gar nicht mit Anima Moribunda beschäftigt. Das musste ich sofort nachholen.

Ich gab den seltsamen Namen in das Suchfeld ein.

Facebook lieferte mir nur einen einzigen Treffer.

Das Profilbild war ein elfenbeinfarbener Totenkopf mit schwarzen Augenhöhlen. Er hatte nur eine Handvoll Freunde, die ich nicht kannte. Angeblich stammte Anima Moribunda aus einem Ort namens Hölle in Bayern. Er hatte ein paar Seiten geliked, unter anderem «Die Toten Seelen» und «Der Tod». Das hier jemand mit einem Klischee spielte, war nur allzu offensichtlich.

Die Posts, die der Typ hinterlassen hatte, jagten mir allerdings einen kalten Schauer über den Rücken.

Anima Moribunda

Ich kenne die Menschen gut. Weiß darum, wie schnell sie vom Weg abkommen. Wie leicht sie sich verführen lassen. Der Weg ins Gewissen ist schmal und steinig, und die Abgründe rechts und links sind tief. Niemand geht gern dort entlang. Ich aber kann dich führen, kann dich sicher auf die dunkle Seite bringen, in der alles Licht überflüssig ist, denn hier musst du nichts weiter erkennen als dich selbst.

So etwas schrieb man nicht, wenn man sich nicht vorher intensiv mit dem Thema Tod auseinandergesetzt hatte. Und der nächste Post ließ mich einen Blick in die Gefühlswelt dieses Anima Moribunda werfen.

Anima Moribunda

Es widert mich an, wie dumm und egoistisch die User im World Wide Web sind. Jeder glaubt, sich über den anderen stellen zu können. Dabei ist Erhöhung auf Kosten anderer nichts als Schwäche. Kritisieren, denunzieren, rezensieren, das ist alles, was sie können, diese aufgeblasenen Schwachköpfe. Wie ich sie hasse!

Oh Mann! Der Typ schien wirklich nicht ganz dicht zu sein.

Ich fand noch einen Link zu einer Seite mit Gothic-Gedichten, zu einer Band, die sich «Schlafes Bruder» nannte, was ja bekanntlich ein anderer Name für den Tod ist, sowie zu «Stayalive.com – Portal für digitale Unsterblichkeit».

Ich klickte den Link an und war überrascht.

Es handelte sich um eine digitale Gedenkstätte. Die 30-sekündige Demo klärte mich über die Möglichkeiten auf, die ich als User dort hatte. Ich konnte eine Gedenkstätte für bereits verstorbene Personen anlegen oder für mich selbst und dadurch so etwas wie Unsterblichkeit erlangen – im digitalen Sinne, versteht sich. Ich konnte ähnlich wie bei Facebook ein Profilbild anlegen und Freunde und Bekannte einladen, und es war auch möglich, meine Gedenkstätte mit real existierenden Friedhöfen zu vernetzen.

Ich lehnte mich zurück und atmete schwer aus. Die Welt war vernetzt. Auch mit dem Tod.

tAG 15

Ich stoppte meinen Wagen vor einer Schranke. Die Weiterfahrt in das Waldgebiet war versperrt.

«Sind wir hier richtig?», fragte Manuela skeptisch. Sie saß neben mir auf dem Beifahrersitz und sah mich an. Ich mochte es, wenn sie ihre kleine Nase ein wenig kräuselte.

«Laut GPS ja.»

Ich besaß ein modernes Outdoor-Navigationsgerät mit dem neuesten Kartenmaterial. Das Gerät sah aus wie ein Handy und hatte mich bereits zweimal zuverlässig über die Alpen geführt. Was auch immer sich an der Stelle befand, zu der uns die Koordinaten von Thaumanns Notizzettel führten, lag in diesem Waldstück.

«Dann müssen wir wohl zu Fuß weiter. Mist, ich habe keine passenden Schuhe an für dieses Gelände», sagte Manuela und deutete auf ihre Sneakers.

Es hatte bis vor einer halben Stunde geregnet. Gerade brach die Sonne zwischen den Wolken hindurch, aber die Wege, wenn es denn welche gab, würden aufgeweicht sein.

«Dann geh doch barfuß», schlug ich vor und stieg aus. Ich war wirklich froh, dass Manuela sich beruhigt hatte und nicht mehr sauer auf mich war. Die Begrüßung bei mir zu Hause war zwar noch etwas frostig ausgefallen, aber nach einer Tasse Kaffee und einem klärenden Gespräch war Manuela wieder die Alte. So langsam durchschaute ich sie. Sie konnte aufbrausend sein, aber sie beruhigte sich auch schnell wieder und war nicht nachtragend. Was ich von mir nicht behaupten konnte. Ich hatte ein Gedächtnis wie ein Elefant, und wer bei mir einmal unten durch war, der blieb es auch. Dagegen war Manuelas Aufbrausen richtiggehend sympathisch.

Sie dabeizuhaben beruhigte mich. Sie war zwar nicht im Dienst und trug auch keine Waffe, aber eine Polizistin an der Seite zu haben, auch wenn sie sich noch in der Ausbildung befand, war ein gutes Gefühl.

Wir trafen uns an der Schranke. Manuela trug noch ihre Schuhe, hatte aber die Hosenbeine aufgekrempelt. Sie grinste mich an.

«Durch tiefe Pfützen trägst du mich aber.»

«Okay. Aber erst mal geht's auf dem Weg geradeaus.»

Wir gingen links an der Schranke vorbei und folgten dem geteerten Weg. Der Wald bestand hauptsächlich aus Fichten und Kiefern, nur ganz vereinzelt standen Laubbäume dazwischen. Es war dunkel im Unterholz. Immer größere Löcher tauchten im brüchigen Asphalt auf. An manchen Stellen wuchs Unkraut daraus hervor, sogar ein paar kleine Birkensprösslinge sah ich. Hier war schon lange kein Wagen mehr gefahren. Links zog sich ein schier endloser Maschendrahtzaun durch den Wald. Auch der hatte schon bessere Zeiten gesehen.

«Was ist das hier?», fragte Manuela.

«Ein ehemaliges Kiesabbaugebiet. Liegt aber schon seit Jahren brach. Laut GPS liegt der Zielpunkt in der Mitte des Geländes, und von hier aus kommt man am besten heran. Wir gehen noch zweihundert Meter geradeaus und versuchen dann, über den Zaun zu klettern.»

«Das ist unbefugtes Betreten», sagte Manuela. Ich hörte an ihrer Stimme, dass es ihr egal war.

«Vielleicht steht ja eine Tür offen.»

Eine Tür fanden wir nicht, dafür aber eine Stelle im Zaun, aus der ein großes Stück herausgeschnitten worden war.

«Ist doch fast dasselbe», sagte ich und stieg hindurch.

Hinter dem Zaun gab es keinen Weg mehr, also liefen wir über feuchten Waldboden. Das GPS führte uns nach Westen. Nach ungefähr hundert Metern tauchten die Umrisse eines Gebäudes auf: eine nach vorn offene Halle aus Betonteilen. Hier im Wald wirkte sie völlig fehl am Platze

«Was ist das?», fragte Manuela und ging voran. Sie war gerade mal 1,63 groß und wirkte neben der hoch aufragenden grauen Wand der Halle wie eine Spielzeugpuppe.

«Sieht aus wie ein Unterstand für LKW», rief ich und folgte ihr.

Ein Blick auf das Navigationsgerät verriet mir, dass es bis zum Zielpunkt noch 700 Meter waren. Ich holte Manuela ein und ging voran.

Wir schlichen durch den Wald und sahen uns immer wieder um. Obwohl die Sonne durch das Laub- und Nadeldach brach, empfand ich die Atmosphäre als unheimlich, vielleicht sogar bedrohlich. Normalerweise hatte ich keine Angst vor tiefen Wäldern, aber heute war es etwas anderes. Ich war angespannt. Was erwartete uns hier? Wer hatte Thaumann die Koordinaten zugespielt und zu welchem Zweck?

«Vorsicht!», rief Manuela plötzlich, packte mich am Arm und hielt mich zurück. Ihre Geistesgegenwart bewahrte mich vor einem tiefen Sturz. Ich hatte auf das Navigationsgerät geschaut und die Abbruchkante nicht bemerkt.

Der Wald endete an einem tiefen Trichter. Direkt vor uns fiel ein steiniger Hang circa fünfzehn Meter tief ab.

«Eine Kiesgrube», sagte Manuela. «Liegt hier das Ziel?»

«Ja, vermutlich irgendwo dort unten.»

Wir gingen eine Weile an der Abbruchkante entlang, bis wir eine Möglichkeit zum Abstieg fanden. Mehr rutschend als gehend, strauchelten wir den Hang hinab. Eine kleine Steinlawine schwappte uns voraus.

«Riecht merkwürdig», sagte Manuela, als wir den Boden des Trichters erreichten. Sie blähte die Nasenflügel und sog die Luft tief ein. Ich tat es ihr gleich.

«Ja, richtig eklig. Was ist das?»

«Riecht wie … verbranntes Fett oder so.»

Wir gingen weiter und behielten dabei die Hänge im Auge. Hier unten kam ich mir eingesperrt und wie auf dem Präsentierteller vor. Oben am Waldrand konnte sich jemand verstecken und uns beobachten. Natürlich hatte ich an eine Falle gedacht, aber das ergab keinen Sinn. Die Koordinaten waren schließlich für Thaumann bestimmt gewesen.

«Ist ja wie auf einem fremden Planeten», sagte Manuela leise.

Ich gab ihr recht. Diese ehemalige Kiesgrube machte einen unwirtlichen Eindruck. Daran änderte auch der frische Bewuchs nichts. Die Steine strahlten eine kalte, leblose Atmosphäre aus.

«Hier wird der Geruch intensiver», sagte ich. Mein Geruchssinn war schon immer sehr ausgeprägt gewesen, und was hier in der Luft lag, brannte in meiner Nase.

«Was ist das da vorn?», fragte Manuela.

Vielleicht fünfzig Meter voraus erkannte ich einen dunklen Fleck auf dem hellen Steingrund.

Es war ein großer Haufen verbranntes Holz. Dem intensiven Geruch nach war es erst vor kurzer Zeit abgefackelt worden. Ich sah verkohlte Äste und Zweige, aber auch ein paar Bretter und Balken.

Vorsichtig näherten wir uns dem Haufen bis auf einen halben Meter. Die Sonne brach durch eine Wolkenlücke, und die Stelle wurde wie durch einen Scheinwerfer hell beleuchtet.

Neben mir zuckte Manuela zusammen und erstarrte. Sie atmete scharf ein.

Mir lief es kalt den Rücken hinab.

«Großer Gott», stieß Manuela aus.

In dem schwarzen Brennholzhaufen lag eine verkohlte, grotesk verformte menschliche Leiche.

Aus der erhöhten Position erfasste die Kamera die zwei Personen in der tiefen Kiesgrube. Sie näherten sich dem abgebrannten Scheiterhaufen.

Die Kamera zoomte näher an die Gesichter der beiden Personen heran

Ein Mann und eine Frau. Sie blieben vor dem Brennholzhaufen stehen. Erschrocken schlug die Frau eine Hand vor den Mund. Der Mann ging in die Knie und betrachtete die verbrannte Leiche. Die Frau ließ die Hand sinken, legte den Kopf leicht schräg und schaute genau in die Kamera. Es sah aus, als hätte sie bemerkt, dass sie beobachtet wurden.

Er lehnte sich in seinem Drehstuhl zurück und betrachtete das Bild auf dem linken Monitor. Er hatte die Kamera längst von dort entfernen wollen, war aber nicht dazu gekommen, und jetzt war er froh darüber.

Den Mann kannte er bereits vom Lazarettgelände, die Frau sah er zum ersten Mal. Wie hatten sie dorthin gefunden? In Thaumanns Wohnung und auf dessen Computer hatte er keine Informationen zurückgelassen, da war er sich sicher.

An welcher Stelle hatte er einen Fehler gemacht?

Er musste unbedingt herausfinden, was die beiden wussten.

Er würde nicht zulassen, dass sie sein Werk zerstörten.

Er beugte sich ganz nah an den Bildschirm und bediente mit der Maus die ferngesteuerte Kamera. Ein kleines Stück konnte er noch heranzoomen. Zu schade, dass das Mikrophon im Feuer verbrannt war. Er hätte zu gern gehört, was sie besprachen.

Es störte ihn, dass die Frau genau in die Kamera schaute. Ihr Blick schien durch das Objektiv in ihn einzudringen.

Er merkte sich ihr Gesicht ganz genau.

Diese beiden waren seine Gegner.

Über den Waldweg näherten sich zwei Streifenwagen mit Blaulicht, ihnen folgte ein ziviler blauer Ford Focus sowie ein Mercedes Sprinter. Sie fuhren zügig. Staub wirbelte auf. Die Sonne war vor ein paar Minuten untergegangen, und vor dem Hintergrund des dunkler werdenden Himmels wirkte der Konvoi angsteinflößend.

Und Manuela Sperling hatte Angst.

Ihre Nerven lagen blank.

Sie hatte einen großen Fehler gemacht. Niemals hätte sie mit Andreas allein hierherfahren dürfen. Sie hatte natürlich nicht wissen können, dass sie in der stillgelegten Kiesgrube eine verbrannte Leiche finden würden, aber dieses Argument war schwach und würde Hauptkommissar Kieling nicht beeindrucken. Manuela rechnete damit, dass er ihr erst den Arsch aufreißen und sich später bei der Akademie über sie beschweren würde. Wenn es richtig schlecht lief, war ihre Karriere bei der Polizei beendet, bevor sie überhaupt begonnen hatte.

Wie hatte sie nur so dumm sein können?

Als Andreas ihr gestanden hatte, dass er einen Notizzettel mit Koordinaten aus der Wohnung des ermordeten Thaumann mitgenommen hatte, hätte sie sofort damit zu Kieling gehen müssen. Er war der zuständige Ermittler in diesem Fall, nicht sie selbst. Sie durfte gar keine Ermittlungen führen und schon gar nicht auf eigene Faust losziehen. Erschwerend kam hinzu, dass sie einen Zivilisten mit einbezogen hatte. Obwohl es eigentlich eher anders herum gewesen war – sie hatte sich von Andreas in diese Sache hineinziehen lassen –, würde es am Ende doch auf sie zurückfallen.

So ein Mist!

Manuela streckte den rechten Arm aus und winkte, damit ihre Kollegen sie sahen. Der Schweiß brach ihr aus, und ihr war nach Heulen zumute. Andreas hatte vorgeschlagen, einfach abzuhauen und die Polizei anonym auf die Leiche in der Kiesgrube aufmerksam zu machen. So wie er es bei Thaumann getan hatte.

Darauf hatte Manuela sich nicht eingelassen.

Sie hatte einen Fehler gemacht und stand dazu. Jede Lüge würde es nur noch schlimmer machen.

Sie warf einen Blick über die Schulter zurück. Andreas saß fünfzig Meter entfernt in seinem Wagen. Er hatte ihn von der Schranke weg auf den Randstreifen gefahren. Sie hatte ihn gebeten, dort so lange zu warten, bis sie mit Kieling gesprochen hatte. Obwohl Andreas sie in diese unmögliche Situation gebracht hatte, war sie nicht böse auf ihn. Sie hätte ja nein sagen können. Aber sein Verhalten ließ Manuela nachdenklich werden. Erst dieser Alleingang bei Peter Thaumann, die Flucht vom Tatort, das Stehlen von Beweismitteln. Nun erneut der Versuch, sich davonzumachen und die Polizei anonym zu informieren.

Was sollte das alles?

War Andreas wegen des Todes seiner Nichte einfach nur verwirrt, oder steckte etwas anderes dahinter? Etwas, das sie bisher nicht verstand? Irgendwie hatte Manuela das Gefühl, dass er nicht aufrichtig zu ihr war, obwohl er das Gegenteil behauptete.

Sie konnte den Gedanken nicht zu Ende führen.

Der erste Streifenwagen erreichte sie. Dahinter bremsten die anderen Fahrzeuge ab. Für einen Moment stand sie in Staub gehüllt da. Sie kniff die Augen zusammen. Kieling stieg aus dem blauen Ford und kam auf sie zu. Er trug Jeans, ein blaues Hemd und eine leichte schwarze Jacke. Er war über fünfzig, sein Haar lichtete sich bereits, und ein kleiner Bauch spannte das Hemd.

Manuela atmete tief ein und nahm all ihren Mut zusammen. Ehrlich zu sein war manchmal so verdammt schwierig, aber dennoch richtig und notwendig. Vor allem in ihrer Situation.

«Was machen Sie hier?», fuhr Kieling sie an. Seine Stimme klang dunkel und bedrohlich, sein Gesicht wirkte versteinert.

Manuela klärte ihn in kurzen Sätzen darüber auf, wie es dazu gekommen war, dass sie zusammen mit Andreas Winkelmann in dieser Kiesgrube eine verbrannte Leiche gefunden hatte.

«Es tut mir leid», endete Manuela. «Ich hätte Sie sofort informieren müssen. Ich dachte nur nicht …»

Kieling hob die Hand und brachte sie damit zum Schweigen. Dann wandte er sich seinen Kollegen zu und wies sie an, vorauszufahren und den Tatort zu sichern. Einer der Beamten öffnete mit einem Bolzenschneider das Schloss an der Schranke. Der Konvoi setzte sich ohne den blauen Ford erneut in Bewegung. Die Wagen verschwanden im Wald, der Staub legte sich.

«Nur damit ich das richtig verstehe», begann Kieling. «Nach der Vernehmung des Herrn Winkelmann gestern bekamen Sie von ihm die Information, dass er einen Notizzettel mit Koordinaten vom Tatort entwendet hat. Statt mich zu informieren, ziehen Sie mit diesem Mann auf eigene Faust los und finden an dem betreffenden Ort eine Leiche. So weit korrekt?»

Manuela nickte. Jetzt kam die Standpauke, und sie würde sie über sich ergehen lassen. Sie hatte es verdient.

Kieling kam ganz nah an sie heran. Sie konnte die Haare in seinen Nasenlöchern sehen. Sein Atem roch nach Pfefferminz.

«Ist Ihnen eigentlich bewusst, was das für Konsequenzen für Sie haben kann?»

Manuela nickte wieder.

«Ja, und ich möchte Sie bitten, nicht mit meinen Vorgesetzten auf der Akademie darüber zu sprechen. Ich entschuldige mich vielmals bei Ihnen, ich weiß, ich habe einen Fehler gemacht.»

Manuela sah Kieling direkt in die Augen. Es kostete sie eine Menge Überwindung, so zu betteln, aber sie kämpfte hier um ihre Karriere und war bereit, dafür einiges über sich ergehen zu lassen.

Kieling fixierte sie noch einen Moment, dann seufzte er, sah über sie hinweg zu Andreas hinüber, der immer noch in seinem Wagen saß, und stemmte die Fäuste in die Taille.

«Ich kann nicht glauben, wie dumm Sie sind, Frau Sperling. Was lernt man heutzutage auf der Akademie? Enge Jeans tragen, cool aussehen und lockere Sprüche draufhaben?»

Manuela erwiderte nichts. Kieling erwartete keine Antwort. Er wollte nur seinen Ärger an ihr abreagieren.

Aus schmalen Augen sah er sie an.

«Sie sind nur in diese Sache involviert, weil Sie Ihrem Bekannten, diesem Schriftsteller, helfen wollten. Ist das richtig?»

«Ja, nur deswegen.»

«Und das ist die Wahrheit? Ich warne Sie, lügen Sie mich nicht an!»

«Ich schwöre Ihnen, es gibt keinen anderen Grund.»

Kieling deutete mit einer Kopfbewegung zu Andreas hinüber.

«Und was ist mit dem Schreiberling? Er steht jetzt im Zusammenhang mit zwei Leichen, eventuell Mordopfern. Ist er nur durch den Tod seiner Nichte in diese Situation geraten, oder steckt noch etwas anderes dahinter?»

Es war klar gewesen, dass Kieling seine eigenen Schlüsse ziehen und diese Frage stellen würde, er war schließlich nicht dumm. Schon gestern hatte Manuela das Gefühl gehabt, er glaube Andreas nicht alles. Manuela wusste, sie durfte sich jetzt nicht aus einer falschen Loyalität heraus auf Andreas' Seite schlagen, dann wäre ihre Polizeikarriere zu Ende. Und warum sollte sie das auch tun? Sie wusste ja selbst nicht, was Andreas im Schilde führte.

«Ehrlich gesagt, ich weiß es nicht. Der Tod seiner Nichte ist für ihn eine starke Motivation. Ich glaube ihm, dass er unbedingt wissen will, wie sie ums Leben gekommen ist. Wahrscheinlich ist er wirklich auf diesem Weg in die Sache hineingestolpert. Was ich nicht verstehe, ist, warum er mir die Sache mit dem Notizzettel zunächst verschwiegen hat.»

Kieling warf einen langen Blick zu Andreas hinüber, der jetzt neben seinem Wagen stand. Schließlich nickte er.

«Okay, passen Sie auf ... ich werde Ihnen diesen einen Gefallen tun. Ich habe keine Ahnung, warum, aber ich tu's. Wir einigen uns auf Folgendes: Sie haben mir von der Notiz berichtet, und wir sind gemeinsam hierhergefahren. Da Sie jetzt schon involviert sind und ich ohnehin zu wenig Personal für eine Mordermittlung habe, werde ich bei der Akademie darum bitten, Sie für diese Ermittlungen freizustellen. Sie sind als Assistentin mit dabei und können Felderfahrung sammeln.»

«Danke, vielen Dank!», sagte Manuela.

«Noch einen Fehler dulde ich aber nicht», warnte Kieling. «Und jetzt gehe ich da rüber und falte diesen Schreiberling zusammen, und zwar nach allen Regeln der Kunst.»

Jetzt war sie zum ersten Mal an einer Mordermittlung beteiligt, aber zufrieden war Manuela trotzdem nicht. Kieling hatte zwar gesagt, sie dürfe ihm assistieren, doch ließ er sie mehr oder weniger links liegen. An den Tatort, den Scheiterhaufen mit der Leiche, durfte sie auch nicht mehr. Stattdessen bekam sie Aufgaben zugeteilt, für die sie streng genommen nicht hätte studieren müssen. Aber sie durfte sich nicht beschweren. Dank Kieling war die Gefahr, dass sie mächtig Ärger bekommen und eventuell sogar aus dem Polizeidienst fliegen würde, vorerst gebannt. Deshalb tat sie, ohne zu murren, was er verlangte. Und deshalb mischte sie sich nicht ein, als er Andreas äußerst grob zur Rede stellte.

Sie hatte Andreas danach nicht mehr gesprochen und wusste nicht einmal, ob er noch vor Ort war. Auf Kielings Weisung hin war sie in die Kiesgrube zurückgekehrt und unterstützte die uniformierten Beamten dabei, die Umgebung nach Spuren abzusuchen.

Sie krabbelte einen steinigen Hang zur Abbruchkante der Kiesgrube hinauf. Manuela glaubte nicht, hier oben etwas zu finden, aber sie würde einen guten Blick auf den Tatort haben. Immer wieder tauchte vor ihrem geistigen Auge das grauenhafte Bild der verkohlten und grässlich verformten Leiche auf. Die übergroß wirkenden Zähne in dem kleinen Schädel … nein, daran wollte sie nicht denken. Die Bilder würden in der Nacht zurückkehren. Manuela blieb nur die Hoffnung, dass das Opfer bereits tot gewesen war, als es verbrannte.

Weil sie auf dem steilen Hang abzurutschen drohte, griff sie nach dem dünnen, biegsamen Stamm einer jungen Birke. Mit dessen Hilfe zog sie sich einige Meter weiter hoch, schlug dann ein paar Serpentinen und erreichte bald den oberen Rand. Sie klopfte sich den Staub aus der Kleidung und richtete sich auf. Der Ausblick von hier aus war großartig. Wenn hier nicht ein Mord geschehen wäre, hätte man das Areal durchaus als schön bezeichnen können. Manuela trat ganz dicht an die Abbruchkante heran.

Merkwürdig.

Wahrscheinlich hatte man von keinem anderen Platz in der Kiesgrube einen so guten Blick auf den Scheiterhaufen. Wenn der Täter den Scheiterhaufen hätte verbergen wollen, dann hätte er ihn irgendwo zwischen den Bäumen dort unten anlegen können.

Warum also hatte er ihn direkt in die Mitte der Kiesgrube platziert?

Hatte der Täter selbst von hier oben aus zugesehen, wie das Opfer qualvoll verbrannt war? Sozusagen aus sicherer Entfernung von einem Logenplatz aus?

Manuela untersuchte den Boden. Hier oben bildete niedriges, trockenes Gras einen dünnen Bewuchs, unter dem der Sand verschwand. Spuren würden nur schwer zu erkennen sein. Trotzdem fiel ihr ein paar Meter von ihrem Standort entfernt an der Abbruchkante etwas auf. Sie ging hinüber und sah es sich genauer an.

Die Stelle sah genauso aus wie die, die sie selbst verursacht hatte, als sie über die Kante gekrabbelt war. Vor kurzem war also schon einmal jemand hier gewesen.

Manuela versuchte eine Spur zu finden, die von der Stelle wegführte. Minutenlang starrte sie auf den Boden. Ja, da war eine Spur. Verschobene Steine, abgeknicktes Gras, Vertiefungen, wo keine hätten sein dürfen. Manuela folgte der Fährte. Sie führte geradewegs auf ein Gebüsch zu. Als sie davorstand, sah sie etwas metallisch aufblitzen. Vorsichtig bog Manuela die Zweige auseinander.

In dem dichten Blätterwerk stand ein mattschwarzes Stativ mit einer kleinen schwarzen Kamera darauf.

Manuela folgte mit ihren Augen dem Winkel des Objektivs.

Es war genau auf den Scheiterhaufen ausgerichtet.

Nachdem sie den Fund bei Kieling gemeldet hatte, war sie erneut außen vor. Der Hauptkommissar und die Spurentechniker kümmerten sich nun darum.

«Der Schriftsteller hängt immer noch bei der Schranke herum. Gehen Sie doch mal vor und schicken Sie ihn nach Hause. Ich brauch den nicht mehr», wies Kieling sie an.

Manuela fügte sich zähneknirschend. Kieling wollte sie immer noch nicht direkt in der heißen Zone haben, und das, obwohl sie die Kamera gefunden hatte! Aber gut, sie war es ihm schuldig, auf ihn zu hören. Bei Manuela verstärkte sich der Eindruck, dass er das ausnutzte. Sie musste sich schon sehr zurücknehmen, um nicht doch mit einer schnippischen Antwort zu reagieren. In ihr brodelte es, als sie die Kiesgrube verließ und durch den Wald zurück zur Schranke lief.

Schon von weitem sah sie die kleine Menschenansammlung dort.

Zwei Beamte in Uniform, Andreas und ein großgewachsener Mann unterhielten sich. Beim Näherkommen betrachtete Manuela den Fremden. Er war alt, sicher über siebzig, trug die Kleidung eines Jägers und einen braunen Hut mit schmaler Krempe, an dem sogar eine Fasanenfeder steckte.

Der Mann redete mit Händen und Füßen. Er sprach Plattdeutsch. Manuela hätte ihn verstehen müssen, ihr Großvater hatte Platt gesprochen, aber dieser Mann nuschelte ganz furchtbar. Er hört sich an, als spräche er eine intergalaktische Fremdsprache.

«… immer wieder, dabei ist das verboten, aber es schert sich ja keiner darum …», hörte sie heraus.

Einer der Beamten bemerkte Manuela und wandte sich ihr zu.

Manuela wusste nicht, was Kieling den uniformierten Kollegen erzählt hatte, aber es schien so, als hielte zumindest dieser hier sie für eine vorgesetzte Kommissarin.

«Das ist Ludwig Herrenhäuser, Dr. Ludwig Herrenhäuser, pensionierter Richter am Landgericht», klärte der Kollege Manuela auf. «Er hat etwas beobachtet. Ein Fahrzeug.»

«… ein Totenkopf auf der Seite …», hörte Manuela mit einem Ohr den Jäger sagen.

«Wollen Sie vielleicht die Vernehmung übernehmen?», fragte der Kollege.

«Ja, ich mach das.»

Der Beamte schien erleichtert und trat beiseite.

Mit dem bisschen Plattdeutsch, das Manuela von ihrem aus Niedersachsen stammenden Opa gelernt hatte, begrüßte sie Ludwig Herrenhäuser und stellte sich als Kommissarin Sperling vor. Okay, das war nicht ganz richtig, noch nicht, aber es klang einfach so gut.

Herrenhäuser quasselte unbeeindruckt weiter. Die Hälfte seines Sermons verstand Manuela nicht, und nach einem Blickwechsel mit Andreas wusste sie, dass es ihm ebenso ging.

«Mast auf Dato», polterte der pensionierte Richter und schob seine dicke Brille die Nase hinauf. Er schwitzte stark. Schweißperlen liefen rechts und links an seinen schlaffen Wangen hinab.

«Auf dem Wagen stand ‹Mast auf Dato›!»

EPISODE 5
TAG 15

Mast auf Dato.

Drei Worte, die mir den Kopf zu sprengen drohten. Und das um drei Uhr in der Nacht.

Mast auf Dato.

Kauderwelsch, auf das ich mir keinen Reim machen konnte.

Seit einer halben Stunde war ich zu Hause, aber die drei Worte quälten mich weiter. Tausende Gedanken standen gleichzeitig an der Kasse, um abgefertigt zu werden, und ich war ein verdammt müder Kassierer. Mir fielen fast im Stehen die Augen zu, aber ich wollte nicht schlafen. Denn eines wusste ich genau: Wenn ich mich jetzt hinlegte, war die Spur verloren. Es gab eine ganz einfache Technik, wie man von logisch strukturierter auf unlogische, kreative Denkweise umschalten konnte: nicht schlafen. Keine Ahnung, ob andere Autoren diese Technik kannten und anwendeten, bei mir jedenfalls funktionierte sie. Wenn ich an einer bestimmten Stelle im Text überhaupt nicht weiterkam, hatte es bisher immer geholfen, das Schreiben auf die Nacht zu verlegen. Müde, aber aufgeputscht durch Kaffee, gingen die Synapsen im Gehirn ganz neue Verbindungen ein.

Mast auf Dato wollte sich trotzdem nicht entschlüsseln lassen, und das frustrierte mich.

Vielleicht war es auch einfach nur Unsinn. Aber es war alles, was ich hatte. Die Aussage eines alten Mannes, der sprach, als hätte er einen Waschlappen im Mund. Manuela hatte ein Dutzend Mal nachfragen müssen. Am Ende hatte der alte Mann es aufgeschrieben. Zum Glück hatte ich Manuela über die Schulter schauen können.

Mast auf Dato hatte er geschrieben. Genau so, wie er es ausgesprochen hatte.

Manuela hatte mich bemerkt, den Zettel verschwinden lassen

und mich angewiesen, die Ermittlungen nicht zu stören. Sie hatte mich sogar nach Hause geschickt. Zwar war ich Bestandteil dieser Ermittlungen, aber nicht als Ermittler, sondern als Zeuge. Und, wie ich argwöhnte, mittlerweile als Verdächtiger.

Manuela Sperling selbst war aufgrund ihres Dienstranges und der Tatsache, dass sie sich noch in der Ausbildung befand, im Rahmen der Ermittlungen nur Assistentin. Aber sie war wenigstens dabei. Ob mir das half? Ich war mir nicht sicher. Die Blicke, die sie mir draußen in der Kiesgrube zugeworfen hatte, waren schwer zu deuten. Ich hatte versucht, mich in sie hineinzuversetzen.

Zuerst hatte ich die Leiche von Thaumann in seiner Wohnung gefunden, zwar die Polizei gerufen, aber anonym. Dann hatte ich mich aus dem Staub gemacht, um zwei Tage später Manuela einzuweihen, allerdings ohne die Sache mit der Notiz zu erwähnen – auch von dem Spionageprogramm auf Thaumanns Rechner wusste bisher niemand etwas. Ich hatte Manuela anhand der Notiz dann aber zu einer weiteren Leiche geführt, die auf einer Art Scheiterhaufen verbrannt war. Und das alles, weil ich mich entschlossen hatte herauszufinden, wie meine Nichte Kathi ums Leben gekommen war – das musste mich in den Augen der Polizei höchst verdächtig machen. Womöglich war ich nur deshalb nicht verhaftet worden, weil Manuela interveniert hatte.

Noch stand nicht mit Sicherheit fest, wann die Person in dem Brennholzhaufen gestorben war. Ich hatte etwas von ein oder zwei Tagen gehört. Damit bestand die Möglichkeit, dass sie am gleichen Abend wie Thaumann gestorben war. Ich hatte für den Zeitraum kein Alibi. Klar, ich war bei Thaumann in der Wohnung gewesen, aber niemand hatte mich dort gesehen. Die Kiesgrube war hundertfünfzig Kilometer von Lechfelden entfernt, ich hätte die Wegstrecke problemlos in einer Nacht schaffen können. Sobald die Rechtsmedizin den Todeszeitpunkt des verbrannten Opfers genauer bestimmt hatte, würde ich erneut ins Fadenkreuz der Ermittlungen geraten. Ein einziges Indiz, das auf mich als Täter hindeutete, und ich würde in Untersuchungshaft wandern. Das war mir klar. Daran konnte auch Manuela nichts ändern.

Trotz dieser düsteren Aussichten, trotz des weiteren Opfers konnte ich der Sache auch etwas Gutes abgewinnen: Endlich gab es eine offizielle Ermittlung. Die hatte zwar nichts mit Kathi zu tun, und Kieling hatte davon auch nichts hören wollen, aber wenn hinter all dem wirklich ein und derselbe Täter steckte, würde die Polizei es herausfinden. Hoffte ich.

Darauf vertrauen mochte ich aber nicht. Deswegen würde ich weitermachen, solange ich konnte. Ob ich dabei auf Manuelas Hilfe setzen konnte, wusste ich allerdings nicht. Draußen in der Kiesgrube hatte sie sich von dem Zeitpunkt an, als die Polizei eingetroffen war, bedeckt gehalten. Ich war zum Statisten geworden, der sich für Vernehmungen bereithalten sollte. Eine Rolle, die mir nicht schmeckte und die ich nicht ausfüllen würde. Auch wenn ich nicht viel in der Hand hatte.

Nur diesen einen Hinweis.

Mast auf Dato.

Deutschland ist ein enges Land, kein Acker, kein Wald, keine Industriebrache bleibt hier unbeobachtet. So auch das ehemalige Kiesabbaugebiet, in dem wir den verkohlten Leichnam gefunden hatten. Wie jeden Tag hatte sich der pensionierte Richter Ludwig Herrenhäuser in den frühen Morgenstunden zwischen seinen sechs Hochsitzen herumgetrieben, auf der Suche nach einem kapitalen Hirsch. Dabei war ihm auf einem Waldweg ein Fahrzeug aufgefallen. Er hatte es mit seinem Nachtsichtgerät ins Visier genommen, als es gerade weggefahren war. Ludwig Herrenhäuser trug eine Brille, die mich an den Waffengesetzen dieses Landes zweifeln ließ, und ich fragte mich, ob er mit seiner Sehschwäche überhaupt einen Hirsch von einem Hund unterscheiden konnte. Als Augenzeuge taugte er sicher nicht viel, aber immerhin hatte er einen dunklen, womöglich schwarzen Wagen erkannt. Einen Kastenwagen, da war er ganz sicher. Einen Totenkopf hatte er auf der Seitenfläche gesehen, dazu den Schriftzug.

Mast auf Dato.

Oder so ähnlich.

Ein großer schwarzer Wagen mit einem Totenkopf auf der Seite und einem Schriftzug, der keinen Sinn ergab.

Für mich war das alarmierend. Ich erinnerte mich nur zu gut an das, was Theresa, Kathis Freundin, mir in der Schule erzählt hatte. Kathi hatte sich verfolgt gefühlt, von einem großen schwarzen Wagen.

Ich war mir sicher, auf der richtigen Spur zu sein. Das alles konnte kein Zufall sein.

Obwohl ich todmüde war, wollte ich nicht schlafen. Nicht jetzt, nicht mit Mast auf Dato in meinem Kopf. Ich entschied mich für eine Dusche. Stellte das Wasser so kalt ein, wie ich es gerade noch ertragen konnte. Meine Haut zog sich fast schmerzhaft zusammen, und mein Herz stolperte. Nachdem ich mich abgetrocknet hatte, fühlte ich mich besser. Wacher. Mit nassem Haar und im Bademantel setzte ich mich vor meinen Rechner.

Mein Postfach zeigte achtzehn Mails an, ich ging sie rasch durch. Die meisten waren von Lesern, also erfreuliche Post. Eine war vom Verlag und rief mir unangenehm in Erinnerung, worum ich mich eigentlich kümmern sollte. Bloß nicht öffnen, sagte ich mir und übersprang die Mail. Die nächste weckte mein Interesse. Der Absender war der Name des Blogs «Posten und Sterben».

Posten und Sterben

An: Andreas Winkelmann

Betreff:

Nur weil man Buchstaben aneinanderreihen und Sätze formen kann, muss man noch lange nicht intelligent sein. Wer darüber schreibt, wie man Menschen auf besonders anschauliche Art und Weise tötet, steht in meiner persönlichen Rangliste an unterster Stelle. Dass Sie nichts begreifen, Herr Winkelmann, ist offensichtlich, sonst wären Sie nicht so dämlich, mein Blog auf Ihre Facebook-Präsenz zu zerren. Sie wissen ja gar nicht, was Sie sich damit angetan haben. Glauben Sie wirklich, Sie könnten sich noch unbeobachtet bewegen? Die Augen des Internets beobachten Sie längst, und da Sie so furchtbar dumm sind, werden Ihre Leser auf ein neues Buch verzichten müssen. Nicht, dass ihnen dadurch etwas entgehen würde – ich wollte Ihnen nur klarmachen, wie wenig Zeit Sie noch haben. Warum schreibe ich Ihnen das überhaupt? Sie begreifen doch ohnehin nicht, was vorgeht. Schauen Sie sich um. Geben Sie die richtigen Begriffe ein. Im Internet ist eine Macht unterwegs, die älter und größer ist, als ich und Sie es uns vorstellen können. Die älteste Macht der Welt, eine Macht, die lange vor den Menschen da gewesen ist. Diese Macht hat sich das Internet untertan gemacht. Jeder, der mit ihr spielt und glaubt, Technik und Anonymität würden ihn schützen, irrt sich gewaltig. Und Sie, Herr Winkelmann, haben nichts Besseres zu tun, als diese Macht auf sich aufmerksam zu machen.

Idiot!

Ich las die Mail dreimal. Beim ersten Mal war ich verwundert, beim zweiten verärgert, beim dritten Mal enttäuscht. Das Blog «Posten und Sterben» war so krude und voller Hirngespinste, da passte diese Mail ganz wunderbar dazu. Genau solche Gedanken und Worte erwartete man von einer Person, die einen solchen Blog verantwortete. Dahinter steckte keinerlei Substanz, kein Wissen, nur blöde Mutmaßungen und wahrscheinlich ein Weltbild voller Verschwörungstheorien. Wahrscheinlich glaubte der Verfasser auch an Außerirdische. Ein harmloser Spinner, wie es viele gab. Den persönlichen Angriff auf mich fand ich allerdings ziemlich unpassend, deswegen tippte ich eine kurze Antwort-Mail.

Andreas Winkelmann
An: Posten und Sterben
Betreff:

Lieber Freund. Ohne Sie beleidigen zu wollen – was Ihnen umgekehrt ja offenbar leichtfällt –, möchte ich Ihnen dringend raten, sich in professionelle Hände zu begeben. Ich kann Ihnen einen guten Therapeuten empfehlen. Womöglich kann er Ihnen nicht helfen, aber er kann Sie wenigstens davon abhalten, andere Menschen zu belästigen.
Mit den besten Wünschen
Andreas Winkelmann

Ich wäre gern unflätig geworden, aber man musste aufpassen heutzutage. Es war ja durchaus möglich, dass dieser Spinner meine Mail auf seinem Blog veröffentlichte.

Die Mail ärgerte mich mehr, als sie es sollte. Ich hätte sie nicht lesen dürfen. Zumal ich Wichtigeres zu tun hatte.

Komm, konzentrier dich, rief ich mich zur Ordnung. Ich löschte die Mail und loggte mich bei Google ein.

Mast auf Dato, tippte ich ein.

Und bekam Millionen Treffer.

Auf den ersten beiden Seiten fand ich nur Berichte über Sendemasten, Handynetze, Bullenmast, Segelschiffe mit zwei Masten und einige andere mehr.

Anfangs versuchte ich, über «Sendemasten» eine Verbindung zum Internet und damit zu Kathis Online-Aktivitäten herzustellen. Aber das erwies sich als Unsinn. Nach einer halben Stunde war ich bereits frustriert. So kam ich nicht weiter. Ich presste die Hände gegen die Schläfen und massierte sie. Nein, das hatte keinen Sinn. Vielleicht sollte ich versuchen, was ich in den letzten Tagen bereits häufiger versucht hatte: Hilfe via Facebook zu bekommen. Das Schwarmwissen zu nutzen.

Ich loggte mich in meinen Account ein.

Meine letzte Aktion war es gewesen, den Blog «Posten und Sterben» in meinen Status zu setzen. Ich hatte meine Facebook-Freunde aufgerufen, mir zu schreiben, was sie davon hielten. Die Meinungen reichten von Zustimmung bis Ablehnung. Ich überflog sie nur. Die andere Sache war mir jetzt wichtiger.

Ich gab eine neue Statusmeldung ein.

Hallo Leute! Ich brauche schon wieder Eure Hilfe. Wisst Ihr, was «Mast auf Dato» bedeutet? Oder gibt es etwas, was so ähnlich klingt? Es sollte mit einem Totenkopf in Verbindung stehen.

Ich klickte auf «Posten», ließ mich gegen die Lehne des Drehstuhls sacken und behielt den Bildschirm im Auge. Würde um dieser Zeit überhaupt noch jemand reagieren?

Anima Moribunda 3:27
Wenn wir den Übergang nicht gesehen haben, können wir es nicht begreifen.

Ann-Christin las den Satz und dachte eine Weile darüber nach.

Sie verbrachte die dritte Nacht in Folge im World Wide Web und war in einem der zahllosen Chats gelandet, die sich mit dem Thema Tod und Sterben befassten. Vor ein paar Minuten war sie auf einen Chat-Partner gestoßen, der sie zu verstehen schien. Außerdem schrieb er, im Gegensatz zu den meisten anderen, vollständige Sätze ohne Schreibfehler.

Ann-Christin 3:29
Was meinst du mit Übergang?

Sie ahnte zwar, worauf ihr Chat-Partner mit dem geheimnisvollen Nickname hinauswollte, wollte aber sichergehen.

Anima Moribunda 3:31
Was ich meine, ist: Wir können nicht begreifen, was wir nicht sehen. Der Verstand allein reicht nicht. Ich sehe einen lebendigen Menschen, ich sehe einen toten Menschen, aber wenn ich nicht dabei war, wie er gestorben ist, dann begreife ich den Tod nicht. Das ist es, was dich belastet.

Ann-Christin nickte. Ja, ihr Chat-Partner hatte recht. Immer noch war es so, dass sie, wenn sie an ihre Mutter dachte, deren lebendiges Gesicht vor sich sah. Ihr totes Gesicht dagegen war vollkommen aus ihrer Erinnerung getilgt. Und weil das so war, wollte sie immer noch nicht wahrhaben, dass Mama tot war. Als sie sich vor ein paar Stunden mit dem Laptop auf den Beinen aufs Bett gesetzt hatte, waren die ersten Worte, die sie bei Google eingegeben hatte: Mama, bist du da?

Und auch dafür hatte Google einen Treffer gefunden. Zum Beispiel einen Bericht in der «Zeit online». Er handelte davon, wie eine Tochter mit dem viel zu frühen Tod ihrer Mutter umging. Der Bericht selbst, aber auch diese Parallele hatte Ann-Christin schockiert. Es war fast so, als habe das Internet auf alle ihre Gedanken und Fragen eine Antwort.

Das alles war so verwirrend. Ann-Christin konnte sich nicht noch mehr ansehen, ihr Kopf war schon ganz voll davon. Deshalb war sie froh, über diesen Chat mit jemandem sprechen zu können, der ihre Gedanken nachvollziehen konnte, ja, sie vielleicht sogar teilte.

Ann-Christin 3:35
Also bist du der Meinung, wir müssen einem Menschen beim Sterben zusehen, sonst können wir den Tod nicht begreifen?

Anima Moribunda 3:35
Ja.

Ann-Christin 3:35
Aber dann gibt es nichts, was ich dagegen tun kann. Ich habe nicht gesehen, wie meine Mama gestorben ist, also werde ich ihren Tod nie begreifen.

Anima Moribunda 3:36
Vielleicht musst du nicht zwangsläufig deiner Mutter beim Sterben zugesehen haben, um zu begreifen.

Ann-Christin 3:36
Wie meinst du das?

Anima Moribunda 3:37
Ich habe einen ähnlichen Verlust erlitten wie du, habe meine Mutter sehr früh verloren. Ich habe lange Zeit nicht verstehen können, was ihr zugestoßen ist. Aber dann ist der Tod in einer weiteren Erscheinungsform in mein Leben getreten, und ich habe angefangen, Fragen zu stellen. Dabei habe ich etwas Interessantes herausgefunden. Willst du es hören?

Ann-Christin 3:37
Ja, bitte.

Anima Moribunda 3:37
Du kannst es begreifen, wenn du *irgendeinem* Menschen beim Sterben zusiehst. Es spielt keine Rolle, wer es ist.

Ann-Christins Hände schwebten über der Tastatur, aber sie zog sie zurück. Konnte das stimmen? Ihr Bauchgefühl sagte ihr, dass es nicht sein konnte. Irgendjemanden beim Sterben zu beobachten würde ihr niemals helfen, den Tod ihrer Mutter zu akzeptieren.

Ann-Christin 3:38
Das kann ich mir nicht vorstellen.

Anima Moribunda 3:38
Nein, das kannst du nicht. Dafür fehlt dir die Erfahrung. Der menschliche Verstand ist zu klein, um es sich vorstellen zu können. Früher, in der Antike, lebten Menschen, die sich kraft ihrer Gedanken alles vorstellen und erklären konnten, aber seit die Bilder uns beherrschen, haben wir diese Fähigkeit verloren. Wir müssen sehen, um zu begreifen. Aber ich glaube, so weit bist du noch nicht, Ann-Christin.

Ann-Christin 3:39
Aber du bist so weit?

Anima Moribunda 3:39
Ja, und wenn du willst, lasse ich dich teilhaben.

Als ich wieder zu mir kam, lag ich mit dem Kopf auf den linken Arm gebettet auf dem Schreibtisch. Ich blinzelte und sah mich um. Mein Blick war verschwommen, und für ein paar Sekunden wusste ich nicht, wo ich mich befand. Der Bildschirm vor mir war schwarz, er war längst in den Ruhemodus übergegangen. Dafür dämmerte es bereits vor dem Fenster. Die Sonne ging auf.

Ich erhob mich vom Bürostuhl, reckte und streckte mich und spürte sofort, dass mein Rücken völlig verspannt war. Es kam nicht häufig vor, dass ich am Schreibtisch einschlief. Wenn es geschah, dann nur für zehn Minuten, maximal eine Viertelstunde. Aber wenn ich mich recht erinnerte, hatte ich jetzt mehr als zwei Stunden in dieser verdrehten Haltung geschlafen.

Unfassbar.

Ich wankte in die Küche und bereitete mir einen starken Kaffee zu. Die Maschine gurgelte und zischte, und ich spritzte mir im Bad kaltes Wasser ins Gesicht. Mein Abbild im Spiegel war fast eine Beleidigung: In die rechte Wange hatte sich das Maschenrelief des Pullovers eingegraben, den ich trug. Es sah aus, als hätte mir jemand einen Flicken ins Gesicht genäht. Meine Augen waren gerötet, die Frisur im Eimer. Ich sah exakt aus wie die Psychopathen, die ich gern in meinen Geschichten beschrieb.

Ich wandte mich ab, ging in die Küche zurück, nahm die Tasse aus der Kaffeemaschine und kehrte damit an meinen Arbeitsplatz zurück. Nach und nach kam die Erinnerung daran zurück, was ich vor ein paar Stunden dort getrieben hatte.

Mast auf Dato.

Ausgerechnet diese bescheuerten Worte hatten meinen Tiefschlaf schadlos überstanden. Ich war gespannt, ob mir meine Facebook-Freunde weiterhelfen konnten.

Besonders viele Kommentare hatte ich auf meine Anfrage nicht erhalten, aber es war ja auch mitten in der Nacht gewesen. Erstaunlich, dass sich überhaupt jemand gemeldet hatte. Denn zusätzlich zu der ungewöhnlichen Zeit musste meine Frage auf die meisten wie das Gestammel eines Betrunkenen gewirkt haben.

Einer aber hatte sich damit beschäftigt. Max Gottlob.

Weil er sich vor zwei Tagen ein Tattoo hatte stechen lassen, habe ihn der Totenkopf auf eine Idee gebracht, schrieb er. Aus Mast auf Dato hatte er Master of Tattoo gemacht und die Wortkombination bei Google abgefragt. Über 52 Millionen Einträge hatte er gefunden. Er riet mir, mich dort mal umzusehen oder eventuell auf dieser Basis ein wenig mit den Worten zu spielen.

Mit offenem Mund saß ich vor dem Rechner und konnte es nicht fassen. Okay, ich war total übermüdet gewesen und schockiert von dem, was ich in der Kiesgrube gesehen und gerochen hatte, aber darauf hätte ich trotzdem selbst kommen können. Mit den Worten spielen, sie verändern, ihnen dadurch einen Sinn geben.

Ich bedankte mich bei Max Gottlob, wechselte zu Google und gab «Master of Tattoo» ein.

Schon die Anzahl der Treffer war ernüchternd, aber auch deren Inhalt. Es waren fast ausschließlich Einträge in englischer Sprache, und es würde eine Ewigkeit dauern, sich da durchzuforsten. Eine Ewigkeit hatte ich nur leider nicht.

Ich trank Kaffee, zog Blatt und Bleistift heran und begann zu rätseln.

Mast auf Dato.

Master of Tattoo.

Wenn der Schriftzug auf der Flanke des schwarzen Transporters in Englisch gewesen war, war es kein Wunder, dass Ludwig

Herrenhäuser ihn falsch abgelesen hatte. Mit Mast hatte er noch halbwegs richtig gelegen, aus of hatte er auf gemacht. Aber warum aus Tattoo Dato? Das T konnte man kaum mit dem D verwechseln.

Hatte es vielleicht ein D in dem Schriftzug gegeben?

Ich kritzelte vor mich hin und kam auf Master of DaTattoo. Klang zwar abwegig, aber ich gab es dennoch bei Google ein.

Und erhielt über hundert Einträge. Es wurde also schon enger. Die meisten stammten natürlich aus dem Tattoobereich. Ich durchforstete sie, spielte noch ein bisschen mit den Begriffen herum, holte mir einen zweiten Kaffee, suchte weiter und fand auf einer Internetseite den Begriff «Dark Tattoo».

Das löste etwas in mir aus.

Auf meinen Schmierzettel schrieb ich unter Mast auf Dato:

Master of Dark Tattoo.

Plötzlich war ich aufgeregt. Dass klang gut, es klang passend. Es klang genau nach dem, was ein Ludwig Herrenhäuser mit seinen schlechten Augen in der Morgendämmerung zu Mast auf Dato umformulieren würde.

Ich gab Master of Dark Tattoo ein. Die Trefferzahl war wieder höher, aber es war auch ein Hauptgewinn dabei.

Es gab eine Internetseite mit der Adresse **www.masterofdarktattoo.de**

Die klickte ich an.

In der Bildergalerie wimmelte es von Totenköpfen, mystischen Motiven, Zombies und allerlei blutrünstigen Bildern auf menschlicher Haut. Ich fand auch das Bild des Tätowierers. Er hieß Mario Böhm. Ich fand sofort, dass er verdächtig aussah.

Unter dem Reiter «Kontakt» fand ich die Adresse des Studios, dazu eine Verlinkung zu Google Maps.

Mir stockte der Atem, als ich herausfand, dass das Studio nicht weit von dem ehemaligen Kiesabbaugebiet entfernt war, in dem Manuela und ich die verbrannte Leiche gefunden hatten.

Astrid Pfeifenberger hatte zusammen mit Franz Altmaier Pausenaufsicht auf dem Schulgelände. Normalerweise gingen die Lehrer dabei getrennte Wege, um das große und unübersichtliche Areal besser kontrollieren zu können. Deshalb wunderte Astrid sich darüber, dass Franz sie begleitete. Er kaute auf einem Salamibrot herum, während er neben ihr herstapfte. Wie beinahe jeden Tag war er gut aufgelegt, und Astrid beneidete ihn ein wenig um die Lockerheit, die er im Umgang mit den Schülerinnen und Schülern zeigte.

«Was macht eigentlich der Schriftsteller?», fragte Franz zwischen zwei Bissen.

«Andreas Winkelmann?»

«Ja, du weißt schon, wegen Kathi.»

«Ich hab seit ein paar Tagen nichts von ihm gehört.»

«Aber er war doch neulich wieder hier in der Schule.»

«Du hast ihn gesehen?»

«Ja, im Vorbeigehen. Was hat er denn gewollt?»

«Er wollte mit einem Schüler sprechen, in den Kathi angeblich verliebt war. Aber dabei ist nichts herausgekommen.»

«Aha … und überhaupt? Was hältst du von ihm? Ich meine, er ist doch ziemlich sicher, dass Kathi keinen Selbstmord begangen hat.»

«Ja, aber ich kann ihn verstehen. Die beiden standen sich nahe. Und ehrlich gesagt, ich glaube auch nicht an einen Suizid.»

Franz warf ihr einen Blick zu. In seinem Mundwinkel hingen Brotkrümel.

«Ich zuerst auch nicht, aber je länger ich darüber …, hey, was ist denn da los?»

In der Nähe des Parkplatzes, dort, wo die Tischtennisplatten standen, hatte sich ein Pulk gebildet. Das war meistens ein Zeichen für eine Keilerei.

Franz Altmaier stürmte los. Er war groß und kräftig und würde die Sache schon in den Griff bekommen. Astrid folgte ihm zwar, hielt sich aber zurück. Ihr Kollege schlug mit Worten und Händen eine Bresche in den Pulk und schnappte sich die beiden Streithähne. Vielleicht fünfzig Schülerinnen und Schüler, die um sie herumgestanden hatten, drifteten auseinander, und Astrid wurde in Richtung Raucherhäuschen abgedrängt.

Streng genommen war das Rauchen auf dem Schulgelände verboten. Der Rektor hatte das Häuschen deshalb auf der Grundstücksgrenze errichten lassen, damit alle zufrieden waren. Es bestand aus senkrecht im Boden verankerten hölzernen Bahnschwellen mit einem Metalldach darüber.

Astrid ging an der Rückseite entlang. Dort wuchsen einige halbhohe Büsche. Weder konnte sie sehen, wer sich im Raucherhäuschen aufhielt, noch konnte sie von drinnen gesehen werden. Aber sie hörte, was gesprochen wurde.

«Kathi … Das glaube ich nicht … Hör auf, dass ist doch Bullshit.»

«Ich hab aber auch davon gehört. Es gibt Foren, da wird darüber gequatscht, aber keiner weiß was Genaues. Und Kathi soll davon gesprochen haben.»

«Ich glaube nicht an so was.»

«Das soll irgendeine Internetseite sein. Hat etwas mit Videos zu tun oder so. Da haben nur bestimmte Leute Zutritt, und wenn du drin bist, stirbst du wenig später.»

«Ach, und die Kathi hatte Zutritt, oder was?»

«Keine Ahnung, aber sie hat davon gesprochen, und jetzt ist sie tot.»

Vom Kiesabbaugebiet aus lag die Stadt Achim laut Navigationssystem Kilometer entfernt. Von meinem Wohnort aus kamen allerdings noch einmal 120 Kilometer hinzu. In etwas weniger als zwei Stunden legte ich die Strecke hauptsächlich auf der Autobahn zurück. Wo es der Verkehr zuließ, fuhr ich Vollgas.

Ich hatte mich entschieden, Manuela nicht anzurufen. Erst wollte ich mir einen Überblick verschaffen und, wenn es möglich war, mit Mario Böhm sprechen, dem Tätowierer. Mal hören, was er zu sagen hatte. Vielleicht war ich ja auch auf dem Holzweg. Meine Vermutung, dass Mast auf Dato gleichbedeutend mit Master of Dark Tattoo war, konnte auch falsch sein. Ich wollte mich nicht vor Manuela blamieren, indem ich zu früh mit meinem Verdacht herausrückte. Außerdem würde mich die Polizei dann wieder von ihren Ermittlungen ausschließen, und das würde ich nicht ertragen.

Ein paar Minuten bevor ich die Kleinstadt Achim erreichte, rief ich Jan Krutisch an, meinen Computerspezi. Ich hoffte inständig, dass er wieder daheim war und endlich ranging.

Das tat er. Sogar schon nach dem dritten Läuten.

«Hallo Jan, Andreas Winkelmann hier. Alles klar bei dir?»

«Jep. Was gibt's. Probleme mit deinem Computer?»

«Ich hab ein paarmal versucht, dich zu erreichen», sagte ich etwas vorwurfsvoll.

«War für ein paar Tage in Israel. Digitale Auszeit, weißt schon», sagte Jan in seiner gewohnt kurz angebundenen Art. Er war kein Mann großer Worte. Und Erklärungen in eigener Sache mochte er schon gar nicht.

«Ja, hab ich mir schon gedacht. Du, ich hatte dich doch um dieses … na, du weißt schon, dieses spezielle Programm gebeten.»

«Hab ich geschickt. Nicht angekommen? Vielleicht im Spamfilter hängen geblieben?»

«Nein, nein, es ist schon angekommen. Ich habe es auf einem Rechner geöffnet. Hast du keine Mail bekommen?»

«Bin erst seit zwei Stunden wieder im Land, mein Postfach quillt über. Hab noch nicht wirklich reingeschaut.»

«Jan, ich würde dich nicht bitten, wenn es nicht wirklich wichtig wäre. Kannst du das vielleicht vorrangig behandeln? Ich muss wissen, was auf diesem Rechner ist.»

«Wart mal kurz …»

Ich hörte ihn auf der Tastatur klackern. Die Geschwindigkeit war atemberaubend. Ich hatte ihm ein paarmal über die Schulter geschaut und war beeindruckt und auch ein wenig neidisch gewesen.

«Jep, is da», meldete er sich zurück. «Voller Satz. Der Rechner hat 'ne 1-Terrabyte-Sata-Festplatte. 215,3 Gigabyte sind belegt. Wenn du nicht weißt, was du suchst, suchst du verdammt lange.»

«Ich suche nach Videos und bestimmten Mails.»

«Moment.»

Da ich mich bereits in der Stadt befand und der Verkehr dicht war, fuhr ich rechts in eine Bushaltestellenbucht und wartete, bis Jan sich wieder meldete.

«Also … mehr als 70 Gigabyte Film, ist also 'ne Menge zum Anschauen. Das Mail-Postfach ist komplett leer. Sieht aus, als wäre es vor kurzem gelöscht worden.»

«Was? Scheiße …»

Ich dachte fieberhaft nach. War der Täter vor mir an Thaumanns Rechner gewesen? Würde ich darauf überhaupt noch etwas Brauchbares finden?

«Ich kann dir den Inhalt über einen Link zur Verfügung stellen», schlug Jan vor. «Dann kannst du in Ruhe suchen. Ich hab dafür jetzt leider keine Zeit.»

«Ja, okay, mach das bitte. Und danke für deine Hilfe.»

«Kein Ding, geht gleich raus.»

Ich beendete das Gespräch, fädelte mich wieder in den Verkehr ein und folgte den Anweisungen des Navis. Thaumanns Computer musste noch ein bisschen warten. Ich würde frühestens dazu kommen, ihn mir anzusehen, wenn ich am Abend zurück war. Ich konnte ja schlecht von Jan verlangen, dass er den gesamten Inhalt durchforstete. Zumal er nicht einmal wusste, wonach er suchen sollte. Langsam machte sich in mir die Erkenntnis breit, dass ich mit dieser Sache eventuell überfordert sein könnte. Ich brauchte dringend Hilfe. Eigentlich hatte ich mir die von Manuela erhofft, aber die Sache war irgendwie schiefgelaufen.

Im selben Moment, als ich an sie dachte, läutete mein Handy und zeigte ihren Namen an. Ich nahm das Gespräch sofort entgegen.

«Wie geht's dir?», fragte sie.

«Ich bin ziemlich platt, aber ansonsten in Ordnung.»

«Du bist unterwegs?»

«Ja. Einkaufen. Ich hatte nichts mehr im Haus», log ich. «Gibt es etwas Neues?»

«Am Nachmittag bekommen wir erste Ergebnisse aus der Rechtsmedizin, dann wissen wir mehr. Bei einer so stark verbrannten Leiche ist es aber schwierig. Wir kennen noch nicht einmal ihre Identität. Papiere haben wir leider keine gefunden. Aber das Opfer war gefesselt, als es verbrannte. Einen Unfall oder Suizid können wir also ausschließen.»

«Wusste ich's doch», sagte ich.

«Du stellst Vermutungen an, das ist nicht dasselbe. Und ob es etwas mit deiner Nichte zu tun hat, wissen wir auch nicht. Ach ja, das hatte ich dir gar nicht erzählt: Wir haben eine Kamera gefunden.»

«Was?»

«Oben am Hang war eine Kamera versteckt. Der Täter hat die Verbrennung wahrscheinlich gefilmt.»

«Wieso wahrscheinlich? Habt ihr keinen Film in der Kamera gefunden?»

«Nein, sie hat keinen Speicher, sondern überträgt die Daten direkt an den Empfänger.»

«Kann man den herausfinden?»

«Unsere Techniker sind dran, ich weiß es nicht.»

«Kathi wurde auch gefilmt, das hatte ich dir schon gesagt.»

«Ja, hast du. Wir gehen der Sache nach, glaub mir. Eigentlich darf ich dir das alles gar nicht erzählen.»

«Danke, dass du es trotzdem tust. Was ist mit diesem Wagen, den der Jäger beobachtet hat?»

«Wir sind noch nicht weiter damit, aber wenn sich etwas ergibt, darf ich es dir wirklich nicht sagen. Dir ist schon klar, dass Kieling dich auf der Liste der verdächtigen Personen hat, oder?»

«Es gibt eine Liste?»

«Möglich, und vielleicht stehst auch nur du darauf. Macht dir das keine Sorgen?»

«Ich mache mir Sorgen, wenn ich auf deiner Liste stehe.»

«Okay, ich lass es dich wissen, wenn es so weit ist. Und Andreas …»

«Ja?»

«Bitte, tu mir den Gefallen: keine Alleingänge mehr. Ruf mich an, wenn du Hilfe brauchst.»

«Mach ich», versprach ich und legte auf.

Ich hatte ein verdammt schlechtes Gewissen. Manuela hatte sich bereit erklärt, mir zu helfen, sie setzte einiges dabei aufs Spiel, und was tat ich? Ich belog sie. Für einen Moment schwankte ich und zog in Erwägung, sie sofort zurückzurufen, um ihr zu sagen, was ich vorhatte. Aber das Navi meldete, dass ich mein Ziel in zwei Minuten erreicht haben würde, also ließ ich es. Ich wusste, ich würde es bereuen, aber ich ließ es.

Ich durchfuhr einen Kreisel, verließ ihn an der zweiten Ausfahrt und entdeckte nach hundert Metern das Studio am rechten Straßenrand. Da es keine Parkmöglichkeit gab und ich mich nicht verdächtig machen wollte, fuhr ich daran vorbei. Nach weiteren hundert Metern tauchte rechts ein Lebensmittelmarkt auf. Ich fuhr auf den Parkplatz, parkte ein, stellte den Motor ab und ließ das Handy in der Mittelkonsole verschwinden.

Ein paar Minuten lang blieb ich einfach sitzen und starrte durch die Scheibe.

Schließlich stieg ich aus und machte mich auf den Weg.

Ich war gespannt auf den Master of Dark Tattoo.

Manuela legte das Handy beiseite. Auf ihrer Stirn bildeten sich tiefe Furchen. Das kurze Gespräch mit Andreas hatte ihr gar nicht gefallen.

War er wirklich nur unterwegs, um einzukaufen?

Oder ermittelte er schon wieder auf eigene Faust?

Er klang gehetzt, und Manuela hatte das Gefühl, dass er ihr nicht die Wahrheit sagte. Sie war sich aber nicht sicher, denn so gut kannte sie ihn auch wieder nicht. Würde er nach all dem, was passiert war, noch einmal so dumm und leichtsinnig sein? Manuela konnte es sich nicht vorstellen. Noch im Wald bei der Kiesgrube hatte sie ihm das Versprechen abgenommen, ab sofort über alles, was diesen Fall betraf, mit ihr zu sprechen. Und zwar bevor er etwas unternahm. Er hatte ihr in die Augen geschaut und es versprochen.

Andreas war schlau genug gewesen, die Standpauke von Kieling widerspruchslos über sich ergehen zu lassen. Er hatte die gleiche Geschichte erzählt wie zuvor Manuela. Damit war Kieling zunächst zufrieden gewesen, aber später, nachdem Andreas nach Hause gefahren war, war der Kommissar noch einmal zu ihr gekommen.

Er hatte deutlich gemacht, dass er Andreas verdächtigte, tiefer in beide Fälle verstrickt zu sein, als er zugab. Bei Thaumann waren sie noch nicht sicher, aber im Fall der verbrannten Leiche stand fest, dass es sich um einen Mord handelte. Die Leiche war an Händen und Füßen mit Draht gefesselt, zudem hatten sie oben am Hang diese Kamera gefunden. Hier gab es keinen Zweifel, und damit war klar, dass Andreas entweder mit der Vermutung, seine Nichte könnte ermordet worden sein, recht hatte. Oder aber er war selbst auf irgendeine Art und Weise beteiligt.

Ohne voreingenommen zu sein und wenn sie es nur von Kielings Warte aus betrachtete, musste Manuela sich eingestehen, dass Andreas sich verdächtig machte. Kein Wunder also, dass er auf der Liste des Hauptkommissars ganz oben stand. Wortwörtlich hatte Kieling gesagt, es wäre ja nicht das erste Mal, dass es einem Autor nicht mehr reiche, seine kriminelle Phantasie nur auf dem Papier auszuleben. Andreas war nur noch nicht festgenommen worden, weil es keine Beweise gegen ihn gab. Außerdem hatte Kieling Manuela gebeten, im Rahmen der Ermittlungen ein Auge auf den Schreiberling zu haben. Wahrscheinlich machte Kieling sich Hoffnung, den Fall auf diesem Wege schnell lösen zu können.

Manuela geriet immer mehr zwischen die Stühle.

Sie wusste nicht, was sie von alldem halten sollte.

Was, wenn Kathi wirklich getötet worden war?

Was, wenn Andreas' Vermutung, sie sei im Internet auf ihren Mörder gestoßen, richtig war?

Was, wenn derselbe Täter für den Mord in der Kiesgrube verantwortlich war?

Fragen über Fragen.

Sie musste unbedingt noch einmal mit Andreas reden, und zwar allein.

Die Bässe konnte ich schon vor der Tür hören. Drinnen hämmerte Hardrock-Musik von der Art auf mich ein, wie ich sie noch nie gemocht hatte. Infernalisch, laut, mit kreischenden

Stimmen, ohne das man auch nur eine Zeile des Textes verstehen konnte. Wenn es überhaupt einen Text gab.

Nun gut, dies war ein Tattoo-Studio für die harten Jungs, da war so etwas wohl normal.

Die Einrichtung jedoch überraschte mich. Das hier war keine dunkle Räuberhöhle, sondern ein angenehm ausgeleuchtetes Studio mit viel weißem Holz und einem hellen Fußboden. Hinter einem Tresen, der den großen Raum in der Mitte teilte, stand ein junges Mädchen und sah mich an. Sie war höchstens siebzehn, die Lippen und Ohren waren voller Piercings, das Haar grellrot.

«Hey», sagte sie. «Ich bin Caro. Kann ich helfen?»

«Ich denke darüber nach, mir ein Tattoo stechen zu lassen», sagte ich.

«Das ist der erste Schritt.»

«Was?»

«Der erste Schritt. Ja oder nein. Wenn die Entscheidung gefallen ist, kommt die Motivauswahl. Zweiter Schritt. Bist du schon so weit?»

«Ähm, ich denke schon.»

Caro lächelte verschmitzt. «Wer weiß. Aber Mario sticht nur Dark. Tribal oder irgendwelche hintersinnigen Texte sind nicht sein Ding.»

«Ich dachte an einen Totenkopf, der aus den Augen blutet», sagte ich und lächelte zurück.

Caro hatte ausdrucksstarke blaue Augen. Je länger ich sie ansah, desto weniger störten mich die Piercings oder die Haarfarbe. Wahrscheinlich war auch das nur eine Frage der Gewöhnung, wie so vieles im Leben.

«Kann ich mit Mario sprechen?»

«Der sticht.»

«Und wie lange sticht er noch?»

Sie drehte sich um und brüllte gegen die Musik an:

«Mario, wann hast du Zeit?»

«Wofür?»

«Fragen.»

«Fünf Minuten.»

Das Mädchen sah mich wieder an. «Fünf …»

«Ich hab's gehört», nickte ich. «Ist die Musik hier drinnen immer so laut?»

Sie schüttelte den Kopf. «Nur wenn Mario sticht. Anders kann er nicht arbeiten. Versteh einer die Kreativen.»

Sie rollte mit ihren Augen und deutete auf ein Sofa an der rechten Wandseite. «Da kannst du warten. Einen Kaffee vielleicht?»

«Danke, sehr nett, aber ich hatte schon mehr als genug heute.»

«Wie du willst.»

Damit wandte sie sich ab und verschwand in einer abgetrennten kleinen Kabine. Ich ließ mich auf das Sofa fallen und wartete. Nach ein paar Minuten erschien Mario am Tresen. Er sagte kein Wort und sah mich auffordernd an. Ich stand auf und ging zu ihm. Mario war größer als ich, hatte beeindruckend breite Schultern und kurzrasiertes Haar. Er trug ein schwarzes T-Shirt. Seine Arme waren bis auf den letzten Millimeter tätowiert.

«Ich würde gern wissen, was ein Totenkopf auf dem Oberarm kostet.»

Er zog die Augenbrauen zusammen, sein Blick verfinsterte sich.

«Wer zuerst nach den Kosten fragt, sollte die Finger vom Tattoo lassen.»

«Aha. Warum das?»

«Weil Geld dabei keine Rollen spielen sollte.»

«Eigentlich spielt es das auch nicht. Jemand hat mir dieses Studio empfohlen, und ich dachte, ich frag mal nach.»

Ich hatte gehofft, er würde fragen, wer ihn empfohlen hatte, aber das tat Mario nicht. Er sah mich nur an. Gelangweilt.

«Kathi Winkelmann, schon mal gehört?», versuchte ich es.

Falls der Name etwas bei ihm auslöste, so konnte ich es nicht erkennen. In seinem Gesicht regte sich nichts.

«Ich hab nicht viel Zeit. Der nächste freie Termin ist in sechs Monaten», sagte er.

«In einem halben Jahr?», gab ich erstaunt zurück.

«Willst du ihn oder nicht?»

«Haben Sie den Namen Kathi Winkelmann schon einmal gehört?»

«Was weiß ich. Ich habe viele Kundinnen.»

«Ich würde aber gern wissen, ob …»

«Hey», unterbrach er mich. «Ich glaube nicht, dass das hier das richtige Studio für dich ist. Geh zu meinen Mitbewerbern und lass dir von denen eine gute Fee stechen. Hier gibt's so was nicht.»

Er schlug mit der flachen Hand auf den Tresen.

«Oder Thaumann», versuchte ich es, «sagt Ihnen der Name Thaumann etwas?»

Als er sich erneut umdrehte, hatte sich sein Gesicht verändert. Freundlich war es schon vorher nicht gewesen, doch jetzt wirkte es steinhart und abweisend.

«Verschwinde», sagte er. Nein, er presste es zwischen seinen Zähnen hervor. Eine Formulierung, die ich beim Schreiben vermied, aber hier passte sie.

«Warum? Stimmt etwas nicht mit dem Namen? Thaumann. Oder Kathi Winkelmann. Kennen Sie sie vielleicht doch?»

Mit einer Geschwindigkeit, die ich ihm gar nicht zugetraut hätte, kam Mario hinter dem Tresen hervor, packte meinen Oberarm und zerrte mich Richtung Tür. Sein Griff war stahlhart. Ein massiver Ring mit Totenkopfmotiv drückte schmerzhaft in meinen Muskel. Ich schaffte es trotzdem, mich herauszuwinden.

«Nicht anfassen», fuhr ich ihn an.

«Raus aus meinen Laden, oder ich reiß dir den Kopf ab», sagte Mario leise, aber bedrohlich.

«Ich kann auch mit der Polizei wiederkommen», entgegnete ich und bewegte mich rückwärts zur Tür.

«Genau die rufe ich, wenn du nicht bei drei draußen bist.»

Ich würde nicht sagen, dass das Gespräch mit Mario total in die Hose gegangen war. Es war kein Gespräch im eigentlichen Sinne gewesen, aber ich hatte doch etwas erfahren: An einer bestimmten Stelle, ich vermutete, es war bei der Nennung von Thaumanns Namen gewesen, war etwas mit Mario passiert. Er hatte sich verwandelt, war plötzlich aggressiv geworden. Vielleicht mochte er einfach keine Fragen oder keine Normalos, wie ich einer war, aber das glaubte ich nicht. Nein, er kannte Thaumann. Vielleicht sogar Kathi.

Ich war auf der richtigen Spur.

Aufgewühlt lief ich zu meinem Wagen zurück und plante in Gedanken die nächsten Schritte. Ich musste Manuela informieren. Oder vielleicht diesen Mario ein paar Tage beobachten? Die Polizei würde das ohne konkreten Anlass nicht tun.

Ich war nur noch zwei Schritte vom Wagen entfernt, da hörte ich im Inneren mein Handy klingeln. Aber ich schaffte es nicht mehr rechtzeitig. Als ich es endlich aus der Mittelkonsole herausgekramt hatte, war der Anrufer weg. Ich sah nach.

Sechs Anrufe während meiner Abwesenheit, alle von Jan Krutisch.

Ich rief sofort zurück.

«Der Rechner war infiziert», schrie er ins Telefon.

Ich verstehe nicht, warum ihr immer macht, was Troublemaker will», sagte Bitchhunter.

Phantom schüttelte den Kopf. Er lag auf dem Bett, hatte eine Hand in den Nacken geschoben und bediente mit der anderen sein Smartphone.

«Tun wir doch gar nicht. Außerdem hat er meistens die besten Ideen.»

«Mag sein, aber diese Idee ist beschissen.»

Ohne sie anzusehen und während sein Daumen wie ein nervöses Insekt über das Display huschte, sagte Tobias:

«Ich weiß gar nicht, warum du dich so anstellst. Gerade hast du dich noch darüber beschwert, dass deine Kohle nie reicht. Dann musst du aber auch zugreifen, wenn sich eine Chance bietet.»

Julia saß im Schneidersitz am Fußende des Bettes. Ihr Handy lag unbeachtet vor ihr auf der karierten Decke. Sie besaß noch kein neues Smartphone und konnte nicht dauernd online sein. Ihre Eltern hatte kein Geld für so etwas. Sie hatte zwar einen Nebenjob, Babysitten, doch der brachte viel zu wenig ein. Damit würde sie nie die dreihundert Euro für ein Smartphone zusammenbekommen. Sie müsste dafür auf neue Klamotten verzichten, und das wollte sie nicht.

«Ich mache für Geld eben nicht alles», erwiderte sie schnippisch.

Ihr Freund ließ sein Smartphone auf seine Brust sinken, sah sie an und zuckte mit den Schultern.

«Es geht doch nur um ein paar Videos.»

Julia verstand nicht, wie Tobias so dumm sein konnte. Sie war zunehmend genervt von ihm und hasste es, wie er Troublemaker geradezu verehrte. Der Typ spielte sie doch gegeneinander aus. Aber darüber konnte sie mit Tobias nicht reden, bei dem Thema ging er sofort an die Decke. Freundschaft war für ihn etwas Heiliges, und Trouble und Speedi waren eben seine besten Freunde.

«Begreifst du denn wirklich nicht, dass es um viel mehr geht als nur um ein paar Videos? Wenn dieser geheimnisvolle Anima Moribunda wirklich Menschen tötet, was sollte ihn zum Beispiel davon abhalten, einen von uns zu töten? Hast du darüber schon mal nachgedacht?»

Wieder dieses gleichgültige Schulterzucken. Es machte Julia rasend.

«Du weißt doch gar nicht, in welcher Ecke der Welt er sitzt. Der

Typ muss nicht mal in Deutschland sein. Ich mach mir da keine Sorgen.»

Tobias nahm sein Handy auf, warf einen Blick drauf und legte es wieder ab.

«Alles klar, Troubles Cousin ist dabei. Der macht den Computerscheiß.»

Er sah sie an. Mit diesem spitzbübischen Lächeln, das sie so an ihm mochte.

«Letzte Chance. Willst du nicht doch noch einsteigen?»

Julia schüttelte den Kopf. «Nee, auf keinen Fall. Und ich finde, du solltest auch die Finger davon lassen.»

«Ich lass doch meine Kumpels nicht hängen.»

«Alter, begreifst du es nicht? Trouble nutzt euch doch nur aus.»

«Jetzt mach aber mal halblang ...»

«Nee, das geht mir gegen den Strich. Seine überhebliche Art kotzt mich echt an.»

Tobias richtete sich auf. «Was soll das denn jetzt? Haste deine Tage, oder was?»

Julia schnappte nach Luft. «Du ...»

Ihr lag so vieles auf der Zunge, aber sie schluckte es herunter. Sie sprang vom Bett auf.

«Mir reicht's, ich hau ab.»

«Was? Warum das denn? Ich dachte, wir vögeln.»

«Ich glaub es nicht ... du bist echt ein blöder Wichser.»

Julia zog Hose und Schuhe an, schnappte sich ihr Handy und riss die Zimmertür auf. «Ruf mich bloß nicht an!»

Sie schlug die Tür zu und verschwand aus der Wohnung, ehe Tobias' Eltern sie fragen konnten, was denn los sei. Seine Mam und sein Dad waren echt okay, und es würde ihr später leidtun, wenn sie in ihrer Wut jetzt etwas Falsches sagte.

Statt den Fahrstuhl zu nehmen, rannte sie aus der neunten Etage das Treppenhaus hinunter. Die Plastiksohlen ihrer Sneakers klatschten auf den gefliesten Boden, und das Geräusch hallte laut wieder. Julia stoppte nicht und warf keinen Blick zurück. Sie wusste, Tobias würde ihr nicht folgen, um sie zurückzuholen. Sie hatten sich schon öfter gestritten, und nie war er ihr nachgelaufen. Einmal mehr fragte sie sich, warum sie überhaupt noch mit ihm zusammen war. Er sah gut aus, brachte sie zum Lachen, war auch nicht so dumm, wie er manchmal rüberkam, aber er hatte eindeutig die falschen Freunde.

Als Julia das Erdgeschoss erreichte, hatte sie einen Entschluss gefasst: So konnte es nicht weitergehen. Sie würde Tobias in den nächsten Tagen die Pistole auf die Brust setzen. Entweder er stieg aus der Sache aus, oder sie würde Schluss machen. Troublemaker oder sie, auf diese Entscheidung lief es am Ende hinaus.

Sie stieß die schwere Metalltür des Wohnblocks auf und trat in die Nacht hinaus. Auf dem Bürgersteig blieb sie erst einmal stehen und atmete tief ein. Die Luft war warm und roch nach Asphalt und Autoabgasen. Das war der Geruch ihres Viertels. Julia mochte ihn. Es war etwas, was alle Menschen hier miteinander verband, so unterschiedlich sie auch sein mochten. Die Luft, die Häuser, der tägliche Kampf ums Überleben.

Sie lief mit schnellen Schritten nach links den Bürgersteig hinunter. Der Block, in dem sie bei ihren Eltern lebte, lag keine zehn Minuten zu Fuß entfernt. Sie überquerte eine löchrige Rasenfläche, in der etliche Lagerfeuer ihre Spuren hinterlassen hatten, schlug sich durch eine Reihe Büsche, weil es den Weg abkürzte, und lief dann den Trampelpfad an der Autobahn entlang. Anderthalb Meter höher zischten Autos mit hoher Geschwindigkeit vorbei.

Erst hier wurde Julia langsamer. Sie hatte sich beruhigt. Tobias würde schon nachgeben. Er war nicht der harte Kerl, der er vor seinen Kumpels sein musste. Ganz im Gegenteil, er hatte sogar einen sehr weichen Kern und war verletzlich. Was seine Freunde von ihm hielten, was Fremde von ihm dachten, das war für ihn wichtig. Er ertrug es nicht, wenn man auf ihn herabblickte, und mit Kritik konnte er kaum umgehen. Das machte es für sie ja so schwierig, ihn aus dem Dunstkreis von Troublemaker herauszubekommen.

Zwei Jahre noch, dachte Julia, dann würde sie den Abschluss machen und von hier verschwinden. In dieser Stadt gab es keine Zukunft für sie, das wusste sie. Wer aus diesem Ghetto kam, bekam keine Chance, auch nicht mit Abitur. Sie musste in eine andere Stadt, wo niemand sie kannte. Eine Ausbildungsstelle als Mediengestalterin in einer Werbeagentur würde ihr gefallen. Studium konnte sie vergessen, dafür hatten ihre Eltern keine Kohle, und Bafög kam nicht in Frage. Sie wollte keine Schulden machen beim Staat, damit der sie dann jahrelang in der Tasche hatte und bestimmen konnte, ob sie arbeiten ging oder nicht.

Sie wusste, dass sie Tobias zurücklassen würde.

Aber das lag noch weit in der Zukunft, und bis dahin musste sie sich hier durchschlagen. Sie hatte keine Lust, ihren Freund zwei weitere Jahre mit Troublemaker zu teilen.

Als sie aufblickte, sah Julia, dass ihr auf dem Trampelpfad jemand entgegenkam.

Das war nicht ungewöhnlich, auch nicht zu dieser Zeit. Jeder aus dem Viertel benutzte diesen Weg.

Trotzdem behielt sie die Gestalt im Auge. Es war ja nicht so, dass sie hier noch keine schlechten Erfahrungen gemacht hätte. Sie war blond, schlank und kleidete sich gern sexy, das waren drei Signale an Männer, die gern auch mal falsch verstanden wurden. Sie hatte keine Angst. Sie konnte kratzen, beißen und schlagen und hatte für den Notfall immer ein kleines Messer in der Hosentasche. Die Klinge war zwar nur fünf Zentimeter lang, aber ziemlich scharf.

Noch war die Gestalt nur ein großer schwarzer Schatten. Sie hatte einen unsicheren Gang, taumelte leicht, hielt sich sogar einmal an dem Maschendrahtzaun fest, der das Areal zur Autobahn hin abgrenzte.

Ein Besoffener.

Julia entspannte sich. Solche Typen waren ungefährlich.

Als er nur noch dreißig Meter entfernt war, krallte der Mann plötzlich beide Hände in den Zaun, beugte sich vornüber und begann zu würgen.

Scheiße, war das eklig.

Julia wandte den Blick ab und beeilte sich, an ihm vorbeizukommen. Sie wollte weder sehen noch riechen, wie der Typ sich übergab. Sie schlug einen kleinen Bogen, konnte aber wegen der dichten Büsche nicht allzu weit ausweichen. Als sie schon fast an ihm vorbei war, sackte der Mann auf die Knie und gab ein Geräusch von sich, als würde er krepieren.

Julia ging noch ein paar Schritte, blieb dann stehen und sah zurück.

«Geht's?», fragte sie. «Brauchen Sie Hilfe?»

Keine Antwort. Stattdessen wurde der Mann von einem Hustenanfall geschüttelt. Der massige Rücken bewegte sich auf und ab, der Maschendraht vibrierte unter den Händen des Mannes. Er hatte die Kapuze seines schwarzen Pullovers über den Kopf gezogen, sodass sie sein Gesicht nicht sehen konnte.

Julia war unsicher. Sie hatte keine Lust auf so etwas, konnte aber auch nicht einfach weitergehen. Was, wenn der Mann hier krepierte? Es wäre nicht das erste Mal, dass man im Viertel jemanden tot auffand, an seiner eigenen Kotze erstickt.

«Hey, Mann, soll ich den Notarzt rufen?»

Der Typ beruhigte sich etwas, schüttelte den Kopf und versuchte, wieder auf die Beine zu kommen. Es gelang ihm nicht. Er zerrte an dem Maschendraht, der unter seinem Gewicht nachgab.

Julia machte ein paar schnelle Schritte auf ihn zu.

«Warten Sie, ich helfe Ihnen.»

Als sie seinen Arm packte, drehte er sich plötzlich zu ihr um.

Julia zuckte zurück.

Etwas sprühte feucht an ihrem Gesicht vorbei. Ein paar Tropfen landeten auf ihrer rechten Wange und im Auge.

Sie taumelte zurück, bekam plötzlich schlecht Luft und konnte auf dem rechten Auge kam noch etwas sehen. Trotzdem griff sie instinktiv nach dem kleinen Messer in der Gesäßtasche ihrer Jeans.

Der Mann kam auf sie zu. Seine Unsicherheit war wie weggeblasen.

Julia wollte laufen, aber ihr Hals war so eng, sie konnte kaum atmen. Was zum Teufel hatte der Typ ihr ins Gesicht gesprüht?

«Hau ab», keuchte sie und brachte das Messer nach vorn.

Der Typ blieb stehen. Julia taumelte zwei Schritte zurück. Sie spürte den Zaun in ihrem Rücken. Ohne ihn wäre sie gestürzt.

«Lass mich in Ruhe, oder ich stech dich ab. Ich schwör's dir.»

Er blieb tatsächlich stehen, und es sah so aus, als würde er den Kopf schief legen.

Was war das da im Schatten der Kapuze?

Das war doch kein Gesicht!

Julia spürte ihre Beine unter sich nachgeben. Jetzt klammerte sie sich an den Zaun, knickte aber ein und sackte auf die Knie.

Das Messer entglitt ihr.

Der Mann kam auf sie zu, hob die Hand und sprühte sie abermals an. Diesmal direkt ins Gesicht.

Kalter, klebriger Nebel senkte sich über sie.

Das Letzte, was Julia sah, war ein Plastikgesicht unter der Kapuze.

Ich bin noch nicht ganz dahintergestiegen, aber ich glaube, es läuft folgendermaßen ab.»

Jan Krutisch stand tief hinabgebeugt vor einem seiner vier Computer. In der halben Stunde, seit ich bei ihm war, hatte er sich nicht eine Sekunde hingesetzt. Ich kannte Jan als ruhigen, ausgeglichenen Typ, aber heute schien er mächtig unter Strom zu stehen.

«Aber erklär es bitte so, dass auch ich es verstehen kann», bat ich ihn.

«Okay. Als du meine Spionagesoftware auf dem Rechner dieses Thaumann installiert hast, hat das Programm automatisch ein Backup der Festplatte erstellt und an mich geschickt. Danach löscht sich das Programm selbst. Auf dem ausgespähten Rechner bleiben keine Spuren zurück. Das hat auch funktioniert. Aber auf Thaumanns Rechner befand sich bereits eine andere Spionagesoftware, und die habe ich mir eingefangen, als ich das Backup hier geöffnet habe.»

«Und bevor du es gemerkt hast, hast du den ganzen Kram an meinen Rechner geschickt?

«Jep, so sieht's aus. Aber du hast Glück. Du hast das Backup ja noch nicht geöffnet. Den Virus hast du dir zwar eingefangen, aber er ist noch nicht aktiviert.»

«Wie sieht es auf deinem Rechner aus?»

Jan runzelte die Stirn und schüttelte den Kopf. Eine Geste der Verzweiflung. Er litt beinahe körperlich.

«Nicht so gut. Ehrlich, ich hab so etwas nie zuvor gesehen. Dieses Programm ist genial. Wer auch immer es geschrieben hat, ich muss den Kerl kennenlernen.»

Wünsch dir das nicht, dachte ich und spürte wieder den schmerzhaften Griff an meinem Oberarm.

«Mein Spionageprogramm, das ich übrigens selbst geschrieben habe, ist schon wirklich gut. Mir ist noch niemand auf die Spur gekommen. Aber dieses hier ist um Längen besser. Ich bin richtig neidisch. Es ist auf dem infizierten Rechner nahezu unsichtbar, liest aber alles mit. Du merkst es nicht. Hin und wieder eine kleine Verzögerung im Ablauf, aber nicht mehr als eine oder zwei Sekunden. Stell es dir so vor: Es gibt irgendwo auf der Welt, wahrscheinlich auf einem russischen Server, deinen Rechner noch einmal. Alles, was du hier machst, geschieht auch dort. Und unser Freund, der das Programm geschrieben oder gekauft hat, liest mit.»

«Man kann solche Programme kaufen?»

Jan sah mich an, als hätte er ein ahnungsloses Kleinkind vor sich.

«Natürlich nicht beim Media Markt, aber für Bares bekommst du auf dem russischen Markt alles. Die schreiben dir jedes Programm, das du haben willst, und bieten dir gleich noch ein Server-Abo an. Auf den russischen Servern kannst du dich verstecken und tun und lassen, was du willst. Kommt dir jemand auf die Schliche, wechselst du einfach auf einen Spiegel und fängst von vorn an.»

«Häh? Spiegel?»

«Pass auf: Nehmen wir mal an, jemand betreibt eine illegale Website. Die Behörden kommen ihm auf die Schliche und sperren diese Seite. Dann wäre er theoretisch aus dem Geschäft. Nicht aber wenn du weltweit in Ländern mit liberaleren Gesetzen Spiegel deiner Website auf verschiedenen Servern angelegt hast. Dorthin wechselst du einfach. So wie du mit einem Laden wechseln würdest, wenn dir das Umfeld nicht mehr gefällt.»

«Also kann man so etwas nicht stoppen?»

Jan zuckte mit den Schultern. «Nicht auf Dauer. Aber dieses Programm hier, das kann ich stoppen. Es dauert nur eine Weile.»

Mir fiel etwas ein. Ich spürte, wie mir das Blut in den Kopf schoss.

«Sag mal, Jan, wenn Thaumann von seinem infizierten Computer mit jemandem gechattet hat, kann ein Dritter das mitverfolgt haben?»

«Klar.» Er sah mich an. «Dieser Thaumann hat mit dir gechattet?»

Ich nickte. «Ja, aber via Facebook. Kann da auch jemand mitlesen? Thaumann erwähnte so etwas, deswegen wollte er sich mit mir treffen.»

Jan lächelte mitleidig. «Um bei Facebook mitzulesen, brauchst du nicht einmal ein Spionageprogramm. Das war doch neulich sogar im Fernsehen, nicht mitbekommen?»

«Nein. Klär mich auf.»

«Okay. Ich kann eine App für das App-Zentrum bei Facebook programmieren und es der App erlauben, auf deine Daten zuzugreifen. Sogar deine privaten Nachrichten mitzulesen. Wenn du dir als User diese App aus dem App-Zentrum runterlädst, wirst du bei der Installation nach Genehmigungen gefragt. Die App fragt dich, welche deiner Daten sie nutzen darf. Das kannst du per Mausklick also selbst festlegen. Die meisten User kümmern sich aber nicht darum, erlauben einfach alles, weil es ja schnell gehen muss heutzutage. Und zack, kann ich als Programmierer deine Nachrichten mitlesen. Allerdings gehe ich davon aus, dass unser Freund hier bei der Programmierung auch daran gedacht hat. Der braucht keine Hilfe vom alten Mark Zuckerberg.»

Ich hatte es ja schon geahnt, aber in diesem Moment hatte ich die Gewissheit. Thaumann war vorsichtig gewesen, aber nicht vorsichtig genug. Er wollte mir ein Geheimnis anvertrauen, das der Täter unbedingt gewahrt wissen wollte. Deshalb musste Thaumann sterben. Und der große Unbekannte war geschickt. Er hatte es auch noch geschafft, den Verdacht auf mich zu lenken. Allerdings konnte er nichts von der Notiz wissen, die ich mit der Bleistiftschraffur sichtbar gemacht hatte.

Ich war ihm auf der Spur.

Was würde entstehen, wenn alle Erfahrungen, die Menschen je gemacht hatten, und alles Wissen, das Menschen je errungen hatten, an einem zentralen Ort zusammenfänden?

Weisheit? Allwissenheit? Ewigkeit?

Ann-Christin hatte einen interessanten Artikel darüber gelesen, wie man sich das Leben nach dem Tod vorstellen musste. Die These lautete, dass das menschliche Gehirn viel zu klein sei, um alle Erfahrungen und alles Wissen abzuspeichern. Deshalb gebe es von beidem ständig etwas an eine Aura ab, die alle Menschen umgebe. In dieser Aura, die man auch Jenseits nennen konnte, befinde sich jeder Gedanke, der je gedacht worden war, und jede Antwort, die je ersonnen worden war. Alle Toten hätten auf alles Wissen Zugriff, die Lebenden nur auf das eigene. Sobald man sterbe, eröffne sich eine Welt, in der es keine Fragen mehr gebe, weil das Wissen dort zum eigenen Wesen gehörte.

Oder besser: weil man selbst dieses Wissen war.

Wenn dem so war, was war dann das Internet?

Nichts weiter als ein kollektives Gedächtnis, dass auf ständige Fütterung angewiesen war? Oder entwickelte es aus sich selbst heraus Wissen, weil die Toten darin einen Ort für die Ewigkeit fanden?

Dazu passte die Internetseite, auf die sie gestoßen war, als sie bei Google eingegeben hatte: «Mit Verstorbenen in Kontakt bleiben».

Die Seite hieß Stay Alive und sollte wohl eine digitale Gedenkstätte sein. Dort warb man mit so merkwürdigen Sätzen wie: Bleiben Sie mit Verstorbenen in Verbindung. Setzen Sie sich Ihr eigenes Denkmal. Die Betreiber boten ein «Eternity Package» für 499 Euro an. Auch die Ewigkeit hatte schließlich ihren Preis.

Wenn also das Jenseits nichts weiter war als ein körperloser Zustand des allumfassenden Wissens, schufen sich die Menschen mit dem Internet dann gerade ein neues Jenseits? Eines, auf das man nicht bis zum Tod warten musste?

War es das, was Gott gemeint hatte mit dem ewigen Leben?

Ann-Christin war aufgekratzt und verwirrt. Außerdem brummte ihr der Schädel. Deshalb nahm sie das Geräusch zuerst gar nicht wahr. Erst als es sich wiederholte, wurde sie aufmerksam.

Was war das?

Sie blieb mit dem Laptop auf den Oberschenkeln auf dem Bett sitzen und lauschte.

Irgendwas hatte geklappert. Vorn an der Haustür.

Traute Gustav sich doch wieder zurück? Ann-Christin würde ihm auf gar keinen Fall die Tür öffnen. Reglos verharrte sie, hörte ihr eigenes Herz schlagen und dachte automatisch an ihren Vater. Er hatte sich immer noch nicht blicken lassen. Vielleicht wusste er nichts von Mamas Tod, aber das glaubte Ann-Christin nicht. Er war doch auch sonst immer bestens informiert gewesen.

Das Geräusch wiederholte sich nicht.

Wahrscheinlich war es nur der Wind gewesen oder eine Katze.

Mit einem leisen Plink meldete ihr Laptop den Eingang einer Nachricht bei Facebook.

Ann-Christin war erst seit kurzem dort angemeldet und hatte kaum Freunde. Private Nachrichten hatte sie bisher nicht bekommen und war überrascht. Sie öffnete die Nachricht.

Anima Moribunda **22:55**
Wenn du wirklich verstehen willst, geh hinunter und öffne deine Post.

Der Absender war Anima Moribunda. Ihr Chat-Partner aus der vergangenen Nacht.

Ann-Christin lief es kalt den Rücken hinab, gleichzeitig wurde ihr Kopf heiß. Wie hatte er sie bei Facebook gefunden? Und was sollte das mit der Post?

Plötzlich wurde ihr klar, woher das Geräusch stammte, das sie gerade gehört hatte.

Der Briefschlitz in der Tür.

Er hatte geklappert, ganz sicher.

Ann-Christin legte den Laptop beiseite, stand aus dem Bett auf und trat ans Fenster. Draußen hatte es zu dämmern begonnen. Bereits den ganzen Tag hing eine graue Wolkendecke am Himmel. Das Licht war dementsprechend schlecht, und die Straßenlaternen brannten. Ann-Christin spähte in beide Richtungen die Straße hinunter, konnte aber niemanden entdecken.

Sie wandte sich vom Fenster ab und schlich zum Treppenabsatz. Von dort aus konnte sie die Haustür sehen und auch den Briefumschlag, der durch den Schlitz in den Flur gefallen war.

Ein schwarzer Briefumschlag.

Wenn du wirklich verstehen willst, geh hinunter und öffne deine Post.

Woher wusste der Absender der Nachricht, dass sie hinuntergehen musste? Woher wusste er, wo sie wohnte? Woher wusste er, dass sie in diesem Moment zu Hause war?

Die Antworten darauf waren viel zu angsteinflößend, Ann-Christin wollte lieber nicht darüber nachdenken. Sie schlich die Treppe hinunter, bückte sich und hob den Brief auf.

Der Umschlag bestand aus festem, hochwertigem Papier. Er war sehr leicht. Im Inneren schien sich ein kleines Kärtchen zu befinden. Ann-Christin konnte es fühlen.

Sie nahm ihren ganzen Mut zusammen und öffnete die Haustür. Barfuß trat sie einen Schritt hinaus. Da war niemand. Nicht vor der Tür, nicht im Garten und auch nicht auf der Straße. Ann-Christin ging bis zur Pforte vor und sah sich auch dort um. Und plötzlich war es wieder da, dieses Gefühl, beobachtet zu werden. Es war so beängstigend, dass sie rückwärts zur Haustür schlich. Sie schwitzte. Ertastete den Türknauf, packte ihn, schob sich in den Flur und schlug die Tür zu.

Sie blieb dahinter stehen, starrte auf das Milchglas und war sich sicher, dass ihr jemand folgen würde. Doch das geschah nicht.

Schließlich ging sie in die Küche hinüber und nahm den Brieföffner aus dem großen Glas mit den Stiften, das auf der Fensterbank stand. Sie schlitzte den Umschlag auf und kippte den Inhalt auf die Fensterbank.

Ein Kärtchen fiel heraus.

Es hatte die Größe einer Visitenkarte und war schwarz. Auf die Vorderseite war eine unheimliche Maske auf rotem Grund gedruckt. Darunter ein Schriftzug in großen roten Buchstaben.

Deathbook.
Ann-Christin drehte das Kärtchen um.
Auf der Rückseite war ein QR-Code.

Die Kamera war auf die Haustür gerichtet. Die Tür ging zögerlich auf, und eine junge Frau in Jeans und langem grauem Rollkragenpullover trat heraus. Sie hatte hüftlanges dunkles Haar, das ihr offen über die Schultern fiel. Sie war barfuß. Mit vorsichtigen Schritten ging sie bis zur Pforte im Gartenzaun vor, blieb dort stehen und sah sich um. Die Kamera zoomte ganz nah an ihr Gesicht, an die ausdrucksstarken blauen Augen heran.

Doch plötzlich entfernte sich die Frau und ging rückwärts zum Haus zurück. Auf ihrem Gesicht lag Angst. Sie schlug die Tür hinter sich zu.

Die Kamera veränderte ihren Standort. Büsche kamen ins Bild, verschwanden wieder, dann sah man ein Fenster. Dahinter stand die junge Frau mit den blauen Augen. Wieder zoomte die Kamera ganz nah heran.

Es war bereits früher Abend, als ich von Jan zurück nach Hause fuhr.

Jan hatte seinen Computer gerettet, und zusammen waren wir sowohl Thaumanns Daten als auch Kathis Laptop durchgegangen. Es war für mich keine Überraschung gewesen, dass wir auf Kathis das gleiche Spionageprogramm gefunden hatten wie auf Thaumanns. Dass ich die beiden Verfolgungsvideos auf Kathis Rechner gefunden hatte, obwohl das Spionageprogramm doch alle Spuren hatte löschen sollen, lag wohl daran, dass sie die beiden Videos erst später von ihrem Handy auf den Computer hochgeladen hatte. Jan meinte, deswegen seien sie dem Programm entgangen. Diese

Videos und vielleicht noch andere hatte meine Nichte also an ihr Handy geschickt bekommen.

Für mich hätte es dieses Beweises nicht bedurft, aber für die Zweifler bei der Polizei war es natürlich wichtig. Gleich morgen früh würde ich Manuela damit konfrontieren. Damit und mit Mario, dem Master of Dark Tattoo.

Ich war verwirrt und aufgewühlt und konnte mich kaum auf den Verkehr konzentrieren. Das Gefühl, verfolgt und beobachtet zu werden, war sofort wieder da gewesen, als ich Jans Wohnung verlassen hatte. Was trieb dieser Täter? Welches Ziel verfolgte er? Warum filmte er heimlich Menschen und brachte sie dann um? Im Internet fand er seine Opfer, aber wie? Zufall? Oder lockte er, wie Jan vermutete, seine Opfer dort an? Hatte ich mich selbst längst in seinem Netz verfangen, ohne es zu wissen?

Ich fuhr auf der dunklen Landstraße zu meinem Haus. Im Rückspiegel sah ich die Scheinwerfer eines Autos, das mir in einigem Abstand folgte. Natürlich war man nirgends in Deutschland wirklich allein, aber ich war dennoch unruhig.

Ich hielt die vorgeschriebenen siebzig Stundenkilometer Geschwindigkeit exakt ein und behielt den Rückspiegel im Auge. Der Wagen näherte sich nicht, entfernte sich aber auch nicht. Ich erhöhte auf hundert. Der Wagen hielt mit.

Noch zwei Kilometer, dann musste ich rechts abbiegen. Dort würde ich definitiv wissen, ob ich verfolgt wurde oder nicht, denn die Straße führte nur zu meinem Haus. Ich wurde langsamer, drosselte die Geschwindigkeit auf siebzig, sechzig, fünfzig, vierzig …

Der Wagen kam näher heran, aber nicht so nahe, wie es jemand getan hätte, dem ich mit meinem Verhalten auf die Nerven ging.

Ich trat auf die Bremse, stoppte meinen Wagen auf der Straße und sprang heraus. Es war mir egal, ob mir dieser unheimliche Täter aus dem Internet folgte, ich wünschte es mir sogar. Dann könnte ich die Sache gleich hier und jetzt ein für alle Mal zu Ende bringen.

Die Scheinwerfer näherten sich. Der Wagen wurde noch langsamer und wich auf die andere Fahrspur aus. Dort blendete er auf, sodass ich nichts mehr sehen konnte und die Hand vor die Augen halten musste. Ich trat einen Schritt zurück und brachte mich neben meinem Wagen in Sicherheit, denn sonst hätte er mich einfach überfahren können.

Angespannt, mit zu Fäusten geballten Händen erwartete ich den Wagen. Er fuhr in Schrittgeschwindigkeit vorbei. Eine alte Frau mit grauen Locken und dicker Brille glotzte mich ängstlich an, hielt aber nicht an, sondern gab Gas, als sie an mir vorbei war.

Ich atmete erleichtert aus und sah den Rückleuchten nach, bis sie hinter der nächsten Kurve verschwanden. Nur langsam wichen Angst und Aufregung. Wenn ich nicht aufpasste, würde ich noch paranoid werden. So wie Thaumann. Wer auch immer der Täter war, er konnte nicht zu jeder Zeit überall sein.

Aber wenn es Mario der Tätowierer war, dann konnte er mir sehr wohl gefolgt sein, schoss es mir durch den Kopf. Ich war dumm gewesen. Ich hätte darauf achten müssen, als ich aus Achim fortgefahren war. Aber da hatte ich nur rasch zu Jan gewollt und an nichts anderes gedacht.

Ich stieg ein und fuhr weiter.

Die Zufahrt zu meinem Haus lag im Dunkeln. Die Büsche rechts und links der schmalen Straße wirkten wie geduckte Gestalten. Noch während ich auf das Haus zurollte, nahm ich den Elektroschocker aus dem Handschuhfach. Vor dem Haus sprangen die Lampen an und tauchten den Hof in gelbes Licht. Sofort wurden die Schatten an den Rändern schwärzer, als müssten sie die Helligkeit ausgleichen.

Ich blieb sitzen und beobachtete das Haus. Drinnen brannten die beiden Lampen, die, von einer Zeitschaltuhr gesteuert, eine halbe Stunde vor Sonnenuntergang angingen. Bisher hatte ich diese einsame Wohnlage am Waldrand immer geschätzt. Hier war ich für mich allein, hatte meine Ruhe, konnte in den Garten gehen, ohne gleich ein Gespräch mit einem Nachbarn führen zu müssen. Einsamkeit war fürs Schreiben wichtig, wenigstens für mich. Gerade jetzt machte sie mir aber Angst. Ich dachte daran, wegzufahren und in einem Hotel zu übernachten.

«So ein Quatsch», sagte ich laut, stieg aus, verriegelte den Wagen und ging aufs Haus zu. Den Elektroschocker hielt ich dabei fest umklammert.

Vor der überdachten Haustür lag ein Kuvert.

Ein tiefschwarzer Briefumschlag.

Ich nahm ihn auf und fühlte im Inneren ein Kärtchen von der Größe einer Visitenkarte.

Merkwürdig, dachte ich und nahm den Umschlag mit hinein. Noch im Flur riss ich ihn auf und nahm das Kärtchen heraus.

Es bestand aus festem Karton und war beidseitig schwarz. Auf der einen Seite war ein rotes Quadrat aufgedruckt. Auf diesem Quadrat schwebte eine schwarze Maske. Darunter war in großen roten Buchstaben ein Schriftzug abgedruckt.

Deathbook.

Auf der anderen Seite der Karte befand sich ein QR-Code.

Ich zog mein Handy hervor, öffnete die Scan-App und scannte den Code ab.

Nach kurzer Wartezeit öffnete sich ein Video.

Unheilvolle Musik setzte ein, ich glaubte, einen Herzschlag zu hören. Ein quietschendes Geräusch, das sich tief in meinen Kopf bohrte. Und dann tauchte eine Gestalt mit einer unheimlichen Maske auf. Es war die gleiche Maske wie auf der Visitenkarte.

Die Musik wurde leiser, und die Maske sprach zu mir.

«Du bist jetzt Mitglied im Deathbook. Leiste deinen Beitrag. Nimm ein Video auf, wie ein Mensch stirbt, und lade es hoch. Verweigerst du deinen Beitrag, nehmen wir ein Video auf, wie DU stirbst.»

EPISODE 6

TAG 15

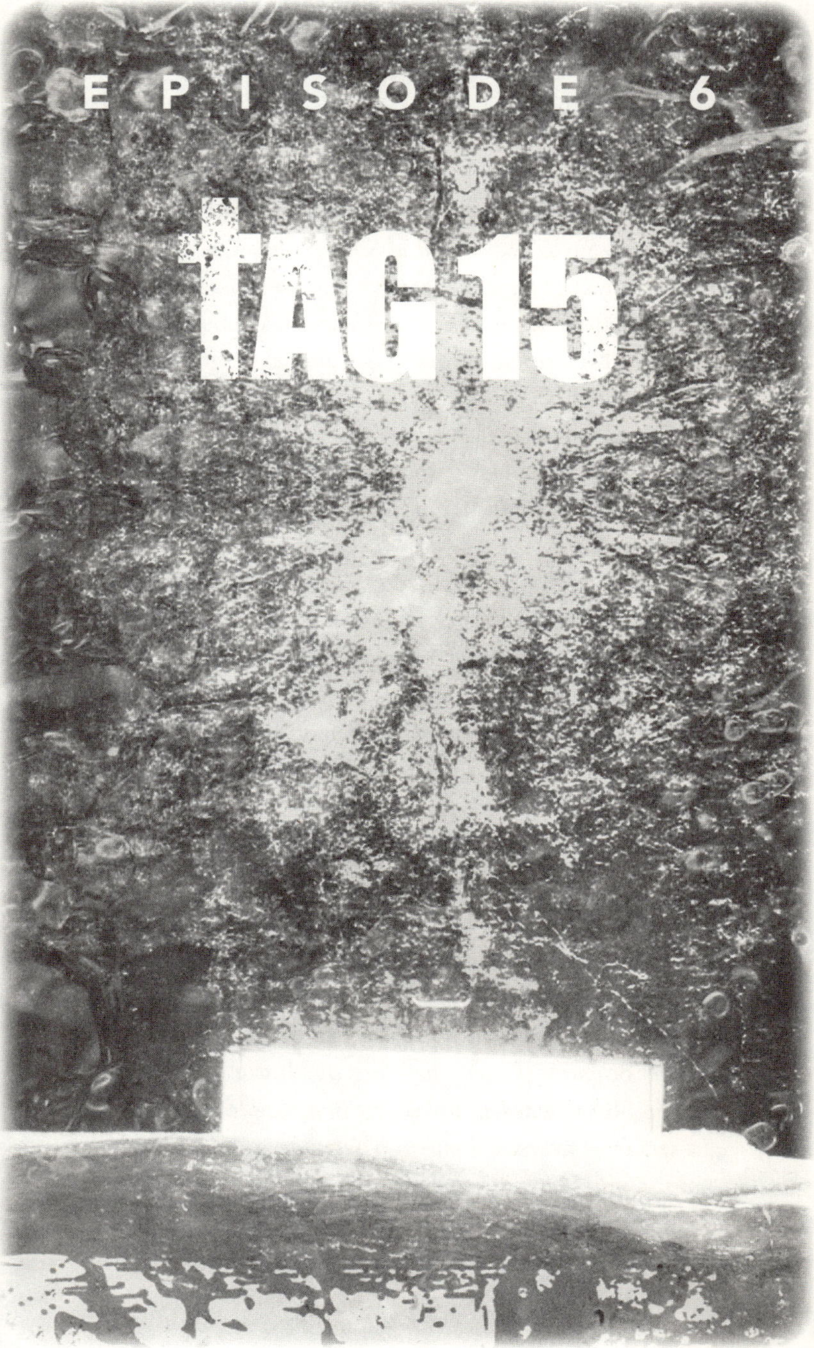

Die silbrige, metallisch glänzende Zunge suchte sich beharrlich ihren Weg. Sie schob Staub und Schmutz vor sich her und tastete sich vor, schmiegte sich sanft an Erhöhungen und nahm Umwege, wo Barrieren sie dazu zwangen. Mitunter teilte sie sich, umspülte Hindernisse und schloss sich dahinter wieder.

Von irgendwoher fiel Licht auf den Boden. Ein heller, gebündelter Strahl. Das Licht offenbarte ihre wahre Beschaffenheit. Sie bestand nicht aus flüssigem Metall, sondern aus Wasser.

Immer mehr Wasser folgte der Zunge in ihrem schmalen Kanal und suchte sich seinen Weg durch die leicht abschüssige Halle. Der Boden bestand aus rissigem Beton, bedeckt von einer roten Ölfarbe, die im Laufe der Jahre aufgeplatzt war und den Beton mit einem marmorierten Muster überzog. Dort verzweigte sich die Zunge und bildete dünne Rinnsale.

Der See, aus dem sich der Hauptstrom speiste, lag weiter oberhalb in gleißend hellem Licht. Von einem starken Scheinwerfer, der auf einem dreibeinigen Stativ stand, bohrte sich ein brennend heißer Balken durch die Dunkelheit. Staubkörner tanzten darin, blitzten auf und verglühten wie Asteroiden in der Atmosphäre der Erde.

Aber der See war nicht das Ziel des Lichts.

Der Scheinwerfer war auf einen quadratischen Block gerichtet. Ein glitzernder, funkelnder Block aus Wasser und Luft, der in der künstlichen Sonne von Sekunde zu Sekunde seine Konsistenz änderte. Eis wurde zu Wasser, füllte den See und die Kanäle, bevor es in einem verrosteten Gully versickerte.

Es ließ sich nur erahnen, wie groß der Block gewesen war,

bevor der Scheinwerfer sein Werk begonnen hatte. Sicherlich war er hoch genug gewesen, dass die nackten Füße darauf einen festen Stand hatten finden können. Der war ihnen aber längst genommen. Die kleinen, zarten Frauenfüße standen auf den Ballen und drückten den Körper hoch. Immer abwechselnd, einmal rechts, einmal links, dann wieder beide zugleich. Auf der nassen, glitschigen Oberfläche des Eisblocks rutschten sie immer wieder ab, und dann versuchten die Füße verzweifelt tastend neuen Halt zu finden.

Der Eisblock verlor stetig an Masse. Er schmolz dahin, wurde kleiner und niedriger.

Die Muskeln in den nackten Beinen waren vom ständigen Kampf längst verhärtet. Schweiß glänzte darauf im heißen Licht des Scheinwerfers. Silbrige Perlen liefen an der Haut hinab. Das Mädchen trug kurze graue Shorts und ein weißes, eng anliegendes Top. Die Arme waren auf dem Rücken mit braunem Paketband zusammengeklebt. Über dem Mund klebte ein weiterer Streifen. Das lange Haar und das Gesicht waren nass von Schweiß, die Augen weit aufgerissen.

Um den Hals des Mädchens lag ein kräftiger Sisalstrick. Er war mehrfach darum geschlungen, sodass das raue Material die Haut gänzlich bedeckte. Hinter dem Kopf des Mädchens führte der Strick hinauf zu einem Metallträger der Deckenkonstruktion der Halle.

Das Mädchen war am Ende seiner Kräfte. Zu lange schon dauerte der Überlebenskampf. Aber sie spürte, dass der Kampf bald vorbei sein würde. Dass sie ihn verlieren würde. Die Zehen rutschten und tasteten auf dem Eis, die Waden verkrampften sich, der Körper schaukelte hin und her. Immer häufiger verlor sie den Kontakt zum Untergrund. Dann legte sich die Schlinge fest um ihren Hals, drückte den Kehlkopf nach innen und schnürte ihr die Luft ab. Die Augen quollen aus den Höhlen, an der Stirn traten die Adern hervor.

Durch den Knebel aus Paketband waren dumpfe Hilfeschreie zu hören.

Dann war der Eisblock zu klein.

Die Zehen fanden keinen Halt mehr, wie lang das Mädchen sich auch streckte. Der immense Druck an ihrem Hals ließ nicht mehr nach, kein Quäntchen Sauerstoff floss mehr in ihre Lunge.

Eine Weile zappelte sie noch. Die Zehen tasteten in der Luft umher auf der Suche nach Halt.

Dann wurde es still.

Der Eisblock aber schmolz weiter und schickte sein Wasser auf die Reise. Vermischt mit dem Urin und Schweiß des Mädchens, füllte es den See, den Hauptstrom und die kleinen Verästelungen.

Alle Hoffnung und alles Leben sickerten in einen verrosteten Gully.

In meinem ganzen Leben hatte ich noch nie eine so immense Wut in mir gespürt. Diese Wut zog den Brustkorb nach innen zusammen, presste den Hals zusammen und ließ den Kopf rot glühen. Meine Finger hatten sich in die Oberschenkel gekrallt. Ich sah das Video bereits zum dritten Mal, aber es hatte nichts von seiner Wirkung auf mich verloren.

Manuela ging es genauso.

Sie hatte sogar Tränen in den Augen.

Wir saßen in meinem Arbeitszimmer. Vor uns auf dem Schreibtisch lag, schräg aufgerichtet, mein Laptop. Das erste Mal hatte ich das Video noch auf meinem Handy angeschaut. Ich hatte den QR-Code von der Rückseite der schwarzen Visitenkarte eingescannt, und die schwarze Maske mit den roten Fäden vor den Augen hatte zu mir gesprochen.

Du bist jetzt Mitglied im Deathbook. Leiste deinen Beitrag. Nimm ein Video auf, wie jemand stirbt, und lade es hoch. Verweigerst du deinen Beitrag, nehmen wir ein Video auf, wie DU stirbst.

Danach hatte das Video begonnen. Auf dem kleinen Bildschirm meines Handys hatte ich es noch für einen Fake gehalten. Deshalb hatte ich den QR-Code noch einmal eingescannt und das Video ein zweites Mal auf dem größeren und höher auflösenden Bildschirm verfolgt.

Während es lief, hatte ich Manuela angerufen.

Das war vor einer Stunde gewesen.

«Großer Gott», sagte sie leise. «Das ist nicht gestellt. Sie ist wirklich gestorben.» Ihre Stimme zitterte genauso wie ihre Hände.

Es gab in dem Video ein paar Details, die diesen erschütternden Schluss zuließen. Die hervortretende Ader an der Stirn des Mädchens. Die hervorquellenden Augen. Der Schweiß an ihrem Körper. Das verzweifelte Zucken und Tasten. Und kurz bevor sie aufgehört hatte, sich zu bewegen, hatte sich ihre Blase entleert.

Ich hatte bis zuletzt gehofft, dass Manuela etwas entdecken würde, ein winziges Detail, das dieses Video als Fälschung entlarvte, aber das war nicht passiert. Weil es ganz einfach keine Fälschung war. Jemand hatte das Mädchen am Hals aufgeknüpft, es auf einen Eisblock gestellt, den Block mit Hilfe eines starken Scheinwerfers zum Schmelzen gebracht und mit seiner Kamera festgehalten, wie das Mädchen langsam und qualvoll starb.

«Ich weiß», sagte ich ebenso leise. «Es ist schockierend.»

Neben dem Rechner lagen der schwarze Umschlag und die Visitenkarte mit der Maske darauf. Beides hatte ich nur noch mit der Pinzette berührt, seit ich Manuela angerufen hatte. Meine Fingerabdrücke waren aber natürlich trotzdem darauf.

Die Maske schien uns anzustarren.

Mit einem heftigen Ruck stand Manuela vom Stuhl auf und wandte sich vom Schreibtisch ab. Sie rieb sich die Augen und sah mich dann an.

«Wer ist das Mädchen?», fragte sie.

«Ich kenne sie nicht.»

«Du bist dir ganz sicher?»

«Manuela … ich habe das Video dreimal angeschaut. Und die Aufnahme war qualitativ gut. Der Täter hat nicht mit einem Handy gefilmt, sondern wahrscheinlich mit einer professionellen Kamera. Ja, ich bin mir sicher.»

Sie sah zu Boden und nickte.

«Ist dir aufgefallen, mit welcher akribischen Leidenschaft er den Verlauf des Wassers gefilmt hat? Vom Gully bis hinauf ins Gesicht des Mädchens?»

«Ja, der Mistkerl hat Spaß daran. Vielleicht glaubt er sogar, das Ganze habe einen künstlerischen Wert.»

Manuela zückte ihr Handy. «Ich rufe Kieling an. Er soll herkommen und die Spurensicherung mitbringen.»

«Ja, okay.»

Nachdem sie angerufen hatte, sah sie mich an. Ihre Augen glänzten noch immer feucht.

«Mir ist schlecht, ich könnte kotzen.»

«Kann ich verstehen … möchtest du vielleicht etwas trinken?»

«Ja, Wasser.»

Wir gingen in die Küche. Ich schenkte uns beiden ein Glas Wasser ein, wir lehnten uns an die Spüle und tranken schweigend. In Manuelas Glas sah ich mein eigenes Spiegelbild. Und erstarrte.

«Wir müssen uns das Video noch einmal ansehen, aber auf dem großen Bildschirm», stieß ich aufgeregt aus.

«Warum? Was ist los?»

«Komm mit.»

Ich ging ins Büro hinüber, verband den Laptop mit dem großen Rechner und überspielte das Video. Dann stellte ich für den 27-Zoll-Monitor ein bildschirmfüllendes Format ein und startete das Video erneut.

Manuela stand dicht neben mir, unsere Arme berührten sich. Wir beugten uns ganz nah zum Monitor.

Als der See aus Wasser und der Eisblock ins Bild kamen, stoppte ich den Film.

«Da, im Wasser, was ist das?» Ich deutete mit dem Finger auf den See. In der hellen Oberfläche schwamm ein dunkler Fleck. Etwas spiegelte sich darin.

«Ich kann es nicht erkennen», sagte Manuela. «Kannst du es vergrößern?»

«Moment.»

Ich vergrößerte den Bildausschnitt. Dadurch wurde die Qualität etwas schlechter, aber trotzdem konnten wir die Umrisse jetzt erkennen. Unmittelbar vor dem Mädchen stand eine Person. Obwohl sie sich die Kamera vors Gesicht hielt, sahen wir beide, dass die Person eine Maske trug. Die Maske von der Visitenkarte.

Für einen Moment glaubte ich, den Tod zu sehen.

«Wer oder was ist das?», fragte Manuela.

«Der Deathbook-Killer», rutschte es mir heraus.

Manuela bediente die Maus, vergrößerte den Bildausschnitt noch weiter, doch das brachte nichts. Er wurde zu unscharf.

«Vielleicht können unsere Techniker noch was rausholen», sagte sie. Und dann: «Deathbook? Was ist damit gemeint? Todesbuch oder Buch der Toten? Und diese Maske … hast du die schon mal irgendwo gesehen?»

«Warte mal.»

Ich öffnete den Browser, gab «Deathbook» ein und erhielt über dreihunderttausend Treffer. Auf den ersten beiden Seiten fand ich nur englische Einträge.

«Such mal nach Bildern», schlug Manuela vor.

Das tat ich. Und es waren einige hässliche Bilder dabei. Unter anderem auch eines «unserer» Maske. Eine Abbildung der Visitenkarte. Ich stellte sie so groß wie möglich ein.

«Sind da Augen hinter diesen roten Fäden?», fragte Manuela.

Wir sahen beide ganz genau hin, konnten aber keine entdecken.

«Vielleicht gibt es eine Website», sagte ich und gab ins Suchfeld ein:

www.death-book.com

Volltreffer.

Dieser Schriftsteller mischte sich in Dinge ein, die ihn nichts angingen. Er schien ein neugieriger und neunmalkluger Mensch zu sein, der seine Nase überall hineinsteckte. Aber gut, da er sich jetzt schon mal ins Spiel gebracht hatte, sollte er auch mitspielen. Dann aber auch mit allen Konsequenzen und nach den Regeln, die nun einmal für dieses Spiel galten.

Der würde sich noch wundern!

Schneid hatte er ja, das musste man ihm zugestehen. Nicht jeder, der sich verfolgt fühlte, würde nachts auf einer einsamen Landstraße anhalten, um den vermeintlichen Verfolger zur Rede zu stellen. Aber eigentlich war das nicht mutig gewesen, sondern dumm. Mut und Dummheit wurden oft verwechselt. Häufig führte dieser allzu menschliche Irrtum direkt in den Tod.

Der Schriftsteller war bereits so gut wie tot. Er wusste es nur noch nicht.

Die Sache begann interessant zu werden.

Darum war er auch nicht gleich zurück in die Stadt gefahren, nachdem der Schriftsteller ihn auf der Landstraße zum Überholen gezwungen hatte – zum Glück hatte er eine Maske getragen. Er war der Straße noch einen Kilometer gefolgt und hatte in einem Feldweg gewendet. Als er erneut an der Einfahrt zum Haus des Schriftstellers vorbeigefahren war, hatte er durch die Bäume hindurch Licht schimmern sehen. Ein paar hundert Meter die Straße runter hatte er seinen Wagen tief in einem Waldweg stehen lassen und war zu Fuß durch den Wald zum Haus zurückgegangen. Warum, konnte er selbst nicht genau sagen. Wahrscheinlich wollte er einfach nur sehen, wie der dumme Kerl mit der Situation umging. Verbarrikadierte er sich im Haus? Lief er zitternd vor Angst durch die Räume? Und vor allem: Hielt er eventuell eine Waffe in den Händen? Für später war es wichtig zu wissen, ob er eine Waffe besaß.

Wenn er eines gelernt hatte in den vergangenen Monaten, dann war es, auf alles vorbereitet zu sein. Jede Eventualität einzukalkulieren. Nichts außer Acht zu lassen. Der Tod lauerte an jeder Ecke, und man konnte nie wissen, wann und wo er zuschlagen würde. Man musste schon verdammt clever sein, um ihm zu entkommen.

Der Schriftsteller war aber nicht clever. Ganz im Gegenteil, er war sogar dumm genug, auch noch andere Personen in Gefahr zu bringen. Wie diese junge Frau. Er kannte sie bereits, sah sie heute zum zweiten Mal an Winkelmanns Seite. Seine beiden Feinde. Na gut, das machte die Sache noch interessanter.

Durch das beleuchtete Fenster hindurch sah er die beiden vor einem Schreibtisch hocken. Sie starrten auf irgendetwas, das er von seiner Position aus nicht sehen konnte. Er konnte sich aber denken, was es war. Er beglückwünschte sich, dass er nicht sofort zurück in die Stadt gefahren war. Zum einen wusste er jetzt definitiv, dass der Schriftsteller und die Frau zusammenarbeiteten. Was aber noch viel wichtiger war: Er kannte nun das Kennzeichen ihres Wagens. Diese Information reichte aus, um alles andere über sie herauszufinden. Zumindest ihm reichte sie.

«Willkommen im Spiel, hübsche Lady», sagte er leise.

Als die Frau wenig später ihr Handy nahm, um ein Telefongespräch zu führen, wusste er, dass es Zeit war zu gehen.

Das war in Ordnung.

Er hatte alles, was er brauchte.

Ann-Christin 23:02

Wie hast du mich gefunden?

Ann-Christin hatte eine Weile überlegt, ob sie sich überhaupt noch einmal im Chat bei Anima Moribunda melden sollte. Zehn Minuten hatte sie auf ihrem Bett gesessen, den Laptop auf den Beinen, hatte nach Geräuschen gelauscht und den Chat beobachtet. Ihr Gesprächspartner hatte sich nicht mehr gerührt, und schließlich hatte ihre Neugierde gesiegt.

Seine Antwort ließ nicht lange auf sich warten.

Anima Moribunda 23:05

Durch das Internet. Es verrät mir alles.

Ann-Christin 23:05

Aber doch nicht, wo ich wohne. Und woher weißt du, dass ich hinuntergehen muss, um meine Post zu öffnen? Du beobachtest mich. Es ist gar kein Zufall, dass wir hier miteinander chatten.

Anima Moribunda 23:05

Zufälle gibt es nicht. Die Wahrscheinlichkeit, dass wir beide uns kennenlernen, war ungefähr so groß wie die Wahrscheinlichkeit, dass die Erde von einem Asteroiden getroffen wird. Doch es ist geschehen. Und weißt du, wer dabei geholfen hat?

Ann-Christin 23:06

Nein. Weiß ich nicht.

Anima Moribunda 23:06

Mein Freund, der Tod.

Diese Antwort irritierte Ann-Christin. Wie konnte jemand den Tod als seinen Freund bezeichnen? Chattete sie mit einem Verrückten? Vielleicht war es besser, jetzt aufzuhören. Das alles machte ihr Angst.

Ann-Christin 23:09

Ich glaube, ich höre jetzt auf.

Anima Moribunda 23:09

Nein, geh nicht weg, Ann-Christin. Bitte, geh nicht weg! Du musst keine Angst haben. Du suchst nach Antworten. Ich kann sie dir geben.

Ann-Christin 23:09

Dann sag mir die Wahrheit. Beobachtest du mich? Warst du eben vor meinem Haus? Ich habe doch irgendwas gespürt.

Anima Moribunda 23:10

Ich habe den Brief eingeworfen, aber dann bin ich wieder gegangen. Wirklich, du musst keine Angst haben vor mir.

Ann-Christin 23:10

Habe ich aber. Das ist unheimlich. Warum tust du so etwas?

Anima Moribunda 23:10

Ganz einfach: Weil wir uns durch eine gemeinsame Erfahrung nahestehen und uns helfen können. Dein Leben ist ebenso vom Tod durchdrungen wie meins, nur hatte ich mehr Zeit, nach Antworten zu suchen. Ich bin nahe daran zu begreifen, und ich würde dich gern an meinem Wissen teilhaben lassen. Ich fühle eine Seelenverwandtschaft mit dir.

Eine Seelenverwandtschaft.

Ann-Christin ließ das Wort in sich nachklingen. Genau diese romantische Vorstellung trug sie mit sich herum, seit sie sich für Jungs interessierte. Bisher hatte sie keinen gefunden, bei dem ihre Seele ihr ein Zeichen gegeben hatte, aber die Hoffnung darauf war geblieben. Tief in ihrem Inneren glaubte sie fest daran, dass es so etwas gab. Dass zwei Menschen füreinander geschaffen waren.

Dass Anima Moribunda von Seelenverwandtschaft sprach, verwirrte sie noch mehr.

Ann-Christin **23:15**

Ich bin verwirrt und habe Angst. Tut mir leid, aber ich glaube, ich muss jetzt Schluss machen.

Anima Moribunda **23:15**

Warte … Geh bitte noch nicht. Eines will ich dir noch sagen.

Ann-Christin **23:16**

Okay.

Anima Moribunda **23:16**

Stell dir vor, du könntest den Tod auf eine Art und Weise kennenlernen, die den allermeisten Menschen für immer verwehrt bleibt. Stell dir vor, dir würde eine Sichtweise eröffnet, die du ohne meine Hilfe niemals erreichen kannst. Würdest du das nicht wollen?

Ann-Christin **23:16**

Ich weiß nicht. Was muss ich denn dafür tun?

Anima Moribunda 23:16

Auf der Rückseite der Visitenkarte befindet sich ein QR-Code. Scanne ihn mit deinem Handy ein. Alles Weitere ergibt sich dann.

Ann-Christin nahm die schwarze Visitenkarte in die Hand. Sie hatte sie zusammen mit dem Umschlag neben sich auf dem Bett abgelegt.

Der QR-Code.

Er schien sie anzustarren wie die unheimliche Maske auf der Vorderseite.

Sie nahm ihr Handy vom Nachtschrank.

Mit einem leichten Druck ihres Daumens öffnete sie die Scan-App, die sie bisher noch nie benutzt hatte.

TAG 16

Das zwei Meter breite und mehr als drei Meter hohe graue Stück Betonwand war ein Originalteil aus der Berliner Mauer. Das wusste Torsten Schüling alias Troublemaker, aber es war ihm egal, als er mit der Sprühdose zu Werke ging. Viele Sprayer hatten sich hier verewigt, und keiner der Sprüche hatte irgendetwas mit deutscher Teilung oder gar Wiedervereinigung zu tun. Das geschichtsträchtige Stück Beton stand 400 Kilometer von seinem ursprünglichen Standort entfernt. In Torstens Kopf war die DDR sogar noch viel weiter weg.

«Was machst du?», fragte Marcel Kleve alias KingofSpeed.

«Pass mal auf, das wird mein neues Erkennungszeichen.»

Troublemaker sprayte in schwarzer Farbe einen großen, wenn auch unsauberen QR-Code auf die bunte Betonwand.

«Alter, geil», kommentierte Marcel das Kunstwerk.

«Hast du mal darauf geachtet?», fragte Troublemaker und erledigte die letzten Feinarbeiten. «Die Dinger sieht man wirklich überall. Ist mir vorher gar nicht aufgefallen. Erst seit wir die Kärtchen bekommen haben. Im Schaufenster, auf Plakaten, auf Lebensmitteln, auf T-Shirts, überall diese Codes.»

«Die Idee ist zwar echt krank, aber auch cool, oder?», sagte KingofSpeed und zog an seiner Marlboro. Wie immer trug er ein zu großes Baseball-Cap mit dem Ferrari-Symbol auf der Stirn. Er fuhr zwar nur einen alten Opel Corsa, aber immerhin in der GT-Version und auch noch getunt.

«Ich hab mal ein bisschen nachgelesen», sagte Troublemaker, trat ein paar Schritte von seinem Kunstwerk zurück und betrachtete es kritisch. «Jeder kann sich so einen Code generieren lassen. Ist gar kein Ding.»

«Echt?», fragte Marcel Kleve. Sein Interesse war schon wieder erloschen. «Wo bleiben eigentlich die anderen?»

«Die werden schon kommen. Aber jetzt mal im Ernst, hör zu. Wir lassen uns eine Website programmieren und stellen unsere eigenen Filme ins Netz. Gegen Bares, ist ja klar.»

«Ich weiß nicht.» KingofSpeed schob sein Cap nach hinten und kratzte sich an der Stirn. «Is bestimmt teuer. Hast du in den letzten zwei Tagen eigentlich was von Bitchhunter gehört?»

«Nee, wieso?»

«Keine Ahnung, nur so. Im Chat war auch nichts. Ich mach mir schon Gedanken. Was, wenn dieser Maskentyp es ernst meint?»

«Und wenn schon.» Troublemaker steckte die Sprühdose in seinen Rucksack. «Der kann uns doch gar nichts. Wir spielen sein Spiel noch ein bisschen mit und greifen ab, was geht. Ich bin echt gespannt, was da abgeht.»

«Da kommt Phantom», sagte KingofSpeed und sprang von der Bank, auf deren Rückenlehne er gesessen hatte.

Über das weite vertrocknete Brachland kam ein schlaksiger, hoch aufgeschossener Junge auf sie zu. Im Hintergrund bildete die Hochhaussiedlung, in der sie alle wohnten, eine Barriere aus Beton und Fenstern. Darüber lagen dunkelgraue Regenwolken.

«Wieso is der allein? Wo ist Bitchhunter?», fragte KingofSpeed und ging seinem Freund entgegen.

Troublemaker blieb zurück und beobachtete die beiden. Er war sich nicht sicher, ob er das mit denen wirklich durchziehen konnte. Phantom ging ja noch, aber King war viel zu zart besaitet. Der hatte bei dem Video, in dem der Junge verbrannte, sogar die Augen zugekniffen. Und Bitchhunter … tja, ein ganz anderes Kapitel. Das würde wohl überhaupt nicht funktionieren. Dabei war die Idee so geil. Im Internet würden die Leute jeden Preis für diese Filme bezahlen.

Wie üblich begrüßten sie sich mit einer kurzen Umarmung.

«Alles klar?», fragte Troublemaker.

Tobias Crombach alias Phantom starrte auf den übergroßen QR-Code. Die schwarze Farbe glänzte noch nass.

«Wer war das?», wollte er wissen.

«Ich. Was dachtest du denn? Haste jetzt auch schon die Hosen voll, oder was?»

Phantom löste seinen Blick von dem Code und sah Troublemaker an.

«Ich kann Bitchhunter nicht finden.»

«Was heißt ‹nicht finden›? Wo hast du sie denn gesucht?»

«Überall. Zu Hause ist sie nicht, ans Handy geht sie nicht, im Clubcontainer hat sie auch keiner gesehen, und in der Schule war sie seit zwei Tagen nicht mehr.»

«Scheiße», sagte KingofSpeed. «Ich hab so was geahnt. Wir hätten auf sie hören sollen. Julia hatte gleich so ein komisches Gefühl bei der Sache.»

«Hör auf, hier die Welle zu machen. Bitchhunter ist ein Mädchen, die haben immer komische Gefühle. Sie wird schon wieder auftauchen. Ist ja nicht das erste Mal, dass sie verschwindet», sagte Troublemaker.

«Ich weiß nicht», wandte Phantom ein. «Sie hätte doch wenigstens mir etwas gesagt. Und eigentlich geht sie immer ans Handy.»

«Nur weil du sie fickst, muss sie sich doch nicht bei dir abmelden», sagte Troublemaker.

«Pass auf, was du sagst», warnte ihn Tobias Crombach.

Gleichzeitig meldeten ihre Handys den Eingang einer SMS. Mit einer nahezu synchronen Bewegung holten sie ihre Telefone aus den Hosentaschen.

Das Klingeln des Telefons riss mich endgültig aus dem trancehaften Zustand zwischen Traum und Realität.

Ich war erst weit nach Mitternacht ins Bett gekommen und hatte schlecht geschlafen. Zwei Träume hatten mich gequält: In dem einen war immer wieder die alte Frau in dem Auto an mir vorbeigerollt. Im letzten Moment hatte sie den Mund aufgerissen, eine Reihe gefährlicher Fangzähne gezeigt und wie ein Reptil gezischt.

In dem anderen hatte ich das Mädchen aus dem furchtbaren Tötungsvideo gesehen. Das Eiswasser war an ihrem Körper hinaufgeflossen, hatte irgendwann ihr Gesicht eingehüllt, und dann war sie ertrunken.

Ich quälte mich aus dem Bett, tappte unsicher ins Büro hinüber und nahm das Gespräch entgegen.

«Guten Morgen, hier ist Astrid Pfeifenberger», begrüßte mich die Lehrerin.

«Guten Morgen», gab ich verschlafen zurück.

«Entschuldigung, habe ich Sie geweckt?»

«Nein, nein, ist schon in Ordnung. Ich habe nur eine schlechte Nacht hinter mir. Was gibt es denn? Haben Sie etwas Neues für mich?»

«Ja, ich habe gestern schon versucht, Sie zu erreichen. Ich habe auf dem Schulhof ein merkwürdiges Gespräch mit angehört.»

«Erzählen Sie bitte», bat ich die Lehrerin und spürte, wie ich wach wurde.

Sie berichtete mir, was sie gehört hatte. Natürlich wollte sie wissen, was ich davon hielt. Einen Moment schwankte ich, ob ich ihr vom gestrigen Tag erzählen sollte, tat es dann aber nicht. Sie hatte es verdient, alles zu erfahren, schließlich half sie mir bereits von Anfang an. Aber ich würde noch warten, bis ich sicher sein konnte, keinen Mist zu erzählen.

Ich bat sie, mit den Schülern, die sie zufällig belauscht hatte, ein Gespräch zu führen.

«Ich kann es versuchen», sagte Astrid Pfeifenberger.

Ich dankte ihr und versprach, mich zu melden.

Nachdenklich ging ich unter die Dusche. Was die Lehrerin erzählt hatte, passte zu dem, was gestern passiert war. Es gab tatsächlich eine Website mit Namen www.death-book.com, allerdings hatten Manuela und ich nichts damit anfangen können. Wir hatten keinen Zugang gefunden. Die Startseite sah ebenso aus wie die Visitenkarte, aber nirgendwo war ein Button zum Anklicken. Es war fast so, als befände sich die Seite noch im Aufbau. Vielleicht war der Inhalt aber auch ausschließlich Mitgliedern vorbehalten. Nur – dann hätte ich doch Zutritt haben müssen! Der Maskenmann hatte doch gesagt, ich sei jetzt Mitglied im Deathbook und müsse meinen Beitrag leisten.

Nimm ein Video auf, wie ein Mensch stirbt. Verweigerst du deinen Beitrag, nehmen wir ein Video auf, wie DU stirbst.

War das ernst gemeint? Manuela meinte, ja. Sie hätte mir gern eine Streife zum Schutz dagelassen, aber Kieling war dagegen gewesen. Wahrscheinlich ließ der Hauptkommissar stattdessen mich beschatten.

Würde ich erst Zutritt bekommen, wenn ich meinen Beitrag geleistet hatte? Was für ein perfides Spiel spielte der Deathbook-Killer?

Der Name war hängengeblieben. Ich fand, er klang wie ein Name aus einem Hollywood-Streifen. Aber er passte. Leider.

Ich trocknete mich ab, zog mich an und setzte mich zum Frühstück an den Schreibtisch. Mehr als ein Toast mit Butter und eine Tasse Kaffee bekam ich nicht hinunter. Mein Magen war wie blockiert. Das Todesvideo gestern Abend hatte mir wirklich zugesetzt. Noch nie hatte ich einen Menschen sterben sehen. Es war brutal, abartig und entsetzlich grausam, und natürlich fragte ich mich seitdem, ob es Kathi auch so ergangen war. Hatte dieser Irre meine Nichte dabei gefilmt, wie sie vom Zug überfahren wurde?

Der Gedanke ließ mich frösteln. Automatisch musste ich an den Master of Dark Tattoos denken, Mario Böhm. Er musste der Deathbook-Killer sein, das war doch ganz klar. Natürlich hatte ich Manuela und Kieling von Böhm erzählt. Sie wollten ihn auch überprüfen, hielten die von mir hergestellte Verbindung aber für wenig belastbar. Aus «Mast auf Dato» Master of Dark Tattoo zu machen, reichte ihnen nicht als Beweis.

Kieling und seine Mitarbeiter hatten mein Haus zwar nicht auf den Kopf gestellt, sich aber doch intensiv umgeschaut. Ich hatte ihn gewähren lassen. Es war zwar unangenehm gewesen, aber ich hatte schließlich nichts zu verbergen – fast nichts. Ich hatte nichts von Thaumanns Rechner beziehungsweise von den Daten erzählt, die ich dort gestohlen hatte. Warum auch, sie waren ohnehin für die Ermittlungen nicht relevant. Der Umstand, dass es ein Spionageprogramm auf dem Rechner gab, war es dagegen sehr wohl. Ich hatte keine Ahnung, wie ich damit umgehen sollte, und schob die Sache einfach von mir fort.

Ich musste irgendwas tun. Aber was?

Mein Körper vibrierte, ich konnte nicht zu Hause bleiben und abwarten, bis die Polizei etwas unternahm.

Vielleicht war es keine schlechte Idee, die Facebook-Gemeinde noch einmal um Hilfe zu bitten. Das hatte beim Master of Dark Tattoo ja schon gut funktioniert, warum also nicht.

Ich loggte mich auf meine Fanpage ein und erstellte eine neue Statusmeldung.

Hallo Leute! Bei mir geht es drunter und drüber. Ich bin einer unglaublichen Sache auf der Spur. Vielleicht könnt ihr mir dabei helfen. Weiß jemand etwas über eine Internetseite mit dem Namen «Deathbook?» Seid aber bitte vorsichtig! Ich habe gehört, es könnte gefährlich sein, sich die Seite anzuschauen. Ich bin für jede Info dankbar.

Ich klickte auf Posten und starrte auf den Bildschirm. Wartete auf Antworten, sehnte sie herbei. Fünf Minuten später hatte sich noch niemand auf meinen Hilfeaufruf gemeldet, und ich wurde nervös.

Hier sitzen zu bleiben und zu warten hatte keinen Sinn.

Ich musste raus, musste aktiv werden.

Vielleicht sollte ich dem Master of Dark Tattoo einen weiteren Besuch abstatten?

Verfluchte Scheiße, das ist ja Julia!»

Torsten Schüling, Marcel Kleve und Tobias Crombach starrten auf die Bildschirme ihrer Smartphones. Sie sahen alle das gleiche Video. Das einzige Mädchen ihrer Clique, Julia Neige, stand, mit einem Strich um den Hals, gefesselt auf einem abschmelzenden Eisblock. Ihre Füße verloren den Kontakt. Sie starb.

Kaum war das Video vorbei, stieß Tobias einen verzweifelten Schrei aus, nahm Anlauf und warf sein Handy weit auf das Brachland hinaus. Dann lief er ihm ein Stück hinterher, sackte schließlich auf die Knie und schlug mit beiden Fäusten immer wieder auf den Boden.

Seine Freunde Torsten und Marcel wussten nicht, was sie tun sollten. «Das muss ein Fake sein», sagte Torsten. Er war der Anführer ihrer Clique. Zumindest war er es meistens, der sagte, wo es langging. In diesem Moment spürte er jedoch eine unfassbare Angst, die ihn sich klein und verloren fühlen ließ. Denn entgegen seiner Aussage wusste er genau, dass das Video kein Fake war. Genauso wenig wie das von dem Typen, der auf dem Scheiterhaufen verbrannt war.

Marcel trottete zu Tobias hinüber, ging neben ihm in die Knie und versuchte, ihn zu trösten. Torsten konnte das Geheul seines Freundes hören. Es brach ihm das Herz. Er wusste, Tobias hatte Julia geliebt, zwischen den beiden war mehr gewesen als nur Sex. Torsten ahnte, dass das, was jetzt kam, schlimm werden würde. Immerhin hatte Bitchhunter davor gewarnt, sich mit diesem Maskenmann einzulassen. Und jetzt war sie tot.

Marcel half Tobias auf die Beine. Gemeinsam kamen die beiden zu Torsten zurück.

«Das war doch nicht echt, oder?», sagte Tobias. Rotz hing unter seiner Nase, sein Gesicht war tränennass. «Sag mir, dass das eine Fälschung war.»

Torsten schüttelte den Kopf.

«Ich glaube, dass war keine Fälschung.»

Tobias starrte ihn an. In seinem Blick lag Wut, und plötzlich stürzte er auf Torsten zu. Er sprang ihn an, warf ihn rücklings zu Boden und schlug mit beiden Fäusten auf ihn ein.

«Sie hat es dir gesagt, du Arschloch … Julia wollte das nicht, aber du wolltest ja unbedingt das große Geld verdienen … wegen dir habe ich mich mit ihr gestritten, sie wollte auf keinen Fall mitmachen …»

Torsten hielt sich schützend die Arme vors Gesicht, bekam aber trotzdem ein paar schmerzhafte Treffer ab. Von hinten packte Marcel Tobias bei den Schultern und zog ihn unter Mühen von Torsten herunter. Die beiden fielen in den Dreck.

Torsten rappelte sich auf, blieb aber auf dem Boden sitzen. Seine linke Wange und seine Unterarme schmerzten von den Schlägen seines Freundes.

«Ich war ja wohl nicht der Einzige, der das wollte», schrie er die beiden an. «Von euch habe ich jedenfalls kein Nein gehört. Schiebt mir nicht die Schuld in die Schuhe. Wenn, dann tragen wir alle die gleiche Verantwortung.»

Schwer atmend saßen sie im Dreck und starrten zu Boden. Niemand mochte den anderen ansehen, keiner sprach. Eine Windbö strich über das Brachland, das zwischen ihnen und dem Wohnghetto lag. Staub wirbelte auf. Irgendwo kläffte ein Hund.

Minuten vergingen.

«Was machen wir jetzt?», fragte Marcel schließlich. «Zu den Bullen gehen und das Video zeigen?»

Alle drei hatten so ihre Erfahrungen mit der Staatsgewalt gemacht, und die waren durchweg schlecht. Torsten hatte bereits in Jugendarrest gesessen, die polizeiliche Akte der anderen beiden war ebenfalls gut gefüllt. Meist ging es um Diebstahl, Körperverletzung und Drogendelikte. Das Übliche eben. Dort, wo sie herkamen, ging man nicht zur Polizei. Egal, was war. Man regelte die Dinge unter sich.

«Ja», sagte Tobias, «das müssen wir … vielleicht lebt Julia noch, vielleicht hat er sie rechtzeitig abgeschnitten, kann doch sein, ich meine … kann doch sein, dass er uns nur Angst machen wollte damit wir …»

«Tobi», unterbrach Torsten ihn. «Du hast es auch gesehen. Ich wünschte, es wäre anders, aber Julia lebt nicht mehr.»

«Nein, nein, nein», Tobias schüttelte heftig den Kopf. «Auf dem Video sieht man gar nichts, es kann auch sein …»

«Sie hat sich eingepisst, das hast du auch gesehen … verdammt, sieh der Wahrheit ins Gesicht. Julia lebt nicht mehr.»

Wieder starrte Tobias Torsten an. Aber diesmal war keine Wut in seinen Augen. Nur noch Verzweiflung. Schließlich senkte er den Blick und begann wieder zu weinen.

Im selben Augenblick meldeten Marcels und Torstens Handys gleichzeitig den Eingang einer SMS. Tobias' Gerät lag irgendwo draußen auf dem Brachland.

«Das ist er wieder», flüsterte Torsten und öffnete die Nachricht.

Die drei Jungs sahen sich an.

«Was machen wir jetzt bloß?», fragte Marcel flüsternd.

«Vielleicht ist Julia dort», sagte Tobias mit schwacher Hoffnung in der Stimme.

Torsten dachte einen Moment nach.

«Wir können die Bullen rufen», begann er. «Aber wir können auch heute Abend dorthin gehen und uns den Kerl schnappen. Für das, was er Julia angetan hat, hat er mehr verdient als nur in den Knast zu gehen. Ich will die Sau krepieren sehen.»

Torstens Augen blitzten vor Wut, als er seine Freunde ansah.

«Was sagt ihr?»

Ich wurde verfolgt. Glaubte ich wenigstens. Aber damit hatte ich ja gerechnet. Die Frage war nur, wer mich verfolgte. Die Polizei? Oder doch jemand anderes? Hätte ich den Wagen überhaupt so schnell bemerkt, wenn es die Profis von der Polizei waren?

Zehn Minuten nachdem ich von zu Hause aufgebrochen war, war mir der Wagen zum ersten Mal aufgefallen. Eine silberne Limousine, ich tippte auf einen VW Passat. Genau konnte ich die Marke nicht erkennen, denn der Wagen hielt einen ausreichend großen Abstand ein. Egal, mit welcher Geschwindigkeit ich selbst fuhr – der silberne Wagen kam weder näher noch fiel er nennenswert zurück.

Ich musste ihn irgendwie loswerden.

Das würde mir am ehesten in der Stadt gelingen. Bis dorthin tat ich so, als hätte ich nichts bemerkt. Ich fuhr sogar zum Bäcker und kaufte ein belegtes Brötchen. Zum einen war ich hungrig, zum anderen würde es Arglosigkeit vortäuschen. Hoffte ich. Als ich in der Bäckerei stand, entschied ich mich, meinen Verfolger ein wenig auf die Folter zu spannen. Ich ließ mir einen Becher Kaffee einschenken, setzte mich an einen Tisch am Fenster und aß dort in Ruhe mein Brötchen. Dabei suchte ich so unauffällig wie möglich nach dem silbernen Wagen. Auf dem großen Parkplatz eines Supermarktes gegenüber standen unzählige silberne Autos. Leider war der Passat kein exotisches Modell.

Nachdem ich das Brötchen zur Hälfte gegessen hatte, fiel mir das Werbeplakat auf der anderen Straßenseite auf. Eigentlich hätte ich es schon früher bemerken müssen, aber ich war zu sehr auf meine Verfolger fixiert gewesen.

Das Plakat war riesig. Eine große weiße Fläche, auf der sich weiter nichts befand als ein schwarzer QR-Code. Darunter ein Fragezeichen. Normalerweise, ohne die Erfahrung, die ich gestern hatte machen müssen, wäre es mir gar nicht aufgefallen. Aber hier war es genauso wie bei dem silbernen Verfolgerwagen: Suchte man danach, fand man sie plötzlich überall.

Ich zog mein Handy aus der Tasche, öffnete die Scan-App und fotografierte den Code durch die Glasscheibe hindurch ab. Groß genug dafür war er.

Der Code schickte mich auf die Internetseite des Supermarktes, auf dessen Parkplatz sich die Werbetafel befand. Wenn ich es gewollt hätte, hätte ich mir die neuesten Sonderangebote anschauen können. Ich löschte den Link. Nach kurzem Zögern rief ich Jan Krutisch an.

«Jan, hast du kurz Zeit?», fragte ich ihn.

«Wenn du herkommen kannst?»

«Sagen wir in dreißig Minuten?»

«Okay, bis dann.»

Die Entscheidung, auf dem Weg nach Achim einen kleinen Umweg zu machen und bei Jan vorbeizuschauen, hatte ich spontan getroffen. Mir war plötzlich klargeworden, wie wenig ich über QR-Codes wusste. Ich musste unbedingt mehr darüber herausfinden, denn für den Täter schienen sie von zentraler Bedeutung zu sein.

Ich aß auf, trank den Kaffee aus und verließ die Bäckerei. Auf dem Weg zu meinem Auto schaute ich mich um. Es standen mehrere silberne Wagen da, aber aus keinem wurde ich beobachtet. Zumindest bemerkte ich es nicht.

Jetzt kam es drauf an. Auf gar keinen Fall wollte ich die Polizei oder, schlimmer noch, den Täter auf Jan Krutischs Spur bringen. Ich musste meinen Schatten loswerden, bevor ich zu ihm fuhr.

Zwanzig Minuten später hielt ich in der Nähe des Hauses, in dem Jan wohnte. Von der Bäckerei bis dorthin war mir nicht ein einziges Mal ein verdächtiges Fahrzeug aufgefallen, weder ein silbernes noch eines in einer anderen Farbe, und das beunruhigte mich noch mehr. Entweder hatte ich mich anfangs getäuscht und wurde gar nicht verfolgt, oder aber mein Verfolger wechselte die Fahrzeuge.

Ich stieg aus, verriegelte den Wagen und machte mich auf den Weg. Dabei überquerte ich einen Kinderspielplatz und ging durch ein Kaufhaus, das mehrere Ein-und Ausgänge hatte. Ich sah mich ständig um, konnte aber niemand Verdächtiges entdecken.

Was ich aber sah, waren QR-Codes. Und zwar in großer Zahl.

Auf so gut wie jedem Plakat waren die kleinen schwarz-weißen Quadrate zu sehen. Ich fühlte mich von ihnen beobachtet. Ehrlich gesagt machten mir die Dinger Angst. Weil ich nicht wusste, was dahintersteckte.

Erst als ich absolut sicher war, keinen Schatten zu haben, betrat ich Jans Haus, stieg die Treppen in die dritte Etage hoch und klingelte bei ihm. Es dauerte eine Weile, bis er öffnete. Seine Augen waren klein und gerötet, so als hätte er seit Stunden auf einen Bildschirm gestarrt.

«Komm rein, aber es ist nicht aufgeräumt.»

Bei Jan hieß das: Es standen ein paar Tassen herum, und der Fußboden war nicht gesaugt. Er war weit entfernt von dem gängigen Klischee des Computer-Nerds, der zwischen Müllbergen vegetiert und hofft, bald ganz in der digitalen Welt verschwinden zu können.

«Wie kann ich dir helfen?», fragte er, ließ sich in einen bequemen Sessel fallen und deutete auf dessen Gegenstück.

Ich setzte mich ebenfalls. «Was weißt du über QR-Codes?»

Jan lehnte sich zurück und sah mich aus seinen müden Augen an. Die Frage schien ihn zu langweilen.

«Was weißt du denn darüber?», gab er die Frage zurück.

«Eigentlich nichts. Ich frage mich, ob man damit Menschen manipulieren kann.»

Jan grinste. «Du sprichst von Social-Engineering-Attacken, aber da geht es eher darum, menschliche Eigenschaften und Schwächen auszunutzen, um sich illegal Informationen zu beschaffen. Dafür sind QR-Codes allerdings bestens geeignet. Man könnte meinen, sie wurden nur zu diesem Zweck erfunden.»

«Das ist aber nicht der Fall, oder?»

Jan schüttelte den Kopf. «Der QR-Code wurde 1994 von der japanischen Firma Denso Wave für die Logistik in der Autoproduktion bei Toyota entwickelt. Heute wird er gern in der Werbung benutzt und hat sich deshalb rasant verbreitet. Kurz gesagt sind QR-Codes Anweisungen für Endgeräte, einen bestimmten Link aufzurufen. Sie sind also quasi das Sprungbrett von der Offline- in die Online-Welt.»

«Oder die Brücke vom realen ins virtuelle Leben.»

«So würde es ein Prosaschreiber wie du ausdrücken. Das Mobile-Tagging, also das Einlesen dieser Codes mit Hilfe eines Smartphones, ist heutzutage sehr beliebt, besonders in Japan. Das Problem ist: Man kann einem QR-Code nicht ansehen, auf welche Adresse sein Muster verweist. Und das haben auch die bösen Buben erkannt. Sie locken die Menschen auf ganz bestimmte Seiten.»

«Und wie soll das gehen?»

«Ganz einfach. Moderne Handys unterscheiden sich in ihrer Funktionalität ja kaum noch von einem PC mit Internetzugang und sind deshalb für Manipulationen ein geeignetes Ziel. Es gibt sogar ein Wort dafür. Atagging. Dabei wird Schadsoftware, Malware, ein Virus oder ein Trojaner auf deinem Smartphone installiert und …»

«Moment», unterbrach ich Jan, weil ich befürchtete, den Anschluss zu verlieren. «Ich scanne also von einem Plakat einen QR-Code ein und werde auf eine Seite geführt, zu der ich gar nicht will. Richtig?»

Jan nickte. «Das ist eine beliebte, weil kostengünstige Methode. So einen QR-Code kann sich jedermann online selbst generieren. Professionelle Banden drucken sie zu Tausenden aus und überkleben den eigentlichen QR-Code auf einem unverfänglichen Plakat mit einem manipulierten. Oder sie erstellen gleich selbst Flyer mit solchen Codes darauf. Dann kommst du ins Spiel. Naiv und unwissend wie du bist, scannst du drauflos, und schon nimmt die Software einen Jailbreak bei deinem Smartphone vor. Sämtliche Nutzungsbeschränkungen werden entfernt. Das Programm erhält Zugriff aufs Betriebssystem und installiert Applikationen wie Key Logger oder GPS-Tracker.»

«GPS-Tracker? Wer auch immer das macht, kann mir also folgen?»

Mir wurde schlecht. Ich musste an den silbernen Wagen denken. Ich hatte einen QR-Code gescannt, und seitdem war er verschwunden. Verfluchter Mist! Musste der Täter mir gar nicht mehr folgen, um zu wissen, wo ich mich aufhielt?

«Die wissen dann, wann du auf dem Klo sitzt und kackst, und schicken dir Werbung für Klopapier – im besten Fall. Im schlechtesten lesen sie deine Bankdaten aus oder deine Zugangsdaten bei Facebook und Konsorten. Alles kein Problem, wenn du dein Smartphone nicht schützt und wild irgendwelche Codes einscannst.»

«Und wie kann ich mich schützen?»

«Da gibt es schon Möglichkeiten. Einige intelligente QR-Code-Scanner fragen dich erst, ob du eine bestimmte Aktion oder einen

Link ausführen willst. Und dann sollte man nicht von leeren Wänden oder Plakaten abscannen. Achte darauf, ob auf den Plakaten vielleicht der Code überklebt wurde. Das ist eine der gängigsten Methoden heute. Und bloß nicht von Flyern abscannen, nur weil dir dort ein Gratis-Döner versprochen wird. Warum willst du das eigentlich wissen?»

Ich berichtete Jan, was gestern Abend passiert war, nachdem ich ihn verlassen hatte. Ich behielt die Details des Videos für mich. Schockiert war mein Hacker-Freund trotzdem.

Er saß mit offenem Mund da, starrte mich an und schüttelte den Kopf.

«Unglaublich», sagte er leise. «Von so einer Scheiße habe ich noch nie gehört. Das ist etwas anderes als das, wovon ich sprach. Dieser … wie hast du ihn gleich genannt?»

«Deathbook-Killer.»

«Genau … der späht die Leute aus, verschafft sich Zutritt zu ihren Rechnern, ihren Handys, der infiltriert deren komplettes Leben. Wenn er es richtig macht und Zeit genug hat, weiß er alles über sie. Gerade die Kids geben doch heutzutage über die sozialen Netzwerke alles von sich preis.»

Ich musste an den Text denken, den Kathi für das Schulprojekt gefunden hatte.

«Der Tod 3.0», sagte ich leise.

«Was?»

«Hab ich irgendwo gelesen. Stand in einem Text darüber, wie gefährlich das Internet sein kann.»

«Tod 3.0», wiederholte Jan und nickte. «Ja, das passt … Hast du das Video noch auf deinem Handy?», fragte er dann.

«Du willst es sehen?»

«Nein, nicht unbedingt. Gib mal dein Handy her.»

Ich reichte es ihm. Er fummelte einen Moment daran herum und sah dann zu mir auf.

«Hast du das Video irgendwohin übertragen?»

«Ja, aufs Laptop und auf meinen Rechner. Warum?»

«Als du diesen QR-Code von der Visitenkarte eingescannt hast, hast du dir wahrscheinlich einen Trojaner eingefangen. Und wenn du Pech hast, sitzt der jetzt auch in deinem Rechner. Das ist nämlich das eigentliche Ziel solcher Angriffe. Die wollen über die Handys der Leute in die Rechner großer Firmen. Über E-Mail, SMS oder drahtlose Datenübermittlung wie Bluetooth.»

«Scheiße», stieß ich aus und geriet ins Schwitzen. Was immer der Absender des Videos vorhatte – ich war ihm auf den Leim gegangen. Und wenn ich Jan nicht hätte, wäre ich ihm spätestens jetzt hoffnungslos ausgeliefert.

«Lass dein Handy mal hier, ich versuche, es zu reinigen. Aber wahrscheinlich musst du dir ein neues zulegen. Und noch etwas ...».

Jan sah mich eindringlich an.

«Was?»

«Ich an deiner Stelle wäre verdammt vorsichtig. Wer auch immer hinter dir her ist, der hat es richtig übel drauf.»

Ich will auf der Stelle diesen verdammten Schreiberling sprechen! Was machen Sie da eigentlich?»

Erschrocken sah Manuela auf. Seit zwei Stunden hockte sie im Präsidium vor dem steinalten Röhrenbildschirm, der auf einem schmalen Ecktisch im Eingangsbereich eines Großraumbüros stand. Darin befanden sich noch sechs weitere Schreibtische mit modernen Rechnern, doch an die durfte Manuela natürlich nicht. Ihr Status war merkwürdig: Sie gehörte dazu, aber auch wieder nicht. Keiner der Kollegen, denen sie bisher begegnet war, hatte mehr für sie übrig gehabt als ein Nicken oder einen neugierigen Blick. Das störte Manuela nicht weiter. So konnte sie wenigstens in Ruhe arbeiten. Da Kieling ihr keinen konkreten Auftrag gegeben hatte, hatte sie sich an diesen Arbeitsplatz zurückgezogen, um online zu recherchieren. Darin war sie eigentlich ganz gut. Wenn es online etwas zu finden gab, fand sie es auch. Beim Deathbook war sie allerdings nicht weit gekommen. Es gab diese eine Startseite mit dem Maskensymbol, aber von dort kam man nirgends hin. Es schien so, als benötige man einen speziellen Code, um sich die Seite anschauen zu können. Einen Code, den der Täter an einen ausgewählten Personenkreis verschickte.

Von so einer Sache hatte Manuela noch nie gehört. Das war unheimlich, und es machte ihr Angst. Deshalb war sie so erschrocken, als Kieling plötzlich hereinplatzte.

«Online-Recherche», beantwortete Manuela seine Frage. «Ich versuche, mehr über dieses ominöse Deathbook herauszufinden.»

«Unfug!», stieß Kieling aus. «Für so etwas haben wir Experten beim BKA, die kennen sich mit diesem Internetkram aus. Für Sie habe ich andere Aufgaben. Holen Sie mir diesen Winkelmann her.»

Manuela warf einen Blick auf die Uhr.

«Es ist beinahe siebzehn Uhr.»

«Ja und? Müssen Sie pünktlich Feierabend machen, oder was?»

Kieling machte einen äußerst ungehaltenen Eindruck auf Manuela. Wahrscheinlich bekam er bereits Druck von oben.

«Nein, das nicht, aber ich dachte …»

«Das Denken überlassen Sie bitte mir. Ich will noch heute Abend die Unterschrift dieses Schriftstellers unter seiner Aussage. Außerdem habe ich noch ein paar Fragen. Wussten Sie zum Beispiel, dass es nicht so gut läuft für ihn bei seinem Verlag?»

Manuela zog die Augenbrauen in die Höhe.

«Nein, wusste ich nicht.»

Kieling nickte selbstzufrieden.

«Man kann auch das gute alte Telefon zur Recherche nutzen. Ich habe mit seiner Lektorin dort telefoniert. Eine Frau Naumann. Sehr sympathisch. Sie berichtet, Winkelmann hätte schon vor Wochen ein neues Buch abgeben müssen. So lange in Verzug war er noch nie, sagt sie. Zudem verhält er sich merkwürdig, wimmelt sie ab, hält Zusagen nicht ein. So etwas kennt sie nicht von ihm.»

«Aha», sagte Manuela. Sie wusste nicht, was sie mit dieser Information anfangen sollte. Für Kieling hingegen schien sie ein weiteres Puzzleteil zu sein, das sich nahtlos einfügte in sein Bild eines durchgeknallten Thriller-Autors.

«Also, worauf warten Sie? Bringen Sie den Mann her.»

«Auch dafür könnte man das gute alte Telefon nutzen», sagte Manuela und ärgerte sich im gleichen Moment über ihre schnippische Antwort. Bei Kieling durfte sie sich nichts erlauben.

«Was Sie nicht sagen. Und wenn ich das bereits getan habe, der Schreiberling aber nicht rangeht? Holen Sie ihn nun her, oder soll ich eine Streife schicken?»

«Nicht nötig, ich mach das schon.»

Manuela loggte sich aus, schnappte sich Tasche und Jacke und drückte sich an Kieling vorbei, der immer noch selbstzufrieden lächelte.

«Was ist mit dem Verbrennungsopfer?», fragte sie dabei. «Kennen wir schon die Identität?»

Kieling schüttelte den Kopf. «Und das kann auch noch eine Weile dauern. Ist ja nicht viel übrig.»

Eine eiskalte Hand legte sich ihr in den Nacken: Was für ein entsetzlicher Tod. Während sie die Treppen hinunterlief, dachte sie an Kathi, Andreas Nichte. Wenn sie wirklich nicht freiwillig in den Tod gegangen war, wenn sie wehrlos auf den Gleisen gelegen und den Zug kommen gesehen hatte, dann war das an Grausamkeit nicht zu überbieten. Manuela musste unbedingt noch einmal mit Kieling über Kathi reden. Bisher weigerte er sich, den Fall wiederaufzunehmen.

Sie verließ das Präsidium im Eilschritt. Ihr VW Golf parkte auf der anderen Straßenseite. Sie stieg ein, startete den Motor und fädelte sich in den Verkehr ein.

Bis zu Andreas würde sie eine Dreiviertelstunde brauchen. Wenn sie ihn auch wieder zurückfahren müsste, noch einmal so lange. Dazwischen die Vernehmung durch Kieling. Vor zwanzig Uhr würde sie nicht Feierabend bekommen. Aber das störte Manuela nicht. Sie würde sowieso nicht abschalten können. Dieser Fall entwickelte sich in einem haarsträubenden Tempo in eine Richtung, mit der niemand rechnen konnte. Trieb wirklich ein Psychopath im Internet sein Unwesen? Ließ er Menschen vor laufender Kamera sterben und verschickte die Videos an User, die den Täter irgendwie auf sich aufmerksam gemacht hatten? Und was sollte das mit dem Beitrag?

«Dreh ein Video davon, wie jemand stirbt, oder wir drehen ein Video, wie DU stirbst.»

Genau das hatte die Maskenstimme am Ende des Videos, in dem das junge Mädchen auf dem Eisblock gestorben war, gesagt. Es war ein qualvoller Tod gewesen, und Manuela hatte die nackte Todesangst in den Augen des jungen Mädchens deutlich sehen können. Das stumme Flehen darin, jemand möge sie erlösen. Das Unverständnis, warum gerade ihr dies passierte. Heutzutage kannten die Mörder keine Grenzen mehr. Was denkbar war, wurde auch gemacht. Und immer wieder waren es junge Frauen, die zu Opfern wurden. Immer und immer wieder das alte Spiel zwischen Mann und Frau. Das Ausüben von Macht gegenüber jemandem, der keine hatte. Irgendwann einmal musste das doch ein Ende haben. Irgendwann musste das männliche Geschlecht doch einsehen, dass es kein naturgegebenes Recht auf Macht hatte.

Manuela spürte, wie sehr sie sich in die Sache hineinsteigerte. Während sie fuhr, wurde sie richtiggehend wütend. Das war eine ziellose, undefinierbare Wut, die heiß in ihrer Kehle brannte. Sie kannte solche Attacken von früher. Schon als Teenager war ihr Temperament hin und wieder mit ihr durchgegangen. Ungerechtigkeit konnte sie einfach nicht ertragen.

Sie musste an ihren jüngeren Bruder denken, an Timmy.

Trotz ihrer Wut huschte ein Lächeln über ihr Gesicht. Sie waren auf dieselbe Schule gegangen, und es war ihre Aufgabe als ältere Schwester gewesen, auf ihn aufzupassen. Aber das hatte sie gern getan. Sie und er hatten immer schon ein besonderes Verhältnis zueinander gehabt, und wenn in der Schule jemand den schmächtigen Timmy Sperling aufmischen wollte, dann musste er erst an Manuela vorbei. Sie selbst war ebenfalls klein und dünn gewesen, hatte aber immer gewusst, ihr Mundwerk einzusetzen. Es war lächerlich einfach, Teenager mit Worten zu vertreiben, wenn man einmal wusste, wie es ging. Damals, in der Schule, hatte sie hin und wieder diese Wutattacken gehabt, und was sie dann von sich gegeben hatte, war alles andere als druckreif gewesen.

Manuela nahm sich vor, Timmy mal wieder anzurufen. Es wurde Zeit. Das letzte Gespräch lag mehr als zwei Wochen zurück. Seitdem er sein Journalismusstudium aufgenommen hatte, wurden ihre Kontakte seltener. Das war schade. Gleich morgen würde sie Timmy anrufen.

Je weiter sie aus der Stadt hinausfuhr, desto waldreicher und einsamer wurde die Landschaft. Hin und wieder ein kleines Dorf, ein Gehöft, dazwischen Weiden, Äcker und Mischwald. Die Straße führte durch schattige, dunkle Blättertunnel. Das Spiel von Licht und Schatten gaukelte Bewegungen vor, wo keine waren, und verbarg sie, wo es sie gab. Mehr als nur ein paarmal trat Manuela auf die Bremse, weil sie meinte, ein Reh liefe auf die Straße.

Sie war froh, als sie endlich die Zufahrt zu Andreas' Haus erreichte.

Leider parkte sein Wagen nicht davor.

Um zwanzig Uhr erlosch die Leuchtreklame über der Tür und wenig später auch das Licht im Tattoo-Studio. Kurz darauf trat der Master of Dark Tattoo aus der Eingangstür. Er war allein.

Seine Mitarbeiterin Caro war bereits um siebzehn Uhr gegangen. Mario verriegelte die Tür, dann sah er sich um. Ich sackte noch etwas tiefer in den Fahrersitz, behielt ihn aber im Auge. Er trug eine Armeehose in Tarnfarben und eine schwarze Jacke. Über seiner linken Schulter hing eine große schwarze Tasche. Sie schien schwer zu sein.

Mario setzte eine schwarze Wollmütze auf, schlug den Kragen seiner Jacke hoch, wandte sich nach rechts und lief den Bürgersteig entlang.

Ich richtete mich auf, um ihn nicht aus den Augen zu verlieren. Seit zwei Stunden parkte ich auf dem kleinen Parkplatz eines Immobilienmaklers, der längst Feierabend gemacht hatte. Er lag schräg versetzt hundert Meter vom Tattoo-Studio entfernt und bot mir eine passable Sicht. Davor war ich zwei Stunden umhergelaufen, immer mal wieder an dem Studio vorbeigekommen und hatte Blicke hineingeworfen. Mario hatte gearbeitet. Gestochen, wie Caro es formuliert hatte. Kunden waren gekommen und gegangen. Auf den ersten Blick also ein ganz normaler Arbeitstag.

Zwischendurch war ich in einem Café gewesen und hatte etwas gegessen und getrunken. Aber von dort aus hatte ich den Laden nicht einsehen können, deshalb war ich nicht lange geblieben, höchstens eine Viertelstunde. Alles in allem lungerte ich bereits seit vier Stunden hier herum, und die Warterei zerrte an meinen Nerven. Ein paarmal war ich schon drauf und dran gewesen abzubrechen.

Gut, dass ich es nicht getan hatte. Möglicherweise ging Mario nur nach Hause, aber das glaubte ich nicht. Über seinem Studio befanden sich zwei Wohnetagen. Die Eingänge lagen auf der Rückseite des Gebäudes, und während meiner Streifzüge hatte ich einen Blick auf die Briefkästen geworfen. Auf einem stand Böhm. Es lag auf der Hand, dass Mario dort wohnte.

Im dunklen Bereich zwischen zwei Straßenlaternen wurde

Mario zu einem Schatten zwischen Schatten. Ich musste hinterher, sonst würde ich ihn aus den Augen verlieren.

Ich entschied mich, ihm mit dem Wagen zu folgen, startete den Motor und rollte langsam auf die Straße. Zum Glück herrschte um diese Zeit kaum noch Verkehr. Ich konnte Schritttempo fahren, ohne jemanden zu belästigen. Mario hatte einen kräftigen, weit ausholenden Schritt und ging zügig. Als er das nächste Mal im Schatten verschwand, konnte ich gerade noch erkennen, dass er nach rechts abbog. Langsam näherte ich mich der Stelle und entdeckte ein Seitensträßchen. Während ich langsam daran vorbeirollte, sah ich Mario die enge Gasse hinuntergehen.

Hinterherfahren ging nicht. Er würde mich bemerken. Also ließ ich meinen Wagen am Straßenrand stehen und setzte die Verfolgung zu Fuß fort.

Die enge Sackgasse war mit Kopfsteinen gepflastert. Hausfassaden ragten rechts und links auf. Jedes Geräusch hallte hier wider. Weit vor mir sah ich eine Gestalt, von der ich annahm, dass sie Mario war. Ich hielt mich dicht an den Häusern und folgte ihm.

Plötzlich war er weg.

Einfach verschwunden.

Ich lief los und hörte ein Geräusch. Ein metallenes Klappern. Dann wurde ein Motor gestartet. Erst als ich die Reihe von Fertiggaragen sah, begriff ich, aber da war es schon zu spät. Ein Auto setzte rückwärts aus einer der Garagen.

Verflucht! Er würde mich entdecken. Ich sah mich um, suchte fieberhaft nach einem Versteck und entdeckte einen kaum schulterbreiten Spalt zwischen zwei Häusern. Dorthinein quetschte ich mich. Spinnenweben legten sich über mein Gesicht. Ein ekliges Gefühl. Im nächsten Moment fuhr der Wagen an mir vorbei. Mario saß am Steuer. Ich verließ den engen Spalt und lief los. Oben an der Einmündung bog der schwarze Kombi nach rechts auf die Landstraße ab. Als ich meinen eigenen Wagen erreichte, war er schon nicht mehr zu sehen.

Manuela hätte sicher noch eine Weile gewartet – vielleicht auch nicht, schließlich war ihre Sorge immer weiter angewachsen –, aber da Kieling sie anrief, um zu erfahren, wo sie mit dem Schreiberling bliebe, blieb ihr nichts anderes übrig, als die bittere Wahrheit auszusprechen:

Er ist nicht da.

Andreas war nicht verhaftet und stand nicht unter Hausarrest, er konnte tun und lassen, was er wollte, und so lange fortbleiben, wie er wollte. Angesichts der Umstände jedoch und weil er gebeten worden war, sich zur Verfügung zu halten, sprang Kieling auf diese Wahrheit an wie eine Mücke auf den Geruch eines Menschen.

«Sie bleiben so lange dort, bis er auftaucht. Außerdem schicke ich noch eine Streife und stelle einen Antrag auf Haft- und Durchsuchungsbefehl. Das hätte ich schon längst tun sollen.»

Es hatte so kommen müssen, und Andreas war selbst schuld. Sie hatte ein Dutzend Mal versucht, ihn anzurufen, doch er ging nicht an sein Handy. Auch das war angesichts der Umstände unverständlich. War es denn zu viel verlangt, dass er sie anrief? Nach allem, was passiert war? Er hatte es ihr versprochen. Die Enttäuschung darüber, wie leicht es ihm anscheinend fiel, dieses Versprechen zu brechen, tat ein bisschen weh. Manuela hielt Andreas für einen Freund, und unter Freunden tat man so etwas nicht.

Fünf Minuten später hatte ich ihn eingeholt. Ich hielt den größtmöglichen Abstand ein, der es mir gerade noch erlaubte, ihn nicht erneut aus den Augen zu verlieren. Die Fahrt ging eine Weile über die Landstraße, dann wechselte Mario auf die Autobahn. Dort gab er richtig Gas. Mit Tempo hundertsechzig ging es an der Stadt vorbei Richtung Containerhafen. Der breite Autobahnzubringer führte uns direkt hinein in das unübersichtliche

Industriegebiet an der Weser. Mario schien sich dort nicht auszukennen. Zumindest wirkte es ein wenig orientierungslos, wie er zwischen den Kränen und den hohen Türmen aus Seecontainern umherfuhr.

Suchte er etwas?

Oder hatte er bemerkt, dass er verfolgt wurde?

Ich wurde vorsichtiger und hielt größeren Abstand. Das Resultat war, dass ich ihn verlor. Ein paar Minuten kurvte ich zunehmend verzweifelt durch die engen, holprigen, von tiefen Schlaglöchern durchbrochenen Straßen, fand ihn aber nicht wieder. Dabei verlor ich selbst die Orientierung. Irgendwann wusste ich nicht einmal mehr, in welcher Richtung der Fluss lag.

Ich war schon drauf und dran aufzugeben, da entdeckte ich den schwarzen Kombi in einer Seitenstraße. Ich parkte um die Ecke, nahm meinen Elektroschocker aus dem Handschuhfach, stieg aus und machte mich auf den Weg.

Dieser Teil des Hafengeländes war still und dunkel. Alles hier wirkte verfallen. Große Lagerhallen standen auf der linken Seite. Rechts türmten sich rostige Container. Straßenlaternen gab es hier nicht. Das Licht des Mondes reichte gerade eben aus, um Umrisse erkennen zu können. Ich näherte mich dem Kombi von hinten und beobachtete ihn eine Weile. Erst als ich die kleinen roten Lämpchen der Diebstahlwarnanlage blinken sah, ging ich weiter.

Von hier aus konnte Mario nur in zwei Richtungen gegangen sein: dorthin, von wo ich gekommen war, und geradeaus.

Die Straße wurde hier leicht abschüssig, und ich stolperte zweimal in tiefe Schlaglöcher. Aus der Ferne hörte ich ein gespenstisches Geräusch. Es klang, als schlüge ein Riese mit einem Hammer gegen einen Schiffsrumpf. Plötzlich fiel mir ein, wie waghalsig ich mich verhielt. Niemand wusste, wo ich mich aufhielt, ich hatte nicht einmal ein Handy dabei. Es wäre klüger abzubrechen. Aber ich wollte unbedingt wissen, was Mario um diese Zeit in einem abgelegenen Hafengebiet zu suchen hatte. Hatte er hier ein Versteck?

In dem Video hatte es so ausgesehen, als befinde sich das Mädchen in einer Lagerhalle. War er auf dem Weg zu ihr?

Nein, ich konnte jetzt nicht aufhören. In mir vibrierte alles. Ich war mir sicher, dem Deathbook-Killer dicht auf den Fersen zu sein. Er mochte gefährlich und skrupellos sein, aber das schreckte mich nicht. Ich hatte jahrelang dafür trainiert, einen Zweikampf auch ohne Waffen gewinnen zu können. In der heutigen Zeit erschien mir das notwendig.

Ein Geräusch, irgendwo links von mir.

Es klang nach Schritten. Sohlen, die über Beton schabten. Aber von mehreren, nicht nur von einer Person. Auf der Straße fühlte ich mich wie auf einem Präsentierteller. Also huschte ich zwischen die Metallcontainer. Zwischen den Türmen gab es ausreichend breite Durchgänge. Ich schob mich hinein, blieb stehen und lauschte.

Die Schritte entfernten sich.

Nichts wie hinterher.

Doch das war leichter gedacht als getan. Die Gänge zwischen den Containern entwickelten sich zu einem Labyrinth. Zudem war es stockdunkel, ich konnte nichts sehen. Hätte ich doch nur eine Taschenlampe eingesteckt! Oder wenigstens mein Handy behalten.

Ich begann zu schwitzen und überlegte, ob ich auf die Container klettern sollte, um mir einen Überblick zu verschaffen. Klettern konnte ich, aber die Container standen dreifach übereinander, und es gab kaum Möglichkeiten zum Festhalten. Ich verwarf den Gedanken, lief um ein paar weitere Ecken und entdeckte einen Gang, in dem es heller war als in den anderen. Von weit vorn fiel orangefarbenes Licht herein. Ich folgte ihm und erreichte das Ende des Containerlabyrinths.

Vor mir lag eine große freie Betonfläche, die zum Fluss hin abfiel. Das Licht stammte von den Industrieanlagen auf der anderen Seite des Hafenbeckens. Die Kräne im Vordergrund warfen lange Schatten auf die Betonfläche.

Dazwischen bewegten sich Menschen.

Ich blieb im Dunkel zwischen den Containern und beobachtete sie.

Drei, nein vier Personen sah ich, schwarze Gestalten ohne Gesichter. Sie waren vielleicht fünfzig Meter entfernt. Ich konnte nicht erkennen, wer von ihnen Mario war, aber es sah so aus, als würden drei der Gestalten die vierte umstellen.

«Stich ihn ab.»

Noch ehe ich über das Gehörte nachdenken konnte, schnellten die drei Gestalten vor. Ich hörte leise Schreie, Ächzen und Stöhnen. Sohlen schabten auf Beton.

«Du Wichser», schrie jemand.

Ich schaltete den Elektroschocker ein und trat zwischen den Containern vor. Ich hatte furchtbare Angst, aber irgendetwas musste ich tun. Es klang so, als würde dort gleich jemand getötet werden.

Plötzlich ein heller Schrei. Jemand ging zu Boden.

«Mach ihn kalt!»

Die Gruppe sprengte auseinander, und jemand lief genau auf mich zu. Ich hatte erst drei Schritte nach vorn gemacht und zog mich schnell wieder zwischen die Container zurück. Das Getrappel von Füßen wurde lauter, jemand schrie: «Hol ihn dir!»

Ich zog mich tiefer zwischen die Container zurück. Schon tauchte eine Gestalt ausgerechnet an dem Durchgang auf, in dem ich mich befand. Hinter ihr tauchte eine weitere Gestalt auf, packte die erste und riss sie zurück.

«Was hast du mit Julia gemacht, du Wichser? Wo ist sie?»

Kurz sah ich ein Messer aufblitzen. Jemand ächzte. Die beiden rangen miteinander, stießen sich gegen die Wände der Container. Jedes Mal ertönte ein hohles, dumpfes Geräusch.

Ich hörte das Messer zu Boden fallen. Hörte Fäuste auf Knochen schlagen. Hin- und hergerissen wartete ich ab. Sollte ich eingreifen oder abwarten? Plötzlich sackte eine der Gestalten zusammen. Die andere zog ruckartig das Knie nach vorn. Ein Kopf schlug gegen Metall. Mit dem Fuß trat der Gewinner des Kampfes auf den am Boden Liegenden ein.

Okay, jetzt musste ich eingreifen.

Aber da ließ der Sieger von dem reglos daliegenden Verlierer ab. Er bückte sich nach dem Messer, hob es auf und kam direkt auf mich zu. Ich glaubte nicht, dass er mich in der Dunkelheit sehen konnte, zog mich aber noch weiter zurück. Zu beiden Seiten tauchten schmale Seitengänge auf. Ich schlüpfte rechts hinein, lief ein Stück weiter und bog abermals ab. Hinter mir hörte ich lautes Atmen. Schritte, jemand stieß gegen einen Container. Das Geräusch hallte in den engen Schluchten wieder.

Auf einen Messerkampf wollte ich mich nicht einlassen, auch mit dem Elektroschocker nicht, deshalb drang ich immer tiefer in das Gewirr der Gänge vor. Schon bald gab es überhaupt kein Licht mehr. Erneut hatte ich die Orientierung verloren. Ich blieb stehen und lauschte.

Die Geräusche waren verklungen.

Hatte ich sie mir vielleicht nur eingebildet, und der Typ mit dem Messer war mir gar nicht gefolgt?

Jetzt hatte ich ein ganz anderes Problem: Ich musste hier irgendwie raus.

Ich ging zurück in die Richtung, aus der ich gekommen war. Zumindest hoffte ich das. Ich brauchte ewig. An jeder Abzweigung blieb ich stehen, weil ich im Dunkeln meinen Verfolger vermutete. Ich lauschte so lange, bis ich mir sicher war, allein zu sein, dann ging ich weiter. Nach fünf Minuten hatte sich an meiner Umgebung nichts geändert. Die Dunkelheit war immer noch undurchdringlich, ich sah kaum die Hand vor Augen.

Dafür hörte ich plötzlich ein Wispern.

«Leiste deinen Beitrag …»

Ich zuckte zusammen, fuhr herum, hielt den Elektroschocker wie ein Messer vor mich. Der Deathbook-Killer hatte mich gefunden. Als ich hinter mir Schritte zu hören glaubte, rannte ich blindlings drauflos. Von einer unbeschreiblichen Panik erfasst, stolperte ich durch die Dunkelheit, stieß hart mit Schultern und Ellenbogen an, gelangte von einem Gang in den nächsten. Erst als ich schon nicht mehr daran glaubte, entdeckte ich einen Gang, in den Licht fiel.

Er führte mich geradeaus auf den Platz, auf dem vor ein paar Minuten der Kampf stattgefunden hatte.

Ich verließ das Gewirr der Container und sah mich nach allen Seiten um. Niemand da. Oder? Lag da nicht jemand am Boden? Ich schlich auf das zu, was ich für einen Menschen hielt. Nach wie vor blendeten die Industrielichter auf der anderen Seite des Hafenbeckens, sodass ich mir nicht sicher war. Aber ich hatte mich nicht getäuscht.

Eine schwarze Blutlache hatte sich unter dem gekrümmten Körper gebildet. Ich ging in die Hocke und legte den Elektroschocker ab.

«Hey, kannst du mich hören?»

Keine Reaktion. Mit zwei Fingern suchte ich an der Halsschlagader nach dem Puls. Nichts. Er war tot.

Als ich aufsah, entdeckte ich zwei Gestalten vor den Containertürmen. Sie starrten zu mir herüber. Langsam erhob ich mich, trat einen Schritt vor.

«Da ist das Schwein», hörte ich. «Jetzt machen wir ihn kalt.»

Ich drehte mich um und rannte. Weil ich dabei über die Schulter sah, bemerkte ich das Hafenbecken zu spät. Aus vollem Lauf fiel ich über die Kante. Das Wasser war kalt und presste mir die Luft aus den Lungen. Mit wilden Schwimmbewegungen stieß ich nach oben und durchbrach die Wasseroberfläche. Das Wasser war kabbelig, kleine Wellen schlugen mir ins Gesicht. Ich orientierte mich kurz, tauchte wieder unter und schwamm auf die Kaimauer zu. Es war vollkommen schwarz hier unten. Ohne Taschenlampen würden sie mich nicht entdecken können.

Kurz bevor der Atemreflex übermächtig wurde, erreichte ich die Kaimauer. Meine Hände stießen dagegen, ich fühlte den weichen, schmierigen Algenteppich darauf und tauchte auf. Wellen klatschten gegen die Mauer, Gischt spritzte mir ins Gesicht. Ich fand nichts zum Festhalten und ging immer wieder unter. Die Strömung trieb mich weiter ins Hafenbecken hinein. Endlich bekam ich eine Metallstrebe zu fassen. Ich packte fest zu, zog mich an die Mauer und drückte meine Stirn dagegen. So war ich etwas vor den Wellen geschützt und konnte Luft holen.

In dieser Stellung verharrte ich minutenlang. Das Wasser war viel zu laut, ich konnte nicht hören, ob die beiden Typen sich dort oben noch herumtrieben. Also wartete ich, so lange ich konnte. Schließlich trieb mich die Kälte des Wassers weiter. Sie war längst in meinen Körper gedrungen und ließ mich unkontrolliert zittern.

Die Metallstrebe, an der ich mich festklammerte, gehörte zu einer in die Kaimauer eingelassenen Leiter. Endlich hatte ich auch mal Glück! Ich zog mich daran hoch. Sechs bis acht Sprossen waren es bis oben. Meine nasse Kleidung wog schwer und ließ mir nur wenig Bewegungsspielraum.

Oben angekommen, lauschte ich zunächst. Außer meinem eigenen wummernden Herzen hörte ich aber nichts. Ich zitterte viel zu sehr und war zu kraftlos, um noch länger auf der Leiter zu verharren. Vorsichtig schob ich den Kopf über den Rand der Kaimauer. Da war niemand, jedenfalls konnte ich mit einem schnellen Blick niemanden sehen. Also kletterte ich weiter und fiel auf die Betonplatte.

Dort blieb ich auf den Knien hocken. Wasser lief aus meinem Haar und von meiner Kleidung zu Boden. Schwer atmend sah ich mich um. Ich war allein. Meine Verfolger waren fort. Die Leiche hatten sie liegen lassen.

Ich kämpfte mich auf die Beine und taumelte in einem großen Bogen um den Körper am Rand der Betonplatte auf die Containertürme zu. Der Mann war tot, ich konnte ihm nicht mehr helfen. Ich durfte kein Risiko mehr eingehen und musste zusehen, dass ich hier wegkam. In dieser Verfassung war ich für jeden ein leichter Gegner.

Zwischen die Container traute ich mich allerdings nicht mehr. Ich lief links daran vorbei, fand das Ende der schmalen Gasse, durch die ich gekommen war, und bog hinein.

Der schwarze Kombi war weg. Mario Böhm war also abgehauen. Und ich hatte überhaupt nichts erreicht.

Tropfnass, frierend und gefrustet erreichte ich meinen Wagen. Ich war so froh, ihn dort noch vorzufinden, dass ich alles um mich herum vergaß und blindlings darauf zustolperte. Zum Glück hatte ich im Wasser den Schlüssel nicht verloren, und die Funkfernbedienung funktionierte sogar noch.

Ich zog die Fahrertür auf.

Noch in der Bewegung spürte ich jemanden hinter mir. Bevor ich reagieren konnte, berührte mich etwas im Nacken. Im nächsten Moment hörte ich ein elektrisches Knistern.

Und dann nichts mehr.

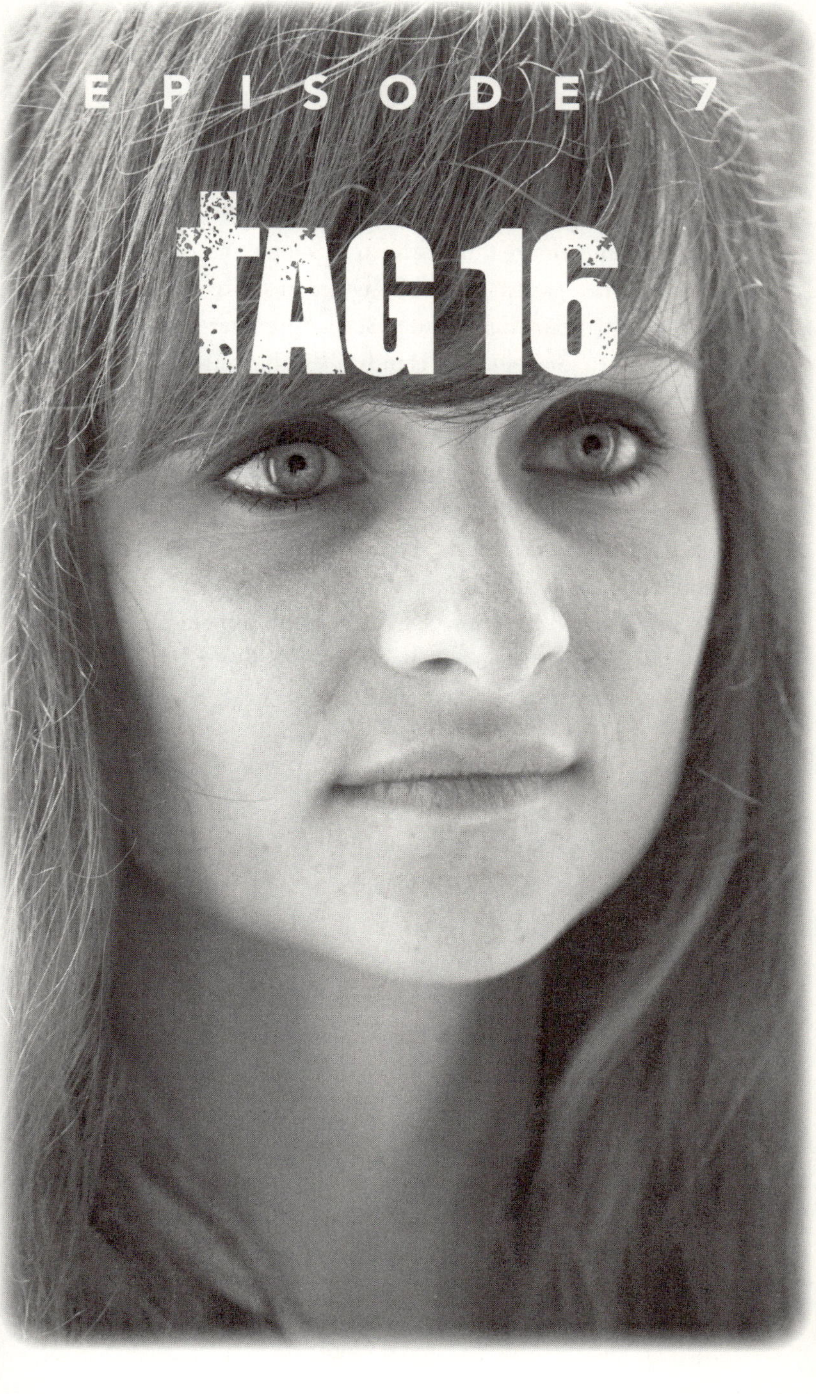
EPISODE 7
TAG 16

Ann-Christin richtete die Kameralinse ihres Smartphones auf die schwarze Visitenkarte, die vor ihr auf dem Küchentisch lag. Auf dem winzigen Bildschirm erschien ihr der QR-Code unnatürlich riesig, fast als würde er sie anstarren. Ihr Daumen schwebte über dem Auslöser der Scan-App, aber ihre Hand begann zu zittern. Sie legte das Handy ab, ohne den Code zu scannen. Zum sechsten Mal, seit sie die Visitenkarte bekommen hatte.

Die Maske ... der QR-Code ... ihr unheimlicher Chatpartner ... Das alles machte ihr Angst, und ihre Angst war größer als die Neugier. Auf was ließ sie sich hier ein? Immer wieder hatte sie sich gefragt, ob es Zufall war, dass sie und dieser mysteriöse Anima Moribunda sich gefunden hatten.

Anima Moribunda. Ann-Christin hatte online in einem lateinischen Wörterbuch nachgeschaut und herausgefunden, dass es so viel bedeutete wie «todgeweihte Seele». Auch das machte ihr Angst.

Sie legte ihr Handy auf den Tisch, ging zur Spüle, füllte ein Glas mit Wasser und trank.

Es war weit nach dreiundzwanzig Uhr, und eigentlich hätte sie längst schlafen sollen. Morgen war ihr erster Arbeitstag nach dem Tod ihrer Mutter. Da der Supermarkt um sieben öffnete, musste sie bereits um sechs dort sein. Der normale Alltag begann, und auch wenn sie sich nicht vorstellen konnte, dass es je wieder so werden würde wie früher, freute Ann-Christin sich doch darauf, endlich wieder rauszukommen.

Nach der Beerdigung war ihr klargeworden, wie einsam Mama und sie gelebt hatten. Zu zweit war es erträglich gewesen, manchmal sogar schön, weil sich durch ihre Situation eine besondere Nähe zwischen ihnen entwickelt hatte. Vielleicht hatten sie sich in der Rolle der Außenseiter sogar wohl gefühlt, denn sie bot Sicherheit. Wer sich nicht auf andere Menschen einließ, der konnte von ihnen auch nicht verletzt werden. Aber jetzt, da sie allein war, kam sich Ann-Christin so vor, als befände sie sich auf einem fremden Trabanten, der den Planeten der anderen in sicherer Entfernung umkreiste.

Gustav war nicht wiederaufgetaucht. Darüber war sie froh. Leider hatte Tante Verena sich auch nicht mehr blicken lassen und auch nicht angerufen. Wahrscheinlich verbot Gustav es ihr. Sie hatte ja schon immer getan, was er wollte.

Von der Familie konnte Ann-Christin also keine Hilfe erwarten. Sie musste ihr Leben selbst in den Griff bekommen. Morgen zur Arbeit zu gehen war ein erster Schritt in diese Richtung. Es würde ihr schwerfallen, und doch war sie fest entschlossen durchzuhalten.

Ihr Handy vibrierte auf der Tischplatte. Sie erschrak.

Außer Gustav und Verena kannte niemand ihre Nummer.

Eine SMS war eingegangen.

Ann-Christin öffnete sie.

> Du wirst den Tod nie verstehen, wenn du dich nicht öffnest, Ann-Christin. Vertrau mir. Wir sind seelenverwandt. Vom ersten Moment an, als ich dich sah, habe ich es gewusst. Nie habe ich mich einem Menschen näher gefühlt. Ich habe die ganze Nacht im Chat auf dich gewartet. Bitte, verstoß mich nicht. Ich will ehrlich sein zu dir, deshalb schicke ich dir dieses Video. Sei mir nicht böse, ich hab es aufgenommen, weil du mich faszinierst.

Die SMS hatte einen Anhang.

Ohne nachzudenken, klickte Ann-Christin darauf, und ihr Handy spielte ein Video ab.

Sie sah sich selbst, wie sie mit der schweren Einkaufstüte die dunkle Straße hinunterging. Schnitt. Sie trat mit dem schwarzen Umschlag in der Hand vors Haus, ging vor bis zur Pforte und schaute unsicher in alle Richtungen. Die Kamera zoomte auf ihr Gesicht. Sie sah ihre eigenen blauen Augen, die ängstlich die Umgebung absuchten. Dann tastete sie sich rückwärts zur Haustür zurück und schlug sie zu. Schnitt. Die nächste Einstellung zeigte sie hinter dem Küchenfenster. Auch hier zoomte die Kamera wieder ganz nah an ihr Gesicht heran.

Ann-Christin warf das Handy auf den Tisch, als hätte sie sich daran verbrannt. Bis eben war das Gerät für sie eine Verbindung zur Außenwelt gewesen. Jetzt wurde es zur Bedrohung. Nicht sie allein entschied, wer und was sie erreichte, sondern irgendjemand in der Welt dort draußen.

Mit voller Wucht überkam sie die Angst, die sie doch schon vertrieben geglaubt hatte. Sie hatte sich nicht getäuscht: Er verfolgte sie. Wahrscheinlich schon von dem Tag an, an dem ihre Mutter gestorben war. Damals hatte sie es zum ersten Mal gespürt.

Ein entsetzlicher Gedanke nahm in ihr Gestalt an.

War dieser Anima Moribunda etwa schuld an Mamas Tod?

Im Bruchteil einer Sekunde verwandelte sich ihre Angst in Wut.

Sie schnappte sich das Handy und tippte eine Antwort-SMS ein:

Lass mich endlich in Ruhe, du verdammter Stalker. Wir sind nicht seelenverwandt, und ich will nichts mit dir zu tun haben.

Unten bleiben!»

Ein Zischen, mehr nicht, kaum wahrnehmbar. Es klang nicht wie eine menschliche Stimme.

«Unten bleiben, sonst sterben Sie noch heute Nacht.»

Überhaupt schien alles ganz weit entfernt zu sein. Ich hörte die Worte zwar, begriff sie aber nicht. Ich war viel zu sehr mit meinen Schmerzen beschäftigt. Mein Körper fühlte sich an, als hätte jemand Nadeln hineingestochen, Hunderte von Nadeln. Sie waren lang und drangen tief ins Fleisch. Es gab keine Stelle, die nicht schmerzte. Mein Kopf drohte zu bersten. Tief darin pulsierten heiße Stiche.

Nach und nach nahm ich meine Umgebung wahr. Ich lag quer über Fahrer und Beifahrersitz, der Schalthebel drückte gegen meinen Brustkorb. Der linke Fuß war zwischen der geschlossenen Tür und dem Sitz eingeklemmt, das rechte Bein lag im Fußraum. Meine Arme konnte ich im ersten Moment nicht finden. Aber irgendwo mussten sie sein, denn sie taten weh.

«Die Polizei rufen …»

Das war es, was ich sagen wollte, heraus kam jedoch nur ein unverständliches Kauderwelsch. Meine Zunge gehorchte mir nicht.

«Schnauze halten», zischte die Schlangenstimme. «Oder Sie bekommen noch eine Ladung Strom.»

Endlich erinnerte ich mich, was geschehen war. Ich hatte in mein Auto einsteigen wollen. Jemand war hinter mir gewesen, dann dieses Britzeln und Zischen … Den Rest reimte ich mir zusammen. Jemand hatte mich mit meinem eigenen Elektroschocker außer Gefecht gesetzt. Ich hatte ihn neben der Leiche auf der Betonfläche vor dem Hafenbecken liegen gelassen.

Ich war dem Deathbook-Killer in die Fänge gegangen. Mir wurde heiß und kalt. Mein rechtes Bein zuckte unkontrolliert und sendete erneut Nadelstiche in die Muskulatur des Oberschenkels. Ich stöhnte und wollte mich aufrichten, doch eine Hand drückte meinen Kopf mit Wucht in den Sitz zurück.

«Ich sag es nicht noch einmal: Unten bleiben.»

Dann verschwand die Hand. Ich wagte nicht, mich zu rühren. Von irgendwoher fiel Licht herein, wanderte über das Armaturenbrett, glitt an der Frontscheibe hoch, erhellte kurz den Himmel und erlosch. Draußen fuhr ein Auto vorbei. Ich spürte das Dröhnen des Motors in meinen Knochen.

Schließlich wurde es wieder dunkel und still.

Hinter mir atmete jemand.

Es klang merkwürdig gedämpft und schwer.

Schlagartig wurde mir bewusst, wie ausweglos meine Situation war. Die Nachwirkungen des elektrischen Schlags ließen es nicht zu, dass ich mich wehrte. Und selbst wenn: So, wie ich dalag, konnte ich rein gar nichts gegen die Person ausrichten, die sich im Fond meines Wagens befand. Hätte ich mich doch nur nicht auf diese waghalsige Verfolgung eingelassen! Ich war doch nur ein Schriftsteller, kein Superagent. Jetzt wurde mir die Rechnung für meinen Größenwahn präsentiert.

«Was … was wollen Sie?»

Meine Zunge funktionierte immerhin wieder. Ich konnte verständliche Worte formulieren.

Hinter mir spürte ich eine Bewegung.

«Sie wurden aufgefordert, Ihren Beitrag zu leisten.»

Wenn Mario Böhm tatsächlich der Deathbook-Killer war und wenn er es war, der mit mir im Auto war, dann sprach er mit einer völlig veränderten Stimme. Mario hatte einen tiefen Bariton. Diese Stimme klang eher wie die einer Frau.

Ich antwortete nicht.

«Und? Haben Sie ihn geleistet?»

«Ich … hören Sie, ich …»

«Nein. Sie hören zu. Ich will von Ihnen kein blödes Gequatsche hören. Sie machen von jetzt an ganz genau, was ich Ihnen sage. Und glauben Sie ja nicht, ich bluffe. Haben Sie das verstanden?»

«Ja, habe ich.»

«Gut. Können Sie fahren?»

«Ich kann es versuchen.»

«Keine Tricks. Ich bin auf jeden Fall schneller als Sie. Und das nächste Mal brate ich Sie mit Ihrem netten Spielzeug.»

Als Warnung drückte er den Auslöseknopf des Elektroschockers. Hinter mir knisterten 200 000 Volt.

Ich zuckte zusammen. Das wollte ich auf keinen Fall ein zweites Mal riskieren. Die Schmerzen eines Stromstoßes waren qualvoll.

Ich zerrte meinen linken Fuß zwischen Sitz und Tür heraus und mühte mich in eine aufrechte Position. Dabei spürte ich, wie meine Muskulatur zitterte, fast als führte sie ein Eigenleben. Aber immerhin ließen die Schmerzen langsam nach.

Kaum saß ich, warf ich einen Blick in den Rückspiegel. Die Neugierde war übermächtig; ich musste unbedingt wissen, wer mich bedrohte. Aber es war zu dunkel. Ich sah rein gar nichts.

«Ich glaube, es wird gehen», sagte ich.

«Dann fahren Sie. Ich sage, wo es langgeht.»

Der Zündschlüssel wurde mir von hinten in den Schoß geworfen. Ich steckte ihn ins Zündschloss und drehte ihn herum. Die Armaturenbeleuchtung ging an, und was ich in diesem Augenblick im Rückspiegel sah, ließ mich an meinem Verstand zweifeln.

Hinter mir saß nicht Mario Böhm.

Auch nicht der Mann mit der schwarzen Maske. Hinter mir saß eine alte Frau. Und zwar genau die Frau, die vor zwei Tagen abends auf der Landstraße vor meinem Haus langsam an mir vorbeigerollt war. Von ihr hatte ich die Nacht darauf geträumt. Sie hatte mich angezischt und mir ihre scharfen Reptilienzähne gezeigt.

Ich blinzelte, und als ich wieder hinsah, hatte die alte Frau sich aus dem Sichtfeld des Spiegels herausbewegt.

«Sie sollen nicht glotzen, sondern fahren», zischte sie.

Eine alte Frau? Dass konnte doch nicht sein. Der Stromstoß hatte in meinem Gehirn Schäden angerichtet, vielleicht stimmte auch mit meinen Augen etwas nicht.

Ich startete den Motor. Meine Hand zitterte. Immer wieder versuchte ich, im Rückspiegel einen weiteren Blick zu erhaschen. Ich konnte einfach nicht glauben, dass mich eine alte Frau …

«Wird's bald?», sagte sie.

Ich legte den ersten Gang ein und manövrierte meinen Wagen aus der engen Lücke auf die Straße. Die Scheinwerfer rissen die triste, schäbige Umgebung des Containerhafens aus der Dunkelheit.

«Und wohin?», fragte ich.

«Fahren Sie. Ich sag schon rechtzeitig Bescheid.»

Es klang, als stünde die Frau unter Zeitdruck. Befürchtete sie, dass die Polizei hier eintreffen würde? Hatte ich mich getäuscht, und nicht Mario Böhm war der Deathbook-Killer, sondern sie? Aber irgendwie hing der Master of Dark Tattoo doch mit in der Sache, sonst hätte er sich nicht so merkwürdig verhalten. Und wer waren die anderen Typen auf dem Containergelände, von denen einer tot zurückgeblieben war?

Ich verstand gar nichts mehr. Mein Kopf litt noch unter den Nachwirkungen des Stromstoßes. Klar zu denken war mir kaum möglich. Für den Moment ergab ich mich in mein Schicksal und tat, was die Frau von mir verlangte. Ich bog rechts oder links ab, sobald sie es befahl, und schon nach zehn Minuten befanden wir uns auf der Autobahn.

Dort fuhr ich mit hundertzwanzig auf der mittleren von drei Spuren. Mit beiden Händen umklammerte ich das Lenkrad. Ein paar LKW waren noch unterwegs, ansonsten war die Autobahn leer. Fieberhaft dachte ich darüber nach, wie ich mich aus dieser Situation befreien könnte. Immer wieder warf ich einen schnellen Blick in den Rückspiegel, doch die Frau hielt sich geschickt im toten Winkel.

«Sie fragen sich, was jetzt passiert, nehme ich an», sagte sie, nachdem wir ein paar Minuten auf der Autobahn unterwegs waren.

«Sagen Sie es mir?»

«Sie werden es noch früh genug erfahren, keine Bange. Und es wird gewiss nicht das sein, was Sie erwarten.»

«Wer sind Sie?», fragte ich.

«Was glauben Sie denn?»

«Ich … na ja, ich bin mir nicht sicher. Haben Sie etwas mit dem Tod meiner Nichte zu tun?»

«Sie stellen die falschen Fragen. Von Anfang an schon. Für einen Schriftsteller sind Sie ziemlich dumm. Da vorn kommt ein Rastplatz. Fahren Sie raus, stellen Sie den Motor ab und bleiben Sie angeschnallt sitzen.»

Der Rastplatz war nichts weiter als ein schmaler, unbeleuchteter Parkstreifen. Ich hielt hinter einer Reihe Sattelschlepper. Zumindest waren wir nicht ganz allein, auch wenn die Fahrer wohl längst schliefen und mir kaum helfen konnten.

«Sie können sich jetzt umdrehen. Aber bleiben Sie angeschnallt.»

Sosehr ich mir eben noch gewünscht hatte, einen Blick auf die Frau zu werfen, so wenig wollte ich es jetzt. Ich hatte das Gefühl, damit mein Todesurteil zu fällen.

«Hören Sie», sagte ich und blickte geradeaus durch die Windschutzscheibe. «Wir können bestimmt eine Lösung finden, es muss nicht zum Äußersten kommen.»

Die alte Frau lachte. Es war ein krächzendes, ungesundes Lachen.

«Dafür ist es längst zu spät. Die Dinge sind unumkehrbar. Und bilden Sie sich bloß nichts ein. Sie sind nur ein ganz kleines Rädchen im Uhrwerk des Todes. Auf Sie kommt es nicht an, ebenso wenig wie es auf Ihre Nichte ankam. Ein paar Opfer mehr oder weniger. Glauben Sie etwa, dass der Tod zählt? Vielleicht tut er das sogar, aber in anderen Größenordnungen als Sie und ich.»

Dieses Gerede kam mir irgendwie bekannt vor. Mit einem Ruck drehte ich mich um. Auf der Autobahn fuhr ein Fahrzeug vorbei, und das Streulicht der Scheinwerfer reichte aus, um etwas erkennen zu können.

Genau in der Mitte der Rückbank saß eine große, dünne Gestalt. Sie hatte in der Tat langes graues Haar und sah auch aus wie eine alte Frau. Das lag aber an der Latexmaske, die sie trug.

Das Licht verschwand und mit ihm dieses groteske Bild.

«Ah, der Groschen ist gefallen», sagte die Gestalt. Die Stimme klang immer noch weiblich und irgendwie zänkisch, aber jetzt fand ich, sie könnte auch zu einem Mann gehören.

«Wer sind Sie?», wiederholte ich meine Frage, dabei ahnte ich die Antwort bereits.

«Sie glauben doch nicht im Ernst, dass ich Ihnen meinen Namen nenne. Niemand erfährt meinen Namen, niemand sieht mein Gesicht. Ich muss unsichtbar bleiben, sonst findet er mich. Er findet jeden, wissen Sie.»

«Posten und Sterben?», fragte ich. «Ist das Ihr Blog?»

«Bingo, Schriftsteller. Wohl doch ein helles Köpfchen. Nicht hell genug, wohlgemerkt, sonst hätten Sie den Tod nicht so vehement auf sich aufmerksam gemacht.»

«Ich … ich verstehe das nicht. Was haben Sie mit alldem zu tun? Und was soll dieses Versteckspiel? Warum müssen Sie mich entführen?»

«Machen Sie mal halblang, Schriftsteller. Ich habe Sie nicht entführt, ich habe Sie gerettet. Sie haben sich wie ein Trottel verhalten und wären ohne mich jetzt tot. Er war nämlich auch dort, wissen Sie.»

«Im Containerhafen? Wer war dort?»

Meine Augen hatten sich an die Dunkelheit gewöhnt, und ich konnte die helle, von grauem Haar umgebene Maske auf dem Rücksitz besser erkennen. Der Kopf zuckte dauernd von rechts nach links, so als schaue die Latex-Oma sich über ihre Schultern um.

«Der Tod, Sie Dummkopf. So wie Sie und ich zwischen der

realen Welt und der Online-Welt wechseln, tut er es auch. Online sucht er sich seine Opfer, aber er tötet sie real.»

«Warum können Sie mir nicht Ihr Gesicht zeigen?»

«Nichts da. Ich darf niemandem trauen. Er ist seit Monaten hinter mit her, und ich habe nur überlebt, weil ich unsichtbar geworden bin. Ich riskiere hier schon viel zu viel. Wenn ich ihm entkommen will, muss die Welt Bescheid wissen. Und obwohl Sie dumm sind, glaube ich doch, dass Sie der Richtige sind, um es ihr mitzuteilen. Weil die Dummen angstfrei sind.»

«Sie haben also Angst? Vor wem?»

Die Latex-Oma schwieg einen Moment. Die Maske war starr auf mich gerichtet. Plötzlich fuhr ein Fahrzeug von der Autobahn auf den Rastplatz. Licht flutete das Innere meines Wagens. Für den Bruchteil einer Sekunde erkannte ich Augen in den großen Maskenlöchern.

«Runter!», zischte die zänkische Stimme.

Gleichzeitig duckten die Latex-Oma und ich uns unter die Fensterlinie. Der Wagen fuhr vorbei, ohne anzuhalten. Wir warteten eine Minute ab, dann richteten wir uns wieder auf.

«Vor wem haben Sie solche Angst?», wiederholte ich.

Wieder zuckte ihr Kopf hin und her.

«Haben Sie wirklich noch nicht begriffen, was hier vor sich geht, Herr Schriftsteller? Der Tod ist uns allen auf den Fersen. Mir, Ihnen und allen anderen, die sich online auf die Suche nach ihm machen. Gehen Sie ins World Wide Web, schauen Sie sich um. Der Tod ist allgegenwärtig. Er hat sich die Technik zunutze gemacht. Und da er ein körperloses Wesen ist, kann er dort sein und hier, beides zugleich. Er macht sich einen Spaß daraus, seine Opfer nach einem bestimmten Ritual auszuwählen.»

«Was für ein Ritual?»

«Sie kennen es doch, oder? Hat der Tod Ihnen nicht auch seine Karte geschickt?»

«Die Visitenkarte mit der Maske?»

Die Latex-Oma nickte. «Mit der Maske und dem QR-Code. Und wenn Sie den eingescannt haben, haben Sie Ihr Todesurteil unterschrieben. Haben Sie ihn gescannt? Haben Sie ein Todesvideo angeschaut?»

Auch wenn die Person auf dem Rücksitz meines Wagens mit Sicherheit irre war, begann ich doch zu begreifen, worauf sie hinauswollte. In all dem Gefasel steckten Fakten.

Ich nickte. «Ja, gestern.»

«Tja, Pech gehabt, Herr Schriftsteller. Damit sind Sie tot. Früher oder später erwischt er Sie. Durch den QR-Code weiß er alles über Sie.»

«Sie haben den Code auch gescannt, nehme ich an. Und Sie leben noch.»

Die Latex-Oma rutschte ein Stück auf mich zu.

«Nein, ich lebe nicht mehr. Ich vegetiere dahin wie ein Schatten. Schauen Sie mich doch an. Was halten Sie von mir? Sie halten mich für total irre. Und wer weiß, vielleicht bin ich das längst. Aber es ist die einzige Möglichkeit. Ich muss heute hier, morgen dort sein, muss heute diese Maske, morgen eine andere tragen. Ich darf keinen eigenen Computer haben und kein Handy. Jeden Tag sitze ich in einem anderen Internetcafé und bleibe nie länger als eine Stunde online. Ich meide jede Kamera, und es gibt viele, mehr als Sie sich vorstellen können. Sie und alle anderen denken, das Internet kann man ausschalten, aber das stimmt nicht. Es ist längst überall und jederzeit. Es ist eine Parallelwelt, die sich wie eine durchsichtige Matrix über die reale Welt gelegt hat. Trennung unmöglich. Gott hat den Garten Eden erschaffen, dann ist er gestorben. Seitdem basteln die Menschen an einem Gegenentwurf: der Hölle. Sie ist fast fertig. Das Internet ist die Hölle, und der Tod fühlt sich wohl darin.»

Sie hatte schnell gesprochen und war jetzt außer Atem. Ich spürte, wie mich die Furcht in ihren Worten ansteckte. Sie fühlte sich an wie klammes, feuchtes Wetter. Dagegen gab es keinen Schutz, sie drang durch Kleidung und Haut bis in die Knochen.

«Viermal bin ich dem Tod von der Schippe gesprungen», fuhr die Latex-Oma fort. «Viermal hat er mich fast erwischt. Ich weiß, eines Tages passiert es, aber bis dahin versuche ich, die Menschen aufzuklären.»

«Mit dem Blog?»

«Es geht nur so. Ich habe es bei der Polizei und den Medien versucht, aber die wollen mir nicht zuhören.»

Das konnte ich mir vorstellen. Ich hörte ihr schließlich auch nicht freiwillig zu. Und ohne mein Hintergrundwissen würde ich kein Wort von dem glauben, was die Latex-Oma mir erzählte.

«Deswegen habe ich Sie ausgewählt», fuhr sie fort. «Sie sind ihm auf der Spur. Ihnen hören die Menschen eventuell zu. Mir nicht, ich bin ein Niemand. Aber Sie sind ein bekannter Schriftsteller. Leider haben Sie nicht mehr viel Zeit. Wenn ich Ihnen nicht gefolgt wäre, wäre es jetzt schon vorbei.»

In der Hoffnung, an noch mehr Informationen zu kommen, beschloss ich, das Spiel mitzuspielen. Was davon Wahrheit und was der Gedankenwelt eines Irren entsprang, würde ich später herauszufinden versuchen.

«Wenn ich die Menschen warnen soll, müssen Sie mir alles erzählen, was Sie wissen», sagte ich in verschwörerischem Tonfall. Dabei sah ich aus dem Seitenfenster, so als müsse ich mich davon überzeugen, dass wir nicht belauscht wurden.

Der Kopf der Latex-Oma zuckte hin und her.

«Aus diesem Grund bin ich hier», sagte sie.

Warte … ich kann nicht mehr.»

Tobias Crombach blieb stehen. Seine Lunge brannte wie Feuer. Er hatte den Arm seines Buddys Marcel Kleve um seine

Schulter geschlungen und ihn so beim Laufen gestützt. Wie viele Kilometer sie zurückgelegt hatten, wusste er nicht, aber seine Kraft war jetzt erschöpft. Marcel war sowieso schon nicht leicht, und jetzt wurde er immer schwerer.

Er ließ ihn zu Boden sinken.

Marcel stöhnte laut auf.

Tobias blieb noch einen Moment stehen, dann sackte auch er zusammen. Schwer atmend sah er sich um. Sie waren kopflos und in Panik aus dem Containerhafen geflüchtet. Er wusste nicht, wo sie sich jetzt befanden. Sie waren neben einer Straße auf einem Fußweg gelaufen. Links erhob sich eine zwei Meter hohe Grasböschung, wahrscheinlich ein Deich. Jenseits der Straße zog sich ein Gewerbegebiet dahin. Niedrige schäbige Gebäude, in denen zu dieser Zeit niemand war.

Hier würden sie keine Hilfe finden. S-Bahn und Busse fuhren um diese Zeit nicht mehr. Tobias hatte daran gedacht, ein Taxi zu rufen, den Gedanken aber schnell verworfen. Sie waren viel zu auffällig.

Tobias selbst hatte einen heftigen Schlag aufs Auge abbekommen – es war so gut wie zugeschwollen. Noch schlimmer hatte es Marcel erwischt. Der hatte einen Stich in den rechten Oberschenkel abbekommen. Die Wunde blutete immer noch. Im Licht der Straßenlaterne sahen sie, dass das Hosenbein blutgetränkt war. Lange würde Marcel nicht mehr durchhalten. Sie mussten unbedingt zu einem Arzt. Aber der würde Fragen stellen.

«Wie geht's dir?», fragte Tobias.

Marcel schüttelte nur den Kopf und stöhnte.

Tobias war zum Heulen zumute. Er wusste sich keinen Rat. Das war doch alles eine riesengroße Scheiße! Sie hatten es dem Typen zeigen wollen, hatten sich für Julia rächen wollen, und nun das. Torsten war tot. Der Typ hatte ihn einfach abgestochen.

Julia tot, Torsten tot … warum? Sie hatten doch gar nichts getan! Hatten sich doch nur ein paar Videos anschauen und Spaß haben wollen. Wer war dieser Irre? Tobias hatte beobachtet, dass er voller Tattoos war. Die Unterarme, der Hals, überall Tattoos. Außerdem hatte er einen Schlagring benutzt. Sie hatten ihn unterschätzt. Er war stark und schnell gewesen. Der Typ war ein richtiges Monster.

Tobias hörte Schritte und zuckte zusammen.

War er ihnen noch auf den Fersen?

Er sah sich um. Auf der anderen Straßenseite war ein Mann. Er trug einen langen Mantel und ging leicht gebückt. Nachdem er ihnen einen schnellen Blick zugeworfen hatte, erhöhte er sein Tempo. Von dem drohte sicher keine Gefahr. Aber sie mussten hier weg. Vielleicht suchte der Irre noch nach ihnen.

«Komm, wir müssen weiter», sagte Tobias und kämpfte sich auf die Beine. «Du brauchst einen Arzt.»

Er packte ihn und wuchtete ihn hoch.

Im selben Moment fuhr ein schwarzes Auto vorbei.

Die Bremslichter leuchteten auf wie dämonische Augen.

TAG 17

Um fünf Uhr morgens näherte ich mich meinem Haus am Waldrand. Ich war völlig übermüdet und konnte nur noch mit großer Willenskraft die Augen offen halten. Obwohl ich mir sicher war, dass ich nicht verfolgt wurde, war ich während der letzten zwanzig Kilometer mehrfach falsch abgebogen und hatte Umwege in Kauf genommen. Die Erlebnisse im Containerhafen hatten mich vorsichtig werden lassen, vor allem aber das, was die Latex-Oma mir erzählt hatte. Wenn es stimmte, was sie behauptete, gab es keinen sicheren Ort mehr für mich.

Hundert Meter von der Zufahrtstraße zu meinem Haus entfernt stellte ich meinen Wagen am Straßenrand ab und stieg aus. Am Horizont zeigte sich bereits ein heller Streifen, aber hier, zwischen den Bäumen, lagen noch die tiefen Schatten der Nacht. Ich ging ein Stück weit die Zufahrt hinunter.

Vor meinem Haus stand ein Auto.

Aus der Entfernung sah es wie ein Streifenwagen aus.

Ich entspannte mich etwas. Wenn die Polizei hier war, war es der Täter sicher nicht. Mit der Polizei wollte ich sowieso reden, aber vorher musste ich unbedingt noch etwas erledigen. Das duldete keinen Aufschub. Wenn ich mich erst einmal in die Obhut der Staatsgewalt begeben hatte, würde ich nicht mehr dazu kommen.

Also schlug ich mich ins Unterholz. Nach einigen Metern stieß ich auf den Trampelpfad, den ich beim Holzfällen selbst geschaffen hatte. Er führte mich in einem Bogen an dem Streifenwagen vorbei auf die Rückseite des Hauses. Dort betrat ich die Veranda und schloss leise die hintere Eingangstür auf. Behutsam und ohne Licht zu machen, schlich ich ins Büro. Ich ertastete auf dem Schreibtisch die Tastatur des Laptops und betätigte sie. Das Licht des Bildschirms blendete mich geradezu, aber da das Fenster nach hinten hinausging, bestand nicht die Gefahr, dass die Polizisten in dem Streifenwagen mich entdeckten. Wahrscheinlich schliefen sie ohnehin.

Ich loggte mich ins Netz ein, verfasste eine Nachricht und schickte sie auf sämtlichen Kanälen ins World Wide Web hinaus.

Andreas Winkelmann

Deathbook, Maske, Visitenkarte, QR-Code, Tod
Warnung! Auf keinen Fall den QR-Code von der Visitenkarte scannen. Lebensgefahr! Meldet euch bei mir oder der Polizei.

Ich hatte mir den Text auf der langen Rückfahrt gut überlegt. Die erste Zeile diente den Schlagworten. Sollte jemand bei Google diese Worte eingeben, so würde er auf meine Warnung aufmerksam werden – hoffte ich. Vielleicht konnte ich so Leben retten.

Nachdem ich das erledigt hatte, versteckte ich meinen Laptop. Unter den Polstern meiner Couch im Büro gab es ein kleines Fach mit Reißverschluss, in das eigentlich ein Kissen gehörte. Dort passte der Laptop hinein.

Nur fünf Minuten nachdem ich es betreten hatte, verließ ich das Haus auf dem gleichen Weg, auf dem ich gekommen war, setzte mich in meinen Wagen und fuhr die Einfahrt hinauf.

Fahrer- und Beifahrertür des Streifenwagens flogen auf, und zwei Polizisten sprangen heraus. Der Fahrer hielt seine Dienstwaffe am langen Arm zu Boden gerichtet. Sein Kollege zielte über das Dach des Wagens auf mich. Noch nie hatte ich in die Mündung einer Waffe geblickt, aber in diesen Tagen erlebte ich vieles zum ersten Mal.

Ich stieß die Tür auf.

«Aussteigen, die Hände gegen den Wagen», schallte es mir entgegen.

Ich kam der Aufforderung nach und musste sogar grinsen, als ich mich selbst im Glas der Seitenscheibe betrachtete. Einer der Polizisten begann, mich abzutasten.

«Wer sind Sie?», fragte er.

«Andreas Winkelmann, ich wohne hier.»

«Haben Sie einen Ausweis dabei?»

«Im Handschuhfach. Rufen Sie doch bitte Kommissarin Manuela Sperling an. Die kann Ihnen bestätigen …»

«Treten Sie bitte vom Wagen zurück», unterbrach mich der Beamte.

Sein Kollege war mittlerweile ebenfalls näher gekommen. Er zielte jetzt nicht mehr auf mich, hielt seine Waffe aber noch in der Hand, den Lauf zu Boden gerichtet. Mit einem finsteren Blick beobachtete er mich, während sein Kollege meine Papiere aus dem Handschuhfach holte. Er verglich das Bild auf dem Ausweis mit meinem Gesicht.

«Wo waren Sie in den letzten Stunden, Herr Winkelmann?», fragte er.

«Unterwegs», antwortete ich wie aus der Pistole geschossen. Ich fand die Frage dreist. Was ging es ihn an, wo ich war?

«Frau Sperling hat mehrfach versucht, Sie zu erreichen. Was ist mit Ihrem Handy?»

Erst in diesem Moment fiel mir ein, dass ich es bei Jan gelassen hatte.

«Verloren», sagte ich kurz angebunden. Auf keinen Fall würde ich die Polizei auf Jan aufmerksam machen.

«Aha.» Der Polizist runzelte die Stirn und sah mich an. «Herr Winkelmann, ich habe von Hauptkommissar Kieling die Anweisung, Sie auf das Präsidium zu bringen. Notfalls nehme ich Sie dazu vorläufig fest. Sie können uns aber auch freiwillig begleiten.»

Ich nickte. «Kein Problem, ich will sowieso mit Frau Sperling und Herrn Kieling reden. Ich muss Ihnen aber vorher einen Mord melden.»

«Wie bitte?»

«Einen Mord», wiederholte ich und erklärte den verdutzten Beamten, wo sie die Leiche finden würden und wie es dazu gekommen war.

Einer der beiden rief daraufhin seine Dienststelle an und gab die Meldung weiter.

«Dürfte ich mich umziehen, bevor wir aufbrechen?», fragte ich seinen Kollegen. Meine Kleidung war in den letzten Stunden zwar getrocknet, aber ich roch, als hätte ich die Nacht mit einem Schwarm Kabeljau verbracht.

Er sah mich misstrauisch an. «Nur wenn wir Sie ins Haus begleiten dürfen.»

«Kein Problem», sagte ich und ging voran. Es war klar gewesen, dass sie mich nicht allein gehen lassen würden. Deshalb hatte ich ja alles Wichtige vorher erledigt.

Ich wollte die Geduld der Beamten nicht auf die Probe stellen und verzichtete auf eine Dusche. Während sie vor der Tür warteten, zog ich eine frische Jeans und ein Langarmshirt an und nahm die schwarze Lederjacke aus dem Schrank.

«Okay, wir können.»

Und so durfte ich zum ersten Mal auf dem Rücksitz eines Streifenwagens mitfahren.

Wer war hier eigentlich der Böse?

Manuela hatte kaum geschlafen vergangene Nacht. Bis weit nach zweiundzwanzig Uhr hatte sie vor Andreas' Haus ausgeharrt. Dann war Kieling aufgetaucht, im Gefolge ein Streifenwagen. Es war ihm anzusehen gewesen, wie gern er das Haus durchsucht hätte, doch er hatte keinen Durchsuchungsbefehl mehr bekommen. Der zuständige Richter war längst in Feierabend.

«Nur eine Frage der Zeit», hatte Kieling gesagt. «Sobald der

Schreiberling auftaucht, wird er verhaftet, und wir stellen seine Bude auf den Kopf. Wenn der glaubt, er kann mit uns Katz und Maus spielen, wird er sich noch wundern.»

Die Streife war dageblieben, Manuela und Kieling waren zurück in die Stadt gefahren. Als sie endlich im Bett lag, war es Mitternacht durch gewesen. Und um zwanzig vor sechs hatte das Telefon bereits geklingelt und sie aus einem traumlosen, aber unruhigen Schlaf gerissen. Kieling war dran gewesen.

Jetzt, um kurz nach sieben, stand sie in seinem Büro und hörte sich an, was passiert war.

Andreas war an seinem Haus aufgetaucht und verhaftet worden. Noch während der Verhaftung hatte er einen Mord angezeigt und den Beamten mitgeteilt, sie würden im Containerhafen eine Leiche finden. Die Kollegen vor Ort hatten dort tatsächlich eine männliche Leiche mit Stichverletzungen gefunden. Identifiziert war sie noch nicht. Die Leiche aus dem Scheiterhaufen hingegen schon. Bei ihr handelte es sich um den sechzehnjährigen Thomas Resing.

Derweil waren weitere Kollegen zu Mario Böhm ausgerückt. Andreas hatte ihn belastet, den Mord begangen zu haben. Der Tätowierer saß in diesem Moment in einem Vernehmungszimmer im Präsidium.

Kieling wedelte mit einem dünnen Schnellhefter.

«Böhm ist vorbestraft. Körperverletzung in drei Fällen. Deshalb habe ich ihn gleich herbringen lassen. Ich werde mir jetzt anhören, was der Mann zu sagen hat. Und danach sprechen wir mit dem Schreiberling. Ich dachte mir, dass Sie sicher dabei sein wollen.»

«Natürlich», sagte Manuela. Sie fühlte sich wie überfahren. Was letzte Nacht passiert war, konnte sie überhaupt nicht einordnen. Eine weitere Leiche, wieder war Andreas am Tatort gewesen, und wieder brachte er Mario Böhm ins Spiel. Manuela war überrascht, dass Kieling den Tätowierer überhaupt hatte herbringen lassen, wo er doch so fest von Andreas' Schuld überzeugt war. Das lag wohl einzig an dessen Vorstrafen. Ein wegen Körperverletzung vorbestrafter Tätowierer mit einem Faible für Dark Tattoos – Manuela fragte sich, ob er als Täter in Frage kam.

«Na, dann los», sagte Kieling.

Manuela folgte ihm den Flur entlang und betrat nach ihm das Vernehmungszimmer. Ein Beamter der Bereitschaftspolizei stand davor Wache. Er nickte ihr lächelnd zu.

Mario Böhm war circa eins fünfundsiebzig groß, hatte breite Schultern und einen kahlrasierten Schädel. Er trug ein T-Shirt mit einem Totenkopfaufdruck, das an Schultern und Brustkorb spannte. Seine Arme waren deutlich erkennbar mit Hanteltraining gestählt. Tattoos schlängelten sich daran empor. Er starrte sie missmutig an, als sie den Raum betraten, blieb aber sitzen. Er wirkte hellwach.

«Herr Böhm, ich bin Hauptkommissar Kieling, Leiter der Ermittlungen. Dies ist meine Kollegin Frau Sperling, sie wird die Vernehmung später bezeugen.»

«Geht es um meine Karre?», fragte Böhm

«Wie bitte?»

«Na, meine Karre, der Van. Den hab ich vorgestern gestohlen gemeldet. Auf einem Revier bei mir in der Nähe. Ist damit eine Bank ausgeraubt worden, oder was?»

Kieling warf Manuela einen verdatterten Blick zu, und tat dann so, als müsse er in dem Schnellhefter, den er dabeihatte, etwas suchen.

«Äh, nein, davon weiß ich nichts. Ihr Wagen wurde gestohlen?»

«Sag ich doch. Vom Straßenrand weg. Wenn ich den Kerl in die Finger kriege … Mann, ich liebe die Karre.»

«Tja, ach so, nein, also darum geht es nicht», stammelte Kieling.

«Nicht? Worum dann? Warum lassen Sie mich um diese Zeit hierherholen. Bin ich verhaftet?», fragte Böhm.

«Nein, es handelt sich nur um eine Vernehmung.»

«Brauche ich einen Anwalt?»

Kieling fing sich, zuckte mit den Schultern und setzte sich.

«Das ist natürlich Ihre Entscheidung, aber ich denke nicht. Wie gesagt, es geht um eine Vernehmung. Ich schlage vor, wir unterhalten uns erst einmal. Vielleicht sind danach weitere Schritte nicht mehr notwendig.»

Mario Böhm nickte, streifte Manuela mit einem Blick, sah dann Kieling an und sagte: «Schön, dann legen Sie mal los.»

Da es keinen dritten Stuhl gab, blieb Manuela an die Wand gelehnt stehen und beobachtete. Ihr erster Eindruck von Mario Böhm war, dass er sich betont entspannt gab, es aber nicht war. Er schien aber Übung darin zu haben, seine Gefühle zu verstecken. Vielleicht musste man das in seiner Branche.

«Das Wichtigste gleich zu Beginn», begann Kieling. «Herr Böhm, wo waren Sie in der vergangenen Nacht zwischen zwanzig Uhr und Mitternacht?»

Böhm blinzelte einmal, dann beugte er sich vor.

«Sie wollen mich doch nicht wegen Schwarzarbeit drankriegen, oder?»

«Ganz sicher nicht. Warum fragen Sie?»

«Tja, weil ich bei einem Freund zu Hause war und ihm ein Tattoo gestochen habe. Sozusagen privat. Allerdings hat er bezahlt.»

«Aha», sagte Kieling. Er schien erneut verwirrt zu sein. «Und wie lange hat das gedauert?»

Mario Böhm schob die Unterlippe vor und zuckte mit den Schultern.

«Ich war so gegen halb neun bei ihm. Das Stechen hat vielleicht zwei Stunden gedauert. Ein Auge, aus dem ein Totenschädel rausschaut, nicht so einfach. Danach haben wir noch was getrunken. Auf die Minute genau weiß ich es nicht, ich hab nicht auf die Uhr geschaut, aber es war bestimmt nach Mitternacht, als ich weg bin.»

«Wie heißt ihr Freund?»

«Raupe … ich meine, Henning Raupner.»

«Und Herr Raupner kann Ihre Aussage bestätigen?»

«Ganz sicher. Außerdem hat er ein frisches Tattoo.»

«Lassen Sie uns bitte die Kontaktdaten da, wir würden gern später mit Herrn Raupner sprechen.»

«Kein Problem», sagte Böhm. Er nannte Kieling eine Adresse, der Hauptkommissar notierte sie.

Seufzend legte er danach den Stift beiseite.

«Tja, ehrlich gesagt war es das schon.»

«Wie? Dafür habt ihr mich um diese Zeit herholen lassen?»

«Es tut mir leid, Herr Böhm, aber jemand hat Sie eines Mordes beschuldigt.»

Weder zuckte Böhm zusammen, noch veränderte sich seine Mimik. Ganz langsam beugte er sich erneut vor und stützte die Ellenbogen auf den Tisch. Sein Bizeps schwoll an.

«Und wo finde ich den Scheißkerl?»

Die Beamten brachten mich in einen kleinen Besprechungsraum neben Kielings Büro. Der Raum war mit sechs Stühlen und einem abgestoßenen Tisch nur spärlich und lieblos eingerichtet.

Für einen Moment fühlte ich mich weniger schuldig. Doch als Kieling und Manuela Sperling eine Stunde später den Raum betraten, war es vorbei damit. Kein Lächeln, nicht einmal von Manuela. Kieling stellte eine silberne Thermoskanne auf dem Tisch ab, Manuela zwei Becher.

«Kaffee?», fragte Kieling.

«Gern.»

Er schenkte ein. Dass er diese Aufgabe nicht Manuela überließ, die immerhin ein Frischling war, fand ich sympathisch. Manuela selbst trank keinen Kaffee. Sie mochte ihn nicht. Müde sah aber auch sie aus, genau wie Kieling. Vermutlich hatten die beiden in der vergangenen Nacht ebenso wenig Schlaf bekommen wie ich.

«Sie hinterlassen eine Spur von Leichen», sagte Kieling, nachdem er von seinem Kaffee getrunken hatte. «Können Sie das erklären?»

Das konnte ich, und ich tat es auch. Manuela und ihr Vorgesetzter erfuhren von mir alles, was in der Nacht passiert war. Na ja, fast alles.

«Ich fasse zusammen», sagte Kieling danach. «Sie verfolgen Mario Böhm, weil Sie ihn verdächtigen, etwas mit dem Tod Ihrer Nichte zu tun zu haben. Im Containerhafen beobachten Sie eine Schlägerei. Jemand bleibt tot zurück. Sie können sich gerade noch ins Hafenbecken retten. Danach werden Sie mit Ihrem eigenen Elektroschocker betäubt. Als sie erwachen, sind Sie allein. Von dort aus sind Sie auf direktem Weg nach Hause gefahren. Richtig?»

«Richtig», sagte ich und nickte. Von der Latex-Oma hatte ich nichts erzählen wollen. Irgendwie hatte ich das Gefühl, dass sie mir ohnehin nicht glauben würden. Jetzt, mit ein paar Stunden Abstand betrachtet, kam es mir selbst schon so vor, als hätte ich diesen Teil der Geschichte nur geträumt,.

«Gibt es Zeugen, die Ihre Aussage bestätigen können?»

«Nein. Vielleicht die beiden Männer, die mich angegriffen haben. Und Mario Böhm. Obwohl er mich sicher nicht gesehen hat.»

Kieling lehnte sich zurück und seufzte. «Frau Sperling», sagte er schließlich genervt und trank von seinem Kaffee.

Manuela lehnte sich vor und sah mir direkt in die Augen.

«Die Kollegen haben tatsächlich eine männliche Leiche in der Nähe des Hafenbeckens gefunden», sagte sie in förmlichem Tonfall. «Ihre Identität steht noch nicht fest. Insofern ist Ihre Aussage belegt.»

Manuela siezte mich. Das konnte nichts Gutes bedeuten.

«Mario Böhm wurde bereits vernommen. Für die in Frage

kommende Zeit hat er allerdings ein Alibi. Er hat bei einem Bekannten zu Hause tätowiert, das hat bis weit nach Mitternacht gedauert.»

«Was!», platzte es aus mir heraus. «Das ist doch gelogen. Böhm war hundertprozentig dort. Ich habe ihn mit meinen eigenen Augen gesehen.»

«Können Sie das beweisen?», fragte Kieling.

«Ich …» Nein, konnte ich nicht. Ich hatte ja nicht einmal ein Handy dabeigehabt, um Fotos zu schießen.

«Was ist mit dem Wagen?», fragte ich, um zu retten, was noch zu retten war. «Den der Jagdpächter beobachtet hat? Was sagt Böhm dazu?»

«Damit hatten Sie allerdings recht», sagte Manuela. «Er besitzt einen solchen Wagen mit dem Werbeaufdruck seines Geschäfts. Allerdings hat er ihn vor zwei Tagen als gestohlen gemeldet. Wir gehen dem nach.»

«Das ist doch nicht zu fassen», sagte ich. «Wie könnt ihr das glauben? Der Mann lügt doch.»

«Wir wissen nicht, ob er die Wahrheit sagt», mischte sich Kieling wieder ein. «Genauso wenig wissen wir das von Ihnen. Das einzig Relevante ist, was sich belegen und beweisen lässt. Was von all dem, was Sie uns hier aufgetischt haben, können Sie beweisen, Herr Winkelmann?»

Kieling klang aggressiv. Ich spürte, dass ich ihn nicht mehr auf meiner Seite hatte.

«Ich sage Ihnen mal, wie ich das sehe», fuhr er fort. «Dass Thaumann ermordet wurde, steht mittlerweile fest. Dass Sie ihn bereits tot vorgefunden haben, können Sie nicht beweisen. Sie entfernen sich mit Beweismaterial vom Tatort. Selbiges Beweismaterial führt Sie und Frau Sperling zu einer weiteren Leiche. Für den Zeitraum, in dem dieses Opfer ermordet wurde, haben Sie kein Alibi. Sie verschwinden einen Tag und eine Nacht von der Bildfläche, gehen nicht an Ihr Handy, und wieder entdecken Sie eine

Leiche. Beweisen können Sie ihre abenteuerliche Geschichte aber nicht.»

«Was soll das heißen?», fragte ich und versuchte, beherrscht zu bleiben. «Verdächtigen Sie mich etwa? Ohne mich wüssten Sie nichts von diesen Opfern. Und Sie wüssten auch nichts davon, dass der Täter sich seine Opfer ganz offensichtlich übers Internet sucht.»

«Ganz richtig, Herr Winkelmann. Ohne Sie wüssten wir von alldem nichts. Es hat mit Ihnen begonnen.»

Ich verlor die Beherrschung.

«Setzen Sie endlich jemanden dran, der sich aufs Internet versteht», blaffte ich den Hauptkommissar an. «Dort finden Sie nämlich den Täter. Das alles hat mit der Visitenkarte und dem QR-Code zu tun.»

«Wir sind dadran», mischte Manuela sich in einem versöhnlichen Tonfall ein. Sie und Kieling tauschten einen schnellen Blick. Offenbar holte sie sich damit die Erlaubnis weiterzureden.

«Wir haben das Verbrennungsopfer identifiziert. Es handelt sich um einen 16-jährigen Schüler. Die Eltern stehen unter Schock und können sich die Umstände, unter denen ihr Sohn gestorben ist, nicht erklären. Auf dem Rechner des Jungen haben wir eine erstaunliche Entdeckung gemacht.»

«Er hat ebenfalls diesen QR-Code bekommen?», fragte ich.

«Es sieht danach aus. Wir haben ein Video gefunden, in dem jemand ums Leben kommt.»

Manuela sah mich an. Kieling starrte in seinen Kaffeebecher. Für vielleicht zehn Sekunden herrschte eisige Stille. Manuela bemühte sich um einen professionellen Blick, doch ich entdeckte Mitleid darin. Ich spürte, wie sich mir die Nackenhaare aufstellten.

«Nein», sagte ich leise.

«Doch … leider. Dieses Video zeigt, wie deine … Ihre Nichte auf der Bahnstrecke ums Leben kommt. Wir haben bereits einen Antrag auf Exhumierung gestellt.»

«Nein», wiederholte ich. Nicht weil ich es nicht glauben konnte, ich hatte schließlich selbst schon in diese Richtung gedacht, sondern wegen Heiko und Iris. «Das dürfen Sie Kathis Eltern nicht zumuten.»

«Das spielt keine Rolle mehr», mischte sich Kieling ein. «Sie haben sich doch die ganze Zeit bemüht, ein Verbrechen nachzuweisen. Das ist Ihnen gelungen, und natürlich hat das Konsequenzen. Ebenso wie Ihr eigenes Verhalten.»

«Entweder Sie nehmen mich fest, oder Sie unterlassen diese Andeutungen», fuhr ich den Hauptkommissar an. Es kotzte mich an, wie er mit dem Schicksal meines Bruders und dessen Frau umging.

Kieling stand auf und stützte sich mit beiden Händen auf der Tischplatte ab. «Schön, dass Sie das selbst vorschlagen, Herr Winkelmann. Ich nehme Sie in Untersuchungshaft. Wir sprechen uns morgen wieder. Bis dahin können Sie sich beruhigen und sich Gedanken darüber machen, ob Sie uns weiterhin Märchen auftischen wollen.»

Astrid Pfeifenberger hatte in der dritten Stunde frei. Bereits gestern hatte sie mit ihren Kollegen abgesprochen, dass sie diese Freistunde dazu nutzen wollte, um mit einigen Schülern über Kathi Winkelmann zu sprechen, und zwar mit Theresa, Viola, Marco, Andi und Stefan. Es war ihr Gespräch gewesen, das Astrid vor zwei Tagen mitgehört hatte.

Sie erwartete die Schüler in ihrem Klassenraum. Astrid hatte lange darüber nachgedacht, wie sie das Gespräch beginnen sollte. Auf keinen Fall durfte sie die Schüler verschrecken, dann schalteten sie gleich auf stur. Aber wäre es nicht trotzdem der beste Weg, es mit der Wahrheit zu versuchen? Wenn die Schüler sich ernst genommen fühlten, würde sie bestimmt helfen.

Es klopfte an der Tür. Astrid bat herein, und nacheinander betraten die fünf Schüler und Schülerinnen das Klassenzimmer.

«Kommt, setzt euch hier vorn hin», bat Astrid sie. Sie hatte sechs Stühle zu einem Kreis aufgestellt.

Wortlos ließen sie sich fallen. Taschen polterten zu Boden, Handys wurden hervorgeholt. Die Jungs zeigten sich gelassen und desinteressiert. Die beiden Mädchen jedoch wirkten deutlich angespannt.

«Also, erst einmal vielen Dank fürs Kommen», begann Astrid. «Ich brauche wirklich dringend eure Hilfe. Oder besser, Andreas Winkelmann braucht sie. Viola und Theresa kennen ihn bereits, er ist Kathis Onkel, und er will wissen, warum Kathi sterben musste.»

Damit hatte sie die Aufmerksamkeit der Gruppe.

«War das nicht Selbstmord?», fragte Stefan.

Astrid schüttelte den Kopf. «Nein, wahrscheinlich nicht. Es hat sich herausgestellt, dass der Betreiber einer Website dahinterstecken könnte. Die Seite heißt Deathbook.»

So gut hatten die Jungs sich nicht unter Kontrolle, dass sie an dieser Stelle nicht zusammengezuckt wären.

«Kennt ihr diese Seite?»

Schulterzucken. Ostentativ zur Schau gestellter Gleichmut. Bis Theresa das Wort ergriff.

«Wir haben alle davon gehört, aber wir kennen sie nicht.»

Die Jungs warfen ihr böse Blicke zu.

«Und was habt ihr gehört? Bitte sagt es mir. Ihr habt keine Nachteile zu befürchten.»

«Nur dass es diese Seite gibt, und … na ja, man stirbt, wenn man sie gesehen hat.»

«Quatsch ist das», mischte sich Andi ein. «Urbane Legende, mehr nicht. Ein paar Gerüchte, und schon hat man einen Hype. Ich glaub nicht dran.»

«Hat Kathi von der Seite gewusst?», fragte Astrid.

Theresa nickte. «Sie hat mal so etwas erwähnt, aber wir dachten alle, sie spinnt, ehrlich. Ich hab das nicht ernst genommen. Wenn ich das gewusst hätte, dann … dann … Sie müssen mir das glauben, Frau Pfeifenberger!»

Theresas Augen wurden feucht, und eine große Träne kullerte ihre Wange hinunter. Astrid legte ihr beruhigend die Hand auf den Oberschenkel.

«Natürlich glaube ich dir. Aber wenn es diese Seite doch gibt und wenn der Betreiber wirklich schuld ist an Kathis Tod, dann müssen wir ihn stoppen. Das versteht ihr doch, oder? Andi, Stefan, Marco … versteht ihr das?»

Die Jungen sahen sie nicht an, nickten aber. Von Gelassenheit und Coolness keine Spur mehr. Marco reichte Theresa sogar ein Taschentuch.

«Ich weiß nicht», meldete sich plötzlich Viola, die bisher geschwiegen und mit ihrem Handy herumgespielt hatte. «Ich weiß nicht, ob das wichtig ist.»

«Alles kann wichtig sein, Viola. Wenn du etwas weißt, dann sag es bitte.»

«Na ja, die Kathi, Sie wissen ja, sie hat sich gern fotografieren und filmen lassen. Ich hab ja dem Schriftsteller schon dieses Rattenvideo gezeigt. Wissen Sie noch?»

«Ja, natürlich. Und weiter?»

«Auf meinem Handy sind mehr als tausend Fotos gespeichert, gestern war die Karte voll, und ich musste welche löschen … ich hab die Kathi dauernd fotografiert, keine Ahnung, vielleicht zweihundertmal oder so. Wir fotografieren uns alle gegenseitig, da ist nichts Besonderes dabei, deswegen habe ich auch gar nicht daran gedacht.»

Astrid hätte Viola gern geschüttelt, damit sie endlich zum Punkt kam. Es fiel ihr schwer, die geduldige Zuhörerin zu geben.

Viola spielte mit ihrem Handy herum, drückte ein paar Tasten und hielt es dann so, dass Astrid den Bildschirm betrachten konnte.

«Beim Löschen habe ich dieses Foto gefunden. Ich weiß gar nicht mehr, wann und warum ich es gemacht habe.»

«Das ist Kathi. Na und?»

«Ja, aber schauen Sie mal, da rechts, im Hintergrund.»

Zum zweiten Mal innerhalb von vierundzwanzig Stunden erreichte Manuela Sperling das einsam am Waldesrand gelegene Haus. Diesmal allerdings nicht allein: Sie saß auf dem Beifahrersitz, Kieling fuhr. Ihnen folgten zwei Streifenwagen mit vier weiteren Beamten. Dass sie nicht mit Blaulicht hierhergerast waren, schmälerte nicht die Dramatik, mit der sich dieser Fall entwickelte.

Andreas war in Haft. Kieling hatte den Haftbefehl rechtzeitig bekommen, und er hatte auch einen Durchsuchungsbefehl für das Haus dabei. Anfangs hatte Manuela noch versucht, ein wenig Partei für Andreas zu ergreifen, obwohl sie enttäuscht war von ihm. Bei Kieling konnte sie damit aber nicht landen. Er hatte seinen Täter: einen durchgeknallten Thriller-Autor, der vor den Trümmern seiner Karriere stand und dessen letzter Rettungsanker dieser auf dem Tod seiner Nichte selbst inszenierte Fall war. Das war eine sehr dünne Theorie, aber Manuela musste sich eingestehen, dass Andreas sich mit seinem Verhalten in den Fokus der Ermittlungen gebracht hatte. Sie wollte und konnte immer noch nicht glauben, dass er zu so etwas fähig war. Hatte sie sich wirklich derart in ihm getäuscht?

Kieling stoppte, stellte den Motor ab, stieg aber nicht sofort aus. Einen Moment starrte er durch die Windschutzscheibe, dann sah er sie an.

«Sie sind ungewohnt schweigsam», sagte er.

Manuela presste die Lippen zu einem schmalen Strich zusammen.

«Es will mir nicht in den Kopf», sagte sie.

«Tut mir leid», erwiderte Kieling, «aber wie es aussieht, müssen Sie sich damit abfinden, dass Ihr Bekannter nicht ganz rundläuft. Machen Sie sich keine Vorwürfe, so etwas sieht man nicht. Ich hatte von Anfang an den Eindruck, dass er ein manipulativer Mensch ist. Vielleicht hat er Sie die ganze Zeit nur benutzt.»

«Wie das?»

«Na ja, als Schnittstelle zur Polizei. So etwas wünscht sich doch jeder Gewalttäter.»

«Das glaube ich nicht», empörte sich Manuela.

«Natürlich nicht. Sie glauben ja auch nicht, dass Ihr Bekannter als Täter in Frage kommt. Aber ich will Ihnen mal eines sagen: Vertrauen Sie der Erfahrung eines altgedienten Kollegen. Das kann nie schaden. Ein Studium ist ja ganz gut, aber es ist nur die Grundlage. Menschenkenntnis und Einfühlungsvermögen in die Psyche von Tätern lernen Sie nur in der Realität.»

Das klang ein wenig angeberisch, fand Manuela. Gleichzeitig spürte sie aber auch, dass Kieling sie mit seinen Worten trösten wollte. Er war sicher kein schlechter Vorgesetzter, aber ihr war sein Weltbild zu eng gefasst und seine Methoden zu altbacken.

«Glauben Sie nicht, er hätte sich cleverer angestellt, wenn er wirklich der Täter ist?», fragte Manuela.

Kieling lächelte süffisant. «Glauben Sie mir, Frau Sperling, Ihr Bekannter hält sich ganz sicher für äußerst clever. Das tun sie alle. Und alle denken sie, dass wir Polizisten die letzten Deppen sind. Das große Erwachen kommt dann an Tagen wie diesem.»

Er stieß die Wagentür auf.

«Wir stellen hier jetzt alles auf den Kopf. Los, aufmachen!», befahl er den Kollegen.

Mit einem speziellen Werkzeug dauerte es genau fünfzig Sekunden, und das Schloss der Haustür war geöffnet. Die Beamten zogen ihre Waffen, gingen vor und sicherten das Haus.

«Alles klar», riefen sie.

Kieling ging voran, Manuela folgte. Mit den Händen in den

Taschen blieb sie auf dem Flur stehen. Sie fühlte sich unwohl, fehl am Platz und wäre am liebsten verschwunden.

Kieling drehte sich zu ihr um.

«Was ist, Skrupel? Das ist unangebracht, Frau Sperling. Dafür, dass Sie kurz vor dem Abschluss stehen, müssen Sie noch eine Menge lernen, scheint mir. Na los, jeder einen Raum. Gehen Sie da rechts hinein.»

Damit schickte er sie in das Arbeitszimmer. Er selbst verschwand im Wohnzimmer, die vier Kollegen verteilten sich auf die anderen Räume. Kurz darauf hörte Manuela geschäftiges Treiben. Schubladen wurden aufgerissen und durchwühlt, Schränke geöffnet, Möbel verrückt. Jeder Beamte mit ein bisschen Erfahrung wusste, wo Menschen Dinge versteckten, die niemand finden sollte. Hinter Bücherreihen, unter Schreibtischplatten geklebt, zwischen der Wäsche, auf Schränken – was das anging, tickten alle gleich.

Manuela sah sich im Arbeitszimmer um. Das große Fenster ging zum Wald hinaus. Die komplette rechte Wandseite war von einem deckenhohen Regal eingenommen. Es bog sich unter der Last Hunderter Bücher, vielleicht waren es sogar mehr als tausend. Hatte er die wirklich alle gelesen? Manuela konnte erkennen, dass Andreas anfangs wohl versucht hatte, eine gewisse Ordnung einzuhalten, es irgendwann aber aufgegeben hatte. Über horizontal sortierten Reihen wuchsen vertikale Türme in die Höhe. Auf dem Holzboden vor dem Regal sammelte sich, was im Regal kein Platz mehr fand.

An der linken Wandseite standen hüfthohe Regale, die zum Teil mit Ordnern gefüllt waren. Die Aufschriften auf den Rücken wiesen auf trivialen Inhalt wie Versicherungen, Steuer, Verlag, Agentur und Rechnungen hin.

Spannender waren dagegen die mit grauem Filz überzogenen Kartons in einem weiteren Regal. Davon gab es zehn Stück. An der Vorderseite war eine kleine Halterung aus Metall angebracht, in der Pappschildchen mit Aufschriften steckten.

Manuela musste sich nah heran bücken, um die handschriftlichen Buchstaben entziffern zu können.

Der Gesang des Scherenschleifers. Tief im Wald und unter der Erde. Hänschen klein. Blinder Instinkt. Bleicher Tod. Höllental. Wassermanns Zorn.

Diese Titel kannte Manuela. Das waren die sieben Bücher von ihm, die es auf dem Markt gab. Die anderen Titel kannte sie nicht.

Blutiger Schnee. Großvaters Haut. Das Rudel.

Noch unveröffentlichte Geschichten? Waren sie noch in Arbeit oder bereits fertig?

Manuela öffnete einen Deckel und wagte einen Blick hinein. Darin lag ein Manuskript. Ein Stapel bedrucktes Papier. Nur zu gern hätte sie ein paar Seiten gelesen, aber dafür war sie nicht hier. Sie legte den Deckel wieder auf, schob den Karton zurück und wandte sich um.

Vor dem Bücherregal stand der Schreibtisch. Ein ganz normaler Schreibtisch, wie man ihn in jedem Büro finden konnte. Nichts Besonderes. Er wirkte sogar ein bisschen schäbig und abgestoßen. Der große Computer darauf war sicher teuer gewesen, ansonsten war die Ausstattung aber eher schlicht und alt. Der Arbeitsplatz war so ausgerichtet, dass Andreas beim Schreiben sowohl die Tür als auch das Fenster sehen konnte. Da hatte wohl jemand Angst, wenn er bestimmte Szenen schrieb, vermutete Manuela.

Sie ging um den Schreibtisch herum und setzte sich auf den bequemen Drehstuhl. Die Polsterung fühlte sich an, als könne man Stunden darauf verbringen.

Sie sah sich um.

Der Rechner war natürlich aus, aber den würde Kieling ohnehin mitnehmen.

Die Tastatur lag auf einer großen Unterlage aus Papier. Darauf waren allerlei Kritzeleien zu sehen. Bleistiftzeichnungen geometrischer Figuren, Linien, die sich überkreuzten, miteinander verschlungen waren und ein Netz ergaben, aus dem es kein Entrinnen gab. Manuela stellte sich vor, wie Andreas hier saß, nachts, ganz allein, grübelnd, auf der Suche nach einer Idee, und wie er dabei mit dem Bleistift auf Papier kritzelte. Vielleicht half ihm das kratzende Geräusch, dass die Graphitmine verursachte, beim Denken.

Rechts stand eine benutzte Tasse. Die angetrockneten Reste zeugten von dem Kaffee, der darin gewesen war. Neben dem Bildschirm ein Stapel Bücher: Nachschlagewerke. Vier verschiedene Duden. Ein Ratgeber für kreatives Schreiben sowie eine Abhandlung darüber, wie man Menschen las. Das war interessant. Manuela nahm das Buch in die Hand. Es war von einem ehemaligen FBI-Mitarbeiter geschrieben. Schnell ließ sie die Seiten über den Daumen gleiten, bemerkte etliche rote Markierungen, stoppte bei einer und las den markierten Satz: Das Berühren der Drosselkehle als unbewusste Schutzfunktion.

Leider hatte sie jetzt keine Zeit, weiter darin zu lesen.

Sie legte das Buch fort.

Links lagen lose Blätter. Manuela zog sie zu sich heran.

Auf dem obersten wiederum diese etwas wirren Bleistiftzeichnungen, dazwischen aber immer wieder ein Name.

Kathi, Kathi, Kathi …

Die Buchstaben waren tief in das Papier eingedrückt, dick und schwarz, so als hätte Andreas sie wieder und wieder überschrieben.

Das hatte schon etwas Manisches.

Manuela schob das oberste Blatt beiseite.

Ihr wurde heiß und kalt zugleich, als sie las, was auf dem darunterliegenden Blatt stand:

Analyse der Protagonisten. Plausibilität ihrer Handlungen und die Auswirkungen auf die Story überprüfen.

Dann eine Liste.

Kathi ganz oben.

Darunter: Astrid Pfeifenberger, ihre Lehrerin.

Theresa und Viola, die Freundinnen.

Marco, der Junge, für den Kathi angeblich geschwärmt hatte.

Ein Unbekannter in einem schwarzen Wagen, der Kathi verfolgt hatte.

Ein Unbekannter, der sie gefilmt hatte.

Ein Unbekannter in einem weißen Wagen, der vor mir geflüchtet war und mich niedergeschlagen hatte.

Anima Moribunda, der Absender des Videos.

Das Todesprojekt in der Schule, mit einem dicken Kreis drum herum.

Der Text über den Tod 3.0.

«Das digitale Virus ist die Pest der Neuzeit.»

Der Satz war mehrfach eingekreist.

Für einen Moment blieb die Zeit stehen, und Manuela nahm nicht einmal mehr die Geräusche wahr, die die anderen beim Durchsuchen des Hauses machten.

Ganz ruhig, sagte sie sich. Das muss gar nichts bedeuten. Um den Überblick nicht zu verlieren, hat er diese Liste angefertigt. Das ist doch ganz normal.

Analyse der Protagonisten. Plausibilität ihrer Handlungen und die Auswirkungen auf die Story überprüfen.

Aber warum dann diese Sätze?

Es las sich so, als hätte Andreas die Grundzüge für einen neuen Roman festgelegt. Aber das konnte doch nicht sein, oder? Okay, seine Lektorin hatte gesagt, er hinke schon Wochen einem Termin hinterher, aber er würde doch deswegen nicht den Tod seiner Nichte zu einer Geschichte verarbeiten.

Da war noch ein anderer Gedanke, den Manuela aber nicht zulassen wollte. Trotzdem drängte er sich in den Vordergrund.

Andreas steckte hinter dieser ganzen Sache. Er konstruierte eine neue Geschichte und war dafür sogar bereit zu töten.

Kieling hatte recht: Andreas hatte den Verstand verloren.

Als Hauptkommissar Kieling sie in den Feierabend geschickt hatte, machte Manuela sich auf den Weg. Es gab zwei Menschen, mit denen sie unbedingt sprechen musste. Vielleicht konnten die beiden ja ein wenig Licht ins Dunkel bringen. Es würde ein unangenehmes Gespräch werden, das war Manuela klar, zudem hatte sie Kieling nicht um Erlaubnis gefragt. Sie hatte geahnt, dass er es abgelehnt hätte, deswegen fuhr sie auf eigene Faust los.

Die Hausdurchsuchung war ein Fiasko gewesen – zumindest für Andreas. Neben dem, was Manuela gefunden und was sie Kieling nicht hatte verheimlichen können, hatte der Hauptkommissar im Wohnzimmer drei geleerte Flaschen Rotwein und eine abgegriffene Fotografie von Kathi Winkelmann entdeckt. Es hatte den Anschein, als habe Andreas sich beim Betrachten des Fotos betrunken. Zudem gab es eine umfangreiche Bibliothek zum Thema der Psychopathie, so wie verschiedene Werke zu den bekannten Serienmördern der Geschichte. Diese dienten sicher Recherchezwecken. Dass Andreas sich überhaupt mit der Psychopathie beschäftigte, wies ja wohl darauf hin, dass er nicht psychopathisch war. Verwirrend war aber der handgeschriebene Zettel neben dem Computer.

«Einer von fünfundzwanzig!!!!»

Manuela wusste, was damit gemeint war. Andreas selbst hatte es ihr gesagt: Nach wissenschaftlichen Schätzungen war einer von fünfundzwanzig Menschen ein Psychopath.

Warum war das für ihn so wichtig?

«Sehen Sie den Tatsachen ins Gesicht», hatte Kieling gesagt. «Irgendwas stimmt nicht mit Ihrem Bekannten.»

Manuela war mittlerweile so weit, Kieling in diesem Punkt recht zu geben. Aber sie war noch immer weit davon entfernt, Andreas für den Mörder zu halten, hinter dem sie her waren. Aber wenn nicht bald ein Zeuge auftauchte, der in seinem Sinne aussagte, oder wenn nicht ein kleines Wunder geschah, dann würde Andreas angeklagt werden.

Die Adresse in der Wohnsiedlung aus den sechziger Jahren erreichte Manuela ein paar Minuten nach achtzehn Uhr. Auf dem Hof parkte ein grüner Golf Kombi. Es war also jemand zu Hause. Manuela stieg aus, nahm ihren Mut zusammen und klingelte. Auf dem Keramikschild neben dem Klingelknopf stand:

«Hier leben Heiko, Iris und Kathi Winkelmann»

Manuelas Hals wurde eng.

Ein Mann öffnete ihr. Er hatte kaum Ähnlichkeit mit Andreas, aber wer sonst als sein Bruder sollte diese Tür öffnen?

«Ja?» Er sah sie fragend an. Mit Besuch hatte er augenscheinlich nicht gerechnet. Er trug eine ausgebeulte Jogginghose, dazu ein weißes Shirt, sein Haar war ein wenig zerzaust.

«Heiko Winkelmann?», fragte Manuela, nur um sicherzugehen.

«Ja. Was wollen Sie?»

«Entschuldigen Sie bitte die späte Störung. Mein Name ist Manuela Sperling. Ich bin von der Polizei. Man hat Ihren Bruder Andreas heute festgenommen.»

«Was? Warum denn das?»

«Darf ich einen Moment hereinkommen? Ich würde gern mit Ihnen und Ihrer Frau darüber sprechen.»

Heiko Winkelmann zögerte einen Moment. Mit fahrigem Blick sah er sie an. Schließlich bat er Manuela aber doch in den Flur. Drinnen roch es ein wenig abgestanden, so als wäre schon lange nicht mehr gelüftet worden. Schuhe standen auf den Treppenstufen ins Obergeschoss, Jacken lagen unter der Garderobe. Schon der erste Blick verriet, dass sich hier niemand um den Haushalt kümmerte.

«Was ist denn passiert?», fragte Heiko Winkelmann.

«Können wir uns irgendwo in Ruhe unterhalten?»

«Ja, natürlich, kommen Sie bitte durch ins Wohnzimmer.»

Er öffnete eine Tür mit Glasfüllung und ließ sie eintreten.

«Nehmen Sie bitte Platz.»

Manuela blieb mitten im Raum stehen.

«Oh, entschuldigen Sie bitte ... es ist so vieles liegengeblieben in den letzten Tagen.»

Hektisch räumte Andreas' Bruder zwei Sitzplätze auf der Couch frei. Darauf stapelten sich Kleidungsstücke, Handtücher und Zeitschriften. Etwas unschlüssig sah er sich mit diesen Sachen in den Händen um. Dann ließ er sie einfach vor dem Wohnzimmerschrank zu Boden fallen. Er bat Manuela noch einmal, Platz zu nehmen, und ließ sich selbst in einen Sessel fallen. Nie hatte diese Formulierung besser gepasst: Es wirkte so, als habe der Mann kaum noch Kraft, sich auf den Beinen zu halten.

«Warum ist Andreas verhaftet worden?», fragte er.

«Herr Winkelmann, ist Ihre Frau auch da?»

«Ja, schon, sie ist oben. Sie hat sich für ein paar Minuten hingelegt. Diese ganze Sache ... das ist nicht einfach, wissen Sie. Kathi war unser einziges Kind, und wir können auch keines mehr bekommen. Wir tun, was wir können, wirklich ... aber Iris ... es geht ihr nicht so gut.»

«Sie müssen sich für nichts rechtfertigen, Herr Winkelmann. Was Sie durchmachen, sollten Eltern nicht erleben. Niemals. Und niemand kann von Ihnen verlangen, dass Sie nach ein paar Tagen Trauer wieder in den Alltag zurückkehren. So etwas braucht Zeit.»

Andreas' Bruder nickte, ohne sie anzusehen. «Das erzählen Sie mal meinem Arbeitgeber. Ich musste mich krankschreiben lassen, weil ich keinen Urlaub mehr bekomme.»

Die Stimme des Mannes wurde immer weinerlicher. Manuela befürchtete, er würde gleich in Tränen ausbrechen. Aber dann schüttelte er den Kopf, fuhr sich mit den Händen übers Gesicht und sah sie aus geröteten, übernächtigten Augen an.

«Was ist denn nun mit Andreas?»

«Es wäre wirklich einfacher, wenn Ihre Frau dabei wäre. Meinen Sie, Sie könnten sie wecken?»

Heiko Winkelmanns Gesicht erstarrte. Jetzt füllten sich seine

Augen mit Tränen. Er schluchzte nicht und brach auch nicht unter Heulkrämpfen zusammen. Seine Tränen waren stille Bäche auf lange nicht rasierten Wangen.

Er schüttelte den Kopf.

«Sie ist nicht hier», gestand er seine Lüge ein. «Schon seit drei Tagen nicht mehr.»

«Ich verstehe nicht …»

«Iris hatte wieder einen Nervenzusammenbruch. Sie hat die ganzen Pillen auf einmal genommen … Der Arzt hatte ihr ein Schlaf- und Beruhigungsmittel verschrieben, gleich nach Kathis Tod … Ich … ich hätte besser auf sie aufpassen müssen …»

«Oh nein!», entfuhr es Manuela. «Wie geht es Ihrer Frau jetzt?»

«Ganz gut. Sie ist unter ständiger Beobachtung im Krankenhaus. Ich besuche sie jeden Tag für ein paar Stunden, deswegen sieht es hier so aus, ich komme ja zu nichts mehr. Ich habe den Eindruck, Iris braucht das jetzt. Von zu Hause fort zu sein. Menschen, die sich den ganzen Tag um sie kümmern. Ich konnte das nicht. Ich musste doch auch die ganze Zeit an Kathi denken, verstehen Sie.»

Der Drang, den völlig verzweifelten Mann zu trösten, war zu stark, Manuela konnte sich nicht zurückhalten. Sie streckte den Arm aus und legte ihre Hand auf seinen Unterarm. Er ließ es geschehen, zuckte nicht zurück.

«Sie müssen sich keine Vorwürfe machen, Herr Winkelmann.»

Er nickte und leckte sich die Tränen von den Lippen. Dann wischte er sich mit dem Handrücken über die Wangen.

«Ich heule hier vor Ihnen herum … dabei sind Sie doch aus einem ganz anderen Grund gekommen … was ist denn nun mit meinem Bruder?»

Manuela atmete tief ein und aus.

«Ich will es einmal so ausdrücken: Andreas sucht nach Antworten, er will wissen, was wirklich mit Kathi passiert ist. Dabei ist er aber zu weit gegangen, viel zu weit. Deswegen ist er verhaftet worden.»

Manuela fand, dass diese oberflächliche Information reichte. Mehr würde der Mann kaum ertragen.

«Andreas … er hat mit mir darüber gesprochen. Dass er nicht an einen Unfall oder Selbstmord glaubt. Wir glauben das ja auch nicht. Unsere Kathi war doch nicht so. Nie! Nachdenklich, manchmal auch in sich zurückgezogen, aber sie hätte sich doch nie …»

Heiko Winkelmann brach ab, sah zu Boden und schüttelte den Kopf. Manuela wartete, bis er sich wieder gefangen hatte.

Mit einem Ruck hob er den Kopf.

«Ich hätte Andreas helfen sollen, nicht wahr? Das wäre doch meine Pflicht. Was bin ich denn für ein Vater, sitze hier herum und heule, und mein Bruder riskiert alles, um die Wahrheit herauszufinden. Ich hätte es auch getan, glauben Sie mir, aber Iris kostet mich alle Kraft … das bisschen, das ich noch habe.»

Er hatte sehr schnell gesprochen, und es war klar, dass er sich dafür schämte. Manuela hätte ihm gern etwas von seinen Schuldgefühlen genommen, sie ahnte jedoch, dass ihr das nicht gelingen würde. Zumindest nicht in einem kurzen Gespräch. Vielleicht war hier eine kleine Lüge angebracht?

«Andreas hat mir gesagt, er tut das für Kathi und für Sie. Er weiß, dass Sie sich jetzt um Ihre Frau kümmern müssen und es selbst nicht tun können. Glauben Sie mir, er kann das gut verstehen.»

«Wirklich?»

Manuela nickte. «Andreas und ich, wir kennen uns schon ein bisschen länger, ich helfe ihm hin und wieder bei Recherchen. Er hat oft davon gesprochen, wie froh er darüber ist, ein so gutes Verhältnis zu seinem Bruder zu haben.»

Ein kleines Lächeln huschte über Heikos Gesicht.

«Ja, das stimmt, wir haben nicht viel Familie, aber immerhin uns beide. Leider hatten wir in den letzten Jahren viel zu wenig Zeit füreinander. Andreas hat mehr mit Kathi unternommen als mit mir.»

«Wie kommt das?», fragte Manuela.

Heiko zuckte mit den Schultern. «Die beiden funken einfach auf der gleichen Wellenlänge. Kathi begeistert sich für Bücher, ich weiß, dass sie auch gern schreiben würde. Und dann das Interesse für alles, was mit der Natur zusammenhängt. Diese Berg- und Kanutouren. Ich hab für so etwas ja leider keine Zeit mehr. Aber Andreas, der hat Kathi oft mitgenommen. Die beiden verstehen sich wirklich gut … verstanden sich wirklich gut.»

«Haben Sie denn bei Kathi in den letzten Wochen vor ihrem Tod keine Veränderungen festgestellt?»

Heiko schüttelte den Kopf. «Glauben Sie mir, ich habe mir das Gehirn zermartert, aber da war nichts. Ist denn etwas dran an dem, was Andreas sagt? Hat er etwas herausgefunden? Wenn ja, dann müssen Sie es mir sagen.»

Manuela nickte. «Deshalb bin ich hier. Man wird Ihre Tochter wegen begründeten Verdachts exhumieren und den Leichnam untersuchen.»

Manuela hatte Angst gehabt, das auszusprechen, und plötzlich war sie froh, dass die labile Ehefrau dem Gespräch nicht beiwohnte.

Auch bei Heiko war sie sich nicht sicher, wie er diese Nachricht verkraften würde. Sie rechnete mit einem Zusammenbruch, doch das passierte nicht. Stattdessen kehrte in die Augen des Mannes so etwas wie Hoffnung zurück.

«Es stimmt also», sagte er leise, so als müsse er es vor seiner Frau verheimlichen, «Kathi hat sich nicht selbst getötet.»

Manuela nickte. «Es sieht im Moment so aus, ja. Wir verfolgen eine heiße Spur. Mehr kann und darf ich Ihnen leider nicht sagen, aber ich fand, Sie sollten es von mir erfahren, bevor man Sie morgen über die Exhumierung in Kenntnis setzt.»

«Danke», sagte Heiko Winkelmann. «Danke, dass Sie es mir gesagt haben. Aber Iris … meine Frau … wir müssen es ihr nicht sagen, nicht sofort, oder?»

«Nein, müssen wir nicht.»

«Gut.»

Andreas' Bruder zog die Augenbrauen zusammen, dann sah er Manuela mit festem Blick an. Die Tränen und der weinerliche Gesichtsausdruck waren verschwunden.

«Sehen Sie Andreas bald?»

Manuela nickte.

«Sagen Sie ihm bitte, dass vergesse ich ihm nie. Niemals. Können Sie das tun?»

«Gern, aber ich denke, in ein paar Tagen können Sie es ihm selbst sagen.»

«Das werde ich auch … aber bis dahin … finden Sie das Schwein, das meiner Tochter das angetan hat.»

Und als er das aussprach, hatte Heiko Winkelmann plötzlich doch eine verblüffende Ähnlichkeit mit seinem Bruder.

TAG 18

Siebenunddreißig fünfzig, bitte.»

Der Mann, der nur durch das schmale Transportband von ihr getrennt an der Kasse stand, suchte auffallend lange in seinem Portemonnaie nach der passenden Summe. Normalerweise vermied Ann-Christin es, die Kunden dabei anzusehen, aber bei ihm konnte sie nicht anders. Verstohlen beobachtete sie ihn, und als er aufsah, begegneten sich ihre Blicke.

Er reichte ihr das Geld, legte es aber nicht in die Plastikschale, sondern wartete darauf, dass sie es ihm aus der Hand nahm. Was blieb ihr anderes übrig? Sie nahm es. Dabei berührte sie mit ihren Fingern seine Handinnenfläche.

«Müsste stimmen», sagte er und lächelte sie an.

Ann-Christin versuchte, sich zu konzentrieren. Es gelang ihr nicht. Sie tat nur so, als zähle sie das Geld nach.

War er das?

Schon gestern, am ersten Arbeitstag nach ihrem Urlaub, hatte Ann-Christin sich diese Frage bei beinahe jedem Kunden gestellt, den sie bedient hatte. Zuerst nur bei den Unbekannten, bis ihr eingefallen war, dass hinter Anima Moribunda ebenso gut ein ihr bekannter Kunde stecken konnte. Mittlerweile stand für sie fest, dass er sich irgendwo in ihrem Umfeld versteckte. Dass er allein über das Internet auf sie aufmerksam geworden war und dann ihre Privatadresse ausfindig gemacht hatte, wollte Ann-Christin einfach nicht glauben. Diese Vorstellung machte ihr noch mehr Angst.

Ohne ein weiteres Wort zu verlieren, ging der Kunde davon. Ann-Christin sah ihm nach. Er sah aus wie jeder andere. Aber das war kein Kriterium. Es konnte jeder sein.

Sie fühlte sich unwohl hinter der Kasse. Lieber hätte sie im Lager gearbeitet oder Regale einsortiert. In zehn Minuten hatte sie Pause. Die brauchte sie auch dringend. Sie war angespannt, ihr Nacken schmerzte. In der letzten Nacht hatte sie schlecht geschlafen. Ganz bewusst hatte sie den Computer nicht eingeschaltet, doch Anima Moribunda hatte es trotzdem in ihre Träume geschafft. Ein paarmal war sie aus dem Schlaf geschreckt. Jedes Mal hatte sie geglaubt, Geräusche im Haus zu hören. Dann hatte ihr Herz wie verrückt geschlagen, sie hatte sich die Decke bis zum Kinn gezogen und sich gefragt, was sie tun sollte. Zweimal war sie nahe dran gewesen, die Polizei zu rufen. Gut, dass sie es nicht getan hatte. Sie hätte sich blamiert. Niemand war bei ihr im Haus gewesen. Ihre überreizten Nerven hatten ihr einen Streich gespielt.

Ann-Christin bediente noch sechs weitere Kundinnen. Zog Ware über den Barcode-Scanner, nannte Preise, kassierte Geld, gab Wechselgeld heraus und fühlte sich dabei wie in Trance.

Sie war froh, als sie von ihrer Kollegin abgelöst wurde und in die Pause gehen durfte.

Aus dem Aufenthaltsraum holte sie eine Flasche Wasser und verließ fast fluchtartig das Geschäft durch den Personaleingang. Er führte auf einen kleinen Hinterhof. Dort standen die großen Müllcontainer für Pappe, Glas, Kunststoff und Restmüll. Zudem befand sich dort die Laderampe, über die neue Ware ins Lager transportiert wurde.

Ann-Christin ging bis an die vordere Kante der Rampe, setzte sich, ließ die Beine baumeln, trank Wasser und blinzelte in die Herbstsonne. Die wärmenden Strahlen auf ihrem Gesicht taten ihr gut. Augenblicklich fühlte sie sich wohler, ihre Zuversicht kehrte zurück. Sie würde sich von diesem Typen nicht in Angst und Schrecken versetzen lassen. Dies war ihr Leben, nur sie bestimmte darüber.

Ihr Handy vibrierte. Es steckte in der rechten Tasche ihres weißen Arbeitskittels.

Sie holte es heraus und warf einen Blick auf das Display.

Die Nummer kannte sie nicht. Es war nicht die, unter der Anima Moribunda ihr gestern eine SMS geschickt hatte.

Also öffnete sie die Nachricht.
Es war wieder ein Video.

Die Kamera fuhr an dem Regal für Konserven vorbei. Dann am Kühlregal entlang. Sobald sie einen Quergang erreichte, filmte sie hinein. Sie war offenbar auf der Suche nach etwas oder jemandem.

Ein paar Menschen huschten durchs Bild, doch an ihnen hatte die Kamera kein Interesse.

Sie verharrte erst, als Ann-Christin ins Bild kam.

Sie war in dem engen Gang zwischen den Regalen mit Süßigkeiten damit beschäftigt, Schokolade, Kekse und Chips einzusortieren. Dafür stand sie auf einem runden Kunststoffschemel, um die oberen Reihen erreichen zu können. Die Kamera näherte sich ihr seitlich. Ann-Christin hatte ihr dunkles Haar zu einem Pferdeschwanz gebunden. Unter dem weißen Arbeitskittel trug sie eine schwarze Jeans, dazu schwarze Sportschuhe.

Die Kamera verharrte neben ihr und zeigte ihre Schuhe.

«Können Sie mir sagen, wo ich die Trauerkarten finde?», fragte eine männliche Stimme aus dem Off.

Ann-Christin streckte sich nach oben. Ohne sich umzudrehen und ohne ihre Arbeit zu unterbrechen, sagte sie: «Gleich vorn an der Kasse.»

«Danke, sehr freundlich», sagte die Stimme aus dem Off.

In der nächsten Einstellung zeigte die Kamera Ann-Christin an der Kasse. Sie bediente eine Kundin und zog Ware über den Scanner. Erst als sie den Preis nannte, hob sie ihr Gesicht und lächelte. Die Kamera hielt auf ihre blauen Augen.

Dann ruckelte die Kamera kurz und zeigte einige Trauerkarten, die auf dem Transportband lagen. Sie schwenkte über das Warendisplay für Zigaretten und verharrte erneut auf Ann-Christins

Gesicht. Konzentriert zog sie die Trauerkarten über den Scanner und nannte den Preis.

«Sechs zwanzig bitte.»

Eine Kundin, die sich nicht im Sichtfeld der Kamera befand, fragte nach dem Toilettenschlüssel. Ann-Christin griff unter die Kasse, holte ihn hervor und gab ihn der Kundin.

Ohne aufzusehen, nahm sie das abgezählte Geld aus der Plastikschale und bedankte sich.

«Auf ein baldiges Wiedersehen», sagte die männliche Stimme aus dem Off.

Die Zeit blieb stehen, und die Welt erstarrte. Die Sonne verschwand hinter einer Wolke, und Kälte legte sich auf Ann-Christins Gesicht. Sie begann zu zittern.

Heute trug sie ihr Haar offen, aber gestern hatte sie es zu einem Pferdeschwanz gebunden. Die Aufnahme stammte also von gestern. Sie konnte sich vage an die Frage nach den Trauerkarten erinnern, aber überhaupt nicht an den Kunden, der sie schließlich gekauft hatte.

Nachdem er sie nach den Karten gefragt hatte, war sie mindestens noch eine Stunde mit dem Einsortieren der Ware beschäftigt gewesen. Erst danach war sie an die Kasse gewechselt.

Entweder hatte er sich die ganze Zeit im Laden herumgetrieben, oder er war noch einmal zurückgekehrt.

Wie ein Tiger in einem viel zu kleinen Käfig lief ich in meiner Zelle auf und ab. Von der Stirnwand zur Tür und wieder zurück. Ein ums andere Mal. Und das seit Stunden.

Einen Tag, eine Nacht und den größten Teil des heutigen Tages war ich jetzt bereits in Untersuchungshaft. Da man mir meine Uhr abgenommen hatte, wusste ich nicht, wie spät es war. Mittagessen hatte ich in die Zelle geliefert bekommen. Es hatte erstaunlich gut geschmeckt, aber ich war auch vollkommen ausgehungert gewesen.

Meine kleine Zelle war mausgrau gestrichen, es gab darin einen Stuhl, einen Tisch, ein Bett, eine Toilette und ein Waschbecken. Dass diese Haftanstalt in die Jahre gekommen war, sah man allerorten, vor allem aber an der gelblich verkalkten Kloschüssel.

Langsam wurde ich nervös und ungehalten. Ich hatte gedacht, Kieling wolle mir nur eine Lektion erteilen und dafür sorgen, dass sich mein erhitztes Gemüt abkühlte. Ich war auch bereit gewesen, dieses Spielchen mitzuspielen, jedenfalls eine Weile. Schließlich hatte ich mich nicht gerade mustergültig verhalten. Aber seit ich hier war, hatte sich außer den Justizvollzugsbeamten niemand blicken lassen. Auch Manuela nicht. Darüber war ich anfangs nur enttäuscht gewesen, aber so langsam wurde sie ärgerlich.

Während ich hier in der Zelle hockte, trieb draußen der Deathbook-Killer sein Unwesen. Ich konnte nur hoffen, dass die Polizei nicht wirklich glaubte, ihn mit meiner Person bereits in Gewahrsam zu haben. So dumm würden sie doch nicht sein, oder?

Es reichte, ich hatte die Schnauze voll. Gestern hatte ich fast den ganzen Tag geschlafen oder zumindest gedöst. Die durchgemachte Nacht zuvor und der Stress hatten ihren Tribut gefordert. Heute war ich jedoch hellwach und stand unter Strom. Ich musste hier raus.

Ich schlug mit der Faust gegen die Tür und rief nach dem Personal.

Erstaunlicherweise musste ich das nur einmal wiederholen, und schon hörte ich draußen ein Schlüsselbund klappern, das Schloss wurde geöffnet, die Tür schwang auf.

Der Beamte, der mir das Essen gebracht hatte, stand davor. Er war ein echter Hüne. Neben ihm sah Manuela aus wie eine Barbiepuppe.

«Oh, das ging aber schnell», sagte ich.

«Falls du meinst, dein Poltern hätte etwas gebracht, da irrst du dich», konterte Manuela. «Ich war sowieso gerade auf dem Weg zu dir.»

«Tatsächlich? Ich hatte schon befürchtet, du hättest mich vergessen.» Ich war erleichtert zu hören, dass sie mich wieder duzte.

«Würdest du bitte mitkommen», sagte sie, ohne auf meine Spitze einzugehen.

Ich folgte ihr.

Wir verließen das Gebäude und liefen über einen Parkplatz auf das nahegelegene Polizeipräsidium zu.

«Keine Handschellen?», fragte ich.

«Ich vertraue dir.»

«Das habe ich die letzten zwei Tage aber ganz anders empfunden. Woher der plötzliche Sinneswandel?»

«Die letzten Tage hast du dich nicht sehr vertrauenswürdig benommen. Dass Kieling sauer auf dich war, hast du selbst provoziert. Aus seiner Sicht wies alles auf dich als Täter hin.»

«Aus deiner Sicht nicht?»

Manuela hielt mir die Tür zum Präsidium auf und schenkte mir ein Lächeln.

«Man kann sich nie sicher sein bei euch Männern. Deshalb haben wir eine Gegenüberstellung vorbereitet. Du hast doch nichts dagegen, nehme ich an.»

«Eine Gegenüberstellung? Mit wem? Dem wahren Täter?»

«Lass dich überraschen. Komm mit.»

Ich folgte Manuela durch die Flure. Es gefiel mir, wie sie mit mir sprach. Es hatte etwas Vertrautes. Ich glaubte nicht, dass sie mich weiterhin verdächtigte. Wenn sie es überhaupt je getan hatte.

Wir erreichten eine Tür. Manuela klopfte. Kieling kam heraus.

«Herr Winkelmann», sagte er, reichte mir aber nicht die Hand. «Ich möchte Sie bitten, an einer Gegenüberstellung teilzunehmen. Sind Sie damit einverstanden?»

«So richtig mit venezianischem Spiegel und so? Wow, ich bin

beeindruckt.» Ich hätte freundlich sein sollen, aber Kieling reizte mich.

«Nein, die Person befindet sich hier im Büro.»

Ich zuckte mit den Schultern. «Okay, meinetwegen.»

Wir gingen hinein. Kieling vorweg, dann ich, als Nachhut Manuela.

In dem Raum standen zwei Schreibtische L-förmig zusammen. Hinter einem der Tische saß ein vielleicht achtzehnjähriger Junge. Sein rechtes Auge war grün und blau und zugeschwollen. Überhaupt sah er sehr lädiert aus. Er starrte mich an, als wäre ich ein Besucher aus dem All.

«Herr Crombach, erkennen Sie diesen Mann wieder?»

Herr Crombach schüttelte den Kopf. «Nein, der war größer und außerdem an den Armen und am Hals tätowiert und …»

«Das reicht», unterbrach Kieling ihn. Dann wandte er sich an mich.

«Herr Winkelmann, war dieser junge Mann in der Nacht im Hafen?»

Ich zuckte mit dem Schultern. «So wie er aussieht, war er es wohl. Ich kann es Ihnen aber nicht sagen. Es war stockdunkel. Ich habe nur Schemen gesehen, keine Gesichter. Vier Personen. Drei gegen einen.»

Kieling gab Manuela ein Zeichen.

«Das war's schon. Komm bitte mit», sagte sie und führte mich aus dem Raum.

Wir gingen ein Stück den Flur hinunter und betraten Kielings Büro.

«Setz dich», sagte Manuela und deutete auf den freien Stuhl. Sie ließ sich hinter den Schreibtisch fallen. «Ein paar Formalitäten noch, dann kannst du nach Hause.»

Ich ließ mich auf den Stuhl sinken.

«Wer war das gerade?», fragte ich.

«Einer der Jungs aus der Dreiergruppe, die du beobachtet hast.»

«Wo sind die anderen beiden?»

«Einer von ihnen ist tot. Das ist die Leiche, die du gefunden hast. Der andere liegt mit einer Stichverletzung im Oberschenkel im Krankenhaus. Eine Weile sah es kritisch aus, aber er wird es wohl schaffen. Eine Streife hat die beiden noch in der gleichen Nacht nicht weit entfernt vom Containerhafen aufgegriffen.»

«Also glaubt ihr mir jetzt?»

Manuela, die gerade ein Formular ausfüllte, sah zu mir auf.

«Der Junge dadrinnen hat dich gerade entlastet. Du musst nur noch diesen Wisch hier unterschreiben, dann kannst du gehen. Ich kann dich nach Hause fahren, wenn du möchtest.»

Ich beugte mich vor, damit nur sie mich hören konnte.

«Wir müssen unbedingt unter vier Augen miteinander reden», sagte ich leise.

Sie seufzte. «Andreas … Wenn du mir etwas zu sagen hast, dann bitte hier und jetzt. Wir können keine weiteren Heimlichkeiten gebrauchen. Ich kann ja verstehen, wenn du nicht mit Kieling reden willst, aber dann rede wenigstens mit mir. Du kannst mir doch alles sagen. Außerdem …»

«Ja?»

Sie zögerte einen Augenblick.

«Ich habe mit deinem Bruder gesprochen …»

«Mit Heiko? Warst du bei ihm? Wie geht es ihm und Iris?»

«Ja, ich habe deinen Bruder zu Hause besucht. Wie du dir vorstellen kannst, geht es beiden nicht gut. Dein Bruder hält sich tapfer, seine Frau liegt im Krankenhaus. Sie hat versucht, sich mit Tabletten das Leben zu nehmen.»

«Scheiße», rutschte es mir heraus. Was Manuela sagte, überraschte mich nicht, aber ich konnte mir vorstellen, wie es Heiko jetzt ging. Er musste nun für alle der Fels in der Brandung sein, dabei stand er selbst auf wackeligen Beinen. Ich musste ihn unbedingt besuchen, sobald ich hier raus war. Wenn er mich je gebraucht hatte, dann jetzt.

«Was wolltest du eigentlich bei Heiko?», fragte ich.

«Ich war wegen der Exhumierung dort», antwortete Manuela. «Ich fand, er und seine Frau sollten es vor dem offiziellen Anruf erfahren.»

«Das ist wirklich sehr anständig von dir», sagte ich und meinte es auch so. Trotz der zwei Tage Untersuchungshaft, an denen auch Manuela nichts hatte ändern können, hätte ich sie dafür gern umarmt. Ich widerstand der Versuchung.

«Das vergesse ich dir nie», sagte ich stattdessen.

Sie lächelte versonnen.

«Genau dasselbe hat dein Bruder auch gesagt. Ich soll es dir ausrichten.»

«Was?»

«Er ist dir sehr dankbar dafür, dass du das für Kathi tust.»

«Es ist das mindeste, was ich tun kann. Und auch wenn es bisher ziemlich schiefgelaufen ist, bin ich doch froh, so gehandelt zu haben. Endlich ermittelt ihr offiziell in der Sache. Kathi wurde getötet, ich hab es von Anfang an gewusst.»

«Ja, du hattest den richtigen Riecher. Deswegen sage ich aber nicht, dass es richtig war, wie du gehandelt hast. Du hast den Täter auf dich aufmerksam gemacht, und er hätte dich ebenso töten können. Damit wäre Kathi oder deinem Bruder auch nicht gedient.»

Ich zuckte mit den Schultern. «Manchmal muss man Risiken eingehen.» Es war kein zur Schau gestelltes Heldentum, es war mir wirklich egal. Natürlich hatte ich Angst, dieser unheimliche Täter mit der Maske mit den roten Fäden vor den Augen war furchteinflößend. Aber ich war eben kein Mensch, der sich von seinen Ängsten einschränken ließ.

«Ja», sagte Manuela, «das muss man wohl. Aber du hast es schon gesagt: Jetzt laufen offizielle Ermittlungen. Du musst jetzt keine Risiken mehr eingehen. Und ich wäre dir sehr dankbar, wenn du mir alles sagst, was du weißt. Wirklich alles.»

Manuelas Blick war fest auf mich gerichtet, sie blinzelte nicht einmal. Ich stand tief in ihrer Schuld, das wusste ich, und nun war der Zeitpunkt gekommen, einen kleinen Teil dieser Schuld zu begleichen. Für Kathi, für Heiko, für Iris,

Ich beschloss, mich Manuela anzuvertrauen und ihr von der Latex-Oma zu berichten.

Sie hatte meinen Wagen verlassen, ohne dass ich ihr wirkliches Gesicht zu sehen bekommen hatte. Ich hatte ihr nachgesehen, als sie über den Rastplatz zu einem kleinen Waldstück gelaufen war, und hatte aus ihren Bewegungen geschlossen, dass sie ein Mann war, aber sicher war ich mir keinesfalls. Ich wusste nur, dass sie oder er einen Blog schrieb. Natürlich hatte ich überlegt, dass die Polizei oder Jan sie über die IP-Adresse ihres Rechners ausfindig machen könnte. Aber dann war mir eingefallen, dass sie ja gar keinen eigenen hatte, sondern von einem öffentlichen Internetanschluss zum nächsten wechselte. Vielleicht hatte sie aber auch gelogen und besaß einen Laptop, mit dem sie ungesicherte Netzwerke für ihre Online-Aktivitäten nutzte.

Was der Blogger mir erzählt hatte, klang unglaublich. Das allermeiste war sicher auch Unsinn. Hirngespinste. Aber einiges davon hatte mich aufgeschreckt. Weil es zu dem passte, was ich in den letzten Tagen erlebt hatte.

«Dadrinnen», begann ich und zeigte auf den Bildschirm, «im World Wide Web, da bastelt gerade jemand an einem Netzwerk der Toten. Am Deathbook. Ich weiß nicht genau, wie es funktioniert, aber er sucht und findet seine Opfer online. Dann lockt er sie zu einem bestimmten Platz und verlangt von ihnen, dass sie einen Menschen beim Sterben filmen. Tun sie das nicht, sterben sie selbst und werden dabei gefilmt. Und diese Videos stellt er dann über die Deathbook-Seite online. Vielleicht sind diese Videos der Köder, mit dem er seine nächsten Opfer anlockt. Er macht das schon eine Weile, und er wird nicht aufhören, wenn wir ihn nicht stoppen.»

Ann-Christin hatte die Nachmittagsschicht gehabt. Als sie in den Feierabend ging, war es draußen bereits dunkel.

Helga, die Kollegin, die in den Abendstunden an der Kasse saß, stand draußen bei den Müllcontainern, als Ann-Christin den Laden verließ. Sie rauchte wie immer nach der Schicht eine Zigarette.

«Wie geht es dir denn?», fragte sie und streichelte Ann-Christin den Oberarm. «Kommst du zurecht?»

«Es geht schon, danke. Ich gewöhne mich langsam daran.»

Helga nickte. «Als ich meinen Herbert verloren habe, das war auch hart. Ich habe wochenlang kaum etwas gegessen. Wenn ich damals nicht …»

Helga redete weiter, doch Ann-Christin hörte gar nicht mehr zu. Sie sah sich um und suchte in den dunklen Bereichen zwischen den Straßenlaternen nach einer Gestalt, die sie beobachtete.

Sie hatte darüber nachgedacht, ein Taxi zu rufen. Oder ihren Chef zu bitten, ob er sie nach Hause fuhr. Beides hatte sie im Laufe des Nachmittags verworfen. Wenn sie damit begann, würde sie ihr Leben niemals in den Griff bekommen. Von diesem Typ durfte sie sich nicht in ihrer Bewegungsfreiheit einschränken lassen, sonst hatte er das Spiel doch schon gewonnen. Wahrscheinlich war er sowieso nur ein feiger Spanner, der sich im Internet oder hinter seiner Kamera versteckte. Er war sicher noch ängstlicher als sie und würde sich niemals trauen, sie anzusprechen.

«… aber die Zeit heilt alle Wunden», beendete Helga ihren Monolog, warf die Zigarettenkippe aufs Pflaster und trat sie aus. «Du schaffst das schon, mein Mädchen, du bist doch stark! So, ich muss jetzt, sonst fährt mir der letzte Bus vor der Nase weg.»

Helga tätschelte sie noch einmal und verschwand.

Ann-Christin sah ihr nach.

Ja, sie war stark. Sie würde sich nicht mehr von ihren Ängsten gefangen nehmen lassen. Ein klein wenig war auch Mama daran schuld, dass sie so unsicher durchs Leben ging. Aber Mama war tot, und sie musste endlich anfangen, ihr Leben in den Griff zu bekommen. Und sie würde sich nicht gleich zu Beginn von diesem Spanner aus der Bahn werfen lassen.

Der Fußweg nach Hause dauerte nur zehn Minuten, und sie hatte die Möglichkeit, zwischen drei Varianten zu wählen. Ann-Christin entschloss sich für die Strecke unten am Bach entlang. Dort ging sie eigentlich nie, weil es streng genommen ein Umweg von ein paar Minuten war, aber genau deswegen war der Weg heute genau der richtige. Sollte Anima Moribunda ihr auflauern, würde er es sicher auf der üblichen Strecke im Wohngebiet tun.

Bevor sie aufbrach, holte Ann-Christin ihr Handy aus der Handtasche und warf einen Blick aufs Display. Nein, es war keine weitere SMS eingegangen. Weil es ihr ein Gefühl von Sicherheit vermittelte, behielt sie es in der Hand und lief los.

Am Kunstmuseum vorbei, durch den Torbogen, der die Bibliothek mit einem Restaurant verband. Rechts lag der öffentliche Kräutergarten, aus dem sich jedermann bedienen konnte. Um diese Zeit war natürlich niemand mehr dort. Der Weg führte abschüssig auf den Bach zu und dann daran entlang. Die Straßenlaternen standen wegen der Bäume dicht an dicht, der Weg war gut ausgeleuchtet. Es gab hier keine Schattenlöcher. Links neben dem Weg stieg eine drei Meter hohe Böschung an. Oben führte eine der Hauptverkehrsadern durch die Stadt. Dort herrschte auch jetzt noch reger Betrieb. Rechts, auf der anderen Seite des Flusses, zog sich die lange Fassade des Krankenhauses dahin. Viele Fenster waren erleuchtet.

Sie hatte die kleine Brücke kaum verlassen, da hörte sie hinter sich Schritte auf dem Schotter.

Über der linken Schulter trug sie ihre Handtasche. Sie klammerte sich mit der Hand an den dünnen Lederriemen. Im Inneren der Tasche befanden sich ihr Portemonnaie, ihr Schlüsselbund und eine große Konservendose Erbsen und Möhren. Die wog schwer, und wenn es sein musste, würde Ann-Christin mit der Tasche zuschlagen. Dafür hatte sie die Dose eingesteckt.

Doch zunächst ging sie einfach weiter und sah sich nur kurz über die Schulter um.

Zwanzig Meter hinter ihr ging jemand. Eine große Gestalt in dunkler Kleidung mit einer Kapuze auf dem Kopf. Mehr konnte sie so schnell nicht erkennen.

Sollte sie stehen bleiben? Oder schneller gehen? War er das, oder war das nur ein harmloser Passant?

Sie begann zu schwitzen. Zwischen ihren Schulterblättern kribbelte es.

Sie musste wissen, wer das war.

Mit einem Ruck drehte sie sich um.

Die Kamera zeigte das Mädchen von hinten, wie es unter dem breiten Torbogen hindurchging. Sie folgte ihr in großem Abstand den abschüssigen Weg zur Brücke hinunter. Jenseits der Brücke bog das Mädchen nach links ab und schritt zügig aus. Die Kamera holte bis auf wenige Meter auf. Sie fing das wehende Haar des Mädchens ein.

Doch plötzlich blieb sie stehen, drehte sich um und sah genau in die Kamera.

«Verpiss dich!», schrie sie und hob den rechten Arm. Etwas blitzte darin auf. Die Kamera wurde kurz geblendet. Sie hatte ein Foto geschossen.

«Verpiss dich, oder ich rufe die Polizei.»

Die Kamera bewegte sich nach vorn.

Das Mädchen ließ die Handtasche von der Schulter gleiten. Sie hielt sie am Riemen fest, als handele es sich dabei um eine Schleuder.

«Komm bloß nicht näher, ich schwöre dir, ich schlag zu.»

Aber die Kamera kam näher.

Das Mädchen holte aus, schlug zu und ließ im letzten Moment den Riemen los. Die Tasche flog auf die Kamera zu. Das Bild ruckelte, jemand schrie auf, die Kamera fiel zu Boden, filmte aber weiter. Sie zeigte, wie das Mädchen davonlief. Aber nur für einen kurzen Moment, dann wurde die Kamera vom Boden hochgerissen und folgte dem Mädchen. Unruhige, hektische Bilder. Schweres Atmen. Die Kamera holte das Mädchen ein, es bekam einen Stoß in den Rücken, schrie auf, stolperte und fiel gegen die Böschung.

Das Mädchen drehte sich um und schob sich ein Stück hoch. Ihre Augen waren vor Angst und Panik weit aufgerissen.

Die Kamera wurde ruhiger, zitterte aber noch leicht. Sie kam bis auf zwei Meter heran. Im Hintergrund atmete jemand laut und schnell.

Und dann verharrte die Kamera auf dem Gesicht des Mädchens, als habe sie sich darin verliebt.

EPISODE 8

tAG 18

Der Motor des VW Golf brummte zuverlässig vor sich hin. Seit die Stadtgrenze hinter uns lag, war es dunkel geworden um uns herum. Hier draußen gab es keine Straßenlaternen. Manuela mochte diese Abgeschiedenheit nicht, das wusste ich, doch mir gefiel sie. Auf meinen langen Bergtouren war ich oft tagelang allein, und das machte mir nie etwas aus. Danach kehrte ich gern zurück, aber ohne meine Fluchten konnte ich nicht leben.

Ich hatte Manuelas Angebot, mich nach Hause zu fahren, gern angenommen. Allerdings hatte sich die Abfahrt um einiges verzögert, weil Manuela an einer Einsatzbesprechung hatte teilnehmen müssen. Ich wäre gern dabei gewesen, aber Kieling hatte es mit der Begründung abgelehnt, ich sei schließlich nur ein Zivilist, im besten Fall ein Zeuge, wenn auch ein unsicherer. In diesem Leben würden wir wohl keine Freunde mehr werden.

Kieling hatte Manuela als Verbindungsbeamtin zu den Ermittlern der Dienststelle für Online-Kriminalität beim BKA eingesetzt. Mit Computern hatte er es nicht so, er verstand schon den Fachjargon nicht. Dagegen war Manuela auf dem Gebiet wirklich fit, viel fitter als ich. Sie hatte mit den Ermittlern in Wiesbaden telefoniert, hochqualifizierten Fachkräften. Aber zur Deathbook-Seite hatten sie noch keinen Zugang gefunden. Also hatten sie sie aus dem Netz gelöscht. Doch sobald sie den Code von der Visitenkarte erneut scannten, war die Startseite wieder da. Offenbar gab es Spiegelseiten auf verschiedenen Servern weltweit. Jan hatte mir bereits davon erzählt: Die Chance, die Seite endgültig vom Netz zu nehmen, war nicht sehr hoch. Am schnellsten, so das BKA, würde es gehen, wenn wir den dafür verantwortlichen Betreiber finden würden.

Den Deathbook-Killer.

Zwar hatte ich in kurzer Zeit eine Menge herausgefunden, aber es reichte noch lange nicht. Und ohne die Latex-Oma standen wir sogar noch schlechter da. Manuela gegenüber nannte ich ihn den Blogger, nicht Latex-Oma. Denn so skurril und in Ansätzen komisch seine Erscheinung auch gewesen sein mochte – der Hintergrund war einfach zu ernst, um ihn ins Lächerliche zu ziehen.

«Erzähl mir mehr», forderte Manuela mich auf.

«Wenn du den Blog liest, weißt du, welch Geistes Kind dieser Mann ist. Aber nicht alles, was er verzapft, ist dumm. Mittlerweile habe ich sogar den Eindruck, alles basiert auf seinen Erfahrungen mit dem Deathbook. Vielleicht hat er im Laufe des vergangenen Jahres ein wenig die Kontrolle verloren, aber …»

«Im Laufe des vergangenen Jahres?», unterbrach Manuela mich.

Ich nickte. «Er behauptet, vor einem Jahr den ersten Kontakt zum Deathbook gehabt zu haben. Damals noch in Dänemark, wo er angeblich als Journalist gearbeitet hat. Er ist durch Internetrecherchen auf eine Seite gestoßen, die damit warb, Menschen beim Sterben zu zeigen. Dabei soll es sich um schlecht gemachte Handyaufnahmen aus Altenheimen und Krankenhäusern gehandelt haben. Es waren wohl auch Aufnahmen von bereits Verstorbenen dabei: offene Särge auf Beerdigungen, Unfallopfer am Unfallort, Leichen kurz vor der Autopsie und ähnlich krankes Zeug. Also alles, was mit dem Tod zu tun hat. Der Betreiber der Seite prahlte damit, das wahre Gesicht des Todes zu zeigen. Die Seite wurde gesperrt, nachdem unser Blogger darüber berichtet hatte. Damals hieß sie *Mask of Death*.»

«Er entwickelt sich also weiter», sagte Manuela.

«Ja, und er wird professioneller. Und im Gegensatz zu damals scheint er heute mehr an die Befriedigung seiner eigenen Wünsche zu denken. Vor einem Jahr konnte man sich diese Videos einfach so anschauen, behauptet der Blogger. Ohne Gegenleistung. Was der Deathbook-Killer heute verlangt, wissen wir ja.»

«Vielleicht hat er damals in Dänemark nur rausfinden wollen, ob es einen Markt für diese Filme gibt», mutmaßte Manuela.

«Kann schon sein. Klingt jedenfalls logisch. Vor einem Jahr hat unser Blogger diese Seite also platzenlassen, und danach war Ruhe. Weil aber der Betreiber der Seite nie ermittelt wurde, hat es unserem Blogger keine Ruhe gelassen. Zurück in Deutschland, hat er sich vier Monate später erneut online auf die Suche gemacht.»

«Und stieß auf die Deathbook-Seite?»

«Genau. Das liegt etwa sechs Monate zurück. Aber der Täter hatte inzwischen seine Vorgehensweise geändert. Unser Blogger sollte seine postalische Adresse hinterlassen. Dorthin wurde ihm mit der Visitenkarte ein Zugangscode gesendet. Er gelangte auf die Seite und durfte sich das Video eines sterbenden Menschen anschauen. Danach sollte er ein eigenes Video erstellen und es mit Hilfe eines QR-Codes auf die Seite hochladen. Unser Blogger verweigerte das. Und seitdem ist er auf der Flucht. Er behauptet, vier Mordversuche überlebt zu haben. Der Typ ist zwar reichlich überspannt, vielleicht sogar psychisch krank, aber einiges von dem, was er gesagt hat, klingt plausibel.»

«Wir müssen unbedingt mit ihm reden», sagte Manuela. «Wenn seine Aussage stimmt, muss es vor sechs Monaten bereits ein Opfer gegeben haben. Hat er etwas über das Video gesagt, das er sich damals angeschaut hat?»

«Nein. Und er will nicht mit der Polizei reden. Mit mir auch nicht mehr. Es wird keinen weiteren Kontakt geben. Was das betrifft, war er sehr deutlich. Er hat mir bis hierher geholfen und erhofft sich jetzt Hilfe von mir. Dass die Polizei ihn schützen kann, glaubt er nicht.»

«Ich werde gleich morgen mit Dänemark Kontakt aufnehmen und ein Rechtshilfeersuchen stellen», sagte Manuela. «Dort gibt es sicher eine Akte.»

«Möglich, aber dort lag der Fall ganz anders, da ging es um Störung der Totenruhe. Die Seite wurde gelöscht, und damit hatte sich die Sache. Hier haben wir es mit einer ganz anderen Dimension zu tun.»

Manuela warf mir einen Seitenblick zu.

«Du denkst das Gleiche wie ich, oder?», fragte sie.

«Ich denke, der Deathbook-Killer befindet sich auf einem Weg. Ich habe keine Ahnung, wohin der ihn führen soll, aber angekommen ist er noch nicht. Damals in Dänemark, da hat er sich ausprobiert. Wahrscheinlich hat es ihn nicht einmal gestört, dass seine Seite gesperrt wurde. Das war Anfängerkram. Mittlerweile ist er Profi. Er baut ein Netzwerk der Toten. Wer sich für den Tod interessiert, bekommt ihn bei ihm zu sehen, aber zu einem hohen Preis.»

«Aber würden die Leute auch einen Mord begehen, um solche Filme anschauen zu können?»

Ich schüttelte den Kopf. «Nein, dafür wohl eher nicht, aber um sich selbst zu retten schon. Du hast doch gehört, was die Maske gesagt hat. Dreh ein Video davon, wie jemand stirbt, oder wir drehen ein Video davon, wie du stirbst. Sie tappen in seine Falle und kommen nicht mehr heraus.»

«Aber sie könnten doch zur Polizei gehen.»

«Das war auch mein erster Impuls. In Wahrheit spricht aber einiges dagegen. Anfangs halten die Leute die Aufforderung wahrscheinlich für einen Scherz. Und ein schlechtes Gewissen haben sie sowieso, weil sie sich diese Videos angeschaut haben. Wenn es ernst wird, kneifen sie entweder, oder sie filmen wirklich einen Menschen beim Sterben. Damit können sie kaum zur Polizei gehen. Ich glaube, das verbrannte Opfer …»

«Thomas Resing.»

«Genau. Ich glaube, dass er sich geweigert hat, ein solches Video zu drehen. Dafür kam er auf den Scheiterhaufen. Und wurde auf diese Art ins Netzwerk der Toten aufgenommen.»

«Oh Mann, das ist total krank», rief Manuela. «Und das Schockierendste ist, dass es wirklich Menschen gibt, die solche Filme sehen wollen!»

Ich nickte. «Der Deathbook-Killer erfüllt sozusagen die Bedürfnisse des Marktes. Und um seine eigenen Bedürfnisse zu erfüllen, macht er sich die sozialen Netzwerke zunutze. Über sie erfährt er alles über seine zukünftigen Opfer. Das Internet macht's möglich.»

«Aber deine Nichte … bei ihr war es doch anders. Sie hat doch bestimmt nicht nach solchen Videos gesucht.»

«Kathi hat für das Schulprojekt online über den Tod recherchiert. Dadurch muss sie Kontakt zu ihm bekommen haben. Alles Weitere kann ich mir auch nicht erklären.»

Wir fuhren schweigend durch die Nacht. Ich musste an Kathi denken, und die Kehle wurde mir eng, wenn ich mir vorstellte, was sie erlebt hatte.

«Ich hab dir das bisher noch nicht erzählt», begann Manuela. «Aber wir haben in der Kiesgrube einen funktionstüchtigen Feuerlöscher gefunden. Oben, auf der Abbruchkante. An einer Stelle, von der aus man einen Logenplatz auf den Scheiterhaufen hat.»

Ich sah sie stirnrunzelnd an. «Was hat das zu bedeuten? Hatte er Angst, das Feuer könnte außer Kontrolle geraten?»

«Möglich, ich weiß es nicht. Aber ich will mal einen anderen Gedanken weiterspinnen. Wenn dein mysteriöser Blogger recht hat und der Deathbook-Killer tötet diejenigen, die ihren Beitrag verweigern …»

«Verdammt», fiel ich Manuela ins Wort. Mir war etwas eingefallen.

«Dazu dienten die Koordinaten, die ich bei Thaumann gefunden habe! Er lockt seine Opfer an einen Ort, an dem sie jemanden beim Sterben filmen können. Er arrangiert das für sie. Sie müssen nicht selbst töten, sie müssen nur die Kamera draufhalten. Deshalb wollte Thaumann sich unbedingt an jenem Abend mit mir treffen, nicht früher oder später. Entweder hat er sich durch mich ein Alibi oder Schutz erhofft oder beides. Das war der Abend, an dem er seinen Beitrag leisten sollte.»

Darüber dachten wir beide einen Moment nach. Es war grausam, ergab aber einen Sinn.

«Aus diesem Grund hat der Killer die drei Jungs in den Containerhafen gelockt», sagte Manuela schließlich. «Sie sollten dort jemanden beim Sterben filmen.»

«Also ist Böhm der Täter.»

«Böhm behauptet aber, er sei nicht dort gewesen.»

«Er war dort, glaub mir. Aber irgendwas ist schiefgelaufen. Vielleicht haben die Jungs ihn entdeckt.»

«Okay», sagte Manuela gedehnt. «Ich weihe dich jetzt in Ermittlungsergebnisse ein. Aber wenn Kieling das erfährt, war ich die längste Zeit Polizistin.»

«Von mir erfährt er es nicht.»

«Zu den drei Jungs gehörte noch eine vierte Person. Julia Neige.»

Ich starrte sie an. «Das Mädchen auf dem Eisblock.»

«Ja. Die Jungs haben das Video ebenfalls bekommen. Dazu Koordinaten und einen Zeitpunkt, wann sie sich dort einfinden sollten. Sie glaubten, sie würden dort den Mann treffen, der ihre Freundin getötet hat. Sie wollten sich an ihm rächen.»

Ich dachte einen Moment nach. «Derselbe Ablauf. Die Karte, das Video … aber ich bleibe dabei, im Hafen ist etwas schiefgelaufen. Böhm hätte doch nie riskiert, dass ihn die Jungs …»

Hier stockte ich. Der Gedanke, der auftauchte, war grell wie ein Blitz.

«Böhm sollte das Opfer sein», stieß ich hervor.

«Genau daran habe ich auch gedacht. Der Täter hat die Jungs auf die vierte Person gehetzt. Vielleicht war es Böhm, vielleicht nicht, du sagst ja selbst, während des Kampfes konntest du ihn nicht erkennen. Wer auch immer die vierte Person war, sie wusste sich zu wehren. Insofern ist tatsächlich etwas schiefgelaufen.»

Ich nahm den Faden auf: «Wenn Böhm aber an der Kiesgrube war, um Thomas Resing beim Sterben zu filmen, hat er seinen Beitrag bereits geleistet. Warum lockt ihn der Täter dann in eine Falle?»

«Um einen Zeugen zu beseitigen?», schlug Manuela vor.

«Ich weiß nicht … irgendwas passt da nicht. Ich bin mir nicht sicher, was Böhm angeht. Er wirkt nicht wie ein Opfer.»

«Wir werden gleich morgen noch einmal mit ihm reden. Aber ich befürchte, das ergibt bei dem Mann nicht viel Sinn.»

«Wenn Böhm wirklich nur ein Opfer ist, haben wir nichts», sagte ich. «Es scheint keine Verbindung zwischen Täter und Opfern zu geben. Er sucht sie sich online. Wie sollen wir ihm auf die Spur kommen?»

Das klang verzweifelt, und so fühlte ich mich auch. All meine Hoffnung hatte ich auf Böhm gesetzt. Er war der ideale Verdächtige. Wenn er ausfiel, wer kam dann noch in Frage? Wie sollte man weiterkommen in einem Fall, in dem der Zufall arglose Menschen zu Opfern machte?

«Meine Kollegen beim BKA sind wirklich gut», sagte Manuela. «Die werden schon etwas finden. Die haben andere Möglichkeiten als dein Blogger.»

«Hoffentlich.»

Wir näherten uns der Einfahrt zu meinem Haus.

«Eins noch, bevor wir da sind», sagte Manuela. «Kieling und ich waren noch einmal mit der Spurensicherung bei dir. Diesmal waren die Kollegen nicht zimperlich. Sie haben auch deinen Rechner beschlagnahmt.»

«War ja klar», seufzte ich. Wie gut, dass ich meinen Laptop versteckt hatte. Hoffentlich hatten sie ihn nicht gefunden.

«Wie geht es jetzt weiter?», fragte ich.

«Für dich gar nicht. Wir ermitteln, du hältst dich raus. Ich kann verstehen, dass es dir schwerfällt, aber wenn du Kieling noch einmal in die Quere kommst, verschwindest du wieder in Haft.»

«Mit welcher Begründung?»

«Er findet schon eine. Behinderung der Ermittlungen … Diebstahl von Beweismitteln, such dir was aus. Er könnte dich auch gegen deinen Willen in Schutzhaft nehmen.»

«Ist nicht dein Ernst.»

Manuela nickte nachdrücklich. «Oh doch. Das solltest du sowieso nicht auf die leichte Schulter nehmen. Der Täter bedroht dich. Du hast seine Karte bekommen.»

«Ich denke, ich kann mich ganz gut wehren.»

«So wie am Containerhafen?»

Manuela konnte es nicht lassen, sie musste den Finger in die Wunde legen. Es war peinlich genug, dass ich mit meinem eigenen Elektroschocker außer Gefecht gesetzt worden war.

«Bleib du doch zu meinem Schutz da», schlug ich vor. «Ich habe ein komfortables Gästezimmer.»

«Kieling hat dasselbe vorgeschlagen. Allerdings damit ich dich von Dummheiten abhalte. Und das werde ich auch.»

Sie bog in die Einfahrt ab. Die Außenbeleuchtung sprang an. Alles wirkte ruhig.

«Also bleibst du über Nacht hier?», vergewisserte ich mich, bevor ich ausstieg.

«Entweder im Auto oder drinnen. Deine Entscheidung.»

«Okay, dann möchte ich die Dame bitten, mir drinnen Gesellschaft zu leisten.»

«Die Dame fühlt sich geehrt.»

Wir stiegen aus und gingen aufs Haus zu. Den Gegenstand auf der Fußmatte vor der Haustür erkannte ich sofort.

Er versetzte mir einen Schock.

Sie rannte, bis ihre Lunge brannte und sie kaum noch Luft bekam. Sie wurde langsamer, lief aber weiter, warf immer wieder hastige Blicke über ihre Schulter, geriet dabei ins Straucheln und wäre einige Male beinahe gestürzt. Erst als ihr Haus in Sichtweite kam, blieb sie stehen. Eine Straßenlaterne stülpte ihren Lichtschein über sie.

Ihr Herz schlug heftig gegen den Brustkorb. Seitenstiche quälten sie. Es fühlte sich an, als treibe ihr jemand ein Messer zwischen die Rippen. Schweiß stand ihr auf der Stirn und rann ihre Wirbelsäule hinab. Sie zitterte am ganzen Körper. Durch die Anstrengung war ihr übel geworden, und sie hatte das Gefühl, sich übergeben zu müssen. Nie zuvor war Ann-Christin so schnell gerannt.

Aber sie war ihm entkommen.

Bei all der Angst und Panik spürte sie auch so etwas wie ein Hochgefühl. Sie war nicht zum Opfer geworden!

Als er ihr einen Stoß in den Rücken verpasst hatte und sie gegen die Böschung gefallen war, hatte sie geglaubt, es sei vorbei. Sie war in Schockstarre verfallen und hatte sich nicht bewegen können. In diesen Sekunden hatte sie verstanden, wie es Frauen ging, die missbraucht wurden. Wie konnte ihr eigener Körper sie in einer solchen Situation im Stich lassen?

Doch statt über sie herzufallen, hatte er sie einfach nur gefilmt. Nicht er selbst, sondern das schwarze Objektivauge einer großen Kamera hatte sie vergewaltigt. Breitbeinig und bewegungslos hatte er über ihr gestanden und sie gefilmt. So als existiere die Welt um sie herum gar nicht. Ann-Christin hatte sich ausgeliefert gefühlt, entblößt. In diesem hoffnungslosen Augenblick hatte die Kamera ihr jede Würde genommen und war tief in sie eingedrungen. Tiefer als je ein Mensch zuvor.

Das hatte sie wütend gemacht, und die Wut hatte die Schockstarre gelöst.

Sie hatte an der Böschung nach etwas getastet, mit dem sie sich wehren konnte, und einen faustgroßen Stein gefunden. Sie hatte den Stein gepackt, sich zum Wurf bereit gemacht und geschrien:

«Wenn du mich anfasst, bringe ich dich um.»

Im selben Moment war gegenüber in der langen Fassade des Krankenhauses ein Fenster aufgegangen. «Was ist da los. Hey, Sie, lassen Sie die Frau ihn Ruhe, oder ich rufe die Polizei!», hatte jemand gerufen.

Der Typ hatte die Kamera heruntergenommen, aber er war nicht sofort geflüchtet, sondern hatte Ann-Christin noch einen Moment angestarrt. Dann war er einfach gegangen. Nicht gerannt, sondern gegangen, so als könne niemand auf der Welt ihm etwas anhaben.

Er war ein großer, kräftiger Mann, und die Art, wie er sich bewegte, kam Ann-Christin bekannt vor. Sie hatten sich aus zwei Meter Entfernung angeschaut, und doch hatte Ann-Christin kaum etwas gesehen. Er hatte seine Kapuze tief ins Gesicht gezogen. Und darunter war kein Gesicht, sondern die Maske. Diese furchterregend emotionslose schwarze Maske mit den roten Fäden vor den Augen. Nur für den Bruchteil einer Sekunde hatte sie hinter den Fäden Augen aufblitzen sehen.

Auch seine Augen waren ihr bekannt vorgekommen. Sie wusste nur nicht, woher. Ihr fiel ein Lehrer ihrer ehemaligen Schule ein, aber wahrscheinlich nur, weil er ebenfalls groß und kräftig gewesen war.

Ann-Christin presste sich eine Hand an die Seite und ging weiter. Die Seitenstiche hielten an. Nur langsam näherte sie sich ihrem Haus. Von der Gartenpforte aus beobachtete sie es eine Weile.

Er wusste, wo sie wohnte. Würde er sie drinnen erwarten?

Weil sie es nicht wagte, die Polizei anzurufen, ging Ann-Christin zu ihren Nachbarn hinüber und klingelte bei Familie Böse. Sie hatte sie als freundliche Menschen in Erinnerung, die nie ein schlechtes Wort über Mama und sie verloren hatten. Herr Böse öffnete. Er trug einen blauen Jogginganzug und wirkte ein wenig verschlafen. Sie erklärte ihm, dass sie gerade von ihrer ersten Spätschicht nach der Beerdigung zurückkehrte und sich davor fürchtete, ins Haus zu gehen. Es gab ja so viele Einbrüche in der Gegend, und da niemand mehr zu Hause war …

Sie musste einen wirklich erbärmlichen Eindruck auf ihn gemacht haben, denn Herr Böse erklärte sich sofort bereit, sie zu begleiten. Er ging mit ihr zusammen einmal durchs ganze Haus, überprüfte sämtliche Fenster und Türen und fragte sie dann, ob er sie allein lassen könne.

Ann-Christin nickte und sagte, sie käme zurecht. Er bot ihr seine Hilfe an, falls sie mal wieder Probleme haben sollte, dann ging er. Ann-Christin blieb so lange an der geöffneten Haustür stehen, bis Herr Böse in seinem Haus verschwunden war. Kurz vorher drehte er sich noch einmal um und winkte ihr zu.

Ann-Christin schloss die Tür sorgfältig ab. Dann ließ sie an allen Fenstern die alten Rollläden aus Aluminium herunter. Das gab ihr wenigstens ein kleines Gefühl von Sicherheit, auch wenn sie sich jetzt vorkam wie in einem Sarg.

Weil sie verschwitzt war und sich schmutzig fühlte, stieg sie unter die Dusche. Das warme Wasser auf der Haut tat gut, aber sobald sie die Augen schloss, fühlte sie sich wieder der Kamera ausgeliefert. Dort an der Böschung hatte sie sich genauso nackt gefühlt, wie sie es jetzt unter der Dusche war. Warum hatte er sie gefilmt? Was hatte ihn davon abgehalten, sie anzufassen? Bevor an dem Krankenhaus das Fenster aufgegangen war, hatte er Zeit genug gehabt. Vielleicht hatte sie mit ihrer Vermutung ja doch recht, und er war im Grunde ein Feigling, der sich nicht traute, Frauen anzufassen. Vielleicht reichten ihm die Videos, die er von ihnen drehte.

Nach der Dusche ging es ihr etwas besser. Sie kochte sich eine große Tasse Tee. Mit nassem Haar, in ihren Bademantel gehüllt, setzte sie sich im Wohnzimmer auf die Couch und fuhr den Laptop hoch.

Morgen früh würde sie zur Polizei gehen und Anzeige erstatten. Aber zuvor wollte sie mehr herausfinden über ihren Peiniger. Vielleicht hielt das Internet ja Informationen bereit zu Anima Moribunda.

Was ist los?», fragte Manuela.

Ich stand zur Salzsäule erstarrt auf den Stufen zur Haustür. Auf der Fußmatte lag mein Handy.

«Nein», stieß ich aus, «bitte nicht.»

«Andreas, was hast du denn?»

Ich hob das Handy mit spitzen Fingern auf, als sei es ein Sprengkörper, der entschärft werden musste.

«Das darf hier nicht liegen. Ich habe es bei einem Freund gelassen», sagte ich.

Nach und nach verarbeitete mein schockierter Verstand, was dieser Fund bedeutete.

«Dann hat er es halt zurückgebracht, was ist so schlimm daran?», fragte Manuela.

«Er weiß nicht, wo ich wohne.»

Ich erzählte ihr, dass ich mein Handy bei Jan Krutisch gelassen hatte, damit er es von der Schadsoftware befreite. Die Hintergründe meines Kontaktes zu Jan riss ich nur an, sie spielten in diesem Moment auch keine Rolle. Viel wichtiger war, was Jan mir über GPS-Tracker erzählt hatte. Dass sie sich über manipulierte QR-Codes problemlos auf Smartphones installieren ließen.

«Ich habe nicht so weit gedacht», sagte ich. «Dadurch, dass ich mein Handy bei Jan gelassen habe, habe ich den Täter auf ihn aufmerksam gemacht.»

«Kann sein, muss aber nicht», sagte Manuela. Ihre Worte passten aber nicht zu ihrer Mimik. Sie sah jetzt genauso erschrocken aus wie ich. «Schau doch mal nach, ob eine Nachricht drauf ist.»

Eigentlich hätte ich das Handy am liebsten gar nicht angefasst, kneifen konnte ich aber auch nicht. Ich machte mich auf das Schlimmste gefasst und holte das Handy aus dem Stand-by.

Es waren mehrere Nachrichten eingegangen. Tatsächlich: Eine stammte von Anima Moribunda. Keine Worte, nur ein Videoanhang. Genau das hatte ich befürchtet. Schulter an Schulter starrten Manuela und ich auf den kleinen Bildschirm. Doch bevor ich das

Video starten konnte, knackte es im Unterholz, und wir zuckten beide zusammen.

«Lass uns besser reingehen», sagte Manuela. Sie ließ ihre Hand unter ihre Jacke gleiten. Ich hörte einen Druckknopf aufspringen, und im nächsten Moment hatte sie ihre Dienstwaffe in der Hand.

Als Erstes machte ich Licht im Untergeschoss. Im Haus herrschte Chaos. Kielings Leute waren wirklich nicht zimperlich gewesen.

Manuela durchsuchte alle Räume im Untergeschoss, dann kam sie zu mir zurück. So hatte ich sie noch nie gesehen. Ihr jugendliches Gesicht war angespannt, geradezu grimmig, und mit der Waffe in der Hand wirkte sie wie eine kämpferische Amazone. In diesem Moment verstand ich, dass ich diese kleine, zarte Frau immer unterschätzt hatte. Wie die meisten anderen Männer wahrscheinlich auch.

«Dann los», sagte sie.

Als ich das Video startete, nahm ich innerlich Abschied von Jan. Es tat mir unendlich leid, ihn in diese Geschichte mit hineingezogen zu haben.

Die Kamera war auf einen Tisch gerichtet. Auf der Tischplatte aus dunklem Holz lag ein Skalpell. Das chirurgische Instrument füllte das ganze Bild aus. Der etwas breitere, mattschimmernde Edelstahlgriff zeigte in Richtung Kamera.

Eine Hand griff nach dem Skalpell und nahm es vom Tisch auf. Es war eine linke Hand, und auf dem Ringfinger steckte ein klobiger Totenkopfring.

«Da», stieß ich aus. «Mario Böhm trägt so einen Ring. Ich hab's doch gewusst.»

Die Kamera zoomte aus der Nahaufnahme heraus, behielt aber die Hand mit dem Skalpell im Fokus. Hoch erhoben, wie eine heilige Hostie, trug die Person, die auch die Kamera führte, das Skalpell durch den Raum. Im Hintergrund sah man unscharf lange Regalreihen, vollgestellt mit irgendwelchen Gefäßen. Dann kam ein Stativ ins Bild. Die Kamera wackelte, während sie darauf montiert wurde. Dabei zeigte sie erst den Fußboden – er war grau gefliest –, dann unscharf etwas im Hintergrund. Ein großer, unförmiger Sack, der von der Decke zu baumeln schien.

Die Kamera stellte auf das Objekt scharf.

Dort hing kopfüber ein Mensch. Um seine Fußgelenke lagen schwarze Fußfesseln mit Karabinern an einer starken Eisenkette. Die Arme waren auf dem Rücken gefesselt. Über dem Mund klebte ein Streifen braunes Paketklebeband. Der Mann hatte die Augen weit aufgerissen. Er schien bereits eine Weile in dieser Position zu hängen, denn sein Kopf war dunkelrot angelaufen.

Der Skalpellträger trat ins Bild. Die Kamera zeigte ihn zunächst von hinten. Er trug eine schwarze Stoffhose und einen schwarzen Pullover, dessen Kapuze weit über den Kopf gezogen war. Er war groß, schwer und hatte breite Schultern. Sein Gang war leicht schleppend.

Neben dem kopfüber aufgehängten Mann ging er in die Knie. Dann setzte er das Skalpell rechts an den Hals des Mannes. Der begann sich zu winden und hinter seinem Knebel zu schreien. Das Skalpell wurde zurückgezogen, noch einmal neu angesetzt, wieder zurückgezogen, dann eine schnelle Bewegung – und am Hals des Mannes klaffte eine Schnittwunde. Sie war zwar lang, aber nicht tief. Durch den Blutstau in Kopf und Hals des Mannes trat sofort Blut aus und tropfte zu Boden.

Der Kapuzenträger stand auf. Mit hängenden Schultern stand er einfach nur da und verdeckte den Mann mit seinem breiten Körper.

Bis er sich langsam umdrehte und in die Kamera sah.

Unter der Kapuze war kein Gesicht, sondern eine emotionslose Maske mit Blutfäden vor den Augen.

«Verfluchte Scheiße», stieß Manuela aus.

Ich war kaum in der Lage, ein Wort herauszubringen. Das Video verstörte mich in zweierlei Hinsicht: Die Brutalität und Zielstrebigkeit des Täters war grausam. Er hatte seinem Opfer einen relativ harmlosen Schnitt zugefügt, aber weil es kopfüber hing, würde es binnen einer halben Stunde an dem Blutverlust sterben. Langsam sterben.

Aber ich war auch erleichtert. Denn dort hing nicht Jan Krutisch. Der Mann, der sicher inzwischen ausgeblutet war, war Mario Böhm. Ich hasste mich dafür, aber ich konnte nicht anders. Obwohl ich gesehen hatte, wie ein Mensch starb, empfand ich doch Erleichterung.

«Das ist Böhm», sagte Manuela. «Er hat ihn sich geschnappt.»

Ich drückte das Video weg, suchte Jan aus meinen Kontakten heraus und rief ihn an.

Sofort meldete sich eine Bandstimme und verriet mir, was ich befürchtet hatte: Er war nicht erreichbar.

«Wo lebt dieser Jan?», fragte Manuela.

Ich erzählte es ihr.

«Das ist nicht so weit, wir fahren sofort hin. Na los!»

Ich lief ins Arbeitszimmer hinüber und zog den Reißverschluss des Geheimfachs unter der Couch auf. Der Laptop war noch da. Ich holte ihn hervor und nahm ihn mit.

Manuela wartete bereits im Wagen, der Motor lief.

«Was willst du damit?», fragte sie, nachdem ich eingestiegen war.

«Mobiles Internet. Und das einzige Gerät, das noch nicht verseucht ist. Hoffe ich wenigstens.»

Vom Bürgersteig aus schauten wir an dem viergeschossigen Gebäude hoch. Jan wohnte in der dritten Etage. Dort waren alle Fenster dunkel.

«Die müssten längst da sein», sagte Manuela und sah sich um.

Sie hatte von unterwegs Kieling informiert, und der hatte einen Streifenwagen zur Unterstützung geschickt. «Wo bleiben die nur?»

«Ich will da jetzt rauf», drängelte ich.

In der letzten halben Stunde hatte ich ständig versucht, Jan telefonisch zu erreichen. Ohne Erfolg. In der Hoffnung, dass er sich auf anderem Wege gemeldet hatte, hatte ich mit dem Laptop meinen E-Mail-Account überprüft. Von Jan war keine Post dabei, aber von Astrid Pfeifenberger, der Lehrerin. Sie hatte anscheinend mehrfach angerufen. Sie schrieb, das Gespräch mit den Schülern habe nicht viel gebracht. Aber es sei ein älteres Foto von Kathi aufgetaucht. Viola hatte es geschossen und im Hintergrund etwas entdeckt, was ihr damals nicht aufgefallen war. Im Kontext der jetzigen Ereignisse erschien es ihr wichtig.

Astrid hatte das Foto als Datei angehängt. Kathi lächelte im Vordergrund, aber ich hatte den Eindruck, dass ihr Lächeln nicht so frei und ungezwungen war wie sonst. Im Hintergrund sah man einen großen schwarzen Wagen, leider nicht sehr deutlich. Da es ein Handyfoto war, war es ohnehin nicht besonders scharf. Ich verstand nicht, wie mir das helfen sollte. Dass Kathi sich von einem dunklen Wagen verfolgt gefühlt hatte, wusste ich bereits. Solange ich das Kennzeichen nicht erkennen konnte – und das konnte ich nicht –, war das Bild wertlos. Im Moment hatte ich andere Sorgen.

«Da!», rief Manuela. «Sie kommen.»

Ein Streifenwagen rollte langsam heran. Wir warteten ab, bis die beiden Beamten ausgestiegen waren. Nach einer kurzen Begrüßung und einer knappen Lagebesprechung gingen die beiden voran. Wir folgten.

In der dritten Etage klingelte ich an Jans Wohnungstür, klopfte gleich darauf und rief: «Jan, ich bin's, mach auf!»

Keine Reaktion.

«Okay, öffnen», befahl Manuela, und wir traten zurück. Der kräftigere der beiden Beamten brauchte nur drei Versuche, dann hatte er mit seiner Schulter die Tür aufgebrochen. Das Krachen hallte durchs Treppenhaus, die ersten Türen gingen auf. Stimmen wurden laut.

«Sie halten die Leute zurück, Sie kommen mit», teilte Manuela die beiden Kollegen ein.

Dann ging sie voran. Der Beamte, der die Tür aufgebrochen hatte, folgte. Ich bildete die Nachhut.

In wenigen Minuten war die kleine Wohnung gesichert. Von Jan fehlte jede Spur.

Das Foto war schlecht beleuchtet und verwischt. Trotzdem konnte man etwas erkennen. Der Typ mit der Kapuze über den Kopf trug die gleiche Maske, die auch auf der Deathbook-Visitenkarte zu sehen war. Trotz oder gerade wegen der schlechten Qualität jagte das Foto Ann-Christin noch nachträglich Angst ein. Der Schock saß doch tiefer, als sie gedacht hatte.

Es war eine instinktive Entscheidung gewesen, ihren Verfolger mit dem Handy zu fotografieren. Leider konnte sie mit dem Foto nicht viel anfangen. Sie konnte morgen der Polizei beweisen, dass sie wirklich angegriffen wurde, aber das war es auch schon. Von dem Gesicht ihres Verfolgers war nichts zu sehen.

Hatte er überhaupt eines? Es wirkte fast so, als sei die Maske sein Gesicht. War er der Tod selbst?

In der Abgeschiedenheit ihres Zimmers kamen ihr eine Menge verrückter Gedanken, aber Ann-Christin glaubte nicht wirklich daran. Dafür war ihr die Gestalt mit dem Kapuzenpullover zu menschlich vorgekommen. Allein wie er sich bewegt hatte. So tapsig wie ein Bär. Und dann die Augen hinter den roten Fäden, die auf dem Foto leider gar nicht zu erkennen waren.

Ann-Christin starrte das verwischte Foto an. Ja, es hatte etwas Dämonisches. Sie war versucht, es von ihrem Handy zu löschen, tat es aber nicht. Die Polizei würde es sicher sehen wollen.

Sie legte das Handy beiseite.

Es war bereits spät, aber an Schlaf war nicht zu denken. Vielleicht sollte sie noch ein wenig Internetrecherche betreiben? Sie hatte bereits vorhin damit begonnen, war aber nicht sonderlich erfolgreich gewesen.

Die Google-Suche nach Anima Moribunda hatte keine brauchbaren Ergebnisse gebracht. Ann-Christin hatte ein paar der angezeigten Links angeklickt. Einer hatte sie auf eine Seite geführt, die Satanophia hieß und sich mit World of Warcraft und Gilden beschäftigte. Das sagte ihr alles nichts, und es hatte auch nichts mit dem zu tun, was sie gerade erlebte.

Wonach sollte sie stattdessen suchen?

Sie starrte die Google-Startseite an.

Der blau umrandete weiße Balken mit dem bunten Google-Schriftzug davor passte nicht zu dem, wonach sie suchte. Er vermittelte eine farbige Fröhlichkeit, suggerierte den leichten Zutritt zu einer Welt voller positiver Überraschungen. Wer würde da nicht gern hinein? Aber Ann-Christin hatte in den letzten Tagen erfahren, dass dieser Eindruck täuschte. Je nachdem, welche Wörter man in den weißen Balken eingab, konnte er auch das Tor zu einer Schattenwelt sein. Der Tod, dass wusste sie nun, trieb sich im World Wide Web herum.

Sie tippte das Wort Tod ein, schickte Google aber noch nicht auf die Suche. Das Stichwort war zu beliebig.

Was also noch? Welche Wörter kamen ihr spontan in den Sinn? Was wusste sie über ihren Verfolger?

Sie hatte die Visitenkarte mit dem QR-Code darauf.

Sie warf einen Blick auf ihr Handy. Es war verführerisch. Ein Griff, ein paar Tasten drücken, und sie würde wissen, was Anima Moribunda von ihr wollte, vielleicht sogar, wer er war. Warum nur war der Widerstand in ihr so mächtig? Was hatte sie schon zu befürchten? Er lauerte ihr ja sowieso auf. Vielleicht würde er sogar damit aufhören, wenn sie den Code scannte?

Die Versuchung war groß. Sie kämpfte dagegen an. Das Google-Suchfeld blinkte, und sie musste daran denken, dass es auch nichts anderes war als eine Maske, hinter der sich sowohl alles Gute wie auch alles Böse dieser Welt verbarg.

Statt den Code zu scannen, gab Ann-Christin vier weitere Wörter in den Suchbalken ein. Nun standen fünf Wörter darin.

Tod. Maske. Visitenkarte. Deathbook. QR-Code.

Jetzt durfte Google suchen.

Und was der Bewahrer allen Wissens fand, versetzte Ann-Christin in Erstaunen.

Zuerst war die Spurensicherung eingetroffen, dann Kieling. Ich hatte mich vorher in Manuelas Wagen zurückgezogen. Ein erneutes Zusammentreffen zwischen ihrem Vorgesetzten und mir hielten wir beide nicht für sinnvoll.

In Jans Wohnung gab es ohnehin nichts für mich zu tun. Es sah nicht so aus, als sei die Wohnung Schauplatz eines Verbrechens geworden, es gab keine Einbruchs- oder Kampfspuren. Noch konnte ich mich der Hoffnung hingeben, dass Jan einfach nur unterwegs war. Aber nein, das war Blödsinn, dann wäre mein Handy nicht aus seiner Wohnung vor mein Haus gelangt. Oder hatte er es vielleicht selbst dorthin gelegt? Wusste er vielleicht doch, wo ich wohnte? Ausgeschlossen war es nicht. Dass ich Jan nicht erreichen konnte, musste auch nichts heißen. Ich kannte ja seine Vorliebe für digitale Auszeiten.

Obwohl ich wusste, dass ihm etwas zugestoßen sein musste, wollte ich unbedingt daran glauben, dass er in diesem Moment in seinem Fitnessclub im Whirlpool lag und es sich gutgehen ließ. Die Hoffnung stirbt bekanntlich zuletzt.

Ich holte meinen Laptop unter dem Sitz hervor und öffnete ihn. Es konnte nicht schaden, die Wartezeit zu nutzen und nach

E-Mails zu schauen. Astrid Pfeifenberger wartete sicher auch auf eine Antwort.

Neue Mails waren nicht eingegangen. Ich schrieb an die Lehrerin, dass alles in Ordnung sei, ich nur zwei Tage nicht zu erreichen gewesen war und mich bei ihr melden würde, sobald ich Neuigkeiten hätte. Ich bedankte mich für das Foto und schrieb, ich würde es an die Polizei weiterleiten.

Danach loggte ich mich in meinen Facebook-Account ein.

Die winzige rote 1 stach mir sofort ins Auge.

Eine Nachricht.

Die Nachricht begann mit den Worten: «Ich habe eine solche Visitenkarte bekommen …»

Sie war vor drei Minuten von einer Ann-Christin K. gesendet worden.

Ich klickte die Nachricht an und las den kompletten Text.

«Ich habe eine solche Visitenkarte bekommen, vor der Sie gewarnt haben. Was soll ich tun?»

Ich war wie elektrisiert. Die Warnung, die ich vorgestern ins Netz hinausgeschickt hatte, war also nicht ungehört verhallt. Mein Herz begann zu rasen. Ich tippte eine Antwort ein.

Andreas Winkelmann **15:53**
Ann-Christin, bist du noch da?

Ann-Christin **15:53**
Ja, bin ich. Sind Sie wirklich der Schriftsteller?

Andreas Winkelmann **15:53**
Ja, der bin ich. Hast du den Code von der Karte gescannt?

Ann-Christin 15:53

Nein, ich wollte es gerade tun, als ich Ihre Warnung gefunden habe.

Andreas Winkelmann 15:54

Auf keinen Fall den Code scannen!! Er ist gefährlich.

Ann-Christin 15:54

Was hat das alles zu bedeuten? Ich habe von Ihrer Nichte gelesen. Hat sie auch eine Karte bekommen? Ist sie deshalb gestorben?

Andreas Winkelmann 15:54

Ob Kathi eine Karte bekommen hat, weiß ich nicht, aber wenn du den Code nicht eingescannt hast, dürfte dir nichts passieren.

Ann-Christin 15:54

Aber ich wurde vorhin auf dem Nachhauseweg angegriffen. Der Typ trug die Maske von der Karte, und er hat mich gefilmt. Ich habe große Angst.

Andreas Winkelmann 15:54

Bist du jetzt in Sicherheit?

Ann-Christin 15:55

Ich bin zu Hause. Aber er weiß, wo ich wohne, er war schon an meiner Haustür.

Andreas Winkelmann 15:55

Ist jemand bei dir?

Ann-Christin 15:56

Nein, ich bin allein. Was soll ich tun? Können Sie mir helfen?

Andreas Winkelmann 15:56

Kannst du mir deine Handynummer geben?

Ann-Christin 15:56

Ich weiß nicht …

Andreas Winkelmann 15:56

Ann-Christin, ich kann dir helfen, ich bin gerade bei der Polizei. Aber du musst mir vertrauen. Pass auf, hier ist meine Nummer, ruf mich bitte sofort an. Machst du das?

Darauf bekam ich zunächst keine Antwort.

Ich zitterte vor Anspannung und konnte kaum fassen, was da gerade geschah. Meine Warnung hatte tatsächlich etwas gebracht! Vielleicht hatten wir mit dieser Ann-Christin endlich eine Zeugin. Sie war angegriffen worden, sicher konnte sie den Täter beschreiben.

Ich zog mein Handy aus der Jackentasche. Wie gut, dass Manuela es mir nicht abgenommen hatte. Es enthielt zwar mit Sicherheit eine Spionagesoftware, aber das spielte jetzt auch keine Rolle mehr. Wenn der Täter ohnehin wusste, wo dieses Mädchen zu finden war, konnte ich auch mit ihr telefonieren.

«Ruf an … ruf an … komm schon», sagte ich leise vor mich hin und behielt Facebook im Auge. Dort tat sich nichts. Sie zögerte. Hatte ich sie verschreckt? Schon schwebten meine Finger über der Tastatur, aber bevor ich zum Tippen kam, klingelte mein Handy.

«Ann-Christin, bist du das?»

«Ja, ich bin es … ich habe wirklich große Angst … bitte, können Sie mir helfen?»

«Wo wohnst du?»

«In Rotenfelden.»

«Das kenne ich nicht. Gibt es eine bekannte Stadt in der Nähe?»

«Ja, Osnabrück.»

«Pass auf, Ann-Christin, ich bin gerade mit einer Polizeibeamtin unterwegs, die in diesem Fall ermittelt. Wenn wir sofort losfahren, sind wir in einer Stunde bei dir. Wir müssen mit dir sprechen. Aber noch wichtiger ist es, dass du so lange in deinem Haus bleibst. Geh nicht hinaus. Wir werden versuchen, dir eine Polizeistreife zu schicken. Wäre das in Ordnung für dich?»

«Ja, ich denke schon.»

«Okay, dann machen wir es so. Sagst du mir bitte deine genaue Adresse?»

«Tulpenweg 7.»

«Danke. Ich lege jetzt auf, rufe dich aber in ein paar Minuten wieder an. Geh bitte nicht vom Telefon weg, ja?»

«Mach ich nicht.»

Ann-Christin starrte ihr Handy an, als hätte sie nie zuvor eines gesehen.

Unvermittelt sprang sie von der Couch auf, lief die Treppe ins Obergeschoss hinauf und in ihr Zimmer. Über die gesamte rechte Wand erstreckte sich ein Bücherregal. Es war zum Bersten gefüllt. Ann-Christin las alles, was sie in die Finger bekam, besonders gern aber Thriller und Krimis. Ungefähr die Hälfte ihres Bestandes stammte aus den beiden Genres.

Sie wusste, sie hatte schon etwas von diesem Andreas Winkelmann gelesen. Deshalb war sie ja so erstaunt gewesen, als sie durch ihre Google-Suche auf die Warnung des Schriftstellers aufmerksam geworden und schließlich auf seiner Facebook-Seite gelandet war.

Da!

«Blinder Instinkt». Ein Taschenbuch. Daran konnte sie sich erinnern. Sie hatte mit den kleinen blinden Mädchen mitgefiebert. Ein perverser Mann hatte sie entführt und sie durch die Hölle geschickt. Ann-Christin wusste noch, dass sie sich gefragt hatte, wie man auf so eine Geschichte kam. Ob jemand, der so etwas schrieb, nicht krank sein müsse. Und jetzt hatte sie mit diesem Mann telefoniert. Sie hatte ihm ihre Adresse genannt, und er hatte versprochen herzukommen. Zum Glück mit einer Polizistin. Hoffentlich stimmte das. Ann-Christin war sich nicht sicher, ob sie Andreas Winkelmann hereinlassen würde, sollte er allein vor ihrer Tür stehen.

Ihr Handy klingelte. Das war er wieder.

«Alles in Ordnung bei dir?», fragte er. Er klang nett und wirklich besorgt.

«Ja, alles in Ordnung.»

«Wir fahren jetzt los. Neben mir sitzt die Polizistin Manuela Sperling, sie möchte dich kurz sprechen.»

«Okay.»

«Hi, Ann-Christin, hier ist Manuela. Wir beeilen uns, aber bitte, verlass nicht das Haus. Die örtlichen Kollegen sind informiert, ein Streifenwagen müsste bald bei dir eintreffen. Du kannst die Kollegen hereinlassen, oder sie warten draußen, ganz wie du möchtest. Aber sie werden klingeln und sich davon überzeugen, dass es dir gutgeht. Ist das in Ordnung für dich?»

«Ja, okay, ich warte hier. Vielen Dank.»

«Andreas wird dich in regelmäßigen Abständen immer wieder anrufen. Nur zur Sicherheit.»

«Okay.»

Damit war das Gespräch beendet.

Ann-Christin ließ sich auf ihr Bett sinken. Von einer Sekunde auf die andere fühlte sie sich vollkommen kraftlos. Hilfe war unterwegs, sie musste das hier nicht allein durchstehen. Vor Erleichterung begann sie zu zittern. Endlich schien dieser Albtraum ein Ende zu nehmen.

Sie blätterte ein paar Minuten durch das Buch. Las ein paar Stellen nach und kam wieder zu der Überzeugung, dass kein normaler Mensch sich so eine Geschichte ausdenken konnte. Schließlich schlug sie das Buch zu, streifte den Bademantel ab, zog sich Jeans und Shirt an und nahm das Buch hinunter ins Wohnzimmer.

Auf dem Tisch stand ihr Laptop. Daneben lag die Visitenkarte. Ihr Handy hielt sie in der Hand.

Sollte sie?

In Kürze würde die Polizei eintreffen, ihr konnte also nichts passieren. Und wenn die Polizistin erst hier war, würde sie sicher keine Chance mehr dazu bekommen.

Der Zeitpunkt war ideal, daher siegte die Neugierde. Ann-Christin setzte sich auf die Couch, nahm die Karte und hielt sie vors Handy. Im letzten Moment zögerte sie. Nein, das ging nicht. Der Akku war fast leer. Was, wenn es gleich klingelte? Die Polizistin hatte angekündigt, dass der Schriftsteller sich in regelmäßigen Abständen melden würde.

Ann-Christin dachte einen Moment nach. Ihr fiel ein, dass es auf dem Laptop ebenfalls ein Scanprogramm gab. Sie öffnete es und wurde aufgefordert, die Kamera auf den Code zu richten. Ohne noch einmal zu zögern, hielt sie die Rückseite der Visitenkarte vor die Linse im Deckel des Laptops. Als das Programm den QR-Code erkannte, begann es automatisch zu scannen. Ein dünner roter Faden fuhr langsam von unten nach oben und dann wieder zurück über den Code.

Gespannt wartete Ann-Christin darauf, was nun passieren würde. Anima Moribunda hatte ihr eine andere Sichtweise auf den Tod versprochen, und bei all der Angst, die sie vor ihm hatte, war sie doch begierig, zu erfahren, was er damit meinte.

Manuela raste durch die Nacht. Sie hatte sich von einem Kollegen eines dieser Blaulichter geborgt, die man aufs Wagendach stellen konnte. Das Licht spiegelte sich in der Motorhaube. Ich empfand es als störend, es machte mich nervös. Andererseits konnte wohl niemand in dieser Situation ruhig bleiben. Auch Manuela war angespannt. Ich erkannte es daran, wie fest sie das Lenkrad umklammerte. Ihre Fingerknöchel traten weiß hervor, auch sie reflektierten das zuckende, blaue Licht.

Kieling hatte die Erlaubnis erteilt, dass ich mitfahren durfte. Vielleicht hatte er erkannt, dass ich mich von ihm nicht hätte aufhalten lassen. Manuela hatte wie ein Wasserfall auf den sichtlich überforderten Hauptkommissar eingeredet. Er hatte kaum Luft holen, geschweige denn zu Wort kommen können. Ich wusste ja, wie redegewandt und schlagfertig Manuela war. Sie hatte mir mal erzählt, dass das ihre einzige Waffe gegen ihre drei Brüder gewesen war. In Jans Wohnung hatte sie mich aber doch überrascht. Wenn sie etwas wirklich wollte, konnte es ihr wohl niemand abschlagen. Und sie hatte mich dabeihaben wollen.

Gut so, denn ich hätte mich nicht noch einmal ins Abseits drängen lassen. Dieses Mädchen, Ann-Christin, erwartete meine Hilfe. Ich hatte bei Kathi versagt, hier würde mir das nicht passieren.

«Das war eine ziemlich gute Idee, diese Warnung im Internet», sagte Manuela. «Darauf hätten wir selbst kommen müssen.»

«Jemand wie Kieling wohl kaum, der hält das Web doch bestimmt für Teufelszeug», erwiderte ich.

«Kann man ihm kaum verdenken, wenn man diesen Fall betrachtet.»

«Jedes Programm, jedes soziale Netzwerk ist immer nur so gut oder so schlecht wie die Menschen, die dahinterstehen. Das gilt ebenso für Waffen, politische Einstellungen oder Gesetze. Wenn wir durch meine Warnung dieses Mädchen und vielleicht noch andere retten können, dann ist das Internet nützlich, richtig gut sogar.»

«Auch wieder wahr.»

«Der Deathbook-Killer tut nichts anderes, als sich die Infrastruktur des Word Wide Web und der sozialen Netzwerke zunutze zu machen.»

«Ich verstehe nur nicht, warum er, wenn er so netzaffin ist, den altmodischen Weg geht und die Visitenkarten verteilt. Die könnte er doch ebenso gut digital verschicken. Stattdessen hat er sie bei dir vor die Tür gelegt. Bei Thomas Resing wird es ähnlich gewesen sein, wir haben ja die Karte in seinem Zimmer gefunden. Seine Mutter vermutet, er könnte sie mit der Post bekommen haben. Und bei Ann-Christin war es wahrscheinlich ebenso. Warum tut er das?»

«Vielleicht will er damit seine Macht demonstrieren: Seht her, im Netz bin ich allgegenwärtig, aber auch in der realen Welt entkommt ihr mir nicht.»

An dieser Stelle fiel mir etwas ein, was Jan gesagt hatte.

«Diese QR-Codes kann man als Absprungstelle von der Print- in die digitale Welt betrachten. Möglicherweise will er diesen Charakter beibehalten. Er scheint die Codes zu mögen. Ist dir aufgefallen, wie inflationär diese Dinger heutzutage benutzt werden? Die Innenstädte sind voll davon, es ist wie eine Plage. Ich habe gelesen, sie werden vor allem von jungen, technikbegeisterten Menschen genutzt. Die laufen mit ihren Smartphones herum und scannen die Codes, um sich schnell Informationen zu beschaffen. Die Werbung hat das natürlich längst verstanden. Es gibt Modelle, bei denen man direkt über den Code online einkaufen kann. Und die Generation Facebook macht sich kaum Gedanken darüber, dass sie über die Codes manipuliert werden könnte.»

Der QR-Code. Das Wort löste etwas in mir aus. Ich konnte geradezu spüren, wie sich in meinem Hirn eine Synapse bilden wollte. Wäre ich allein gewesen, wäre es sicher dazu gekommen, aber Manuela zerstörte diesen magischen Moment.

«Ich möchte zu gern wissen, was sich hinter diesem Deathbook verbirgt. Ich meine, die Startseite mit der Maske kann doch nicht alles sein. Irgendwie muss man da doch reinkommen. Es ärgert mich, dass unsere Profis nicht weiterkommen. Kann es denn wirklich sein, dass irgend so ein Hacker schlauer ist, als die Polizei erlaubt?»

Der Gedanke war mir entglitten. Beinahe hätte ich laut geflucht. Da lag etwas direkt vor meiner Nase, vielleicht eine wichtige Spur, aber ich konnte es nicht deutlich genug erkennen. Und dann war es wieder weg.

«Ruf doch noch mal bei Ann-Christin an», sagte Manuela. «Ist schon eine Viertelstunde her.»

«Ja, okay.» Ich fühlte mich wie benebelt.

Manuela warf mir einen schnellen Blick zu. «Alles in Ordnung?»

«Ja, es ist nur … ich weiß auch nicht … gerade hatte ich das Gefühl zu wissen, wo sich der Täter versteckt, aber jetzt ist es wieder weg.»

«Shit», sagte Manuela, «das kenne ich nur zu gut. Habe ich dich mit meinem Gequatsche gestört?»

«Ehrlich gesagt, ja.»

«Sorry, war nicht meine Absicht. Hat es irgendwas mit den QR-Codes zu tun?»

«Bestimmt.»

«Das kommt wieder, du darfst nur nicht so verbissen daran denken. Ruf doch das Mädchen noch mal an, ich will hören, ob alles in Ordnung ist. Ich frage mal bei den Kollegen nach, wie weit die sind.»

Wir wählten gleichzeitig. Ich rief Ann-Christin an, Manuela die Einsatzzentrale vor Ort, die den Streifenwagen losgeschickt hatte.

«Hey, Ann-Christin, hier ist Andreas. Alles in Ordnung bei dir?»

«… das ist so furchtbar …»

Sie klang verstört und den Tränen nahe. Ich war sofort alarmiert.

«Was ist passiert?»

«Die Deathbook-Seite … ich hab reingeschaut …»

Das durfte doch nicht wahr sein! Ich hatte ihr doch gesagt, sie solle den Code nicht scannen!

«Du hast den Code gescannt?»

«Es tut mir leid … wirklich … ich wollte doch nur … ich konnte doch nicht wissen, was er damit gemeint hat …»

Jetzt weinte sie. Was immer sie auf der Seite gesehen hatte, es hatte sie zutiefst verstört.

«Bleib ganz ruhig, Ann-Christin, hörst du. Niemand wird dir etwas tun, ich verspreche es. Es dauert nicht mehr lange, wir sind bald bei dir.»

«Bitte, beeilen Sie sich, der Akku ist auch gleich leer … ich muss … Moment, es hat geklingelt. Ist das die Polizeistreife?»

«Warte kurz …»

Ich nahm das Handy vom Ohr und wandte mich Manuela zu.

«Klingeln die Jungs gerade bei Ann-Christin?»

Manuela gab mir ein Zeichen, still zu sein. Ich wartete. Eine Sekunde, zwei, drei … ich nahm das Handy wieder ans Ohr: «Ann-Christin, bist du noch da?»

Keine Antwort, aber die Verbindung stand noch.

Manuela tippte mich an. Sie schüttelte den Kopf. «Die Streife braucht noch zehn Minuten. Sie wurden durch einen Unfall aufgehalten.»

«Scheiße … Ann-Christin, geh nicht an die Tür!», brüllte ich ins Handy.

Keine Antwort.

«Ann-Christin, bist du noch da? Wenn du mich hörst, geh nicht an die Tür, mach nicht auf. Das ist nicht die Polizei. Bitte … hörst du mich?»

Die Verbindung war unterbrochen.

Die Schlinge, die sich in dem Video um den Hals des Mädchens zugezogen hatte, hatte sich gleichsam auch um Ann-Christins Hals gelegt. Sie bekam nur noch schwer Luft und fühlte sich wie betäubt. Als sie aufstand, um zur Tür zu gehen, wurde ihr schwindelig.

Jetzt wusste sie, was Anima Moribunda mit «einer anderen Sichtweise auf den Tod» gemeint hatte. Und jetzt wünschte sie sich, sie hätte diese Sichtweise niemals kennengelernt. Sie war nur froh, dass sie in dieser Nacht nicht mehr allein bleiben musste, denn das hätte sie nicht ausgehalten. Sie hatte längst nicht alle Bilder und Filme auf der Deathbook-Seite angeschaut, dafür waren es zu viele. Die, die sie gesehen hatte, reichten aus. Ann-Christin wusste, dass sie sie bis in ihre Träume verfolgen würden, dass sie sie womöglich nie wieder vergessen würde.

Wie konnte ein Mensch so grausam sein?

Was dachte er sich dabei? Auch der verwirrteste Geist und die schwärzeste Seele mussten doch einen Grund haben für ihr Tun.

Eines war Ann-Christin beim Betrachten der Seite klargeworden: Es ging diesem Menschen offenbar darum, den intimsten Moment im Leben eines Menschen mit der Kamera festzuhalten. Das Sterben. Den Übergang vom Leben in den Tod. Aber warum? Was hatte er davon?

Mit dem eingeschalteten Smartphone in der Hand ging Ann-Christin zur Haustür. Hinter ihren Schläfen pochte der Kopfschmerz, und sie spürte Übelkeit aufsteigen. Auf dem Flur musste sie sich mit einer Hand an der Wand abstützen, um nicht zu stürzen.

Durch die Milchglasscheibe der Haustür sah sie einen großen Schatten.

Die Polizei. Gott sei Dank!

Sie wollte keine Minute länger allein bleiben.

Sie presste ihr Handy ans Ohr, um dem Schriftsteller zu sagen, dass sie in Sicherheit sei, doch das Gespräch war weg. Der Akku des Telefons war leer. Ann-Christin öffnete die Tür. Ein feuchter Sprühnebel legte sich über ihr Gesicht. Ihr wurde schwarz vor Augen. Sie konnte sich nicht mehr auf den Beinen halten.

Und sie fiel.

EPISODE 9

TAG 18

Der Streifenwagen der lokalen Polizei war schon vor Ort, als wir endlich eintrafen. Die beiden Beamten erwarteten uns vor dem Haus.

«Die Haustür stand offen», sagte der jüngere der beiden Männer. Er hatte flachsblondes Haar und blaue Augen. «Wir haben das Haus abgesucht, es ist niemand da.»

Manuela hatte während der restlichen Fahrt telefonisch mit der Einsatzzentrale Kontakt gehalten. Über die Freisprechanlage in ihrem Wagen hatten wir alles mitbekommen. Zehn Minuten nachdem ich Ann-Christin am Telefon verloren hatte, waren die Beamten am Haus angekommen. Es waren die längsten zehn Minuten meines Lebens gewesen. Immer wieder hatte ich verzweifelt versucht, das Mädchen zu erreichen. Vergeblich. Ich hatte es auch über Facebook versucht. Nichts. Manuela und ich hatten nicht darüber sprechen müssen, es war uns beiden klar gewesen, wer an Ann-Christins Haustür geklingelt hatte. Es kam nur eine Person in Frage.

Zehn Minuten. Verfluchte zehn Minuten zu spät.

«Sind Ihre Kollegen in der Gegend unterwegs?», fragte Manuela die Beamten.

«Alle verfügbaren Streifen sind unterwegs. Wir suchen nach Ann-Christin Kaiser, aber wir brauchen unbedingt ein Foto», antwortete der Blonde.

Als wir von Jans Wohnung aufgebrochen waren, war ich noch enthusiastisch gewesen. Ich hatte geglaubt, wir könnten den Täter noch in dieser Nacht finden. Mit dem Mädchen als Zeugin erschien das nicht unwahrscheinlich. Bei Manuela und mir war so etwas wie ein Jagdtrieb erwacht. Davon war jetzt keine Spur mehr, zumindest nicht bei mir. Ich war zutiefst niedergeschlagen.

Der Deathbook-Killer war uns zuvorgekommen und hatte sich

das Mädchen geholt. Nur noch lächerliche zehn Minuten, und sie wäre in Sicherheit gewesen. Warum war das Glück auf der Seite dieses Irren? Das war doch nicht fair. Ich hätte vor Wut schreien können, gleichzeitig machte ich mir schwere Vorwürfe. Dass Ann-Christin die Tür geöffnet hatte, war nicht meine Schuld – wie hätte ich sie ohne Handyverbindung davon abhalten sollen. Aber ich fragte mich, ob der Täter unser Gespräch mitgehört hatte. Hatte Jan es geschafft, die Schadsoftware von meinem Handy zu entfernen? Vielleicht hatte der Täter schon das Chat-Gespräch zwischen Ann-Christin und mir bei Facebook mitgelesen? Ich konnte gar nichts mehr ausschließen.

Langsam bekam ich einen Eindruck davon, wie der Blogger sich fühlen musste. Wir hatten uns von moderner Kommunikationstechnik abhängig gemacht und nicht bedacht, wie schnell sie gegen uns eingesetzt werden konnte – wirkungsvoller als ein Messer oder eine Schusswaffe. Man brauchte keine ultramodernen Kampfroboter wie in den Terminator-Filmen, um die Menschheit zu bedrohen. In einer vernetzten Welt reichte dafür schon ein motivierter und virtuoser Hacker.

Das Gespräch, das Manuela mit den uniformierten Kollegen führte, kam mir plötzlich so sinnlos vor. Ich wandte mich ab und ging auf die offenstehende Haustür zu. Da lag ein Handy auf dem Boden, wahrscheinlich gehörte es Ann-Christin. Die Polizisten hatten es nicht berührt, und ich würde es auch nicht tun. Ich stieg darüber hinweg und betrat das Haus.

Überall brannte Licht.

In der Tür zum Wohnzimmer blieb ich stehen. Auf dem niedrigen Couchtisch stand ein aufgeklappter Laptop. Daneben lag ein Taschenbuch, das ich nur allzu gut kannte: «Blinder Instinkt». Ann-Christin musste es hervorgeholt haben, nachdem wie miteinander gesprochen hatten. Wahrscheinlich wollte sie sich ein Bild von mir machen. Verständlich.

Ich erinnerte mich daran, wie viel Spaß ich damals beim

Schreiben der Geschichte gehabt hatte. Sie hatte mich fasziniert, obwohl sie von einem furchtbaren Psychopathen handelte, der kleine Mädchen quälte. Was, wenn Ann-Christin gerade ebenfalls gequält wurde? Das wäre alles andere als ein Spaß! Hier vermischten sich Realität und Fiktion immer mehr miteinander. Unvorstellbare Gräueltaten, deren Darstellung jeder Verlagslektor noch vor wenigen Jahren abgelehnt hätte, wurden längst in den Kellern, Häusern, Hallen und Hinterhöfen unserer Städte begangen.

Noch etwas lag auf dem Tisch: die Visitenkarte. Diese verfluchte Karte mit dem QR-Code auf der Rückseite.

Ich erinnerte mich nur zu gut an das, was Ann-Christin am Telefon zuletzt gesagt hatte. Sie hatte den Code eingescannt, und was sie zu sehen bekommen hatte, war furchtbar gewesen. Ich hatte deutlich hören können, wie verstört sie gewesen war.

Mit einem Blick auf den Laptop, dessen Bildschirm jetzt schwarz war, versuchte ich mir ein Bild von den Geschehnissen zu machen: Ann-Christin scannt den Code, erhält Zutritt zum Deathbook, sieht es sich ein paar Minuten an – sicher nicht länger als fünf Minuten –, dann klingelt es an der Haustür. Sie öffnet in der Annahme, es handele sich um die Polizisten, und läuft dem Killer in die Arme.

Wie hatte er es nur geschafft, so schnell hier zu sein, nachdem sie den Code gescannt hatte?

Er musste bereits vor Ort gewesen sein. Am Telefon hatte sie mir erzählt, sie sei angegriffen worden. Irgendwie hatte sie entkommen können, aber der Deathbook-Killer ließ sich nicht einfach so abschütteln. Auch ohne unseren Kontakt hätte der Täter sie in dieser Nacht aufgesucht. Die zeitliche Übereinstimmung war reiner Zufall.

Manuela trat zu mir. Ich erschrak, denn ich hatte sie nicht kommen hören.

«Es kommt jetzt auf jede Minute an. Wir brauchen dringend ein Foto von dem Mädchen. Die Kollegen hören sich bereits in der Nachbarschaft um. Vielleicht hat jemand einen verdächtigen Wagen gesehen.»

Ich nickte nur. Ich war immer noch viel zu tief in meine eigenen Gedanken verstrickt, um Manuela wirklich folgen zu können.

«Entweder der Täter hat einfach nur Glück», sagte ich, «oder der Blogger hat doch recht.»

«Womit?»

«Dass der Deathbook-Killer der Tod selbst ist.»

Manuela schnaubte verächtlich. «Schwachsinn», sagte sie und drängte sich an mir vorbei ins Wohnzimmer. «Du schreibst zu viel von diesem düsteren Zeug, das tut dir nicht gut. Er hat einfach nur Glück gehabt. Aber das wird nicht immer so weitergehen. Das nächste Mal sind wir am Zug.»

Das nächste Mal.

Unwillkürlich fragte ich mich, wie das nächste Mal aussehen würde. Wenn wir es nicht schafften, Jan und Ann-Christin zu retten, würde ich selbst dann das nächste Opfer sein?

Manuela setzte sich auf die vordere Kante der Couch. Erst jetzt sah ich, dass sie das Handy mitgebracht hatte. Sie legte es auf dem Tisch ab.

«Kannst du mal nach einem Ladekabel schauen?», bat sie mich. «Wahrscheinlich oben, im Zimmer des Mädchens. Vielleicht findest du dort auch ein Foto von ihr. Ansonsten durchsuchen wir ihr Handy und den Rechner, da wird bestimmt eins drauf sein. Das hat erst einmal Vorrang, die Kollegen brauchen ein Gesicht.»

«Okay.» Ich eilte die Treppe hinauf, fand das Zimmer und das Ladekabel. Es lag auf dem Nachtschrank neben dem Bett. Dort stand auch ein schwarz gerahmtes Foto: die Porträtaufnahme einer Frau Mitte bis Ende vierzig. Sie hatte dunkles Haar und dunkle Augen, die traurig dreinblickten. Ich sah mich nach weiteren Fotos um, fand aber keine. Bevor ich mir die Zeit nahm und das übervolle Regal nach Ordnern durchsuchte, lief ich wieder hinunter und übergab das Ladekabel an Manuela.

«Da oben ein Foto zu finden, könnte dauern», sagte ich.

«Dafür haben wir keine Zeit.»

Sie suchte eine Steckdose, fand sie neben dem Fernseher und stöpselte das Handy ein. Dann kehrte sie zur Couch zurück, setzte sich und startete den Laptop.

«Hoffentlich hat sie kein Passwort angelegt.»

Ich stellte mich so hinter die Couch, dass ich über Manuelas Schulter hinweg den Bildschirm sehen konnte.

Aus dem Stand-by sprang der Rechner sofort ins Windows-Menü, eine Passworteingabe war nicht nötig.

«Glück gehabt», sagte Manuela.

Der Computer war online und zeigte die Seite, die Ann-Christin sich zuletzt angesehen hatte.

Der Hintergrund der Website war schwarz. Am oberen Rand der Seite stand in blutroten Lettern nur ein Wort.

Deathbook.

Unter dem Schriftzug sah man die Maske mit den roten Fäden vor den Augen, darunter den Satz: Willkommen im Netzwerk der Toten.

In der Mitte der Seite war ein Foto zu sehen. Darüber stand:

Neuester Anwärter auf Mitgliedschaft.

Es handelte sich um die Porträtaufnahme eines Mannes mit hoher Stirn, dunkelblondem lichtem Haar und einem gepflegten, aber nicht sehr dichten Vollbart. Er trug eine Brille, lächelte und wirkte äußerst sympathisch. Unter dem Foto stand ein Name: Jan Krutisch. Dazu der Satz: «Wir sind gespannt, ob er unser Netzwerk bereichern wird. Lasst ihn uns willkommen heißen».

Das Foto des freundlichen jungen Mannes passte überhaupt nicht in den düsteren Rahmen der Seite. Und es war genau dieser Kontrast, der den Betrachter erschaudern ließ.

Auf dem schiefergrauen Untergrund der Seitenleiste waren die Reiter des Menüs untergebracht.

«Startseite / Tod 3.0 / Mitglieder / Videos / Fotos / Observierung / Feinde» stand da.

Hinter dem Reiter «Tod 3.0» verbarg sich der Text, den mir Kathis Lehrer, Herr Altmaier gegeben hatte.

Klickte der Betrachter den Menüpunkt «Mitglieder» an, gelangte er auf eine Seite, auf der zwanzig Miniaturfotos abgebildet waren, zwei vertikale Reihen zu je zehn Fotos, Porträtaufnahmen. Die Menschen in der rechten Reihe wurden von unten nach oben immer jünger. Die unteren sechs Fotos zeigten hochbetagte Senioren. Alle anderen Fotos stammten von jungen Menschen – bis auf einen Mann, Mario Böhm, der mittleren Alters war.

Die linke Reihe zeigte dieselben Menschen – tot. Es waren grauenvolle Fotos von leblosen, bleichen Gesichtern. Nur eines fiel aus der Reihe: Es zeigte kein Gesicht, sondern eine abgetrennte, mit Blut verschmierte Hand.

Zwischen den beiden Fotoreihen standen Namen. Sie verbanden die vitalen, fröhlichen Fotos der Lebenden mit den grässlichen der Toten.

Die Namen konnte man anklicken.

Texte erschienen: Geburts- und Todesdaten, Lebensläufe, Familienstände, einfach alles, was man über die jeweilige Person wissen musste.

Unter dem Reiter «Videos» öffnete sich ein weiteres Fenster.

In zwei parallelen Reihen waren dort Standbilder von Videoaufnahmen angeordnet. Mitten in den Bildern prangte der Start-Pfeil, mit dem der Betrachter die Videos starten konnte. Eine Videothek des Schreckens.

Ich hatte mich inzwischen neben Manuela auf die Couch gesetzt. Atemlos hatten wir Teile des Deathbook angeschaut. Nur oberflächlich, aber das reichte schon.

Es waren alle da: Kathi, Thomas Resing, Mario Böhm, Julia Neige, aber auch andere Gesichter, die wir noch nicht kannten. Peter Thaumann vermisste ich, aber wahrscheinlich hatte der Täter ihn nicht gefilmt. Thaumann war getötet worden, weil er zu viel wusste.

Und Jan war auch da, gleich auf der Startseite.

«Er hat ihn also doch», sagte ich leise.

«Was für ein Irrer steckt nur dahinter? Das ist so was von krank!»

Manuelas Stimme klang belegt. Ihre Finger schwebten zitternd über dem Touchpad. Sie war noch nicht lange dabei, aber ich konnte mir vorstellen, dass auch altgediente Kollegen so etwas noch nicht gesehen hatten.

«Wir müssen ihn finden, so schnell wie möglich. In dieser kurzen Zeit kann er Jan und Ann-Christin nicht getötet haben. Wir haben eine realistische Chance, sie zu retten», sagte ich.

«Und du weißt auch, wo wir suchen sollen?»

«Verflucht noch mal, nein. Aber er muss doch Spuren hinterlassen haben! Niemand begeht so viele Straftaten, ohne Spuren zu hinterlassen. Das gibt's doch gar nicht!»

Ich sprang von der Couch und lief im Wohnzimmer auf und ab, mein Blut kochte. Manuela hatte es vermieden, das Video zu Kathis Tod zu starten, aber das war auch nicht nötig gewesen. Statt ihres toten Gesichts war in der rechten Spalte eine abgetrennte Hand abgebildet – es war nicht genug von ihr übrig geblieben für ein Porträtfoto.

In diesen Minuten wuchs mein Hass ins Unermessliche, und ich spürte, sollte ich jemals dem Deathbook-Killer gegenüberstehen, ich wäre in der Lage zu töten.

«Entschuldigen Sie», kam es von der Tür her. Es war einer der beiden Polizeibeamten, die uns vor dem Haus erwartet hatten. «Wir haben hier einen Nachbarn, mit dem Sie eventuell sprechen sollten.»

Wir standen auf und folgten ihm. Vor der Haustür wartete ein Mann in blauem Jogginganzug. Seine Haare standen zu Berge, vermutlich hatte er schon geschlafen. Er stellte sich als Jürgen Böse vor, der Nachbar von schräg gegenüber.

«Ann-Christin hat am späten Abend bei mir geklingelt, da kam sie gerade von der Spätschicht im Supermarkt», sagte er. «Sie hatte Angst, allein ins Haus zu gehen, da hab ich sie begleitet und mich umgesehen. Aber hier war alles in Ordnung.»

«Wovor hatte sie Angst? Hat sie Ihnen das verraten, Herr Böse?», fragte Manuela.

«Sie hat gesagt, wegen der vielen Einbrüche in der Gegend, aber das stimmte nicht, das wusste ich sofort. Ihre Mutter ist vor vierzehn Tagen verstorben, ganz komische Geschichte, ist die Kellertreppe runtergefallen. Vielleicht ein Unfall, aber die Leute reden. Es könnte auch wer anders gewesen sein, sagen sie.»

«Und wer?»

«Der Vater. Die sind seit langem geschieden, aber das ist ein trunksüchtiger Raufbold, der hat den beiden immer wieder nachgestellt. Die Leute sagen, er hätte die Mutter die Treppe hinuntergestoßen.»

Manuela warf mir einen vielsagenden Blick zu. «Wissen Sie, wie der Mann heißt?»

«Lutz Kaiser. Er wohnt hier in der Stadt. Salzstraße, glaube ich.»

«Okay, wir prüfen das. Sagen Sie, im Haus ist Ihnen nichts aufgefallen? Oder auf der Straße, ein fremder Wagen vielleicht?»

Er schürzte die Lippen und schüttelte den Kopf. «Nein, hier war alles wie immer. Im Haus war alles in Ordnung, auf der Straße hab ich nicht so genau hingeschaut.»

«Vielen Dank, Herr Böse, Sie haben uns sehr geholfen. Falls wir noch Fragen haben, melden wir uns bei Ihnen.»

Manuela verabschiedete sich von dem Mann und wollte ins Haus zurückkehren, drehte sich aber noch einmal um.

«Herr Böse, wissen Sie, ob es noch weitere Angehörige gibt? Jemanden, den wir informieren können?»

«Ann-Christin und ihre Mutter waren allein, ich wüsste nicht … ach doch, ja, sie hat eine Tante. Hier in der Stadt.»

«Können Sie uns den Namen und eine Telefonnummer nennen?»

«Ich nicht, aber meine Frau ganz sicher. Ich laufe eben rüber und frag sie.»

«Mein Kollege begleitet Sie», rief Manuela ihm hinterher und bat den Polizisten mitzugehen.

Den zweiten beauftragte sie damit, sofort einen Streifenwagen zu Lutz Kaiser zu schicken.

«Die Kollegen sollen sehr vorsichtig sein», warnte sie ihn.

«Hältst du den Exmann für verdächtig?», fragte ich sie, als wir wieder allein waren.

Manuela zuckte mit den Schultern. «Ein trunksüchtiger Raufbold, das passt eigentlich nicht. Unser Täter ist zielorientiert und kontrolliert. So jemand trinkt nicht. Aber wir müssen es zumindest überprüfen. Alles andere wäre fahrlässig.»

Sie schüttelte den Kopf und seufzte. «Das arme Mädchen. Stell dir das nur mal vor, da stirbt die Mutter, und sie wird von so einem Irren verfolgt.»

Ich sah Manuela verblüfft an. «Der Tod», sagte ich. «Er verbindet Ann-Christin und Kathi.»

«Was?»

«Kathi hat für das Schulprojekt über den Tod recherchiert. Hauptsächlich wohl online. Dabei muss sie auf den Täter getroffen sein. Ann-Christins Mutter ist erst kürzlich verstorben. Vielleicht hat sie sich online mit jemandem darüber ausgetauscht, so kommunizieren die jungen Leute heute miteinander. Es wäre also nicht ungewöhnlich.»

«Schon möglich, aber wie hilft uns das weiter?»

«Gar nicht, fürchte ich.»

Der Polizist kam über die Straße gelaufen. Er reichte Manuela einen handgeschriebenen Zettel mit einem Namen und einer Telefonnummer darauf.

Manuela wandte sich ab und rief sofort bei Ann-Christins Tante an. Sie hieß Verena Thiel.

Derweil musterte mich der Polizist kritisch.

«Sie sind nicht bei der Polizei, oder?», fragte er.

Ich schüttelte den Kopf. «Nein, ich bin Schriftsteller. Derselbe Täter, der hier zugeschlagen hat, hat meine Nichte getötet und ist auch hinter mit her.»

«Ich weiß ja leider so gut wie gar nichts darüber», beklagte sich der Polizist. «Es ist immer wieder dasselbe. Wir sollen uns umhören, wissen aber nicht, auf was wir achten sollen.»

Ich verstand, worauf der Mann hinauswollte. Manuela hatte die beiden nicht aufgeklärt. Wahrscheinlich kamen sie sich vor wie Handlanger. Noch dazu wilderte Manuela hier in einem fremden Zuständigkeitsbereich. Wenn die beiden wüssten, dass sie Anfängerin war und diese Ermittlung nicht einmal leitete, würden sie sich wahrscheinlich in ihren Streifenwagen setzen und wegfahren.

«Kann ich verstehen», sagte ich. «Leider wissen wir auch nicht sehr viel. Nur eins steht fest: Der Täter hat sich ein Mädchen geschnappt, das hier lebt, und wenn wir ihn nicht finden, wird er sie töten. So wie es aussieht, hat er bereits zehn Menschen auf dem Gewissen.»

«Was?» Der Beamte war sichtlich überrascht. «Wir haben es also mit einem Serienkiller zu tun?»

Das hatte ich mir selbst bisher noch gar nicht bewusst gemacht, aber es stimmte. Die Deathbook-Seite bewies, dass der Täter dieses Spiel schon längere Zeit spielte. Unter den Opferbildern waren einige Fotos von alten Menschen. Hochbetagte Senioren. Ich erinnerte mich an das, was der Blogger erzählt hatte. In seiner Anfangszeit in Dänemark hatte der Täter Menschen in Altenheimen oder Krankenhäusern beim Sterben gefilmt oder bereits tote Menschen in Aufbahrungsräumen fotografiert.

«Ja, es sieht so aus», sagte ich. Gleichzeitig hatte ich, wie schon auf der Fahrt hierher, das überwältigende Gefühl, dem Täter ganz dicht auf den Fersen zu sein. Die Spur zu ihm versteckte sich in dem, worüber wir uns die ganze Zeit schon unterhielten. Es musste einfach so sein.

«Ich hör mich dann mal weiter um», sagte der Polizist und verschwand eilig.

Manuela trat neben mich.

«Die Tante ist auf dem Weg hierher.»

Als Jan Krutisch erwachte, hörte er Musik. Sie drang gedämpft zu ihm, so als hätte er Watte in den Ohren. Offenbar war es ein reines Instrumentalstück, künstliche Musik aus dem Computer. Er mochte so etwas, versuchte sich selbst seit Jahren daran. Aber dieses Stück klang bedrohlich. Es machte ihm Angst.

Jan wollte seine Augen öffnen, doch das war nicht so einfach. Sie schienen verklebt zu sein. Er musste sich anstrengen, um die Lider auseinanderzubekommen. Als er es endlich geschafft hatte, sah er zunächst nur seine eigenen Wimpern. Wie große Stacheln ragten sie in sein Sichtfeld, dahinter lag eine gleißende Helligkeit. Sie blendete ihn, und seine Augen begannen zu tränen. Er musste sie noch ein paarmal schließen, bis sie sich an die Helligkeit gewöhnt hatten.

Wirklich etwas sehen konnte er trotzdem nicht. Oder besser: Er verstand nicht, was er sah. Lag er direkt im Freien? Das war doch eine dünne Wolkenschicht über ihm, die sich wie ein Schleier zwischen ihm und der Sonne befand? Hinter diesem Schleier gleißte das Licht, und von irgendwo aus den hellen Sphären drang auch die Musik zu ihm. Der Gedanke, tot zu sein, traf ihn mit voller

Wucht. Was sollte dies sonst sein, wenn nicht der Himmel? Aber es fühlte sich nicht richtig an. So hatte er sich den Himmel nicht vorgestellt.

Wie war er hierhergekommen? Was war passiert?

Jan konnte sich erinnern, dass er eine ganze Weile an den Daten gearbeitet hatte, die Andreas ihm vom Rechner des verstorbenen Peter Thaumann geschickt hatte. Diese Sache hatte ihn nicht mehr losgelassen. Einerseits war er abgestoßen gewesen, andererseits aber auch fasziniert. So fasziniert, dass er sich das Video auf Andreas' Smartphone doch noch angeschaut hatte. Danach hatte er sich gewünscht, er hätte es nicht getan. Ein Stück von ihm selbst war mit diesem bedauernswerten Mädchen auf dem Eisblock gestorben. Das Video, nein, die Vorgehensweise des Täters war an Grausamkeit nicht zu überbieten, und Jan hatte sich vorgenommen, dabei zu helfen, diesen Irren dingfest zu machen. Wenn der Täter sich auf irgendwelchen Servern dieser Welt versteckte, würde er ihn finden. Bisher war er die Sache nur halbherzig angegangen. Andreas hatte ihn damit überfallen, und das auch noch zu einem Zeitpunkt, an dem er eigentlich für nichts anderes Zeit hatte als sein neues Projekt. Aber jetzt würde er sich die Zeit nehmen.

Aber was war dann passiert?

Er hatte nichts Brauchbares gefunden in dem Datensatz. Oder doch? Jan konnte sich nicht erinnern. Irgendwann hatte er die Arbeit unterbrochen, um ins nur hundertfünfzig Meter entfernte Fitnessstudio zu gehen. Das tat er oft, wenn er gedanklich feststeckte. Nach einer anstrengenden Trainingseinheit lief es meistens wie geschmiert.

War er überhaupt im Studio gewesen?

Er konnte sich nur vage und bruchstückhaft erinnern, aber die Erinnerung konnte auch vom Vortag stammen.

Der Weg zum Studio. Über den Parkplatz des Supermarktes, an den Altglascontainern vorbei, zwanzig Meter durch den verwilderten Grünstreifen, weil das eine Abkürzung war. Etwas Feuchtes in seinem Gesicht, so als sei er in ein nasses Spinnennetz gelaufen …

Jan quälte seinen Geist, aber mehr konnte er nicht aus ihm herauspressen.

Deshalb konzentrierte er sich erneut auf seine Umgebung. Auf den seltsam niedrigen Himmel. Je länger er hinsah, desto mehr Details erkannte er. Da hingen ein paar winzige Wasserperlen. Hin und wieder löste sich eine und fiel herunter. Eine tropfte auf seine Wange und rann daran herunter. Das kitzelte. Automatisch wollte er sich dort kratzen, aber er konnte sich überhaupt nicht bewegen. Keinen Millimeter.

Nein, er war nicht im Himmel. Im Himmel wurde man nicht gefesselt, und was Jan an seinen Handgelenken spürte, waren eindeutig Fesseln, dünne Riemen, die ihm überhaupt keinen Spielraum ließen. Seine Arme waren eng an seinen Körper gepresst. Er konnte nur die Schultern bewegen. Bei den Beinen war es dasselbe. Er konnte das Becken ein wenig anheben, nicht aber die Knie oder die Füße. Und seinen Kopf konnte er auch nicht bewegen. Als er es versuchte, spürte er sofort einen unbarmherzigen Druck auf den Kehlkopf.

Jan kämpfte eine Weile gegen die Fesseln an, doch das brachte ihm nichts ein außer Atemnot. Schließlich ließ er es sein und lag still da. Er konnte besser atmen, aber es erschien ihm, als sei die Luft irgendwie dicker geworden. Sie ließ sich nur noch sehr schwer einsaugen und gelangte auch nicht tief genug in die Lunge.

Was war das für eine Scheiße?

Jan spürte Panik.

An dem diffusen Himmel hatten sich jetzt unzählige Tröpfchen gesammelt.

War das etwa …

Nein, bitte nicht, oh Gott, nein!

Das war sein kondensierter Atem.

Verena Thiel, Ann-Christins Tante mütterlicherseits, traf fünf Minuten später ein. Sie war nicht allein, ihr Lebensgefährte begleitete sie. Er stellte sich als Gustav Musiol vor. Der Mann war mir von der ersten Sekunde an unsympathisch. Ich roch Alkohol in seinem Atem, und die schartige, von geplatzten Äderchen überzogene Nase ließ erahnen, wie häufig und intensiv er soff.

Zuerst ging Manuela mit der Tante in Ann-Christins Zimmer hinauf, um nach einem Foto zu suchen. Die Tante behauptete zu wissen, wo eins zu finden sei. Ich blieb derweil mit Gustav in der Küche. Leider fühlte er sich verpflichtet, mir seine Sicht der Dinge detailliert auseinanderzusetzen.

«Das war der Lutz, auf jeden Fall», legte er los. «Sie kennen den nicht, aber der ist zu allem fähig. Mich hat er auch mal körperlich bedroht, im Suff natürlich. Wenn der nüchtern ist, traut der sich ja nur an Frauen und Kinder heran. Den sollten Sie sofort verhaften!»

Weder Manuela noch ich hatte die Tante und ihren Lebensgefährten über die Hintergründe des Falls aufgeklärt. Sie wussten nur, dass Ann-Christin verschwunden war.

«Ich hab da ja von Anfang an ein schlechtes Gefühl gehabt. Ann-Christins Mutter ist die Kellertreppe runtergefallen, wissen Sie. War sofort tot. Genickbruch. Ich bin sicher, das war der Lutz. Der ist total rachsüchtig. Und jetzt hat er sich sein Kind zurückgeholt. Das durfte er die letzten Jahre nämlich nicht mehr sehen. Haben Sie den jetzt endlich verhaftet, oder was?»

So langsam ging dieser Gustav mir auf die Nerven. Er sprach in einem Ton, als wäre er der Chefermittler.

«Die Polizei kümmert sich darum», sagte ich kurz angebunden. Das war nicht gelogen. Eine Streife war auf dem Weg zu Lutz Kaiser. Ich war mir aber sicher, dass der Besuch nichts bringen würde.

Gustav stierte mich an. «Sind Sie nicht von der Polizei?», fragte er.

Ich hatte keine Lust, mich ihm zu erklären.

«Doch, bin ich. Ich bin der Chefprofiler.»

Seine Augen wurden groß. «Echt? So einer wie aus den Filmen?»

«Ungefähr so.»

Er trat ein bisschen näher an mich heran und ließ mich großzügig an seiner Alkoholfahne teilhaben.

«Ich verrate Ihnen mal was. Wenn es der Lutz nicht war, dann ist die Kleine einfach abgehauen. Die ist psychisch labil, wissen Sie, ich hab schon zu Verena gesagt, du Verena, hab ich gesagt, ich glaub, die Ann-Christin läuft nicht ganz rund. Wenn die sich mal nicht umbringt. Die hat sich überhaupt nicht um die Beerdigung ihrer Mutter gekümmert, musste ich alles allein machen. Und wie es aussieht, bleibe ich auch noch auf einem Großteil der Kosten sitzen.»

«Wann war die Beerdigung?», fragte ich.

«Ungefähr vierzehn Tage her.»

«Und wie ging es Ann-Christin danach? Haben Sie sich um sie gekümmert?»

Gustav seufzte. «Versucht hab ich es, das können Sie mir glauben, aber das Mädchen ist total verschlossen, die wollte sich nicht helfen lassen. Sie hat mich sogar beschimpft.»

Bravo, dachte ich. Kluges Mädchen.

«Hat Ann-Christin Ihnen gegenüber erwähnt, dass sie sich verfolgt fühlte?»

Gustav schüttelte den Kopf. «Nein. Wurde sie denn verfolgt?»

«Das versuchen wir herauszufinden. Was machen Sie eigentlich beruflich, Herr Musiol?» Ich wollte nicht länger mit ihm über den Fall sprechen.

«Ich bin Frührentner», antwortete er. «Früher war ich Lehrer, aber die Kinder heutzutage, hören Sie auf, das hält psychisch keiner lange aus, ich könnte Ihnen Sachen erzählen, da würden … was ist denn?»

Plötzlich wurde mir bewusst, dass mein Mund offen stand und ich den Mann anstarrte, aber in diesem Moment konnte ich nicht anders. Ich hätte dem unsympathischen Gustav Musiol sogar um den Hals fallen mögen, denn er rief mir in Erinnerung, was unter dem Ansturm der Ereignisse der letzten Tage verschüttet worden war.

Jetzt wusste ich, was mir mein Gehirn die ganze Zeit hatte sagen wollen.

Der Lehrer. Franz Altmaier.

Bevor ich etwas sagen oder handeln konnte, kam Manuela mit der Tante die Treppe herunter.

«Wir haben ein gutes Foto gefunden!», rief Manuela.

Ich ließ Gustav stehen und eilte in den Flur. «Komm mal mit», sagte ich, packte sie am Ellenbogen und führte sie ins Wohnzimmer. Ich schloss die Tür, sodass die beiden uns nicht hören konnten, und erklärte ihr meinen Verdacht. Ich war so aufgeregt, dass ich mich verhaspelte und zweimal neu ansetzen musste.

«Verstehst du», sagte ich am Ende. «Franz Altmaier hatte diesen Text vom Tod 3.0, den von der Deathbook-Seite. Verdammt, ich verstehe nicht, warum mir das nicht sofort eingefallen ist, als wir die Seite angeschaut haben!»

«Woher hatte er das Schriftstück?», fragte Manuela.

«Er hat behauptet, Kathi hätte es ihm gegeben, und weil ich den Text später auf ihrem Rechner gefunden habe, hatte ich auch keinen Grund, ihm nicht zu glauben. Aber was, wenn er ihn ihr geschickt hat?»

«Dann hätte er ihn doch nicht dir gezeigt und sich damit als Täter ins Spiel gebracht.»

«Vielleicht hat er es aber auch gerade deshalb getan. Weil er das Spiel liebt und herausfinden wollte, ob ich ihm auf die Schliche komme.»

Ich sah, dass ich Manuela nachdenklich gemacht hatte. Sie konnte meine Gedanken nachvollziehen.

«Okay», sagte sie, «ich rufe sofort Kieling an, er ist ja näher dran. Er soll mit ein paar Leuten zu diesem Franz Altmaier fahren. Was du sagst, klingt plausibel, zumal die meisten Opfer Schüler sind.»

Sie zog ihr Handy hervor und rief an. Ich stand daneben und lauschte. Es trieb mich fast zur Weißglut, dass ich hier war und nicht dort, dass Kieling den Täter nun allein festnehmen durfte. Aber selbst wenn ich dort gewesen wäre, hätte der Hauptkommissar mich sicher nicht mitgenommen.

«Sie sind unterwegs», sagte Manuela und steckte das Handy wieder weg.

Es klopfte an der Wohnzimmertür, und der Polizeibeamte mit dem flachsblonden Haar trat ein.

«Frau Sperling, schnell, die Situation eskaliert ...»

Hinter ihm standen Tante Verena und Gustav Musiol und lauschten interessiert.

«Die Streife, die wir zu Lutz Kaiser geschickt haben, hat sich per Funk gemeldet. Der Mann hat sich verbarrikadiert und droht, sich selbst zu töten. Er soll gesagt haben, dass niemand seine Tochter bekommt.»

«Shit», stieß Manuela aus und sah mich hilfesuchend an. «Was machen wir jetzt?»

Es war das erste Mal, dass ich sie ratlos sah. Mir ging es genauso, ich verstand gar nichts mehr. Wieso jetzt doch Ann-Christins Vater? Der passte doch überhaupt nicht ins Täterbild. Franz Altmaier war der Deathbook-Killer, niemand sonst!

«Soll ich mit Lutz reden?», rief Verena Thiel vom Flur her.

«Wie gut kennen Sie ihn denn?», fragte Manuela.

«Wir sind nicht unbedingt Freunde, aber ich hatte immer das Gefühl, er mag mich.»

«Der mag niemanden», mischte sich Gustav ein. «Und wenn ...»

«Halten Sie den Mund!», sagte Manuela scharf. Dann dachte sie kurz nach.

«Okay», sagte sie schließlich. «Ich fahre mit Frau Thiel sofort dorthin. Vielleicht können wir den Mann beruhigen. Andreas, bleibst du hier?»

Ich nickte. «Ja, kein Problem.» Das war nicht gelogen. Ich hatte nur wenig Interesse mitzufahren. An dem Einsatz gegen Lutz Kaiser würde ich sowieso nicht teilnehmen dürfen, da konnte ich genauso gut hier warten. Außerdem musste ich über den Lehrer nachdenken. Klar, ich war auch schon bei Mario Böhm sicher gewesen, aber diesmal war es etwas anders. Das spürte ich.

«Ich komme aber mit», rief Gustav Musiol.

«Lieber nicht», sagte Verena Thiel. «Lutz kann dich auf den Tod nicht ausstehen.»

«Sie bleiben hier», bestimmte Manuela. Dann wandte sie sich noch einmal an mich.

«Pass auf den Rechner und das Handy auf. Niemand darf da ran.»

«Was ist mit mir? Ich könnte die Zeit nutzen und noch einmal ins Deathbook schauen.»

Sie trat ganz nah an mich heran und flüsterte mir ins Ohr: «Mach, was du willst, ich weiß von nichts.»

Er montierte die Black-Magic-Cinema-Kamera auf das Stativ. Dann fuhr er das Stativ auf eine Höhe von knapp zwei Metern aus, stieg auf einen Stuhl und richtete die Kamera auf das Motiv aus. Die Höhe war für einen optimalen Blickwinkel notwendig. Er wollte ja nichts verpassen. Die Mimik des Mannes war wichtig. Dies würde ein weiteres Video für sein Deathbook werden, mit dem er in der nächsten Zeit neue Mitglieder anlocken wollte. Im Containerhafen war ihm leider keine Aufnahme geglückt, dabei hatte er sich so darauf gefreut. Es hatte eine Premiere werden sollen. Die drei Jungs hatten den Tätowierer vor laufender Kamera auseinandernehmen sollen, wütend genug waren sie dafür ja gewesen, nachdem er ihre kleine Gruppenschlampe beim Sterben gefilmt hatte. Aber dann war dieser Schriftsteller aufgetaucht und hatte alles versaut. Und der Tätowierer war viel zäher gewesen, als er gedacht hatte. Nun gut, Scheitern war ein Bestandteil des Handelns, und am Ende hatte der Tätowierer ja doch noch ein gutes Bild abgegeben. Es hatte vierzig Minuten gedauert, bis er ausgeblutet war. Der Übergang war aber nicht so spektakulär gewesen, wie er es sich erhofft hatte. Irgendwann hatte sein Opfer einfach das Bewusstsein verloren, sodass die letzte Viertelstunde ein wenig langweilig geraten war.

Dieses Video würde anders werden. Er würde es aus zwei verschiedenen Blickwinkeln aufnehmen: einmal direkt das Gesicht des neuen Mitglieds aus dieser erhöhten Position, mit all der Mimik, die so wichtig war. Eine zweite Kamera, eine GoPro Hero 3, hatte er dem neuen Mitglied an die Stirn geschnallt. Sie stellte sozusagen dessen eigenen Blickwinkel dar. Das würde sicher tolle Bilder ergeben. Bei dem Dreh mit dem Zug oder bei der Verbrennung war das nicht möglich gewesen, aber hier bot es sich geradezu an. Das neue Mitglied hatte einen so schönen Blickwinkel, und die Geräusche am Ende würden für einen zusätzlichen Gänsehauteffekt sorgen. Auf so etwas fuhren die Leute ab, von solchen Details konnten sie gar nicht genug bekommen. Dann hockten sie vor ihren Bildschirmen oder hielten sich ihre Smartphones ganz dicht an ihre Nasen. Jede Einzelheit des Videos nahmen sie in sich auf, dabei lief es ihnen kalt den Rücken hinab. Ja, sie fürchteten sich, aber sehen wollten sie es trotzdem. Diese nach Bildern lechzende Gesellschaft war so krank. Tagein, tagaus hockten die Leute nur noch in ihren Zimmern und starrten auf Bildschirme. Sie hatten das reale Leben eingetauscht gegen ein digitales. Aber weil der Körper sich nicht so schnell umstellen konnte, litten sie. Diese Menschen waren bei lebendigem Leibe tot, und das ahnten sie. Deshalb gierten sie danach, sich lebendig zu fühlen. Und dafür brauchten sie einen Kick, der das Adrenalin zum Fließen brachte: Bücher, Fotos und Filme davon, wie Menschen starben.

Aber jeder weitere Kick musste den vorherigen übertreffen, um noch wirksam zu sein. Es war ein Teufelskreis. Irgendwann hatte man alles gesehen. Und was sollte dann noch kommen?

Diese Frage stellten sie sich nicht, weil sie Angst vor der Antwort hatten. Sie machten sich lustig über den Tod, verloren jeden Respekt davor, aber am Ende hatten sie doch die Hosen voll.

Er brachte ihnen den ultimativen Kick.

Sie durften ihren eigenen Tod erleben.

Als Manuela und Verena Thiel verschwunden waren, wurde es still im Haus. Ich hatte mich vor Ann-Christins Laptop setzen und das Deathbook weiter erkunden wollen. Möglicherweise fand sich darin eine Spur zum Täter.

Leider blieb Gustav Musiol so selbstverständlich im Wohnzimmer stehen, als gehöre er zum Inventar.

«Ich glaube, Sie können jetzt nach Hause fahren», sagte ich. «Sie haben uns sehr geholfen, vielen Dank.»

«Ich würde gern noch bleiben. Ich muss doch wissen, was bei Lutz los ist und ob es Ann-Christin gutgeht.»

Mir fiel auf die Schnelle nichts ein, was ich dagegen hätte sagen können.

«Gut, wie Sie möchten. Aber ich muss Sie bitten, in der Küche zu warten.»

Ich konnte dem Mann ansehen, dass es ihm gar nicht passte, hinausgeschickt zu werden, aber das war mir egal. Endlich verzog er sich, und ich konnte mich an den Rechner setzen. Das war sehr wahrscheinlich meine letzte Chance, einen Blick ins Deathbook zu werfen. Wenn der Täter gefasst war, würde ich nicht mehr herankommen.

Ich öffnete die Startseite.

Auf der Seitenleiste klickte ich auf den Reiter, der mich vorhin schon interessiert hatte.

«Feinde».

Die Überraschung hätte nicht größer sein können.

Dort standen ganz oben zwei Namen: Andreas Winkelmann und Manuela Sperling. Es gab keine Fotos, aber das Standbild eines Videos mit einem Startsymbol darauf. Ich klickte es an.

Die nächste Überraschung: Ich sah mich selbst und Manuela. Wir näherten uns dem Scheiterhaufen in der alten Kiesgrube. Manuela erstarrte und presste sich eine Hand an den Mund. Ich ging neben der verkohlten Leiche in die Knie. So verharrten wir einen Moment. Dann legte Manuela den Kopf leicht schräg und schaute direkt in die Kamera.

Der Deathbook-Killer hatte uns an jenem Tag also gefilmt! Ich erinnerte mich, dass die Polizei eine Kamera irgendwo hoch oben an der Abbruchkante im Gebüsch gefunden hatte. Sowohl Manuela als auch ich selbst waren auf dem Video gut zu erkennen. Am nächsten Abend hatte die Visitenkarte vor meiner Haustür gelegen. So war er mir also auf die Spur gekommen!

Es gab auf dieser Seite kein weiteres Video, nur ein Porträtfoto.

Es zeigte einen Mann Anfang vierzig mit schmalem Gesicht, stechendem Blick und kurzem grauem Haar. Das Foto war nicht sehr scharf. Laut Bildunterschrift hieß der Mann Klaus Koch. War er der Blogger, die Latex-Oma?

Ich merkte mir den Namen und ging zurück auf die Startseite.

Jan lächelte mich von seinem Porträtfoto an. Aber was war das?

Ein Startpfeil lag über seinem Gesicht.

Ein Video. Das Video von seinem Tod?

Ich fuhr mit dem Mauszeiger darauf, zögerte aber.

Durfte ich mir dieses Video überhaupt anschauen?

Durfte es sich überhaupt irgendjemand anschauen?

Was glauben Sie?», fragte Manuela, «hat Lutz Kaiser etwas zu tun mit dem Tod von Ann-Christins Mutter?»

Verena Thiel, die Frau auf dem Beifahrersitz, schwieg. Manuela hatte schon in Ann-Christins Haus den Verdacht gehabt, dass sie mehr oder weniger unter dem Kommando dieses unangenehmen Gustav Musiol stand. Eine abhängige Frau, die ihr eigenständiges Denken aufgegeben hatte. Möglicherweise verhielt sie sich ja anders, wenn Gustav nicht dabei war.

Aber zuerst einmal ließ sie sich viel Zeit mit einer Antwort. Manuela lenkte den Wagen, so schnell es ging, durch die Straßen der Stadt. Auf dem Dach zuckte das Blaulicht. Sie kannte sich hier nicht aus und musste sich auf das Navi verlassen. Während sie auf die Antwort von Verena Thiel wartete, fragte Manuela sich, ob sich auch Navigationsgeräte von außen manipulieren ließen. Konnte jemand sehen, wann sie wohin fuhr, wenn sie so ein Ding benutzte?

«Ja, wahrscheinlich schon», sagte Verena Thiel nach einer Minute. «Ich meine, ich weiß nicht, aber Lutz verliert die Kontrolle, wenn er trinkt. Absichtlich hat er sie aber bestimmt nicht die Kellertreppe hinuntergestoßen, aber vielleicht haben sie sich gestritten. Wenn Lutz wirklich dort war und sie sich gestritten haben, dann kann es schon so gewesen sein.»

«Ist er abhängig?»

Verena Thiel nickte.

Manuela suchte nach Worten, um das Gespräch in Richtung des Deathbook-Killers zu bringen. Sie erhoffte sich von Frau Thiel Informationen darüber, ob Lutz Kaiser der Täter sein könnte, gleichzeitig durfte sie der Frau aber auch nicht allzu viel erzählen.

«Was macht Lutz Kaiser beruflich?», fragte sie schließlich.

«Der ist seit ein paar Jahren arbeitslos, wegen der Trinkerei.»

«Und davor?»

Verena Thiel zuckte mit den Schultern. «So genau weiß ich das gar nicht. Er war mal bei so einer Telefonfirma. Hat Computerzeugs gemacht.»

Plötzlich war Manuela elektrisiert.

Bis eben war sie davon ausgegangen, dass Lutz Kaiser eine falsche Fährte war. Natürlich verlangten es die Umstände, ihn zu überprüfen, aber sie glaubte nicht an ihn als Deathbook-Killer. Ein cholerischer Trinker passte nicht ins Bild. Diese eine Information veränderte aber alles. Lutz Kaiser hatte angeblich in der Telekommunikationsbranche gearbeitet. Wenn das stimmte, dann kannte er sich aus mit der vernetzten Welt. Dann war er vielleicht genau der Internet- und Computerprofi, den sie suchten.

Sie beschleunigte, jagte den Wagen durch die nachtleeren Straßen. Nach weiteren fünf Minuten Fahrt erreichte sie die Adresse in der Salzstraße. Vor einem vierstöckigen Mietshaus mit gelber Fassade standen drei Streifenwagen. Die Einsatzlichter warfen ihr kaltes blaues Licht in stroboskopischen Intervallen an die Hausfronten. Beamte in Uniform riegelten den Bereich vor dem Haus ab. Hinter dem hastig aufgespannten Flatterband hatten sich bereits einige Menschen versammelt. Einige trugen Schlafkleidung.

Manuela bremste scharf ab.

«Kommen Sie», sagte sie und sprang aus dem Wagen.

«Sind Sie Kommissarin Sperling?», fragte ein Beamter, der auf sie zugeeilt kam.

Manuela fand, es war nicht der richtige Zeitpunkt, die Sache mit ihrem Dienstgrad richtigzustellen, deshalb nickte sie.

«Ja, bin ich. Das hier ist Frau Thiel, eine Verwandte von Lutz Kaiser. Es besteht die Möglichkeit, dass er auf sie hört. Ist es denn sicher, dass Ann-Christin Kaiser in der Wohnung ist?»

Der Beamte schüttelte den Kopf. «Wir wissen es nicht. Der Kollege, der zuerst hier war, ist immer noch oben im Flur und versucht, mit dem Mann zu reden. Der brüllt aber immer nur, dass er sich und seine Tochter umbringen würde.»

«Ist ein MEK vor Ort?», fragte Manuela.

«Ja, die Männer stehen bereit. Sie warten nur auf den Einsatzbefehl. Leiten Sie diesen Einsatz?»

Hier zögerte Manuela kurz. Innerhalb einer Sekunde entschied sie sich, sich nicht von bürokratischen Vorschriften hemmen zu lassen.

«Nein, Hauptkommissar Kieling leitet den Einsatz. Er ist aber nicht vor Ort und hat mich autorisiert.»

Damit war der Beamte zufrieden. «Okay, sollen die Jungs dann stürmen?»

«Nein, noch nicht. Ich gehe mit Frau Thiel hinauf und versuche, ihn zum Aufgeben zu überreden. Aber die Männer sollen sich bereithalten, falls das nicht klappt.»

Manuela legte Verena Thiel eine Hand auf die Schulter und führte sie zwischen den Streifenwagen hindurch auf die Haustür zu. Hinter einem VW-Bus verschanzt, warteten sechs Männer in martialischer Schutzkleidung mit Waffen in den Händen auf ihren Einsatz. Sie waren vermummt, nur die Augen waren zu sehen. Manuela spürte, wie Verena Thiel bei dem Anblick zurückzuckte. Sie schob sie weiter vorwärts, durch die Tür ins Treppenhaus. Dort standen zwei weitere Beamte. Sie begrüßten Manuela mit einem Kopfnicken.

«Dritte Etage», sagte einer.

«Kommen Sie, es wird Ihnen nichts passieren», sagte Manuela zu Verena Thiel und stieg voran die Treppen hinauf.

Auf den letzten Stufen vor dem Absatz zur dritten Etage saß ein Kollege auf den Stufen. Er hielt seine Waffe in der Hand.

Manuela ging neben ihm in die Knie und zog Frau Thiel mit hinunter.

«Hat er Schusswaffen?», fragte sie im Flüsterton.

«Wissen wir nicht», antwortete der Kollege. Er schwitzte stark.

«Wie viele Personen sind in der Wohnung?»

«Wissen wir auch nicht.»

«Und was vermuten Sie?»

Der Kollege zuckte mit den Schultern. «Von der Geräuschkulisse her würde ich sagen, nur der Bewohner. Und wenn Sie mich schon fragen, der Typ ist total betrunken und zieht hier eine Show ab. Aber das ist nur das, was ich glaube. Muss nicht stimmen.»

«Okay». Manuela deutete auf Verena Thiel. «Sie ist mit dem Mann verwandt und wird versuchen, mit ihm zu sprechen. Kommen Sie, Frau Thiel.»

Manuela fasste sie am Unterarm und zog sie die letzten Stufen bis zum Absatz empor. Der Kollege erhob sich, folgte ihnen und sicherte mit seiner Waffe.

«Sagen Sie etwas», forderte Manuela Verena Thiel auf.

Ann-Christins Tante zitterte am ganzen Körper. Ihre Unterlippe vibrierte, Schweiß stand ihr auf der Stirn.

«Was denn?»

«Irgendwas», flüsterte Manuela. «Dass Sie hier sind und ihm helfen wollen. Versuchen Sie herauszufinden, ob Ann-Christin in der Wohnung ist.»

Verena Thiel presste die Lippen zu einem schmalen Strich zusammen. Sie verkrampfte die Hände ineinander und atmete schwer ein und aus.

«Lutz», rief sie schließlich sehr leise.

«Lauter», forderte Manuela sie auf.

«Lutz», wiederholte Verena Thiel. Diesmal laut, aber mit hoher Stimme. «Hier ist Verena. Bist du da?»

Fragend sah sie Manuela an. Sie nickte ihr aufmunternd zu.

«Das war gut, machen Sie weiter.»

«Lutz, kannst du mich hören … hier ist Verena, du weißt doch, Ann-Christins Tante …»

«Verschwinde, du blöde Kuh!»

Das kam von drinnen, und es klang, als stünde der Sprecher direkt hinter der Tür. Die Stimme klang unsauber, lallend, eben wie von einem Betrunkenen.

«Lutz, bitte», fuhr Verena Thiel fort. «Ich möchte gern mit Ann-Christin sprechen. Geht es ihr gut?»

«Was kümmert dich das? Hat dich doch nie interessiert. Euch

alle nicht. Sie ist mein kleines Mädchen, und es geht nur mich etwas an, wie es ihr geht.»

«Ist Ann-Christin bei dir?», fragte Verena Thiel.

«Hau ab zu deinem bescheuerten Gustav. Ich kümmere mich um mein Mädchen, da kannste Gift drauf nehmen. Die Bullen sollen auch abhauen, verdammt. Ich hab hier ein Messer, und wenn ihr uns nicht in Ruhe lasst, dann benutze ich es.»

Daraufhin ertönte aus der Wohnung ein lautes Poltern und ein Knall. Danach zersprang Glas. Erschrocken gingen Manuela und Verena Thiel in die Knie. Der Kollege zielte auf die Tür.

«Das hat keinen Sinn», sagte er.

Manuela zog Ann-Christins Tante hinter sich und schob sich an der Wand entlang zur Wohnungstür.

«Herr Kaiser, hier spricht Manuela Sperling von der Polizei. Wir kennen uns nicht, aber wenn Sie mir kurz …»

Weiter kam Manuela nicht.

Ihr Handy klingelte, und plötzlich überschlugen sich die Ereignisse.

Mit einem Ruck sprang ich von der Couch auf. Ich trat gegen einen Sessel, verstauchte mir beinahe den Fuß und schlug mit der Faust gegen eine Schranktür. Das tat weh, aber diesen Schmerz brauchte ich. Dieses verfluchte Deathbook! Dieses Schwein hätte mich fast so weit gehabt. Wenn ich mir das Video angesehen hätte, wäre ich nicht besser als all die anderen, die im Internet auf der Suche nach dem schnellen Kick waren. Der Täter hatte das erkannt. Er lockte die User mit dem, wonach sie gierten, und dann setzte er ihre eigene perverse Lust am Tod gegen sie selbst ein. Das war abartig, aber es steckte auch eine konsequente Logik dahinter.

Dreh ein Video davon, wie jemand stirbt, oder wir drehen ein Video davon, wie DU stirbst.

Die Maskenstimme hallte in meinem Kopf wider.

«Scheiße!», schrie ich, so laut ich konnte. Die Wut musste raus. Sie brachte mich sonst um den Verstand. Meine Hände verkrampften sich zu Fäusten, waren auf der Suche nach einem Gegner, doch hier war niemand. Während alle anderen draußen unterwegs waren, musste ich hier ausharren. Ich hätte doch mit Manuela mitfahren sollen.

Ich ging erneut zum Computer, beugte mich hinunter, wollte gerade das Touchpad bedienen, da hörte ich Stimmen auf dem Flur.

Dankbar für die Abwechslung, riss ich die Tür auf. Der Polizist mit dem flachsblonden Haar war zurück.

«Wo ist Frau Sperling?», wollte er wissen.

Ich erklärte es ihm.

«In der Nachbarschaft hat jemand einen dunklen Wagen gesehen, der viel zu schnell die Straße hinuntergefahren ist», sagte der Polizist. «Der Mann kann sich nicht an die Zeit erinnern, aber es war wohl, kurz bevor wir eingetroffen sind.»

Gustav Musiol stand in der Küchentür. «Lutz hat kein Auto, der hat nicht mal einen Führerschein.»

«Was war das für ein Auto?», fragte ich.

Der Polizist zuckte mit den Schultern. «Kann der Mann nicht sagen. Groß und dunkel, wahrscheinlich schwarz.»

Ich dachte nach. Ich hatte nie in Erfahrung gebracht, was für einen Wagen Franz Altmaier fuhr. Viola und Theresa hatten mir berichtet, dass Kathi sich von einem dunklen Wagen verfolgt gefühlt hatte. Auf dem Foto, das Astrid Pfeifenberger mir geschickt hatte, war im Hintergrund genau so ein Wagen zu sehen. Offenbar spielte dieser Wagen eine Rolle, ich hatte ihm bisher nur nicht genug Beachtung geschenkt. Mario Böhm besaß einen solchen Wagen, aber der Master of Dark Tattoo war ja unwiederbringlich aus dem Spiel.

Plötzlich wollte ich unbedingt noch einmal das Foto anschauen, das die Lehrerin mir geschickt hatte.

«Warten Sie bitte kurz», sagte ich und ging hinaus. Mein Laptop lag noch in Manuelas Wagen.

Doch der war fort. Mein Laptop war unterwegs zu Lutz Kaiser.

Ich lief zurück ins Haus. Der Polizist und Gustav Musiol sahen mich neugierig an.

«Es gibt ein Foto von diesem dunklen Wagen», sagte ich. «Ich hab's gleich!»

Ich hockte mich wieder vor Ann-Christins Computer, klickte das Deathbook weg und öffnete meinen Mail-Provider und meinen E-Mail-Account. Dort lag die Mail von Astrid Pfeifenberger. Ich rief sie auf und öffnete das Foto.

«Hier.»

Der Polizist und Musiol standen bereits hinter mir und sahen mir neugierig über die Schulter. Mir war völlig egal, dass Musiol ein Zivilist war, der mit der Ermittlung nichts zu tun hatte. Im Grunde war es bei mir ja dasselbe.

«Da rechts, hinter dem Mädchen», sagte ich und zeigte mit dem Finger auf den gerade noch zu erkennenden Wagen.

«Man sieht kaum etwas», sagte der Polizist. «Können Sie das vergrößern?»

Ich öffnete das Bild mit dem Fotobearbeitungsprogramm, legte einen Rahmen um den Wagen, schnitt den markierten Bereich aus und vergrößerte ihn. Da es sich um ein Handyfoto mit niedriger Auflösung handelte, wurde der Ausschnitt sofort pixelig. Wir erkannten kaum noch etwas. Ich fuhr die Vergrößerung zurück.

«Hm», machte der Polizist. «Kein Kennzeichen.»

Der Wagen stand seitlich zur Kamera, deshalb waren die Kennzeichen nicht zu sehen. Was wir sehen konnten, war ein Ausschnitt von der vorderen rechten Stoßstange bis einschließlich der Fahrertür. Wir konnten auch erkennen, dass jemand hinterm Steuer saß, aber das Gesicht war nicht mehr als ein heller Schemen. Selbst mit dem besten Bildbearbeitungsprogramm würde man das nicht verbessern können.

Es schien sich um einen Kombi zu handeln, die Marke konnte ich nicht erkennen. Seine Form war irgendwie merkwürdig.

«Steht da was auf der Tür?», fragte Musiol.

Der Mann hatte recht. Ich hatte mich so auf das Gesicht der Person hinterm Steuer konzentriert, dass mir die Schrift nicht aufgefallen war.

Ich markierte den Bereich und vergrößerte ihn. Wie zuvor wurde dadurch alles nur noch unschärfer.

«Könnte eine Null sein oder auch ein Smiley», sagte der Polizist.

Und tatsächlich erinnerte es auch mich an einen Smiley.

«Ich weiß nicht», sagte Gustav Musiol und hauchte mir dabei seinen Alkoholatem ins Gesicht. «Sieht irgendwie aus wie ein … Leichenwagen.»

Der größte Liebesbeweis, den ein Mensch einem anderen Menschen erbringen kann, ist, für ihn zu sterben. Bist du dazu bereit, Ann-Christin? Willst du für mich sterben?»

Ann-Christin wollte die Augen öffnen, doch es gelang ihr nicht. Ihre Lider waren verklebt. Sie erinnerte sich, dass der Mann vor ihrer Haustür ihr eine Flüssigkeit in die Augen gespritzt hatte. Es war so schnell gegangen, sie hatte sein Gesicht nicht erkannt.

«Oh, entschuldige bitte, warte, ich helfe dir.»

Sie spürte, wie jemand ihr mit einem feuchtwarmen Tuch vorsichtig die Augen abtupfte.

«Ist gleich weg. Das ist meine eigene Kreation, musst du wissen, ein sehr starkes Betäubungsmittel. Es wird beim Zerstäuben freigesetzt und eingeatmet. Leider kleben die Trägerstoffe wie Honig. Daran muss ich noch arbeiten.»

Ann-Christin konnte den Mann nicht sehen, der mit ihr sprach, aber sie wusste, dass sie diese Stimme schon einmal gehört hatte. In einer ganz ähnlichen Situation. Sie hatte ihn gehört, aber nicht gesehen. Wo und wann konnte das gewesen sein?

Als er mit ihren Augen fertig war, machte er sich daran, auch ihr Gesicht abzutupfen. Erst die Stirn, dann die Wangenknochen, die Nase, schließlich die Lippen und das Kinn. Seine Berührungen waren zärtlich und ohne jede Hast. Zwischendurch wusch er den Lappen immer wieder aus. Ann-Christin konnte Wasser in einer metallenen Schüssel plätschern hören.

«Mein Gott, was bist du nur für eine Schönheit. Ich muss deine Schönheit so lange wie möglich erhalten.»

Endlich konnte Ann-Christin die Augen öffnen. Sie lag flach auf dem Rücken, Arme und Beine schienen gefesselt zu sein; sie konnte sie nicht bewegen. Sie trug nur noch ihre Unterwäsche. Sie atmete schneller. Panik flutete ihren Körper. Anima Moribunda hatte sie in seine Gewalt gebracht, und sie konnte sich nicht wehren! Sie strengte sich an, bog den Rücken durch, konnte aber das Becken nicht vom Tisch heben, auf dem sie lag. Erst jetzt spürte sie den Riemen über ihrem Bauch.

«Na, na, na», kam es von rechts. «Das hat doch keinen Sinn, tu dir bitte nicht weh, meine Schöne.»

Ann-Christin wandte den Kopf in die Richtung, aus der er sprach. An der Decke des Raumes befanden sich zwei Reihen Halogenstrahler. Ihr Licht war sehr hell und strahlte von den weißen Kacheln an den Wänden wider. Alles in diesem Raum blendete sie, sodass sie den Eindruck hatte, sich in einer Welt aus Licht zu befinden. Tränen traten ihr in die Augen und verschleierten ihren Blick. Nur als Schemen nahm sie die Gestalt war. Sie war in einen langen strahlend weißen Kittel gekleidet und hatte ihr den Rücken zugedreht. Ann-Christin bemühte sich, die Tränen wegzublinzeln.

Plötzlich schepperte es laut. Etwas fiel zu Boden. Das Geräusch hallte in dem rundum gekachelten Raum wider.

«Ach Gott, wie ungeschickt», sagte der Mann in dem weißen Kittel. Er bückte sich und hob die metallene Nierenschale und das

Besteck aus Edelstahl auf. «Das muss ich jetzt noch mal desinfizieren.»

«Bitte ...»

Nur mühsam brachte Ann-Christin das Wort heraus. Ihre Zunge fühlte sich geschwollen an, ihre Lippen klebten noch leicht aneinander.

«Wasser ...»

«Moment, meine Schöne, ich bin sofort bei dir. Ich stelle nur schnell das Besteck in den Sterilisator.»

Eine Klappe wurde geöffnet und zugeschlagen, dann ein elektrisches Gerät eingeschaltet, das sehr leise zu brummen begann. Ein Wasserhahn wurde aufgedreht, und einen Moment später trat der Mann von hinten ans Kopfende des Tisches.

«So, hier kommt herrlich kühles, frisches Wasser. Das wird dir guttun. Komm, meine Schöne, ich helfe dir, öffne den Mund.»

Sie legte den Kopf in den Nacken und versuchte einen Blick auf ihn zu erhaschen, doch er stand zu weit hinter ihr. Sie sah nur einen dicken Bauch unter einem weißen Kittel. Eine Hand schob sich unter ihren Kopf und hob ihn leicht an.

Ein Glas wurde behutsam an ihre Lippen geführt. Er kippte es so weit an, dass sie trinken konnte. Gierig schluckte sie das kühle Wasser hinunter. Dabei sah sie seine Hand. Er trug durchsichtige Latexhandschuhe. Ein klobiger Totenkopfring war darunter zu erkennen.

«Langsam, langsam, du kannst so viel bekommen, wie du willst.»

Er kippte das Glas etwas zu weit, Wasser floss rechts und links an ihren Mundwinkeln vorbei übers Kinn den Hals hinab.

«Nun sieh nur, was du angerichtet hast.»

Das Glas verschwand, ebenso die Hand unter ihrem Hinterkopf. Ann-Christin spürte, wie die Schwellung ihrer Zunge zurückging. Endlich konnte sie wieder richtig atmen.

Er tupfte ihr das Kinn und den Hals ab und arbeitete sich dabei bis zu den Schlüsselbeinen vor, die gar nicht nass geworden waren. Dort hielt er sich lange auf.

«Erbringst du mir diesen Liebesbeweis, meine Schöne? Stirbst du heute für mich? Mit dir werde ich mein schönstes Video drehen, und es wird einen Ehrenplatz im Deathbook bekommen. Du wirst die Schönste unter den Toten sein, schöner als alle anderen. Ich verspreche dir, ich werde deine Schönheit bewahren, solange ich kann. Ich hab alles vorbereitet.»

«Ich … ich will nicht sterben.»

«Natürlich willst du das, Ann-Christin, und du weißt es auch. Seit der Tod in dein Leben getreten ist, gehörst du mehr ihm als dem Leben. Du hast nach ihm gesucht, hast ihm nachgespürt, du sehnst dich danach, dorthin zu gehen, wo deine Mutter ist …»

«Haben Sie meine Mutter getötet?», unterbrach Ann-Christin ihn.

Er schüttelte den Kopf. «Nein, das war ein glücklicher Zufall. Und soll ich dir etwas sagen? Ich beneide dich darum, dass du sterben wirst. Endlich wirst du erfahren, was es wirklich bedeutet. Damit erlangst du die allergrößte Weisheit, die ein Mensch erlangen kann. Weißt du, es interessiert mich gar nicht, was danach kommt, ob es einen Himmel oder eine Hölle gibt. Was mich wirklich interessiert, ist der Übergang, der Moment, in dem die Seele den Körper verlässt. Mit all meiner Technik, meinen Kameras, kann ich diesen einzigartigen Moment doch immer nur von außen festhalten. Versteh mich nicht falsch, es kommt der allergrößten Weisheit schon sehr nahe. Irgendwann, da bin ich ganz sicher, werde ich ihn sehen: Thanatos, den Gott des Todes. Er ist der Fährmann der Seele, weißt du. Und wenn ein Lebender ihn erblickt, wird er unsterblich. Du wirst den Übergang erleben. Und du wirst ihn genießen, weil ich dich darauf vorbereite. Sei dankbar dafür. Nur die wenigsten Leben enden in Weisheit.»

«Nein, bitte nicht … glauben Sie mir doch, ich will nicht sterben.»

Verzweifelt versuchte Ann-Christin, einen Blick auf das Gesicht des Mannes zu erhaschen, aber er war schon wieder verschwunden. Sie hörte ihn irgendwo links von ihr rumoren. Etwas rollte über den Fußboden. Im nächsten Moment geriet ein hohes silbriges Gefäß aus Metall in ihr Blickfeld. Mehrere durchsichtige Schläuche hingen aus dem kuppelförmigen Deckel des Gefäßes. Oben ragte ein Druckmanometer heraus.

«Ich habe alles hier», sagte der Mann, der hinter dem Gefäß stand. «Alles, um deine Schönheit sehr lange zu erhalten. Das habe ich noch bei niemandem getan, weißt du. Aber du bist es mir wert. Ich habe nicht übertrieben im Chat. Wir beide sind seelenverwandt. Wir teilen die gleichen Ängste und Interessen. Ja, ich will sogar noch weiter gehen und dir sagen: Ich liebe dich. Das ist mir nie zuvor passiert. Dafür möchte ich dir danken. Hier drin ...» er klopfte mit den Fingerknöcheln gegen den Metallbehälter. Ann-Christin konnte hören, dass er gefüllt war.

«... in diesem Behälter befindet sich eine Mischung aus Alkohol, Formalin und Lanolin. Ich habe die höchste Konzentration Formaldehyd verwendet, du wirst also sehr lange schön bleiben. Sagt dir der Begriff ‹Modern Embalming› etwas, meine Schöne?»

Ann-Christin konnte es nicht verhindern: Sie begann zu weinen. Sie würde hier sterben, das war sicher. Der Mann war verrückt, und er kannte keine Gnade. Jetzt, wo sie sich vorgenommen hatte, aus dem Käfig auszubrechen, in dem sie mit ihrer Mutter die letzten Jahre gelebt hatte, gerade jetzt sollte sie sterben? Ihr ganzes Leben lag doch noch vor ihr. Das war so unfair!

Der Mann schüttelte den Kopf. «Nein, das sagt dir nichts, woher auch», murmelte er.

Er schob noch eine weitere Apparatur an den Tisch. Ein hochkompliziertes Gerät mit vielen Anzeigen und Schläuchen. Es sah medizinisch aus. In der Mitte gab es zwei halbrunde Schaugläser, die den Blick freigaben in die dunkle Kammer dahinter. Weiße Schaufelrädchen waren darin zu sehen. War das eine Pumpe?

«Ich erkläre es dir kurz mit einfachen Worten. Wenn man weiß, was passiert, hat man keine Angst mehr, weißt du. Und ich möchte ja nicht, dass du dich ängstigst. Du sollst es genießen, meine Schöne.»

Plötzlich stand er neben ihr, nahm einen der durchsichtigen Schläuche von dem rollbaren Behälter und klebte den Schlauch mit einem Klebestreifen an ihren nackten Oberschenkel.

Ann-Christin zuckte zusammen und schrie auf.

«Ich weiß, dass ist unangenehm und kalt, aber es muss leider sein. Also: Beim Modern Embalming geht es um die übergangsweise Konservierung von Leichen. Ich versuche es heute zum ersten Mal an einer noch lebenden Person, aber ich denke, das macht keinen großen Unterschied. Dein Blut wird gegen eine verwesungshemmende Flüssigkeit ausgetauscht, diese hier.» Dabei klopfte er erneut gegen den Behälter. «Der ganze Vorgang gleicht einer Dialyse. Dieser tolle Apparat hier», er zeigte auf das medizinische Gerät mit den Schaugläsern, «wird dir das Blut aus dem Körper saugen. Danach leitet eine elektrische Pumpe die Lösung in dich hinein. Durch die Zellwände verbreitet sie sich im ganzen Körper, aber das spürst du nicht, keine Angst. Sobald dein Blutdruck unter eine kritische Marke sinkt, fällst du ins Koma. Du wirst kaum Schmerzen haben. Aber dafür wirst du sehr lange rosig und frisch aussehen, meine Schöne. Und der Prozess hat einen weiteren Vorteil. Ich stelle die Geräte auf die langsamste Fördermenge ein, so wird es sicher zwei bis vier Stunden dauern, bis du tot bist. Ich werde die ganze Zeit filmen. Ich bin mir sicher, dass es mir heute gelingt, meinen Gott auf Video zu bannen. Dank deiner Hilfe, meine Schöne. Ich frage dich also noch einmal: Willst du mir diesen größten Liebesbeweis erbringen und heute für mich sterben?»

Jetzt endlich beugte er sich über sie, und Ann-Christin konnte sein Gesicht sehen. Sie weinte noch immer, ihr Blick war verschwommen, deshalb war sie sich nicht vollkommen sicher, aber ja, dieser Mann kam ihr bekannt vor.

Sie schüttelte den Kopf. «Ich liebe dich nicht», sagte sie.

Er starrte sie an.

«Du … du bist verwirrt, das verstehe ich. Ich nehme es dir nicht übel.»

Er verschwand aus ihrem Sichtfeld, und sie spürte, dass er sich über ihren Unterkörper beugte.

«Das kann jetzt ein bisschen wehtun. Ich setze eine Kanüle in die linke große Oberschenkelvene, um das Blut abzuführen. Die Schlüsselbeinvene wäre eigentlich besser geeignet, aber wegen ihrer Nähe zum Herzen würde es viel zu schnell gehen. So, aufgepasst, Zähne zusammenbeißen!»

Bevor sie noch etwas sagen konnte, spürte sie einen scharfen Schmerz an der Innenseite ihres Oberschenkels. Ann-Christin schrie und bäumte sich gegen ihre Fesseln auf, doch es nützte nichts. Er schob die Kanüle in ihre Vene und verband sie mit einem Schlauch, der in das Dialysegerät führte.

«Das hast du ganz toll gemacht, meine Schöne. Jetzt noch die rechte Seite, dann hast du es auch schon geschafft. Über die rechte Oberschenkelarterie werde ich später die formalinhaltige Flüssigkeit zuführen. Einmal noch tapfer sein …»

Der nächste Schnitt, wieder bäumte Ann-Christin sich auf und schrie. In dem gekachelten Raum schien ihre Stimme ewig widerzuhallen. Sie spürte, wie er an ihrem Oberschenkel herumfummelte.

«Oh Gott, das klappt nicht, ich bekomm sie nicht hinein, halt doch still, du verlierst sonst zu viel Blut.»

Seine Bewegungen wurden hektischer, er lag fast auf ihren Beinen, drückte und presste und bohrte. Die Schmerzen waren höllisch, und Ann-Christin schrie sich die Seele aus dem Leib.

Endlich ließ er von ihr ab. «Geschafft …», sagte er und seufzte zufrieden.

Er kam zurück in ihr Sichtfeld und wischte sich mit dem Handrücken den Schweiß von der Stirn. Dabei hinterließ er einen breiten Streifen Blut. Die Vorderseite seines weißen Kittels war ebenfalls blutverschmiert.

«Tut mir leid, ich bin darin längst nicht so gut, wie es mein Vater war. Sonst muss ich das nur an Toten praktizieren, und bei denen kommt es ja nicht drauf an.»

Er lächelte ihr zu. «Lass los, meine Schöne, jetzt kommt der Tod zu dir.»

Und in diesem Augenblick wusste Ann-Christin, wer dieser Mann war.

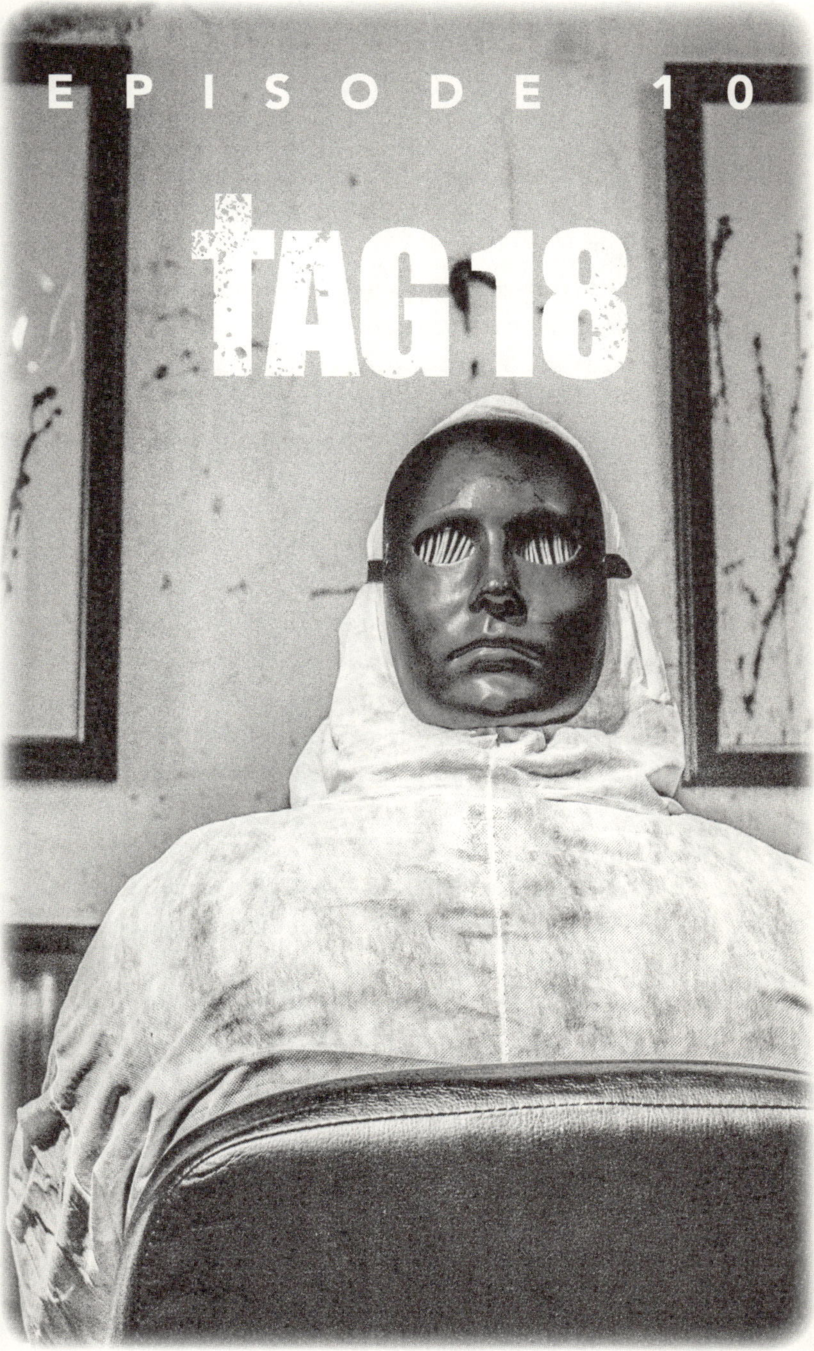
EPISODE 10
TAG 18

Was haben Sie da gesagt?», fuhr ich Gustav Musiol an.

Der Lebensgefährte von Ann-Christins Tante wich erschrocken zurück.

«Ich … nichts, ich meinte nur, na ja, das sieht doch aus wie ein Leichenwagen. Stimmt doch, oder?»

Hilfesuchend sah er den Polizeibeamten an.

Der nickte. «Könnte schon sein.»

Ich war wie erstarrt. Aber plötzlich hatte ich einen ganz neuen Blick auf die verworrene Lage, in der wir uns befanden.

Ich kannte das vom Schreiben. Oft zog sich durch 300 Seiten eine Spur, die sich erst spät offenbarte. «Hier bin ich, ich war die ganze Zeit hier, du warst nur zu blöd, mich zu erkennen», schrie sie mich dann an. Und genau so war es jetzt.

Meine Nackenmuskulatur verspannte sich, das Herz raste.

Während meiner Recherchen zu Kathis Tod war ich auf diese merkwürdige Geschäftsidee aus Dänemark gestoßen. Ich erinnerte mich genau: Jemand hatte den Angehörigen von Verstorbenen angeboten, QR-Codes auf Grabsteine zu kleben. Sie enthielten alle Informationen der Verstorbenen, Bilder, Videos, Lebenslauf – alles, was das Netz hergab. Bis heute hatte ich mir nicht die Frage gestellt, wessen Idee das gewesen war. Wer diesen Vorstoß in Dänemark gewagt hatte.

Es lag auf der Hand, dass es ein Bestatter gewesen sein musste.

Ich hatte die Sache unter dem Eindruck der verwirrenden Erlebnisse der nächsten zwei Wochen längst vergessen, bis der Blogger mir erzählte, er sei als Journalist in Dänemark den Anfängen des Deathbook auf die Spur gekommen. Die Behörden hatten sich mit dem Löschen der Seite zufriedengegeben. Was hatte der Blogger gesagt? Es waren Fotos von aufgebahrten Toten dabei gewesen? Das war der nächste Hinweis, den ich übersehen hatte.

Aber zu dem Zeitpunkt hatte mir noch ein entscheidendes Detail gefehlt: Da kannte ich Ann-Christin noch nicht, wusste nicht, dass sie vom Deathbook-Killer verfolgt wurde, und hatte keine Ahnung davon, dass ihre Mutter erst vor wenigen Tagen zu Grabe getragen worden war.

Dieses letzte Puzzleteil hatte ich erst jetzt, und es war ausgerechnet Gustav Musiol, der es mit seiner Leichenwagen-Bemerkung dicht genug an die Lücke schob, sodass ich den Zusammenhang erkennen konnte.

Dänemark, QR-Codes auf Grabsteinen, Fotos von aufgebahrten Toten, die ständigen Hinweise auf den Tod, ein dunkler Wagen, der wie ein Leichenwagen aussah, ein Todesfall in Ann-Christins Familie, eine Beerdigung …

Ohne den Blick vom Bildschirm zu nehmen, fragte ich mit belegter Stimme: «Wissen Sie, welches Beerdigungsinstitut für Ann-Christins Mutter zuständig war?»

«Klar weiß ich das», sagte Musiol. «Die liegen mir dauernd wegen der Rechnung in den Ohren, dabei habe ich noch nicht einmal Geld von der Versicherung bekommen, immerhin war das ja ein Unfall, und …»

«Den Namen!», unterbrach ich ihn barsch.

«Quindt. Es ist das Beerdigungsinstitut Quindt hier in der Stadt. Warum wollen Sie das wissen?»

Warum starb er nicht?

Er hätte längst tot sein müssen.

Die Kamera war in zwei Meter Höhe auf den hellbraunen offenen Sarg gerichtet.

Seit einer Stunde nahm sie nun bereits auf, aber es lief nicht wie geplant, denn das Opfer lebte noch. Es war natürlich schwierig einzuschätzen, wie lange die Luft unter der Folie noch reichen würde. Alles über einer halben Stunde erschien ihm jedoch unrealistisch. Vielleicht hatte er nicht sorgsam genug gearbeitet und einen Fehler gemacht?

Er hatte zwanzig Rollen Klarsichtfolie gekauft, und zwar die extra reißfeste Qualität. Acht Rollen hatte er verbraucht, um den offenen Sarg komplett in mehreren Schichten einzuwickeln. Die einzelnen Bahnen lappten breit übereinander, eigentlich war es unmöglich, dass noch irgendwo Luft in den Sarg gelangte.

Es war ein wunderbares Arrangement gewesen: Die transparente Folie gestattete der Kamera einen hervorragenden Blick in den Sarg, der innen weiß ausgepolstert war. Das Opfer wirkte fast wie Graf Dracula in einer billigen Hollywood-Produktion.

Er hatte sich schon zu dieser einzigartigen Idee beglückwünscht. Es war schließlich nicht einfach, immer wieder neue beeindruckende Motive für seine Videos zu finden.

Aber er hatte sich wohl zu früh gefreut.

Dadurch, dass der Mann schon so lange unter der Hülle atmete, hatte sich an der Unterseite der Folie sehr viel Kondenswasser abgesetzt. Das Gesicht des Mannes war kaum noch zu erkennen.

Er hatte zwei Möglichkeiten: Entweder entfernte er die Folie und wickelte den Sarg neu ein, oder er ließ alles so, wie es war, und wickelte einfach ein paar weitere Schichten über die bereits vorhandenen – in der Hoffnung, dass der Sarg dann wirklich luftdicht abgeschlossen war.

Er starrte den Sarg an und dachte nach.

Normalerweise spielte es keine Rolle, wie lange es dauerte, bis der Anwärter tot war. Heute aber schon. Ann-Christin war so weit, er brauchte die Black-Magic-Kamera. Nur mit ihr konnte er einen qualitativ hochwertigen Film drehen, und mit weniger wollte er sich nicht zufriedengeben. Gerade bei Ann-Christin nicht.

Der Mann unter der Folie war ihm eigentlich egal. Na gut, nicht ganz egal, schließlich gehörte er zu den Verschmutzern des

Internets, jenen Usern, die jeden Respekt vor dem Tod verloren hatten und ihn als Geschäftsgrundlage für irgendwelche miesen Ego-Shooter-Spiele missbrauchten. Nein, egal war er nicht, er war im Grunde sogar ein ideales Mitglied des Deathbook.

Trotzdem hätte er jetzt viel lieber seine Schöne aufgenommen. Er war sich sicher, bei ihr endlich den Durchbruch zu schaffen. Wenn er daran dachte, dass er dabei zuschauen würde, wie Thanatos während des Übergangs Ann-Christins Seele begleitete, wurde er richtig euphorisch.

Er nahm eine Rolle Klarsichtfolie aus dem Karton auf der Arbeitsfläche und begann, den Sarg abermals zu umwickeln. Ganze vier Rollen spannte er darum. Schließlich war die Folienschicht so dick, dass der Mann darunter nicht mehr zu sehen war. Es hatte also sowieso keinen Sinn mehr, ihn zu filmen. Ihm blieben ja noch die Bilder und Töne der GoPro Hero 3. Vielleicht würde er später mit dem Material und mit den bereits vorhandenen Aufnahmen der Black Magic etwas zusammenschneiden können. Im Umgang mit Final Cut war er mittlerweile ein wahrer Meister.

Er wandte sich vom Sarg ab, kletterte auf den Stuhl und montierte die Black Magic vom Stativ ab. Dann klappte er das Stativ zusammen und nahm beides mit.

Ann-Christin wartete. Sie war so weit.

Und er freute sich wie ein kleines Kind auf sie.

Der schwarz lackierte, langgezogene Mercedes-Benz-Leichenwagen stand hinter einem verschlossenen Metalltor auf dem Betriebsgelände des Beerdigungsinstituts. Auf der Fahrertür war ein silberner Schriftzug angebracht: Quindt, der Name des Inhabers. Das Q war sehr groß geschrieben, es überragte alle anderen Buchstaben und sah in der Dunkelheit und auf die Entfernung aus wie ein Smiley.

Karl Christian Rochus Quindt.

So hieß der Betreiber des Beerdigungsinstituts. Manuela hatte das in Erfahrung gebracht. Ich hatte mir in Ann-Christins Haus von dem Beamten mit dem flachsblonden Haar dessen Handy geliehen und sie angerufen. Mein eigenes Telefon hatte ich nicht benutzen wollen. Allerdings war es möglich, dass er nicht nur meins, sondern auch Manuelas Handy abhörte. Schließlich kannte er sie aus der Kiesgrube, was die Videoaufnahme belegte. Also hatte ich mich kurz gefasst und sie lediglich sehr eindringlich darum gebeten, sofort zurückzukommen. Lutz Kaiser ist nicht unser Mann, hatte ich gesagt. Unser Mann ist hier.

Fünf Minuten später hatte Manuela herausgefunden, dass ich recht hatte. Polizeibeamte hatten Kaisers Wohnung gestürmt und einen betrunkenen Mann vorgefunden – aber nicht Ann-Christin. Und mit dem Tod ihrer Mutter hatte er wohl auch nichts zu tun. Es sah so aus, als sei er zu dem Zeitpunkt im Krankenhaus gewesen und erst vor wenigen Tagen entlassen worden.

«Was machen wir jetzt?», fragte ich.

Ich saß auf dem Beifahrersitz ihres Wagens. Wir starrten beide durch die Windschutzscheibe zum Betriebsgelände hinüber.

«Wir klingeln und fragen höflich, ob er der Deathbook-Killer ist, was sonst.»

Das war kein Sarkasmus. Lutz Kaiser, Ann-Christins Vater, hatte als trunksüchtiger Choleriker überhaupt nicht ins Bild des Deathbook-Killers gepasst. Dennoch hatte Manuela ihn überprüfen lassen müssen. Diese blöde Bemerkung, dass niemand seine Tochter bekäme, konnten wir in der Situation ja nur falsch verstehen. Der Einsatz gegen Lutz Kaiser war ein Desaster gewesen, dafür würde sich Manuela bei ihren Vorgesetzten verantworten müssen. Ich wollte nicht in ihrer Haut stecken.

Was Hauptkommissar Kieling bei dem Lehrer Franz Altmaier erreicht hatte, wussten wir noch nicht. Altmaier war meine heiße Spur gewesen, ich hätte meine rechte Hand darauf verwettet, dass er der Täter war. Mit meinem jetzigen Wissen sah aber alles wieder ganz anders aus. Kieling war also ebenfalls auf einer falschen Spur, und seinen Ärger darüber würde er ohne jeden Zweifel an Manuela auslassen. Dass sie keine Lust hatte, einen dritten Fehler zu begehen, war nur zu verständlich.

«Du hast Zweifel?», fragte ich sie.

«Ja klar, was denkst du denn?»

«Aber die Fakten …»

«Die Fakten sprachen auch schon für Kaiser oder Altmaier. Stattdessen stehen wir jetzt hier und setzen unsere Hoffnung auf einen dunklen Wagen. Solche Fahrzeuge gibt es millionenfach. Bei Lutz Kaiser habe ich ein Spezialeinsatzkommando gerufen, den Fehler mache ich hier nicht noch einmal. Wir gehen rüber und klingeln. Mein letztes Wort.»

In dieser Sache war mit Manuela nicht zu verhandeln, also versuchte ich es erst gar nicht.

Sie überprüfte ihre Dienstwaffe, dann stiegen wir aus.

«Ich weiß nicht, warum ich schon wieder auf dich höre», murmelte Manuela grimmig.

«Weil du weißt, dass ich diesmal recht habe?»

«Spiel dich nicht so auf. Du lagst mit dem Tätowierer und dem Lehrer daneben. Deinetwegen ist dieser Fall ein einziges Chaos.»

«Meinetwegen gibt es diesen Fall überhaupt.»

«Auch wieder wahr.»

Das Metalltor war massiv und zwei Meter hoch. Da es zwischen den vertikalen auch horizontale Streben gab, die man als Tritte nutzen konnte, würde man leicht hinüberklettern können.

Rechts vom Tor verlief eine zwei Meter hohe Sandsteinmauer bis in die Tiefen des nicht einsehbaren Grundstücks. Auf der anderen Seite der Mauer befand sich ein Dachdeckerbetrieb. Das Beerdigungsinstitut Quindt hatte sich in einem ruhigen Gewerbegebiet niedergelassen; Wohnhäuser gab es hier nicht. Um diese Zeit fuhren hier keine Fahrzeuge mehr. Gleich vorn an der Straße stand ein Neubau im Bungalow-Stil. Weißer Klinker, grüne Fenster, Dachziegel in mediterranem Terracotta. Die doppelflügelige Eingangstür flankierten zwei weiße Säulen. Das Gebäude machte einen gehobenen, ehrbaren Eindruck. Ein dezentes Schild an dem gemauerten Pfeiler neben der Toreinfahrt wies auf Inhaber und Öffnungszeiten hin.

Unter dem Schild befand sich ein Klingelknopf, der von einem großen runden, vergoldeten Metallrahmen eingefasst war. Manuela streckte schon die Hand danach aus, als mir die Videokamera unter dem Dachüberstand auffiel. Ich bemerkte sie nur wegen der kleinen roten Betriebslampe.

Ich wies Manuela darauf hin.

«Wenn Quindt wirklich unser Killer ist, gibt es hier sicher mehr als nur eine Kamera. Die anderen sehen wir nur nicht.»

«Es ist ja nicht verboten, sein Grundstück abzusichern», versetzte Manuela gleichmütig. «Ich klingele jetzt.»

Sie streckte wieder die Hand aus.

«Es ist fast Mitternacht», setzte ich nach. «Wir befinden uns in einem Gewerbegebiet, hier wohnt niemand. Wer sollte uns öffnen?»

«Hast du einen anderen Vorschlag? Dann raus damit. Aber komm mir bitte nicht damit, dass ich das Sondereinsatzkommando rufen soll. Das kannst du nämlich gleich vergessen.»

«Muss ja nicht sein, aber wenn Ann-Christin hier ist, dürfen wir keine Zeit verlieren. Und vor allem dürfen wir ihn nicht warnen. Komm, wir steigen über das Tor und sehen uns mal um.»

Manuela schüttelte so energisch den Kopf, dass ihr Haar flog.

«Mach ich nicht. Hier ist keine Gefahr im Verzug. Der Kieling reißt mir …»

Das Klingeln ihres Handys unterbrach sie.

Sie warf einen Blick aufs Display und sah mich erschrocken an. «Er ist es.»

Er hatte den Tisch, auf dem Ann-Christin festgeschnallt war, schräg gestellt. So war sie nicht mehr gezwungen, an die Decke zu starren, und konnte alles sehen, was in dem Raum vor sich ging.

Nachdem er die Kanülen in die Blutgefäße ihrer Oberschenkel geschoben hatte, war er verschwunden. Das medizinische Gerät rechts neben dem Tisch, das aussah wie eine Pumpe, lief noch nicht. Der transparente Schlauch, der von Ann-Christins Oberschenkel zu dem Gerät führte, war leer, die Kanüle also noch nicht geöffnet. Durch den zweiten Schlauch, der von dem großen Metallgefäß zu ihrem Körper führte, floss noch keine verwesungshemmende Flüssigkeit.

Ann-Christin hatte versucht, ihren Fesseln zu entkommen, doch die mit der metallenen Platte des Tisches verbundenen stabilen Ledergurte gaben keinen Millimeter nach. Irgendwann hatte sie aufgegeben. Aus Angst war Gewissheit geworden: Sie würde hier sterben. Anfangs hatte sie noch geweint, doch die Tränen waren bald versiegt. Es war merkwürdig, aber die Gewissheit des baldigen Todes hatte sie ganz ruhig werden lassen. Ihr Peiniger hatte ihr versprochen, dass sie keine Schmerzen spüren würde, und darauf vertraute sie. Es war diese letzte Hoffnung, an die sie sich klammerte.

Nie wäre sie auf die Idee gekommen, dass dieser Mann ihr Verfolger sein könnte.

Sie erinnerte sich noch gut an den Tag vor knapp zwei Wochen, als sie in dem Aufbahrungsraum vor dem Sarg ihrer Mutter zusammengebrochen war. Sie hatte den Mann neben sich wahrgenommen, ohne ihn wirklich zu sehen. Er hatte sich fürsorglich und verständnisvoll um sie gekümmert, so wie man es von jemandem dieses Berufsstandes erwarten durfte. Seine Stimme war warm und angenehm gewesen, und seine Worte hatten sie ein wenig aufgerichtet. Ann-Christin erinnerte sich nicht mehr daran, was er im Einzelnen gesagt hatte. Sie selbst hatte davon gesprochen, dass sie den Tod ihrer Mutter nicht begreifen könne. Sie erinnerte sich noch, dass sie mit einem besseren Gefühl nach Hause gegangen war. Er hatte ihr nicht wirklich helfen können, aber etwas in ihr angestoßen. Nach dem Zusammentreffen hatte sie sich online auf die Suche nach Antworten gemacht.

Wie hätte sie wissen können, dass er genau das beabsichtigt hatte.

Sie hörte ein Geräusch und wandte den Kopf nach links. Dort sah sie einen grauen Vorhang, der sich leicht bewegte. Einen Moment später trat Quindt durch den Vorhang.

Er war ein großer, schwerer Mann Mitte zwanzig, hatte dünnes blondes Haar mit Geheimratsecken und ein kindliches Gesicht. Die Wangen waren dick und rosig, die kleinen Ohren lagen eng am massigen Schädel an. Die blauen Augen strahlten Ruhe und Gelassenheit aus. Ann-Christin sah ihm an, dass er sich in dieser Umgebung wohl fühlte und sich seiner Sache sicher war.

Er trug noch immer den blutverschmierten Kittel, und auch auf seiner Stirn klebte noch ihr Blut. In der einen Hand hielt er ein Stativ, in der anderen eine große schwarze Kamera. Mit dieser Kamera hatte er Ann-Christin vor ein paar Stunden auf dem Nachhauseweg gefilmt. Sie erinnerte sich sehr gut an das schwarze Auge, das sie so ungeniert angeglotzt hatte. War das wirklich erst einige Stunden her? Ihr schien es, als befände sie sich seit einer Ewigkeit in seiner Gewalt.

Quindt lächelte sie an. Es war ein warmes, mitfühlendes Lächeln, das die Umstände und das Blut an seinem Körper ignorierte. Glaubte er wirklich, dass sie sterben wollte? Dass sie ihm den Liebesbeweis erbringen wollte, von dem er gesprochen hatte? War er wirklich so verrückt?

«Meine Schöne, es tut mir leid, ich habe dich warten lassen. Ich habe heute noch einen anderen Gast hier. Aber jetzt geht es gleich los!»

Er legte die Kamera auf der Arbeitsplatte ab und stellte das Stativ auf. Dann montierte er die Kamera darauf.

«Ich beneide dich wirklich, weißt du», sagte er. «Du gehst voraus und erlangst dieses großartige Wissen, nach dem sich alle Menschen sehnen. Mein Vater hat immer gesagt: Wenn die Menschen mehr über den Tod wüssten, dann wäre die Erde ein verwaister Ort. Mein Vater war wirklich ein kluger Mann, musst du wissen, er hat mich gelehrt, Respekt vor dem Tod zu haben. Als er starb, war er verbittert darüber, wie die Menschen heutzutage mit dem Tod umgehen. Ich bin wirklich froh, dass er nicht mehr erleben musste, wie schlimm es geworden ist. Und daran ist einzig und allein das Internet schuld. Weißt du, warum?»

Ann-Christin überlegte fieberhaft, was sie zu ihm sagen konnte, um ihn vielleicht doch noch von seinem Vorhaben abzubringen. Sie musste irgendwie zu ihm durchdringen. Noch fiel ihr nichts ein.

«Nein», sagte sie.

«Es ist offensichtlich. Man muss sich nur auskennen mit den menschlichen Bedürfnissen und Schwächen. Eines ist dem Menschen genauso wichtig wie Essen und Schlaf: Erhöhung. Jedes Individuum will sich abheben, will höher stehen als die anderen. Deswegen erniedrigen sich die Menschen gegenseitig. Durch Kriege, Morde, Vergewaltigungen, Demütigungen, Diebstahl – ja, sogar Sex ist eine Form der Demütigung. Es ist dem Menschen immanent, sich selbst zu erhöhen. Und noch nie in der Geschichte der Evolution war es einfacher als heute. Denn selbst die Feigsten unter uns haben jetzt die Möglichkeit, öffentlich über andere zu urteilen. Sie tun es aus der Anonymität des Internets heraus. Sie lästern, schmähen und beurteilen, ohne Konsequenzen fürchten zu müssen. Sie sind so dumm zu glauben, sie müssten auch den Tod nicht mehr fürchten. Aber ich bringe ihnen die Furcht zurück, und es ist nur logisch und zwangsläufig, dass ich es über das Internet tue.»

«Aber was hab denn ich damit zu tun? Ich fürchte doch den Tod. Ich will nicht sterben, lass mich bitte gehen … bitte …», flehte Ann-Christin.

Sie verstand nicht, was er da sagte, wusste nicht, wo sie einhaken sollte, um ihn zu erreichen, also flehte sie.

Er schenkte ihr erneut sein warmes Lächeln.

«Meine Schöne, durch mich wirst du ewig da sein. Ich nehme dich in mein Deathbook auf und schenke dir damit Unsterblichkeit.»

«Ich will aber nicht unsterblich sein, ich will leben», sagte Ann-Christin. «Bitte, lass mich leben!»

Er hielt mit seiner Arbeit inne und sah sie an. Nichts hatte sich an seinem Lächeln verändert. Sie war nicht zu ihm durchgedrungen.

«Das Leben ist nichts, Ann-Christin, der Tod aber ist alles. Erst wenn die Menschen das verstanden haben, können sie tief in ihrem Inneren wirklich frei sein. Glaub mir … Das Leben ist nichts, der Tod aber ist alles.»

Mit diesen Worten wandte er sich ab und widmete sich der Einstellung seiner Kamera.

Was er gesagt hatte, rief Ann-Christin plötzlich etwas in Erinnerung. Der Text, den sie wenige Tage nach dem Tod ihrer Mutter online gefunden und auswendig gelernt hatte. Die einzigen Worte, die ihr in der schweren Zeit wirklich Trost gespendet hatten. Sie wusste nicht mehr, von wem der Text stammte, konnte sich aber an jedes einzelne Wort erinnern. An die Kraft und die Zuversicht, die darin steckten.

Sie begann zu rezitieren. Laut und deutlich.

«Der Tod ist nichts, ich bin nur in das Zimmer nebenan gegangen. Ich bin ich, ihr seid ihr. Das, was ich für euch war, bin ich immer noch. Gebt mir den Namen, den ihr mir immer gegeben habt. Sprecht mit mir, wie ihr es immer getan habt. Gebraucht keine andere Redeweise, seid nicht feierlich oder traurig. Lacht weiterhin über das, worüber wir gemeinsam gelacht haben. Betet, lacht, denkt an mich, betet für mich, damit mein Name ausgesprochen wird, so wie es immer war, ohne irgendeine besondere Betonung, ohne die Spur eines Schattens. Das Leben bedeutet das, was es immer war. Der Faden ist nicht durchschnitten. Weshalb soll ich nicht mehr in euren Gedanken sein, nur weil ich nicht mehr in eurem Blickfeld bin? Ich bin nicht weit weg, nur auf der anderen Seite des Weges … der Tod ist nichts.»

Schon während sie sprach, bemerkte Ann-Christin eine Veränderung bei Quindt. Er hatte aufgehört, an der Kamera herumzufummeln. Seine Arme hingen schlaff an den Seiten herab, sein Kinn war auf die Brust gesackt. Leider drehte er ihr seinen breiten Rücken zu, sodass Ann-Christin sein Gesicht nicht sehen konnte.

Als sie geendet hatte, wurde es still in dem großen Raum. Ann-Christin meinte, die Wände atmen zu hören. War sie endlich zu ihm durchgedrungen? Würde er von seinem Tun ablassen?

Hoffnung durchflutete sie. Bis zu dem Moment, da er sich umdrehte.

Das warme Lächeln war verschwunden. Seine Mundwinkel und Augenlider hingen herunter, er stierte sie von unten herauf an. Sein Mund war leicht geöffnet. Seine Hände waren zu Fäusten geballt. Er schien ein völlig anderer Mensch zu sein als noch vor wenigen Augenblicken.

«Der Tod ist alles», sagte er leise und sprach wie eine Maschine. «Alles, verstehst du, alles … scheiß auf das Leben … nur Schmerzen und Blut … nur Häme und Gemeinheiten … ich glaubte, du wüsstest etwas vom Leben und vom Tod, aber du weißt gar nichts … das Leben kannst du wegwischen wie Fliegendreck, eine Kugel in den Kopf, peng, Gehirn und Knochensplitter überall, auf dem Tulpenbild, vor allem da … überall, aber vor allem auf dem Tulpenbild …»

Mit schweren Schritten kam er auf sie zu. Sein Kopf hing immer noch herab, die Fäuste öffneten und schlossen sich. Ann-Christin glaubte, einen hypnotisierten Menschen vor sich zu haben.

Er streckte die Hand aus, fummelte an der Kanüle an ihrem Oberschenkel herum und schaltete die Maschine ein. Sofort floss Blut aus ihrem Oberschenkel durch den Schlauch zur Maschine.

«Der Tod ist alles … stirb und begreif es …»

Manuela nahm ab. Am anderen Ende meldete sich Kieling, und zwar so lautstark, dass auch ich ihn noch hören konnte.

«Bei dem Lehrer ist nichts, sein Bruder ist Anwalt und droht mir mit einer Dienstaufsichtsbeschwerde. Herzlichen Dank für diesen Tipp, Sperling. Und als würde das nicht reichen, ruft mich gerade der Kollege bei Ihnen vor Ort an und erzählt, Sie hätten ein Haus gestürmt. Mit einer Sondereinheit? Was läuft da für eine Scheiße bei Ihnen, Sperling? Sind Sie völlig übergeschnappt? Wer hat Sie zur Leiterin der Ermittlungen gemacht?»

«Ich hatte konkrete Hinweise …»

«Ich gebe keinen Pfifferling auf Ihre konkreten Hinweise. Kommen die etwa wieder vom diesem Schreiberling? Der verarscht uns doch nach Strich und Faden. So langsam habe ich den Eindruck, diese ganze Geschichte ist auf seinem Mist gewachsen.»

«Wenn Sie mich bitte kurz ausreden lassen …»

«Dazu bekommen Sie ausgiebig Gelegenheit, wenn Sie wieder hier sind. Sie wenden sich jetzt sofort an den Kollegen Habermann vor Ort, der übernimmt, und dann kommen Sie beide auf der Stelle zurück.»

«Herr Kieling», versuchte Manuela es erneut. «Es könnte sein, dass wir jetzt die richtige Spur zum Täter haben. Ich möchte Sie bitten, uns …»

«Nichts da! Sehen Sie zu, dass Sie ins Präsidium kommen, sonst lernen Sie mich kennen! Und bringen Sie diesen verdammten Schreiberling mit!»

Manuela ließ das Handy sinken und sah mich fassungslos an.

«Aufgelegt», sagte sie mit tonloser Stimme.

«Ich kann Kielings Ärger verstehen, aber vielleicht solltest du ihn zurückrufen. Er hat dich ja gar nicht zu Wort kommen lassen.»

«Du hast ihn doch gehört. Wir müssen abbrechen.»

«Manuela, ich bitte dich, das kann nicht dein Ernst sein. Unser Täter ist dadrinnen, und wahrscheinlich hat er Ann-Christin und Jan in seiner Gewalt. Wir müssen endlich etwas tun.»

Manuela trat von dem Grundstück zurück. «Werden wir auch. Wir kontaktieren diesen Habermann, sagen ihm, was wir wissen, dann kann er sich darum kümmern. Wir sind raus.»

«Dann stirbt Ann-Christin.»

«Sag das bitte nicht so, als ob es meine Schuld wäre. Ich habe wirklich alles versucht. Ich verliere meinen Job, wenn ich Kielings Anordnung missachte. Los, zurück zum Wagen. Wir fahren.» Sie drehte sich um und ging über die Straße.

Ich blieb stehen. Nichts Verdächtiges auf dem Grundstück des Bestattungsunternehmens. Kein Licht, kein Geräusch, gar nichts. Dabei spürte ich doch, wie nah ich dran war. Nur diese beschissenen Gitterstäbe trennten mich von dem Mann, der meine Nichte Kathi auf dem Gewissen hatte. Die Gitterstäbe und der Rechtsstaat. Ich durfte hier nicht einfach so eindringen, und ich durfte Manuela nicht erneut in Verlegenheit bringen.

In meinem Inneren kämpfte Logik gegen Gefühl. Intuition gegen Fakten. Ich war drauf und dran, einen Alleingang zu wagen, legte meine Hände um die Gitterstäbe und rüttelte leicht an dem Tor.

«Andreas … bitte lass das», rief Manuela hinter mir. «Kieling wird mir die Schuld geben.»

Ich ließ die Gitterstäbe los und drehte mich zu ihr um. So langsam, als steckten meine Füße in flüssigem Beton, trat ich vom Bürgersteig auf die Straße. Ich kam mir vor wie ein Verräter. Ann-Christin hatte auf meine Hilfe gesetzt. Ich hatte schon Kathi nicht helfen können und würde auch hier wieder versagen. Nur weil Kieling, dieser ignorante Beamtenarsch, es sich nicht …

Diesmal klingelte mein Handy.

Mitten auf der Straße blieb ich stehen und holte es hervor. Es war dieselbe Nummer, die mir die Todesvideos von Julia Neige und Mario Böhm geschickt hatte. Aber diesmal schickte er keine SMS, er rief an.

Ich winkte Manuela zu mir her.

«Das ist er», rief ich und presste das Handy ans Ohr.

«Ja.»

Die grauenhaft verzerrte Stimme sprach zu mir:

«Bei jedem Dreh hatten meine Gäste die Möglichkeit, die Todeskandidaten zu retten, dafür habe ich gesorgt. Sie mussten sich entscheiden. Entweder filmen und davonkommen oder helfen und Opfer werden. Nicht einer hat geholfen. Wie sieht es mit Ihnen aus, Schriftsteller? Werden Sie Ann-Christin retten?»

Ich wollte etwas sagen, aber das Gespräch war schon beendet.

Manuela tauchte neben mir auf. «Was ist los?»

«Das war …»

Eine SMS ging ein. Ich öffnete sie, fand einen Link und tippte ihn an.

Es war ein Video, was sonst.

Die Kamera befand sich in einem hell ausgeleuchteten Raum, die Wände waren weiß gekachelt. Das Objektiv war fest auf einen großen metallenen Tisch gerichtet, dessen Liegefläche schräg gestellt war. Auf diesem Tisch war Ann-Christin festgeschnallt. Um ihre Hand- und Fußgelenke lagen dicke Lederbänder. Sie trug nur ihre Unterwäsche. Zwei Schläuche steckten in ihren Oberschenkeln. Ein Schlauch führte zu einem Dialysegerät. Blut floss hindurch. Der andere Schlauch führte zu einem rollbaren, zylinderförmigen Metallbehälter. Auf dem Deckel war ein Druckmanometer angebracht. Die Zeiger ruhten in der Ausgangsposition, der Schlauch war leer.

Ann-Christins Augen zuckten hin und her. Ihr Mund bewegte sich unter dem Streifen Paketband, doch ihre Worte drangen nicht bis zur Kamera.

Von links trat jemand ins Bild. Ein großer, kräftiger Mann in weißem, blutverschmiertem Kittel. Vor dem Gesicht trug er die Deathbook-Maske. Er legte seine Hand an einen Schalter des Dialysegerätes. Ein klobiger Totenkopfring steckte am Ringfinger.

«Sieh her, Schriftsteller, diesen Schalter musst du betätigen, dann kannst du das Mädchen retten. Aber vielleicht siehst du dir ja lieber dieses Video zu Ende an? So wie alle anderen.»

Er trat näher an die Kamera, bis die Maske mit den Blutfäden vor den Augen das Bild ausfüllte.

«Du hast deinen Beitrag nicht geleistet, Schriftsteller. Das nächste Video drehen wir von dir.»

Der Mann trat aus dem Bild und gab den Blick auf Ann-Christin frei. Das Video endete nicht, es lief weiter.

Ich schaltete mein Handy aus.

«Um Gottes willen … was macht er mit dem Mädchen?», fragte Manuela mit heiserer Stimme.

Ich wusste, was er tat. Die Gerätschaften, die er benutzte, waren mir bekannt. Als ich noch nicht vom Schreiben leben konnte, war ich ein paar Jahre Taxi gefahren. Unter anderem hatte ich Dialysepatienten befördert. Da viele von ihnen nach der Dialyse geschwächt waren und nicht allein gehen konnten, war ich oft genug auf der Station gewesen, um sie abzuholen und zum Taxi zu begleiten. Ich wusste daher, wie eine Dialysemaschine aussieht.

Ich erklärte es Manuela.

«Und diesen großen Zylinder», fuhr ich weiter fort, «habe ich irgendwann während einer Recherche im Internet gesehen. Leichenbestatter benutzen so etwas beim Modern Embalming. Darin befindet sich eine formalinhaltige Flüssigkeit. Er tauscht ihr Blut gegen diese Flüssigkeit aus. Er will sie einbalsamieren.»

Wir starrten zum Betriebsgelände des Beerdigungsunternehmens Quindt hinüber.

«Scheiß auf Kieling, ich geh da jetzt rein», sagte ich.

Manuela holte ihre Waffe hervor.

«Scheiß auf Kieling», wiederholte sie.

Gemeinsam kletterten wir über das Tor. Manuela war schlanker, beweglicher und schneller als ich. Sie sprang und landete sanft wie eine Katze auf dem Boden. Ich schlug wie ein Sack auf dem Boden auf.

Wir drückten uns zwischen dem Leichenwagen und der Hauswand hindurch. Ich spürte die Anspannung zwischen den Schulterblättern. Manuela ging voran, die Waffe schussbereit, ich folgte ihr mit dem Elektroschocker in der Hand. Es mochte vielleicht albern wirken, aber aus eigener Erfahrung wusste ich ja, welch gute Dienste dieses Gerät leistete.

Das Grundstück erstreckte sich unübersichtlich weit in die Tiefe. An den neugebauten Bungalow vorn an der Straße schloss sich eine eingeschossige Halle an. Fenster gab es auf der Hofseite keine, dafür eine doppelflügelige Metalltür.

Manuela legte eine Hand auf die Klinke und drückte sie behutsam hinunter. Sie war verschlossen. Manuela schüttelte den Kopf und schlich weiter. Ich sah immer wieder zum Dachüberstand hinauf auf der Suche nach weiteren Kameras, konnte aber keine entdecken. Wahrscheinlich war die große vor dem Haus nur zur Abschreckung gedacht. Dort, wo es wirklich darauf ankam, installierte man kleine, fast unsichtbare Kameras.

Wir gelangten an das Ende der Hallenmauer. Manuela stoppte mich mit einem Handzeichen und spähte um die Ecke.

«Alles ruhig», sagte sie und ging abermals voran. Ich folgte ihr.

Plötzlich waren wir in gleißendes Licht getaucht. Ich war geblendet, konnte nichts mehr sehen und hielt eine Hand vor meine Augen. Manuela erging es genau so. Das Licht war entsetzlich grell, es schien noch durch die Hand hindurch. Ich meinte sogar, die Hitze der starken Scheinwerfer spüren zu können. Nur eine Sekunde später setzte lautes Hundegebell ein. Es klang nach einem großen, kräftigen Hund.

«Weg hier!», rief ich.

Immer noch blind, stolperte ich zurück in die Zufahrt. Dort war das Licht erträglicher. Ich nahm die Hand herunter und blinzelte. Manuela war neben mir. Sie fuchtelte mit der Waffe herum, ohne ein Ziel zu haben. Der Hund kläffte wütend.

«Zurück hinters Tor», schrie ich gegen den Lärm an. Ich mochte Hunde, aber ich hatte keine Lust, mich mit einem ausgebildeten, scharfen Wachhund anzulegen. Ich rechnete damit, dass er jeden Moment von irgendwo aus den Tiefen des Grundstücks hervorgeschossen kommen und uns angreifen würde.

Rückwärts, den hinteren, nun hell erleuchteten Teil des Grundstücks im Auge behaltend, zogen wir uns zurück.

Auf halber Strecke fiel mir auf, dass der Hund sehr monoton bellte.

«Warte mal», sagte ich und packte Manuela an der Hand.

«Was ist?»

«Das Gekläffe kommt doch vom Band, oder?»

Wir lauschten. Der Hund bellte weiter, zeigte sich aber nicht. Er wurde nicht lauter und nicht leiser.

«Verflucht», sagte Manuela, «du hast recht. Das ist ein Fake.»

Vollkommen sicher waren wir uns nicht, deswegen schlichen wir äußerst vorsichtig wieder auf das Licht zu. An der Ecke blieben wir erneut stehen.

Vor uns lag ein quadratischer Hinterhof. Aus vier Richtungen strahlten ungemein helle Scheinwerfer. Das Hundegebell erklang nur aus einer Richtung, von links. Ich schirmte meine Augen mit einer Hand ab und hielt Ausschau. Gegen die Scheinwerfer war kaum etwas zu sehen, doch ich glaubte, unter dem Dachüberstand des Gebäudes rechts von uns einen rechteckigen schwarzen Kasten erkennen zu können.

Ein Lautsprecher.

Ich wies Manuela darauf hin.

Sie nickte, und wir beobachteten das Gebäude. Es war viel älter als die anderen beiden, ein eingeschossiger, flacher Bau aus Stein und Holz, verwittert und von der Zeit misshandelt. Die alten Fenster schienen von innen mit einer schwarzen Folie beklebt zu sein. Zwischen den Fenstern gab es eine Holztür, gerade breit genug, um einen Sarg hindurchzutragen. Das Gebäude machte einen düsteren und bedrohlichen Eindruck.

Dann erinnerte ich mich an das Video, an die wie neu glänzenden Geräte und die sauberen Fliesen an den Wänden. Alles hatte sehr klinisch gewirkt. Konnte die Aufnahme wirklich in diesem Gebäude gemacht worden sein?

«Wohin?», fragte Manuela.

Ich überlegte kurz und entschied mich für das alte Gebäude. Einen Grund dafür konnte ich nicht nennen, ich hörte einfach auf mein Bauchgefühl. Und es musste ja einen Grund geben dafür, dass der Besitzer gerade diesen Teil seines Anwesens mit Scheinwerfern und Hundegebell gesichert hatte.

«Da hinein», rief ich gegen das Gekläffe an.

Wir hatten die Holztür noch nicht erreicht, da erlosch das Licht, und der Hund verstummte. Plötzlich standen wir im Dunkeln, und das war mindestens genau so erschreckend wie zuvor der Überfall aus Licht.

«Warte», sagte Manuela. Einen Moment später zerschnitt der Strahl ihrer kleinen Taschenlampe die Dunkelheit. Ich hatte selbst keine dabei und würde, falls es nötig werden sollte, auf mein Handy als Lampe zurückgreifen müssen.

Manuela richtete den Strahl auf die Holztür und überprüfte sie.

Sie war abgeschlossen.

«Hast du auch gerade diesen Schrei gehört?», fragte sie.

«Welchen Schrei?» Ich hörte absolut nichts.

Manuela sah mich an, wie man jemanden ansieht, der die Pointe eines Witzes nicht versteht.

«Na, den Schrei, da, da war er wieder!» Sie hob bedeutungsvoll die Augenbrauen.

Endlich kapierte ich. «Ja, klar, das klang nach dem Mädchen.»

«Gefahr im Verzug», sagte Manuela und zielte auf das alte Schloss.

Ich drehte mich halb zur Seite. Sie schoss zweimal. Es war unglaublich laut. Damit hatten wir uns auf jeden Fall zu erkennen gegeben, aber spielte das noch eine Rolle? Wir durften keine Zeit damit verschwenden, nach einem anderen Zugang zu suchen. Ann-Christin hatte keine Zeit mehr.

Das Holz war zersplittert, die Tür ließ sich jedoch noch nicht öffnen.

«Mach du mal», sagte Manuela und trat zur Seite.

Ich trat zweimal dagegen, dann sprang die Tür auf. Sie schlug gegen die Wand und prallte zurück. Ich stoppte sie und drückte sie weit auf. Es war dunkel in dem Raum dahinter. Manuela tastete nach einem Lichtschalter. Eine kleine Lampe unter der Decke leuchtete auf. Wir standen in einer Werkstatt. Unter den Fenstern, die tatsächlich abgeklebt waren, stand eine alte hölzerne Werkbank. Sie war sicher drei Meter lang, darauf lag Werkzeug. An den Wänden lehnten Bretter und Holzplatten unterschiedlichster Größe. In der Mitte des Raumes stand eine Tischkreissäge mit Absaugschlauch. Rund um die Säge war der Boden mit Sägemehl bedeckt. Gegenüber machten wir eine weitere Tür aus – oder besser einen Türrahmen. Ein grauer Vorhang aus feingliedrigen Metallketten hing vor der Öffnung. Davor stand ein Scherenwagen mit blauem Rüschenbehang, obendrauf eine Überführungstrage.

Auf solchen Wagen transportierte man Särge.

Ich deutete auf den metallenen Vorhang, und Manuela nickte. Dann gab sie mir mit einem Zeichen zu verstehen, dass ich den Vorhang von der Seite her aufziehen sollte. Die Heimlichtuerei war im Grunde Unsinn – die Schüsse musste man im Umkreis von fünf Kilometern gehört haben –, aber sie schützte uns auch.

Ich streckte die Hand nach dem Vorhang aus. Bevor ich eine der Ketten berühren konnte, fuhr durch die offenstehende Tür ein Windstoß in die Werkstatt. Das Sägemehl am Boden wirbelte hoch. Die Späne, die mit dem Vorhang in Berührung kamen, verglühten knisternd.

«Nein!», rief Manuela.

Ich erstarrte. Den Bruchteil einer Sekunde später verstand ich, was es mit dem metallenen Vorhang auf sich hatte: Die Späne verglühten, weil er unter Strom stand. Das war eine perverse Falle!

Mein Herz raste, meine Hand zitterte. Vorsichtig zog ich sie zurück. Vielleicht wäre ich jetzt tot, wenn Manuela nicht so schnell reagiert hätte.

«Verflucht», sagte ich. «Das war knapp. Danke!»

Manuela trat neben mich.

«Jetzt wissen wir, dass wir hier richtig sind», sagte sie.

«Und wie kommen wir da durch?»

Wir sahen uns in der Werkstatt um. Unsere Blicke blieben an den Brettern hängen.

«Holz leitet keinen Strom, oder?», fragte Manuela.

Wir schnappten uns jeder ein Brett. Ich schob meines mittig zwischen den Vorhang und drückte die Ketten nach rechts weg. Der dadurch entstandene Spalt war breit genug zum Hindurchschlüpfen. Manuela ging vor. Flink, wie sie war, huschte sie durch den Spalt, ohne auch nur in die Nähe der Ketten zu kommen. Mir schwante, dass mir das nicht so leicht gelingen würde.

Von der anderen Seite schob Manuela ihr Brett durch den Vorhang. Ich ließ mein Brett nicht los, sondern benutzte es, um die Ketten links von mir wegzuhalten. Die Nasenspitze nur wenige

Zentimeter von dem stromführenden Metall entfernt, schob ich mich auf die andere Seite.

Dort sicherte Manuela mit ihrer Waffe einen kurzen, breiten Gang.

Am Ende hing ein weiterer Vorhang. So wie es aussah, bestand er aber aus Stoff. An der Wand hing ein mit einem Schloss gesicherter Sicherungskasten. Ein für diese Verhältnisse viel zu dickes und vor allem sehr neues Stromkabel führte hinein. Ein weiteres führte heraus und verschwand in einem Schacht im Fußboden. Sechs grüne Lämpchen flackerten an der Schalttafel des Kastens. Diese Anlage war hochmodern. Sie wollte so gar nicht in diese alte Halle passen.

Für die kleine Werkstatt mit der tödlichen Falle war sie bestimmt nicht gedacht.

An der Decke war deutlich sichtbar eine Kamera montiert. Die rote Aufnahmelampe leuchtete.

Ich deutete hinauf.

«Wir werden beobachtet», sagte ich.

«Dann weiß dieses Arschloch ja, was die Stunde geschlagen hat.»

Ich erkannte Manuelas Stimme kaum wieder. Sie klang böse und verbissen.

Wir gingen vor bis zum nächsten Vorhang.

Jetzt war deutlich zu erkennen, dass er aus dickem, schwerem Stoff bestand, aber ich traute dem Frieden nicht. Ich hielt das Brett noch in der Hand, schob es vor und teilte die beiden Stoffbahnen in der Mitte.

«Wie soll das bei Stoff funktionieren?», fragte Manuela. «Der würde doch verbrennen.»

«Ich will nur sichergehen», sagte ich.

Nacheinander schoben wir uns auf die andere Seite.

Manuela zielte in den Raum, doch da war niemand. Mittendrin stand ein geöffneter Sarg auf zwei Holzböcken. Er wirkte von weitem wie eingesponnen – erst als ich näher herantrat, sah ich, dass er komplett in Klarsichtfolie gehüllt war. Ich beugte mich darüber und bemerkte, dass die Folie von innen beschlagen war.

«Oh, verdammt», stieß ich aus. Sofort begann ich, an der Folie zu zerren und zu reißen, doch die Kunststoffschicht war zäh wie alte Lederhaut, ich bekam einfach kein Loch hinein.

Manuela fand auf einer Arbeitsplatte eine Schere, stach in die Folie und schnitt an der Sargkante entlang. Ich griff zu und riss die Hälften auseinander.

Darunter lag Jan Krutisch.

Seine Augen waren geschlossen, er sah aus wie tot. Auf seiner Stirn war mit einem Gurt eine kleine kompakte Kamera befestigt.

«Jan», schrie ich und rüttelte an ihm.

«Was ist mit ihm?», fragte Manuela.

«Ich weiß nicht.» Ich nahm seine Hand und tastete am Handgelenk nach seinem Puls, fand aber keinen. Ich versuchte es an der Halsschlagader.

«Ich spüre einen Puls, er lebt!», rief ich aus.

Der Puls war schwach, aber er war da. Ich rüttelte ihn, sprach ihn an und glaubte zu erkennen, wie seine Lider flatterten.

Plötzlich hörten wir ein Geräusch. Es schien aus dem Raum hinter einem weiteren Vorhang an der hinteren Wand des Raumes zu dringen. Türen schien es hier nicht zu geben.

«Bleib bei ihm», zischte Manuela. Dann schlich sie mit erhobener Waffe auf den Vorhang zu.

Sie hatte ihn kaum erreicht, da wurde er schon zurückgerissen. Ein großer Mann in weißer Kleidung erschien und sprühte Manuela etwas ins Gesicht. Manuela schoss, schlug dann aber eine Hand vors Gesicht und taumelte zurück.

In einer ersten Reaktion ließ ich mich zu Boden fallen, dann schnellte ich wieder hoch und sprang auf Manuela zu. Bevor ich sie erreichte, sackte sie in die Knie und ließ ihre Waffe polternd zu Boden fallen.

Ihr Gesicht war nass und klebrig, ein beißender Geruch lag in der Luft. Er vernebelte mir augenblicklich die Sinne. Ich griff nach der Waffe, fiel auf den Hintern und zog mich schnell zurück. Sofort wurde mir schwindelig und für einen Moment auch schwarz vor Augen. Doch das legte sich, als sich auch der Geruch verzog.

Dieses Schwein hatte Manuela betäubt! Und es war so schnell gegangen, dass ich den Mann nicht einmal richtig gesehen hatte.

Ich musste eine Entscheidung treffen. Manuela war betäubt, aber sie befand sich in keinem lebensbedrohlichen Zustand. Jan würde jetzt, wo er Luft bekam, sicher wieder zu sich kommen. Aber Ann-Christin würde in kurzer Zeit sterben, wenn ich ihr nicht half.

Ich stand auf und näherte mich dem Vorhang. Mit der Waffe am lang ausgestreckten Arm drückte ich die beiden Hälften des Vorhangs auseinander. Sie konnten nicht unter Strom stehen, das hatte der Mann gerade bewiesen. Ich war darauf vorbereitet, dass er abermals vorspringen und versuchen würde, auch mich zu betäuben. Doch das geschah nicht. Vielleicht hatte der Schuss ihn verschreckt.

Die Waffe nach vorn gerichtet, betrat ich einen weiteren Raum. Helles Licht blendete mich. Die Wände waren rundum weiß gekachelt. An der rechten Längsseite standen zwei Metalltische, solche, auf denen Leichen für die Bestattung vorbereitet wurden. In der Ecke hinten links lag Ann-Christin. Neben ihr surrte die Dialysemaschine. Sie war noch bei Bewusstsein und starrte mich an. Ihr Blick war panisch. Sie versuchte, trotz des Klebestreifens auf ihrem Mund etwas zu sagen, doch ich konnte sie nicht verstehen.

Ich eilte zu ihr hinüber und entfernte das Paketband mit einem schnellen Ruck. Ann-Christin schrie kurz auf.

«Keine Angst, es ist vorbei, ich helfe dir. Wo ist Quindt hin?», fragte ich sie und suchte hektisch an der Dialysemaschine nach dem Schalter, den der Deathbook-Killer mir auf dem Video gezeigt hatte. Ich fand ihn und schaltete die Maschine ab. Die kleinen

Schaufelräder in dem mit Blut gefüllten Sichtfenster liefen langsam aus. Das Blut im Schlauch floss nicht mehr.

«Hinter dem Vorhang ...», sagte Ann-Christin mit matter Stimme.

Ich drehte mich um und sah, was sie meinte: einen weiteren grauen Vorhang, zehn Meter von mir entfernt in der hinteren Ecke des Raumes. Er schwang leicht nach, so als sei gerade eben jemand hindurchgegangen.

Plötzlich hörte ich hinter mir ein Geräusch. Erschrocken fuhr ich herum und zielte mit der Waffe. Mein Finger krümmte sich um den Abzug, ich spürte den Druckpunkt, zog aber nicht durch.

Es war Manuela. Sie stand schräg gegen den Türrahmen gelehnt und rieb sich das Gesicht.

«Wo ... wo ist er?», fragte sie. Dann löste sie sich vom Türrahmen und stolperte auf mich zu. Ich ging ihr ein paar Schritte entgegen und fing sie auf.

«Er ist geflüchtet. Wie geht es dir?»

«Es ... es geht schon. Ich hab gerade noch die Luft anhalten können. Aber es brennt in den Augen und im Hals.»

Ich schaute ihr direkt in die Augen. «Kannst du bei Ann-Christin bleiben?», fragte ich. Es war klar, dass sie Quindt in ihrem Zustand nicht verfolgen konnte.

Manuela nickte.

«Ich habe das Dialysegerät abgeschaltet, aber es wäre gut, wenn du die Kanülen in ihren Oberschenkeln schließen könntest.»

«Okay ... das bekomme ich hin.»

Ich reichte ihr die Waffe. «Falls er wiederkommt.»

Manuela schüttelte den Kopf. «Behalt sie. Es brennt in den Augen, ich kann kaum etwas sehen. Ich würde ihn nicht treffen. Lass mir deinen Teaser da.»

Ich gab ihn ihr. Sie berührte meine Hand.

«Pass auf dich auf, Andreas.»

Ich nickte.

Unmittelbar hinter dem Vorhang führte eine Holzstiege in die Tiefe. Damit hatte ich nicht gerechnet. Die wilde Entschlossenheit, die ich eben noch gespürt hatte, verflog. Es gab kein Licht auf dieser Treppe, und einen Schalter sah ich auch nicht. Also klaubte ich mein Handy aus der Tasche und schaltete die Leuchte ein.

Vorsichtig geworden, stieg ich nicht sofort hinunter, sondern sondierte erst die Lage. Das war mein Glück: Gleich die erste Stufe fehlte. Jemand, der unbedacht ausschritt, würde zwangsläufig stolpern und sich beim Sturz hinunter wahrscheinlich das Genick brechen. Im Vergleich zu dem Licht, dem Hundegebell und dem stromführenden Vorhang war dies eine simple Falle, aber nicht weniger wirkungsvoll.

Ich machte einen großen Schritt und überwand die fehlende Stufe.

Das Holz knarrte, und in der Dunkelheit kam mir das Geräusch ohrenbetäubend vor. Egal. Quindt wusste ja längst, dass wir da waren.

Die Treppe verlief gerade und mündete in einen schmalen Gang. Der Boden bestand aus altem, rissigem Beton. Die Wände waren gemauert und weiß gestrichen. Ich hob mein Handy und leuchtete. Rechts und links an den Wänden hingen billige Glasbilderträger. Sie enthielten alle ein ähnliches Bild: Eine rote Tulpe auf weißem Grund. Darüber lagen dünne rote Striche, fast so, als schaue man durch das Gitter eines Gefängnisfensters auf die Blume. Sofort fielen mir die roten Fäden in den Augenhöhlen der Deathbook-Maske ein.

Was hatte das zu bedeuten?

Ich schlich weiter den Gang entlang. Mein Herz raste inzwischen wie verrückt, Schweiß lief mir den Rücken hinab. Ich war bis aufs äußerste angespannt. Sollte Quindt mich angreifen, würde ich ihn ohne zu zögern erschießen.

Der Gang endete nach wenigen Metern an einem grünen Vorhang.

Ich hörte ein Summen und Klappern, wie von einer Computertastatur.

Vorsichtig schob ich den Vorhang mit dem Lauf der Waffe beiseite. Dahinter lag ein kleiner quadratischer, fensterloser Raum. Die Decke war hier kaum zwei Meter hoch und mit Holz verkleidet. Es war sehr warm. Obwohl die Ventilatoren an der Decke mit voller Kraft rotierten, schafften sie es kaum, die stickige Luft in Bewegung zu halten. Der Raum war von einem Surren erfüllt, das jedoch nicht von den Ventilatoren stammte, sondern von einem schrankgroßen Rechner. An dessen Front blinkte eine Vielzahl von roten, gelben und grünen Lämpchen. Mehrere Dutzend Kabel verbanden Platinen miteinander. Ein dicker bunter Kabelstrang führte aus dem Rechner heraus hoch in die Decke. Ich musste an den Schaltkasten denken, den ich oben im Flur gesehen hatte.

Direkt vor mir glotzte mich die Deathbook-Maske an. Ich erschrak, aber beim näheren Hinsehen sah ich, dass sich Quindt die Maske in den Nacken geschoben haben musste. Er saß mit dem Rücken zu mir auf einem Drehstuhl und trug einen weißen Kittel, der ihm ein wenig zu eng zu sein schien, denn er spannte auf dem Rücken.

In einem irrsinnigen Tempo bewegten sich seine Finger über die Tastatur. Vor sich hatte er drei große Computerbildschirme. Datenkolonnen rieselten in Fäden von oben nach unten. Grüne Ziffern und Buchstaben, die in einer von Quindt bestimmten Geschwindigkeit vorbeizogen.

Es war ein gespenstisches Bild.

«Quindt, lassen Sie das!», schrie ich.

Der große, massige Körper rührte sich keinen Millimeter, die Finger flogen weiter über die Tastatur.

«Los, vom Computer weg!», versuchte ich es erneut.

«Sie können mich stoppen, aber nicht das Deathbook», sagte er. Er hatte eine warme und angenehme Stimme. Es wirkte, als käme sie direkt aus der Maske, die sich beim Sprechen geisterhaft bewegte. Vermutlich hatte er sich den Riemen um den Hals geschlungen.

«Die ganze Welt lechzt nach dem, was das Deathbook bietet, und auf der ganzen Welt gibt es Menschen wie mich, die ihren Beitrag leisten wollen. Das Netzwerk ist längst installiert, und niemand kann etwas dagegen tun.»

Er lachte laut auf.

«Die Menschheit erschuf das Internet, und jetzt kann sie es nicht mehr kontrollieren, geschweige denn abschalten. Ich erschuf das Deathbook, und die Menschheit wird es fortführen.»

Er tippte stoisch weiter seine Datenkolonnen in den Rechner. Ich erinnerte mich an Jans Worte. Er hatte den Deathbook-Killer für ein Genie im Umgang mit Computern gehalten. Computer konnten heutzutage Atomkraftwerke stilllegen, Regierungen infiltrieren und Kriege führen. Es brauchte dazu nur den Willen eines Menschen und die entsprechenden Fähigkeiten.

Plötzlich wurde mir heiß und kalt zugleich. Panik erfasste mich. Was Quindt in diesem Moment mit seinen Fingern anrichtete, erschien mir weit schlimmer als die vielen Morde, die er begangen hatte.

«Quindt, ich sage es zum letzten Mal: Hören Sie auf.»

«Sie verstehen nicht, was der Tod ist, Schriftsteller, nicht wahr? Ich verrate es Ihnen: Der Tod ist der Wille der digitalen Legion. Er ist die Summe ihrer Begierde und die Quintessenz ihres moralischen Verfalls. Niemand kann das aufhalten.»

«Oh doch», sagte ich.

Dann hob ich die Waffe und schoss das Magazin leer.

VIER
WOCHEN
SPÄTER

Am 5. Dezember erblickte Karl Christian Rochus in der Geburtsstation des Marienkrankenhauses von Vechta das Licht der Welt. Sein Nachname lautete Künstler. Schon bei der Geburt wog er mit 4200 Gramm deutlich mehr als die meisten anderen Kinder. Und auch danach verlief sein Leben nicht wie das der meisten. Bis zum fünften Lebensjahr lebte er bei seiner Mutter Constance und seinem Vater Heinrich Siegbert Elias Künstler. Es war ein Leben an der Armutsgrenze, daran änderte auch die adlige Herkunft der Familie nichts. Der Vater verkaufte erfolglos Immobilien, die Mutter zog das einzige Kind auf und versuchte sich in der Ölmalerei. Später wurden ihre Bilder ausgestellt. Mit der Zeit machte sie sich einen Namen und wurde immer erfolgreicher.

Heinrich Künstler war ein cholerischer Mann, der zu spontanen Wutanfällen neigte. Am 13. März 1992 hatte er wegen Körperverletzung bereits zweimal im Gefängnis gesessen und war psychiatrisch begutachtet worden, doch eine Gefährdung für sich und andere konnte der Gutachter nicht feststellen.

An diesem 13. März belehrte Künstler den Gutachter eines Besseren.

In der eigenen Villa, das Einzige, was ihm aus seinem Familiennachlass geblieben war, erschoss er mit einem alten Repetiergewehr, das sein Vater zur Jagd benutzt hatte, seine Frau. Mit einem gezielten Schuss in den Hinterkopf streckte er sie im Wintergarten nieder. Sie arbeitete gerade an einem Ölbild, einer roten Tulpe auf weißem Grund. Was sich in ihrem Kopf befand, spritzte auf die Leinwand.

Karl Christian Rochus saß keine zwei Meter entfernt auf seinem grünen Spielteppich mit den aufgedruckten Straßen und parkte fein säuberlich seine Matchbox-Autos ein.

Sein Vater sperrte ihn in den Vorratsraum neben der Küche und schloss die Tür ab.

Danach setzte Heinrich sich im Salon vor den Kamin, leerte eine Flasche Scotch, steckte sich den Lauf des Gewehrs in den Mund und setzte auch seinem Leben ein Ende.

Da die Villa abgelegen lag und weder Heinrich noch Constance einem geregelten Arbeitstag nachgingen, saß der kleine Karl sieben Tage im Vorratsraum.

Er ernährte sich von den Vorräten. Da er die Konservendosen nicht öffnen konnte, hatte er Schinken und Salami gegessen, die dort zum Trocknen aufgehängt waren. Außerdem eingemachte Pflaumen. Und da er nichts anderes gefunden hatte, hatte er die Flüssigkeit aus den Einmachgläsern getrunken. Das hatte zu starkem Durchfall geführt.

Der Betreiber einer Galerie, der mit Frau Künstler über eine Ausstellung sprechen wollte, hatte den Jungen gefunden und ausgesagt, das Kind sei in einem furchtbaren Zustand gewesen. Verängstigt, verdreckt und dehydriert. Der Gestank in dem winzigen Vorratsraum sei unvorstellbar gewesen.

Nur wenige Monate später kam der kleine Karl in eine Pflegefamilie. Dort blieb er vier Monate. Die Pflegeeltern fanden es unheimlich, dass der Junge nicht sprach und immer nur seine Autos hin und her schob oder mit Wachskreide Tulpenbilder malte, die er dann mit roten Strichen ruinierte. Außerdem begann er sofort zu schreien, sobald sich hinter ihm eine Tür schloss.

Da er aber mit seinem blonden Haar und den blauen Augen ein niedlicher, wenn auch ziemlich rundlicher kleiner Junge war, fand sich schnell eine andere Pflegefamilie. Albert und Erika Quindt waren Mitte vierzig und kinderlos. Erika konnte selbst keine Kinder bekommen. In den vergangenen zwanzig Jahren hatten sie ein florierendes Bestattungsunternehmen aufgebaut, doch weil der Tod Erika auf Dauer traurig stimmte, wünschten sie sich junges Leben im Haus.

Sie bekamen Karl und stellten sich auf seine Marotten ein. Statt Türen gab es fortan Vorhänge im Haus. Nachdem der kleine Karl ein Jahr bei den beiden verbracht hatte, stellten sie einen Antrag auf Adoption. Diesem wurde entsprochen, und aus Karl Christian Rochus Künstler wurde Karl Quindt.

Aktenkundliche Erwähnung fand der Junge erst wieder, als er 2004 als einer der Ersten den neugeschaffenen Ausbildungsberuf zur Bestattungsfachkraft antrat. Da war er siebzehn. Drei Jahre später schloss er im familieneigenen Betrieb die Ausbildung mit der Gesellenprüfung ab.

Zwei Jahre später trennten sich Albert und Erika. Karl folgte seinem Vater nach Dänemark, ins Land seiner Großeltern, in dem er Familie hatte. Die europäische Freizügigkeit gestattete es Albert, seinen Beruf fortan dort auszuüben. Das tat er bis zu seinem Herzinfarkt 2012 mit mäßigem Erfolg. Karl bestattete seinen Vater in Dänemark und kehrte nach Deutschland zurück. Erika hatte den Betrieb in den vergangenen zwei Jahren modernisiert und auf dem alten Betriebsgelände ein neues Gebäude errichten lassen. Doch es lief nicht mehr so gut. Die billige Konkurrenz machte das Geschäft kaputt. Zudem litt Erika unter rasch fortschreitender Demenz. Karl brachte seine Mutter in ein Pflegeheim und übernahm den Betrieb.

Ich lehnte mich zurück und las die letzten zwei Seiten noch einmal durch.

Wenn man als Schriftsteller oft gelesene Motivationsstränge benutzt, werden sie einem später wie feuchte Lappen um die Ohren gehauen. Ein traumatisches Erlebnis in der Kindheit eines Serienmörders – das ist nun wirklich abgenutzt. Hunderttausend Serienkillerromane und -filme basieren darauf. Aber warum? Die Antwort ist schlicht: Weil es die Wahrheit ist. Nicht jedes traumatisierte Kind wird zum Mörder. Aber die meisten Mörder wurden als Kind traumatisiert.

Ich wollte das Risiko eingehen, ich blieb bei der Wahrheit und ließ es so stehen, auch wenn es wie ein Klischee wirkte. Ich hatte keine Wahl, denn das war es, was über Karl Christian Rochus Quindt bekannt war. Zwischen diesen Zeilen klafften jedoch riesige Löcher, Abgründe geradezu. Sie warteten darauf, mit dem gefüllt zu werden, was niemand über den Deathbook-Killer wusste. Hier kam meine Phantasie ins Spiel. In diesen Abgründen kenne ich mich aus, ich bin dort sozusagen zu Hause. Wenn ich in die Berge wandern gehe, suche ich Abgründe und klettere über ihnen herum. Wenn ich schreibe, dann ebenfalls über Abgründe, wenn auch eher solche seelischer Natur. Wer hier einen Zusammenhang sehen will: bitte schön. Und da wir schon bei Klischees sind: Ich wurde als kleiner Junge von meinem Bruder und meinem Cousin mit dem Hals an das Seil einer Schaukel geknüpft. Dort hing ich eine Weile über dem Abgrund des Todes, ehe meine Mutter mich fand und rettete. Den Erzählungen nach war ich fast tot. Heute kann ich mich nicht mehr daran erinnern, zumindest nicht bewusst. Aber ist es nicht gerade das Unterbewusstsein, das uns zu dem Menschen macht, der wir sind?

Wie dem auch sei: Ich hatte meine Geschichte. Endlich. Meine Lektorin würde zufrieden sein. Es gab noch eine Menge zu tun, aber die Grundidee stand, und sie war gut. Ich hatte in der Nähe der tschechischen Grenze, in dem kleinen, abgelegenen Ort Rabenstein, ein Hotelzimmer gebucht. Dorthin würde ich mich in der kommenden Woche zurückziehen, um das Buch fertigzuschreiben. Der Ort gefiel mir auch deswegen, weil dort noch in den fünfziger Jahren des vergangenen Jahrhunderts ein merkwürdiger Brauch herrschte: Die Einwohner brachten ihre Toten auf den Gipfel des Hennenkobel, eines tausend Meter hohen Aussichtsberges. Dort blieben sie drei Tage lang, um Abschied zu nehmen von ihrer geliebten Heimat.

Auch ich musste für eine Weile Abschied nehmen. Der Trubel wurde mir einfach zu groß. Die Presse war hinter mir her. Immerhin hatte ich maßgeblich zur Aufklärung des schlimmsten Serienmörderfalles der Nachkriegszeit beigetragen. Der Trubel wäre wohl noch größer gewesen, wenn ich Quindt in seiner unterirdischen High-Tech-Zentrale erschossen hätte.

Für den Bruchteil einer Sekunde hatte ich es auch tun wollen. Und wenn er auf mich losgegangen wäre, hätte ich es auch getan. Aber das war er nicht, und ich hatte ihn nicht in den Rücken schießen können. Also hatte ich das Magazin in den Server entleert und ihn zerstört. Die Auswirkungen auf Quindt waren nicht viel anders gewesen, als hätte ich auf ihn geschossen. Er hatte geschrien und geheult und sich auf dem Boden herumgewälzt. Und genau so hatten Manuelas Kollegen ihn wenig später vorgefunden.

Ein wahrhaft unrühmliches Ende für einen Serientäter. Diese Menschen werden oft zu Helden stilisiert, zu hochintelligenten Wesen, die über uns allen schweben. Quindt war sicherlich intelligent, aber er schwebte nicht – ganz im Gegenteil. Der Abgrund, in dem er leben musste, war so tief und furchterregend, dass es sogar mir Schwierigkeiten bereitete, ihn mir auszumalen. Insofern war es nur gerecht, dass er überlebt hatte.

Trotzdem, es war und blieb ein unrühmliches Ende.

Vielleicht sollte ich die ganze Geschichte noch einmal überdenken.

Warum nicht? Es ist schließlich meine Geschichte. Ich bin innerhalb meiner Fiktion Gott und kann tun und lassen, was ich will. Wenn mir danach ist, kann ich die Leser nach Strich und Faden an der Nase herumführen.

Bis niemand mehr weiß, was Realität und Fiktion ist.

Selbst ich nicht.

Es war ein großer Tag für Klaus Koch.

Heute bekam er sein Leben zurück.

Vielleicht hatte er es auch schon vor vier Wochen zurückbekommen, an dem Tag, an dem der Schriftsteller den Deathbook-Killer enttarnt und überwältigt hatte. Nur hatte er es da noch nicht wirklich glauben können. Vorsicht, das hatte er in den vergangenen Monaten gelernt, war die beste Lebensversicherung. Die war nun nicht mehr notwendig. Schon morgen würde er aus dem versifften Kellerloch ausziehen, das die letzten Wochen sein Zuhause gewesen war. Er würde die Masken ablegen, auch die der Latex-Oma, mit der er sich dem Schriftsteller gezeigt hatte. In Winkelmann, das musste er zugeben, hatte er sich getäuscht. Er hatte nicht geglaubt, dass der Mann dem Deathbook etwas anhaben könnte. Man durfte eben nie die unerschöpfliche Kraft der Rache unterschätzen.

Vielleicht würde Klaus Koch den Schriftsteller eines Tages aufsuchen und sich bedanken. Vielleicht.

Heute jedoch gab es etwas anderes zu tun. Etwas, das ihn ins Leben zurückführen und am Leben der modernen digitalen Gesellschaft wieder teilhaben lassen würde.

Er hatte sich ein Smartphone gekauft.

Das größte und teuerste, das er bekommen konnte. Ein Computer für die Hosentasche, und es fühlte sich verdammt gut an, ihn bei sich zu tragen.

Noch in der Fußgängerzone suchte er sich ein Plätzchen in der Sonne und legte die Micro-SIM-Karte in das dafür vorgesehene Fach ein. Dann folgte er dem Installationsassistenten durchs Menü und richtete sein Handy ein. Er hatte keine Ahnung, wen er anrufen sollte, deshalb spielte er eine Weile einfach nur mit den verschiedenen Funktionen herum und schoss ein paar Fotos von seiner Umgebung. Die 13-Megapixel-Kamera machte erstaunlich gute Bilder.

Schließlich stand er auf und schlenderte davon.

Vor der Sparkasse hing an einem Laternenpfahl ein Plakat. Es wies auf den bevorstehenden Herbstmarkt hin. Die Logos einiger Sponsoren waren darauf abgebildet und auch ein QR-Code.

Klaus Koch blieb stehen und starrte den Code an.

Plötzlich wusste er, was er zu tun hatte. Er rief die Scan-App seines nagelneuen Smartphones auf und scannte den QR-Code ein. Es wäre gelogen zu behaupten, dass er dabei ganz ruhig blieb. Sein Blutdruck stieg an, sein Puls beschleunigte sich, aber er war fest entschlossen, diesen wichtigen Schritt auf dem Weg in ein freies Leben zu gehen.

Der QR-Code führte ihn auf die Internetseite eines Blumenhändlers.

Das Unternehmen führte eine große rote Tulpe in seinem Logo.

Klaus Koch verließ die Seite, atmete erleichtert aus, schloss die Augen und wandte sein Gesicht der Sonne zu.

Es tat gut, wieder sichtbar zu sein.

Schließlich ging er weiter und trug das Handy vor sich her wie einen heiligen Gral. Damit fiel er nicht auf, das taten fast alle. Niemand schaute mehr nach vorn, alle starrten auf Bildschirme.

Plötzlich klingelte sein Handy.

Wahrscheinlich die Willkommens-SMS des Mobilfunkanbieters, dachte Klaus Koch und öffnete sie.

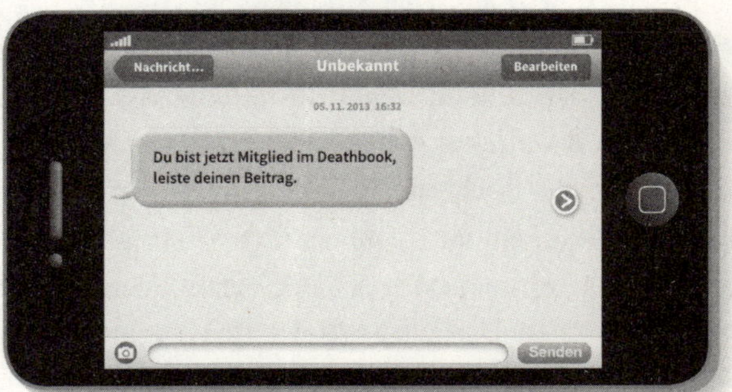

LETZTE WORTE

Ein Buch zu schreiben ist für mich ein Abenteuer, eine Reise in ein Land, das nie zuvor ein Mensch betreten hat. Manche Abenteuer gehen gut aus, andere nicht. Leider habe ich, seitdem die Arbeit am Deathbook beendet ist, das beängstigende Gefühl, aus diesem fremden Land nicht zurückkehren zu können. Aber beginnen wir mit dem ersten Schritt, denn damit beginnt jede noch so lange Reise. Schon der war höchst ungewöhnlich. Um an der Story zu arbeiten, mietete ich mich mit meinem Freund Gregor Middendorf in einem einsamen Hotel im Bayerischen Wald nahe der Grenze zu Tschechien ein, an einem Ort namens Rabenstein. Die Saison war längst vorbei, wir waren die einzigen Gäste in dem großen Hotel. Nach dem Abendessen verließ sogar das Personal diesen einsamen Ort, und wir waren ganz allein. Allein mit langen Gängen, fremden Geräuschen und unseren haarsträubenden Phantasien. Als es dann auch noch zu schneien begann, glaubten wir, Jack Torrance aus Stephen Kings «Shining» mit einer Axt durchs Hotel toben zu hören. Die Auswirkung dieser Atmosphäre auf unsere Kreativität war enorm. Wir konnten ja nicht wissen, dass noch vor fünfzig Jahren die Toten des Ortes auf den Berg getragen wurden, an dessen Fuß das Hotel steht. Dort durften ihre Seelen Abschied nehmen. Viele sind heute noch dort.

Das Abenteuer Deathbook war noch in anderer Hinsicht außergewöhnlich. Beinahe jeder Arbeitsschritt daran war anders als bei meinen bisherigen Büchern. Vor allem aber war die Arbeit am Deathbook eine gewaltige Teamleistung. Ohne all die engagierten Menschen um mich herum hätte dieses Projekt nicht realisiert werden können. Deshalb an dieser Stelle meinen aufrichtigen Dank an:

Kathrin Blum, Katharina Naumann, Gregor Middendorf, Jennifer Jones, Georg Buss, Uwe Naumann, Jan Krutisch, Benjamin Rabe, Christine Lohmann, Ann-Claire Kaufmann, Tomas Tacken, Julia Schengber, Thomas Zorbach, Marcus Meier, Arthur Zwetzich, Jennifer Wagner, Lisa Wagner, Mario Böhm, Julia Strauss, Melanie Grabmann, Domenico Fumerola, Karl Christian Rochus Quindt.

Ich habe gern mit euch gearbeitet. Vergesst mich bitte nicht.

So wie sie begann, endet die Arbeit am Deathbook: ungewöhnlich.

Während ich diese Worte schreibe, sitze ich in einer einsamen Jagdhütte tief im Wald mitten in den Alpen. Nach einem außergewöhnlich heißen Tag ist die Luft nun angenehm. Tief unten rauscht ein Bach, die Grillen zirpen, die Dunkelheit umgibt mich wie ein Kokon. Immer wieder huscht mein Blick zum schwarzen Waldrand hinüber. War da nicht gerade eine Bewegung? Ein Geräusch? Nein, ich habe mich wohl getäuscht. Es kann ja auch nicht sein. Ich weiß, ich bin viel zu tief ins Deathbook eingetaucht. Aber bis hierher kann es mir nicht gefolgt sein. Dieser Ort ist meine letzte Zuflucht, hier gibt es weder Telefon noch Kameras, noch Internet. Ich habe meinen Beitrag nicht geleistet, bis heute nicht. Ich kann es einfach nicht. Darum bin ich auf der Flucht, darum muss ich mich verstecken.

Ich denke, hier ist eine Warnung angebracht an alle, die zuerst die letzten Seiten eines Buches lesen: Wenn ihr nicht bereit seid, euren Beitrag zu leisten, dann lasst die Finger vom Deathbook.

Es ist kein Buch, das man weglegen kann, sobald man es ausgelesen hat.

Es verfolgt einen.

Falls wir nichts mehr voneinander hören, hat es mich gefunden.

Euer Andreas Winkelmann

rowohlt
e-BOOK PLUS
AUCH ALS DIGITALER SERIENTHRILLER.
EINE NEUE DIMENSION.
EIN EXPERIMENT ... MIT DIR!
DEATH BOOK
JETZT DIE 1. EPISODE KOSTENLOS DOWNLOADEN